KB151714

YOKIHI DEN by Yasushi Inoue Copyright ⓒ 1963
The Heirs of Yasushi Inoue All rights reserved.
Originally published in Japan.
Korean translation rights arranged with
the Heirs of Yasushi Inoue, Japan through
THE SAKAI AGENCY and ERIC YANG AGENCY.

이 책의 한국어판 판권은 『도서출판 시와 진실』에 있습니다.

# 양귀비전

## 楊貴妃傳

唐华清宫导览图

contents

차 례

# 제1장

개원開元 28년서기 740년 10월, 당나라 도읍인 장안長安에서 60여 리 떨어진 곳에 있는 온천궁溫泉宮에 행차해 있던 황제 현종玄宗이 보낸 사자가 장안의 수왕壽王에 당도했다. 수왕의 비妃 양옥환楊玉環에게 온천궁으로 문안 여쭙게 하라는 현종의 어명이었다.

수왕 모瑁로 말할 것 같으면 현종이 3천의 후궁 가운데서도 가장 뜨겁게 사랑한 무혜비武惠妃 사이에서 낳은 황자요, 한때는 황태자로 책봉하려고까지 했던 인물이다. 다름 아닌 그러한 수왕의 비, 양옥환에게 현종으로부터 황제를 배알하라는 전갈이 온 것이다. 현종으로부터 온 전갈이 어떤 뜻을 담고 있는 것인지는 수왕이나 당사자인 양옥환 둘 다 훤히 알아차릴 수 있었다.

아버지 현종의 명을 받는 순간, 수왕은 이제 사랑하는 비, 양옥환을 자신의 품에서 떠나보내고 마는구나 하고 깨달았다. 수왕은 양옥환을 불러 황제의 어명을 전하고 나서 심사숙고한 다음, 비가 원하는 길을 택하라고 말했다. 그리고 그 자리에서 대답하기를 기다리지 않고 수왕은 자신의 거실로 물러갔다.

한식경 가량 지나 비의 시녀가 대답을 가지고 수왕의 거처로 왔다. '아바마마의 어명이라면 이에 거스를 수 없으므로….' 라는 것이 비의 대답이었다. 수왕은 얼굴빛 하나 변하지 않은 채, 그러기를 원한다면 그리 하라고 말했다. 수왕은 이 순간 사랑하는 비, 양옥환을 잃는 방향으로 가닥이 잡혀 '후유!' 하고 한 시름 놓이는 심정이었다. 만약에 비가 아바마마의 명을 거스르기로 작정했다면, 두 사람이 맞이해야 할 운명이란 죽음밖에는 없을 것이기 때문이었다. 적어도 아비 된 자가 제 피를 나누어 준 아들의 아내를 내놓으라고 한다는 것은 어지간히 독한 마음을 먹지 않고서는 할 수 없는 일이잖은가? 아비인 현종도 그만한 마음의 준비를 하고 나서 한 말일 테니 말이다.

수왕 모의 어머니, 무혜비가 죽고 나서 꼭 3년이 지났다. 무혜비는 물론 비였을 뿐 황후는 아니었다. 현종의 조강지처라고 할 황후에게 소생이 없었던 터라, 그 권세는 처음부터 황후를 능가하였다. 게다가 개원 12년, 황후가 오라비의 죄에 연루되어 황후의 지위를 잃고 쫓겨나 서민이 된 뒤로 실의에 잠겨 있다가, 저 세상 사람이 되고 만 터라 무혜비의 지위는 더더욱 확고해졌다. 현종에게는 현재 황태자로 책봉되어 있는 형亨의 어머니인 양楊씨와 미모로 이름이 나 있는 조려비趙麗妃 같은 여인네들이 있었지만, 모두 일찍이 세상을 뜨고 말아 무혜비 홀로 현종의 사랑을 차지하는 바람에 황후와 똑같은 대접을 받게 되었고, 그 일족들은 높은 벼슬을 누리고 있었다. 무혜비는 자신이 낳은 수왕을 황태자로 세우기 위해 온갖 책모를 다 부렸다. 조려비가 낳은 황태자 영瑛이 폐위되고 죽음을 맞이한 것도 무혜비의 속삭임 때문이라는 소문이 항간에 파다했다.

무혜비는 개원 25년에 세상을 떠났다. 만약 조금만 더 살아 있었던들 수왕은 틀림없이 황태자 자리에 올라 있었을 것이다. 폐태자의 의식이 치러진 지 얼마 되지 않아 무혜비가 죽는 바람에 수왕을 태자로 책립하지 못했던 것이다. 생전의 어머니 무혜비의 전횡이 지나친 바가 있었던 만큼, 일단 무혜비가 죽고 나서는 수왕의 입장이 매우 미묘하게 되고 말았다. 지금까지는 현종도 수왕을 사랑하고 있었지만, 그것은 어디까지나 무혜비가 있었기 때문이었으므로, 무혜비가 죽고 나자 그 애정이

뒷걸음질 쳤다고 해서 이상할 것은 없었다. 현종은 3천 명의 후궁 누구에게나 아기를 낳게 할 수가 있었다. 아기는 어디까지나 이를 낳은 어미의 것이요, 그 부분이었다. 어머니 무혜비가 죽는 동시에, 그 아기 역시 죽은 것이나 마찬가지였다. 권력 있는 중신이 특별히 감싸준다면 모를까, 무혜비를 어미로 삼은 수왕의 경우에는 그런 일도 기대할 수 없었다. 무혜비가 죽는 동시에 그 아들 수왕의 처지는 권력자들이 특별히 눈여겨보지 않으면 안 될 황자가 아닌 평범한 것이 되고 말았다. 현종 황제도 그렇게 생각했을 것이고, 아들인 수왕 역시 그렇게 생각했다. 그리고 그런 현종의 기분이 처음으로 표시된 것이 이번 사건이었다.

어머니 무혜비를 닮아서 말쑥하게 생긴 젊은 황자는 아바마마의 무도한 이번 요구에 대해 한 마디의 항의조차 할 수 없었다. 지난날 다른 배에서 태어난 황자들이 겪은 비운이 언제 자신에게 닥칠지 알 수 없었으니 말이다.

양옥환은 현종으로부터 황명이 도착했다는 것을 아는 순간, 자신 같은 일개 아녀자의 일생이 불쑥 거대한 힘에 의해 휘청하고 크게 휘어지는 것을 느꼈다. 현종을 지아비의 아버지로 생각할 수가 없었다. 그러고 보니, 그런 생각은 지금까지 한 번도 해본 적이 없었다. 현종은 대당제국의 절대 권력자였음에 비해, 남편인 수왕은 그야말로 지극히 무력한 왕족 가운데 하나일 뿐이지 않은가?

양옥환은 남편 수왕에게서 이번 일의 상세한 내용을 듣는 순간부터 줄곧 이루 말할 수 없는 흥분이 엄습하는 대로 자신을 맡겨 놓고 있었다. 수왕비로 책립된 것은 개원 23년 12월의 일이었고, 그로부터 5년 가까운 세월이 흘렀다. 수왕비가 되었을 때만 해도 자신에게 꿈에도 생각지 못했던 운명이 들이닥친 것을 알고 얼떨떨해 있었지만, 이번 경우에는 그것과는 엄청나게 차원이 달랐다. 양옥환은 수왕에게 시녀를 보내 놓고 얼이 빠진 채, 침상 위에 몸을 눕히고 있었다. 좋건 싫건 살기 위해서는 현종의 후궁으로 들어가지 않을 수 없었다.

양옥환은 현종에게서 사자가 당도한 다음날, 아직 어둠도 가시기도 전에 장안의 거리를 벗어나 여산驪山의 온천궁으로 향했다. 그녀를 따르는 사람은 말 탄 자를 포함해서 30명 정도였다. 옥환은 어제 현종에게서 온 사자 이야기를 전해들은 이후로 다시 수왕을 만나지 않았다. 수왕과 작별 인사도 하지 않은 채로 수왕의 거처를 떠났던 것이다. 수왕으로서도 그러는 편이 마음 편했고, 양옥환으로서도 그러는 편이 좋았다. 수왕의 집을 나서면서 옥환은 자신이 두 번 다시 이곳으로 돌아오는 일도, 그리고 비로서 수왕을 만날 일도 없을 것이라고 생각했다. 옥환은 지금까지 비妃로서 남편 수왕에게 애정을 품고 있었고, 천하의 두 권력자 현종과 무혜비 사이에서 난 아들로서의 남편의 지위를 충분히 눈부신 것으로 여기고 있었다. 그러나 이제는 그런 모든 것들과 전혀 무관한 입장에 서게 된 것이다.

옥환이, 그녀가 지금까지 생각지도 못한 새로운 운명에 처하게 되었다는 것과 그리고 그 운명이 지닌 참뜻을 깨닫게 된 것은 여산으로 향하는 가마 속에 있을 때였다. 내가 지금 행복을 향해 나아가고 있는 것인지, 반대로 불행을 향해 나아가고 있는 것인지 옥환으로서는 판단을 할 수 없었다. 알고 있는 것이라고는 그저 자신이 범상치 않은 방향으로 이끌려가고 있다는 것이었다. 그곳으로 다가가고, 그리고 그렇게 하지 않으면 안 된다는 것이 자신에게 닥쳐온 새로운 운명이었다. 어느 누구하고도 비견할 바 없는 거대한 권력을 지니고 있는, 그의 말 한 마디로 많은 사람의 목숨도 끊어 놓을 수 있는, 거의 상상할 수 없는 거대한 인물이 그곳에서 지금 나를 기다리고 있는 것이다.

그리고 그곳에서는 3천 명의 후궁이 그 권력자를 에워싸고 있는 것이다. 당나라 제도 아래서, 권력자는 등급이 붙어 있는 여인들을 거느리게 되어 있다. 황후 아래 귀비貴妃, 덕비德妃, 숙비淑妃, 현비賢妃라는 4비가 있다. 그 아래에는 소의昭儀, 소용昭容, 소원昭媛, 수의修儀, 수용修

容, 수원修媛, 충의充儀, 충용充容, 충원充媛이라 하는 9빈이 있으며, 다시 그 아래에는 첩여婕妤, 미인美人, 재인才人이 각각 9명씩, 보림寶林, 어녀 御女, 채녀采女가 27명씩 배치되어 있다. 그 말고도 숱한 여관女官도 있을 것이다. 현종의 경우, 이 제도를 조금 바꾸어 놓고 있기는 했지만, 3천 후궁의 위용에는 변함이 없었다. 3천 후궁들은 갖가지 권력과 결합하여 늙은 절대자의 애정을 얻기 위해 안간힘을 쓴다. 애정이라고는 하지만 여느 남녀 간의 애정과는 매우 다른 양상을 띠고 있다. 절대자의 총애를 얻느냐, 얻지 못하느냐에 따라 자신의 영화도, 그녀 집안의 영달 역시 좌우되기 때문이다. 비희妃姬들이 현종을 에워싸고 벌이는 경쟁이 얼마나 치열한지는 이루 눈 뜨고 바라볼 수 없을 정도였는데, 이제 양옥환도 운명의 힘에 떠밀려 그 세계의 중심으로 들어서려 하고 있는 것이다.

양옥환의 목적지인 이궁離宮은 도읍의 동쪽 60여리 정도에 여산의 기슭에 자리하고 있었다. 가마는 산하滻河를 건너 느릿한 낮은 구릉이 굼실거리고 있는 평원을 끝없이 동쪽을 바라보고 나아간다. 길은 도중에서부터 줄곧 오르막길에 들어서 있었기 때문에 일행은 조금 가서는 쉬고, 다시 조금 가서는 쉬곤 했다.

이윽고, 가마는 여산의 이궁에 당도했다. 세 겹으로 되어 있는 성문을 지나 연못을 바라보고 있는 궁전 앞에서, 양옥환은 가마에서 내려섰다. 마중을 나온 엄청난 수의 남녀들은 꼿꼿이 서서 미동도 하지 않은 채 그저 머리만 숙이고 있었다. 옥환은 마중 나온 일행에 대해서는 거들떠보지도 않았다. 그들이 그곳에 서있는지 어떤지조차도 깨닫지 못한 것처럼 가마에서 내렸다. 시선을 조금 위쪽으로 던지니 계단 모양으로 지어져 있는 이궁의 몇몇 건물의 기와와 처마 끝 일부가 겹쳐져 보였고, 그런 것들의 뒤쪽으로 언덕의 비탈을 메우고 서있는 키 작은 송백 나무들의 숲이 보였다. 옥환은 이때 바람 소리를 들었다. 송백의 가지 끝을 스치며 울리고 있는 바람 소리였다. 이윽고, 옥환은 몇 명의 시녀의 인도를 받아 궁전 안으로 조용하게 발걸음을 옮겨 놓고 있었다.

여산은 예로부터 역대 황제의 피한避寒 장소로 알려져 있었다. 산기슭에서 온천수가 뿜어져 나오고 있었는데, 그 물 주둥이를 품어 안고 이궁이 지어져 있었다. 이궁은 온천궁이라 불리고 있었다. 궁전과 궁전을 이어 주는 기다란 회랑을 시녀들에게 이끌려 가는 그녀의 귀에는 숲에서 나는 산바람 소리가 소소하게 들려오고 있을 뿐이었다.

옥환은 도중에 잠시 발길을 멈추었다. 산림에서 울리는 소리 말고도 시냇물 소리 같은 울림이 어디선가 들려오고 있었다. 온천물이 뿜어져 나오는 소리였다. 욕탕인 듯한 건물을 맨 아래에 두고, 그 위를 차례차례 쌓아 올라가듯이, 산비탈을 따라 여러 채의 으리으리한 궁전 건물이 지어져 있었다. 건물과 건물을 이어 주고 있는 회랑 중에서 어떤 것은 경사가 무척 가팔랐고 어떤 것은 완만했다.

양옥환은 이곳에 머무를 동안 기거할 방으로 가서 짧은 휴식을 취한 다음, 현종 황제를 알현하기 위해 그 방을 나섰다. 옥환은 다시 기다란 회랑으로 이끌려 나왔다. 옥환의 앞쪽으로는 몇 명의 시녀가 걸어가고 있었고, 양옥환의 등 뒤로도 역시 10여 명 정도의 시녀가 따르고 있었다. 양옥환은 이 무렵부터 가벼운 현기증을 느끼고 있었다. 회랑을 사이에 두고 그 양쪽으로는 손질이 말끔하게 잘 된 뜰이 펼쳐져 있었고, 연못과 사람의 손으로 지어진 산도 있었지만, 그 대부분이 옥환의 눈에는 있는 것인지, 없는 것인지 뚜렷이 비치지 않았다.

양옥환은 몇 채의 건물 앞을 지나갔다. 건물 내부는 어디나 모두 어둠침침했고, 예외 없이 그 앞쪽에 돌을 쌓아 만든 망대가 마련되어 있었다. 돌로 된 망대는 구수한 맛이라고는 전혀 찾아볼 수 없는 싸늘한 느낌을 발하고 있었는데, 그야말로 깊숙한 궁전 내부에 마련된 산책로라는 느낌을 풍기는 것이, 궁전 외부에서는 결코 볼 수 없는 것들이었다.

옥환은 한 건물 앞에서 발걸음을 멈추었다. 앞에서 걸어가고 있는 시녀들이 일제히 걸음을 멈추었던 것이다. 그래서 별 도리 없이 옥환도 걸음이 멈추어졌던 것이다. 회랑은 조금 앞쪽에서 직각으로 휘어져 있었는데, 마침 그때 그 모서리에서 불쑥 한 떼의 사람들이 모습을 드러내었다. 앞장서고 있는 것은 두 명의 시녀였고, 그 뒤로 몇 명의 남자가 이어졌다. 옥환은 자신의 앞뒤 사람들이 고개를 깊이 숙이고 있는 것을 보았다. 옥환은 어떤 사람들이 다가오고 있는지 알 도리가 없었으므로, 예법에 벗어나지 않을 정도로 가볍게 머리를 숙이고 있었다.

옥환은 맞은편으로부터 오는 한 무리의 사람들이 자신과 스쳐 지나갈 때, 그 한가운데에 있던 한 노인을 보았고, 그것이 현종 황제라는 것을 깨달았다. 옥환은 그 인물의 눈이 날카롭게 자신을 쏘아보고 있는 듯한 느낌을 받았다. 옥환은 이 경우에도 아주 가볍게 절을 하는 것으로 그쳤다. 그러나 자신에게 악마가 될 것인지, 신이 될 것인지 알 수 없는 인물 쪽으로 자신도 억제할 수 없는 충동을 느껴 얼굴을 치켜들었다. 스스로가 얼굴을 들어올리기 위해 치켜든 것이 아니라, 갑자기 얼굴이 올라간 것이었다. 옥환은 얼굴을 든 채로 서있었다.

현종은 잠시 발길을 멈추어, 훑어보는 식의 무례한 눈짓으로 옥환을 보았다. 그리고 무슨 말을 하고 싶은 듯이 입가의 근육을 가볍게 씰룩거리는 것 같았지만, 별다른 말이 그 입으로부터 나오지는 않았다. 노인은 그냥 옥환의 앞을 지나갔지만, 옥환은 잠시 똑같은 자세로 그곳에 서있었다. 아무 생각도 할 수가 없었다. 옥환은 아직도 그녀 앞의 여자들이 깊숙이 고개를 숙인 채 서있는 것을 보았다. 그들의 머리는 좀처럼 올라갈 줄을 몰랐다.

옥환은 자신이 권력자에게 아무런 특수한 태도도 취하지 않았다는 것을 깨달았다. 황공한 태도로 권력자를 맞이하지도 않았고, 예의를 갖추어 깊은 예도 올리지 않았다. 그저 하나의 꽤 까다로워 보이는 늙은이의 얼굴을 어찌된 셈인지, 옥환 역시 빤히 마주 바라보고 만 것이다.

시녀들이 움직이기 시작했다. 덩달아서 옥환 역시 발걸음을 옮기기 시작했다. 그리고 아까 잠시 휴식을 취한 방으로 되돌아가, 그곳에서 혼자 식사를 했다. 호화스러운 요리가 큰 쟁반에 담겨 시녀들의 손에 의해 하나하나 차례로 날라져 왔다. 옥환은 요리에는 조금밖에 젓가락을 대지 않았다. 가져온 요리를 하나씩 다시 가져간 다음, 차례로 다른 요리가 운반되어 왔다. 옥환은 이궁에 발을 들여놓은 후로, 어느 누구와도 말을 건네지 않았다. 모든 것은 무언 가운데 진행되고 있었다.

식사가 끝나자, 잠시 후 침대가 마련되어 있는 방으로 이끌려 갔다. 옥환은 그곳에 몸을 눕혔다. 도성으로부터 가마에 흔들리며 와서 피곤할 테니 쉬라는 말이구나 하고 생각했다. 실제로 옥환은 피곤했다. 어제부터 지속된 과도한 긴장과 수면 부족과 여독이 옥환의 몸과 마음을 갈가리 찢어 놓고 있었다.

욕실은 어탕御湯을 비롯해서 18개가 있었다. 옥환이 이끌려 간 곳은 어탕의 남서쪽 귀퉁이에 낮은 대리석 울타리로 턱을 만들어 놓은 비자탕妃子湯이었다.

비자탕에서는 어탕을 모두 내다볼 수가 있었다. 어탕의 널따란 욕조는 백옥석으로 만들어져 있었고, 욕조의 가장자리는 물고기와 용과 기러기 같은 것들이 돋을새김되어 있었고, 그 한가운데는 더운 물을 뒤집어쓸 수 있도록 백옥석으로 된 침대가 놓여 있었다. 온천물은 역시 백옥석으로 지어진 연꽃의 화심으로부터 뿜어져 나오고 있었다.

비자탕은 어탕의 욕실에 비해 매우 좁게 되어 있지만, 욕실은 역시 백옥석으로 만들어져 있었고, 탕 물이 나오는 곳에만 홍석으로 만들어진 커다란 쟁반이 놓여 있었는데, 어디선지 뿜어져 나오는 탕 물을 그것이 받고 있었다. 이러한 탕 물 나오는 장소가 넷 있었다.

탕의 물은 투명했지만, 그윽하게 유황 냄새를 풍기고 있었고, 끊임없이 피어오르고 있는 김이 욕실 내부를 열기와 포근하고 밝은 안개로 채워 놓고 있었다. 양옥환은 욕조 안에 고즈넉이 몸을 눕혔다. 온천이라는 곳에 들어온 일은 생전 처음이었다. 도읍 근처에서는 이 여산과 아울러 탕산湯山이 이름을 날리고 있었지만, 옥환은 물론 그곳에도 가 본 일이 없었다.

> 매끄러운 온천물로 눈부시게 흰 살결 씻어 내리니,
> 시녀들이 부축해 주건만 힘없이 요염하기만 하네.

백거이白居易*의 '장한가長恨歌*'는 옥환이 처음으로 여산에서 목욕했을 때의 모양을 이처럼 노래하고 있다.

욕실에서 나온 옥환은 옷가지를 찾아 입고는, 그대로 이웃해 있는 화장 방으로 이끌려 갔다. 그곳에는 여러 명의 시녀들이 옥환의 얼굴을 화장하기 위해 대기하고 있었다. 옥환이 들어서자, 그곳에 있던 시녀들은 일제히 흠칫하더니 감히 정면으로 바라볼 수 없다는 듯이 눈을 내리깔았다. 그 눈부심은 여성만이 감지할 수 있는 긍지라고 해도 좋을 아름다움이었고, 또 여성만이 느낄 수 있는 여자들만의 일종의 형언하기 어려운 시샘 섞인 미움이었다. 이처럼 상반되는 두 가지가 뒤섞인 눈부심이었다. 시녀들은 옥환에게 동성으로서 그녀가 내 편인 동시에 적일 수도 있다는 두 가지 감정을 한꺼번에 느꼈던 것이다.

큰 경대 앞으로 가자, 옥환은 그 앞에 놓여 있는 이국풍의 의자에 깊숙하게 반라의 몸을 실었다. 시녀 중 한 명이 옥환의 앞으로 다가왔고, 또 다른 한 명은 등 뒤에 섰다. 옥환은 자신의 화장을 시녀들이 하는 대로 맡겨 놓아도 좋았지만, 그렇게 하지 않고 이것저것 주문을 했다. 이때 비로소, 앞으로 살아 나가기 위한 의지라고나 할 만한 것이 옥환의 마음 한가운데에 움터 나왔던 것이다. 자기를 원하고 있는 자가 바로 이 세상의 절대 권력자가 아니던가! 이를 거부할 수 있는 것이 아니라면, 오히려 자신이 가진 가장 아름다운 것을 상대방에게 주어도 나쁘지 않을 것이라는 생각이었다. 가마에 실려서 이곳에 올 때, 옥환은 거의 맨얼굴에 가까운 엷은 화장을 하고 있었지만, 이제는 반대로 짙은 화장을 해야겠다고 생각했다. 그리고 그 자신의 생각을 말로 표현했다. 시녀들은 알아들었다고 말하는 대신 일제히 고개를 숙였다.

옥환은 거울에 비치는 자신의 얼굴을 바라보고 있었다. 밤의 연회석에 나갈 것이므로, 화장은 어지간히 짙게 해도 무방했다. 쪽은 높이 찌고, 금옥으로 만들어진 비녀, 전鈿*과 보요步搖*로 그것을 꾸며 갔다. 눈썹은 대낮의 아미蛾眉가 아니라, 좀 더 굵은 것으로 한다. 원앙미鴛鴦眉, 소산미小山眉, 오악미五嶽眉, 삼봉미三峰眉, 수주미垂珠眉, 월릉미月稜眉, 분초미分梢眉, 함연미涵烟眉, 불운미拂雲眉, 도훈미倒暈眉 등 이즈음의 궁녀들이 그리는 눈썹은 다종다양했지만, 옥환은 그 어느 것도 마다했다. 눈썹은 그저 풍성하고 굵게 그리게 하고, 코에 가까운 쪽을 칼날 끝처럼 가늘게 한 다음, 다른 끝 쪽은 헝겊으로 닦아 낸 것처럼 희미하게 지우는 방식을 취했다. 뺨은 흰 분을 바른 다음, 그 위에 홍조를 띠게 한다. 연지는 도톰하게 칠해서 입술을 약간 도드라져 보이게 한다. 입은 어디까지나 방울처럼 탐스러우면서도 작게 꾸며 놓아야 한다. 이에 반해 눈은 가능한 한 크게 만든다. 그래서 다소 몸을 탱탱하게 틀고 있는 물고기처럼 눈초리는 살짝 삐쳐 놓는다.

얼굴의 매무새가 완성되자, 마지막으로 꽃단추를 붙인다. 미간에 백록색의 조그마한 점을 네 개의 마름모 모양으로 만든다. 그러고 나서 단청으로 양 볼에 보조개를 판다. 그러나 보조개는 여간해서는 아무도 알아보지 못하다가 웃을 때에만 그 웃음을 아름답게 꾸며 주는 역할을 해야 한다.

옥환은 화장을 하는 데에 한 시간 가까운 시간을 사용했다. 화장이 끝나고 시녀들이 물러간 다음, 옥환은 의자에서 일어났다. 옥환은 거울 속의 자신의 얼굴을 한동안 지켜보고 있더니, 이윽고 다른 곳으로 시선을 옮겼다. '눈망울을 굴려 한번 웃으면 백 가지 교태가 배어나고, 육궁六宮의 미녀들이 안색을 잃는구나!' 바로 이런 것이었고, 바로 그런 것이 아니어서는 안 되었다.

양옥환이 알현을 할 시각이 점점 다가오고 있었다. 옥환은 옷매무새를 다시 매만지고 나서 거처로 돌아와 잠시 의자에 앉아, 마중하러 오는 시녀들이 나타날 때까지 쉬고 있었다. 이때, 양옥환의 머리에는 장안의 수왕의 거처를 나온 후로 처음으로 남편 수왕의 생각이 떠올랐다. 17세 때부터 22세인 오늘날까지 근 6년에 걸쳐 자신이 그의 비로서 섬기던 남편이었지만, 이제는 아득히 먼 존재로 느껴졌다. 생각해 보니, 어제 현종에게서 온 전갈을 놓고 둘이서 이야기를 한 후로는 서로의 얼굴을 보지도 못했고, 그도 그럴 것이 아직 헤어지고 하루 밤낮이 지났을까 말까한 처지였기 때문이다. 그렇건만, 어느새 아득히 먼 옛날에 갈라선 남편인 듯한 느낌마저 드는 것이다. 양옥환은 자신이 몸에 두르고 있는 것들을 훑어보았다. 어디서 났는지 자신도 알지 못하는 아주 새로운 것들이었다. 옷가지만 그런 것이 아니다. 머리 장식에서부터 내복류, 진주가 박힌 구두에 이르기까지 모든 것이 자신의 물건이 아니다. 얼굴과 머리까지도 자신이 취향을 살려 놓기는 했지만, 평소의 자신의 방식과는 아주 동떨어진 화장이요, 머리형이었다.

양옥환은 남편의 얼굴을 떠올리면서도 마음 한가운데 조금도 아픈 마음이 일어나지 않았다. 자신이 권력자에게 몸을 맡김으로써 남편 수왕의 목숨을 건져 주고 있는 셈이기는 했지만, 남편 때문에 자신이 희생된다는 따위의 감개도 없었다. 양옥환은 똑 부러지게 말해서, 남편 수왕과는 이미 헤어진 몸이라 이제는 수왕과 아무런 관계도 가지고 있지 않은 기분이었다.

옥환은 그러나 불안했다. 어떤 일에 뿌리를 내리고 있는 불안인지는 알 수 없었지만 아무튼 불안했다. 그리고 그 불안은 점차로 커져 나갔다. 아까 궁전 안의 후미진 회랑에서 권력자를 보기는 했다. 여느 사람과는 다르게 눈빛이 날카롭기는 했지만 뭐 그렇다고 별스러운 것은 아니었고, 마치 늙음의 그림자가 서리기 시작한 한 남성에 지나지 않았던 것이었다. 그렇건만 옥환은 그의 앞에 문후 여쭈러 나가야할 자신이 불안했다. 옥환은 이 땅 위에서 가장 큰 권력을 가진 한 인물을 인간으로서보다도 자신에게 덮씌워져 오는 운명 같은 것으로 받아들이고 있었다. 그 운명과 이제 곧 양옥환은 마주치려 하고 있는 것이 아닌가? 그런 사실에 뿌리를 박고 있는 불안임이 틀림없었다.

문득 멀리서 풍악 소리가 울리여 퍼지더니, 이곳까지 들려오기 시작했다. 권력자가 자신과 침상을 함께 쓸 여인과의 만남을 위한 음악이라고 여길 수는 없었다. 달콤한 가락은 아무 데도 없었다. 화려함도 없었다. 오히려 이것은 매우 엄숙한 것이었다.

시녀 하나가 오더니, 지금 들려오고 있는 음악 소리는 예상우의霓裳羽衣*의 가락이 연주되기 시작한 것이라고 고했다. 예상우의의 가락이라는 것을 듣는 것은 옥환으로서는 처음 있는 일이었지만, 이 곡의 유래에 대해서 전에 누구에겐가 들은 적이 있었다. 현종 황제가 꿈속에서 달 궁전에서 노닐다가 이 음악을 듣고서 깨었고, 이를 기억해 내서 작곡하게 했다는 것이다. 현종 황제가 원래 음악을 좋아하고, 음악에 관해서는 만만찮은 안목을 지니고 있다는 것을 알게 해주는 이야기이다.

그리고 이는 훗날 양옥환이 현종 자신의 입을 통해 들은 이야기지만, 이 예상우의의 곡에는 또 하나의 따라 다니는 이야기가 있다. 그것은 현종이 삼향역三鄕驛에 올라 여궤산女几山을 바라보고 있을 때, 영감이 떠올라 그 자리에서 금방 지어내었다는 것이었다. 현종 황제는 그때의 기분에 따라서, 두 가지 이야기를 내놓곤 했기 때문에 어느 것이 진실인지 알 도리가 없었다.

그러나 어찌되었든 그 예상우의의 곡이 엄숙하게 들리기 시작한 것이다. 그 곡의 음률이 불쑥 크게 변했을 때, 10여 명의 시녀들이 나타나 옥환 앞에 공손하게 머리를 숙이더니, 그 중의 하나가 무표정하게 감정 없는 말투로 고했다.

"알현의 시각이 되었습니다. 어서 이쪽으로 오십시오."

양옥환은 그 시녀의 뒤를 따라 걷기 시작했다. 풍악 소리는 점차 높아졌고, 지금까지의 단조로운 것으로부터 차차 흥겨운 것으로 변해 갔다. 양옥환은 발길을 내디디고 나감에 따라 불안했던 마음이 점차로 그녀에게서 떠나가고 있음을 알았다. 그녀는 운명을 향해 고개를 들었고, 이 이상 고요하게 걸을 수는 없을 만한 걸음걸이로 나아갔다.

양옥환이 당도한 곳은 낮에 옥환이 현종 황제와 스쳐 지나간 회랑에 면한 너른 전당이었다. 회랑을 끼고 이 방의 앞면은 널따란 돌의 전망대로 되어 있으며, 낮에 연회가 벌어지는 때면, 이곳에서 무악 등이 벌어지는 것이리라 여겨졌다. 3~4백 명의 사람들을 넉넉하게 수용할 수 있는 넓이였다. 지금 이곳에는 사람의 그림자라고는 하나도 찾아볼 수 없고, 차가운 돌 위에는 싸늘한 겨울의 달빛만이 비치고 있었다. 단지 그 돌로 된 전망대의 세 방향에 둘러쳐져 있는 대리석의 난간 그림자만이 뚜렷하게 비칠 뿐이었다.

전당에는 촛불이 환하게 불을 밝히고 있어 한낮을 능가할 정도였다. 풍악 소리가 한층 높아져 생황, 북, 비파, 방향方響*, 박판拍板*, 필률篳篥 등 갖가지 악기를 연주하는 소리가 방을 메워 놓고 있었다. 양옥환은 그 속으로 들어갔다. 오른쪽으로는 옥좌가 있다는 것을 그런대로 알아차렸지만, 그 이외의 일은 아무 것도 알 수 없었다. 얼마나 되는 숫자의 남녀가 그곳에서 기다리고 있는지, 어떠한 배열 방법으로 그 사람들이 자리에 앉아 있는지, 그 어느 것도 옥환의 눈에는 들어오지 않았다. 옥환은 자신을 인도하는 시녀의 뒤를 따라 무수하게 불을 밝히고 있는 촛불 사이를 누비며 나아갔다.

시녀가 발길을 멈추자, 옥환 역시 발길을 멈추었다. 시녀는 꾸벅 예를 하고는 금방 물러갔다. 옥환은 이제 자신이 옥좌 앞에 서있다는 것을 깨달았다. 현종 황제와는 상당한 거리가 있었다. 옥환은 머리를 깊이 조아렸고, 그러고 나서 얼굴을 들었다. 옥환은 권력자의 얼굴을 보았다. 노인임에는 틀림없었지만, 낮에 볼 때와는 달리 늙었다는 느낌은 들지 않았다. 단단한 얼굴에서 눈이 이쪽을 꿰뚫기라도 하듯, 날카롭게 쳐다보고 있었다. 옥환은 낮에도 그랬던 것처럼 이번에도 상대방의 얼굴을 찬찬히 훑어보았다. 눈길을 상대방의 얼굴에 가지고 가고 보니, 묘하게도 그곳으로부터 시선을 뗄 수가 없었다.

시녀 몇 명이 다가왔다. 옥환은 현종 황제의 바로 옆에 마련되어 있는 자리로 이끌려 갔다. 옥환은 그곳에 앉고 나서야 비로소 전당 안에 눈길을 보냈다. 전당에는 그다지 많은 사람들이 있는 것은 아니었다. 몇 십 개의 초 사이로, 오른쪽으로는 악사 일단이 늘어앉아 있는 것이 보였고, 왼쪽으로는 궁기宮妓의 한 떼가 인형처럼 조용히 기다리고 있는 것이 보였다. 풍악 소리는 어느새 다른 것으로 변해 있었고, 정면에 임시로 마련된 무대에는 여러 명의 호의胡衣=오랑캐의 옷 차림의 여인들이 동작이 빠른 춤을 추고 있었다. 반주하는 악기는 이국의 것이라 그런지 옥환의 귀에는 매우 낯선 것이었다. 풍악의 가락은 나른하고, 쓸쓸하고 달콤했다.

시녀가 음료를 담은 그릇을 날라 와 옥환 앞에 있는 작은 탁자 위에 내려놓았다. 큰 것과 작은 것이 섞여 있었다. 시녀가 다가와 그 잔 하나에 술을 채웠다. 옥환은 그 유리로 된 작은 그릇을 들어 올렸다. 풍악소리가 급작스럽게 높아졌다. 옥환은 그것을 탁자 위에 내려놓았다. 그러자 가락 소리가 낮아졌다. 옥환은 다시 잔을 들었다. 그러자 다시 가락 소리도 따라서 높아졌다. 옥환은 다시 그것을 입으로 가져가다 말고 그만두었다. 그러자 이번에도 다시 가락 소리는 낮아졌다. 세 번째로 옥환은 그것을 집어 들어 급속하게 높아져 가는 가락의 해조諧調 가운데서 입으로 가져갔다.

여자들이 교대로 다가왔다. 안주를 가져오는 자도 있었고, 술을 따르러 오는 자도 있었다. 술이 든 잔을 입으로 가져가면, 반드시 가락 소리는 높아졌다. 양옥환은 가락 소리와 함께 앉아 있는 기분이었다. 말은 한 마디도 입에서 나오지 않았고, 계속해서 오직 가락 소리에 흔들거리고 있는 기분이 들었다. 무대에서는 여인네들이 춤을 추기도 하다가,

소년의 한 무리가 춤추기도 하고, 이국의 남자들이 춤을 추기도 했다. 그것들은 무용으로 보이지 않고, 마치 아지랑이가 피어오르는 가운데 여러 가지 색조의 헝겊들이 흐느적거리고 있는 것만 같았다.

"옥환의 고향은 촉蜀이었지?"

불쑥 그런 소리가 들려 왔다. 묵직하고 팽팽한 목소리의 저음이었다. 옥환은 매우 오랜만에 인간의 목소리를 들은 느낌이 들었다.

"그러하옵니다."

옥환은 대답했다.

"지금 막 촉의 춤을 추었는데, 매우 반가웠겠군."

"어렸을 때 고향을 떠났기 때문에, 고향의 춤에 대해서는 아무 것도 알지 못하옵니다."

이 짧은 대화를 나누는 동안 옥환은 권력자 쪽으로 얼굴을 향하지 않았다. 옥환은 옥좌 바로 곁에 자리 잡고 있었는데, 옥좌만이 조금 높아져 있었으므로, 얼굴을 상대방 쪽으로 향하려 하다가는 아무래도 자세를 흐트러뜨려 상대방을 쳐다보듯이 하지 않으면 안 되었다. 양옥환은 본능적으로, 그렇게 함으로써 위로부터 내려다보이는 일을 피했던 것이다. 이마에 찍어 놓은 백록색의 점들이 일그러져 보일 것이 틀림없는 얼굴 가운데서 우스꽝스럽게 보일지도 모르지 않은가? 공들여 치장한 화장은 이마를 그런 식으로 보여주기 위해 해 놓은 것이 아니라고 생각했던 것이다.

홀의 한 귀퉁이에서 웅성거림이 들려 왔다. 대기하고 있던 무녀舞女들이 둘로 좍 갈라지더니, 그쪽으로 시녀들 몇 명이 걸어갔다. 그러자 다시 몇 명의 여인들 일단이 나타났다. 선두에 서서 다가오고 있는 젊은 여성을 보았을 때, 옥환은 '이즈음 세상을 떠나버린 왕비 무혜비의 뒤를 이어, 현종 황제의 총애를 한 몸에 받고 있다는 소문이 파다한 매비梅妃가 바로 이 여자구나!' 하고 생각했다. 그런 긍지가 한껏 밴 광채가 뿜어져 나오고 있었다.

몸매는 옥환과는 달리 키가 크고 날씬했다. 얼굴 역시 그 몸매에 어울리게 갸름하며 조그맣고 곧잘 생긴 이마는 등불 때문인지 조금 뾰족해 보였다.

"매비님이 납시었사옵니다."

하고 옥환에게 알려 주었다. 옥환은 매비가 옥좌 앞에서 절을 하고서는 마치 자신의 모습을 과시라도 하듯, 권력자 쪽으로 시선을 던진 채 느릿하게 반원을 그리면서 도는 것을 보았다. 그 동작은 마치 권력자에게 모든 각도로부터 자신의 자태를 음미시키는 것처럼 보였다. 옆얼굴, 등의 모습, 걸음걸이, 화장, 입고 있는 의류, 그런 것들을 차례로 점검시키면서 '어때요, 아름답게 생겼죠?'라고 말하는 것처럼 보였다.

매비는 권력자가 죽 훑어보는 일을 마치자, 지금까지 현종에게 보내고 있던 시선을 옮겨 곧바로 옥환에게로 가져갔다. 옥환은 처음으로 매비를 정면에서 보았다. 연지는 옥환과는 달리 고풍으로 조신하게 발라져 있었다. 순간 그 예쁘게 생긴 입이 움직였다. 입술이 갈라지는가 싶더니, 지금까지 옥환이 들어 본 일이 없는 가늘고 명징한 목소리가 튀어나왔다.

"붉은 눈물을 흘리시는 분, 향옥처럼 좋은 향기를 뿜어내시는 분, 태어날 때 옥고리가 왼쪽 팔꿈치에 달려 있었다는 분, 정말 그런 분이 있는지 어떤지는 알지 못하지만, 오늘 밤에 그 분이 오셨다지요?"

그러고 나서 매비는 웃었다. 그 웃음소리 역시 옥을 굴린다는 형용이 그대로 들어맞는 명징한 것이었다.

옥환은 이처럼 놀랐던 일이 없었다. 그것은 매비의 말 가운데, 그녀를 야유하는 독이 상당히 노골적으로 들어 있다는 것 때문이 아니었다. 태어났을 때 옥의 고리가 자신의 팔꿈치에 끼워져 있었다는 이야기는 고향의 아주 친한 사람들 사이에서 화제가 되어 옥환도 그 이야기를 어렸을 적에, 이제는 저 세상 사람이 된 어머니를 통해 들은 적은 있지만, 장성한 다음 그 이야기를 스스로 남에게 이야기한 적이 없었다. 그런 진실인지 아닌지도 알 수 없는, 그러나 예전에 몇몇 고향의 친한 사람들 사이에서 주고받은 일이 있었던 이야기를 어찌 매비가 알게 되었단 말인가? 그리고 또, 땀 이야기와 눈물 이야기만 해도 그 근거가 아주 없는 것은 아니었다. '눈물은 홍빙紅氷처럼 떨어지고, 땀은 향옥처럼 흐르더라.'는 짧은 구절 역시, 수왕의 집안을 들락거리고 있던 한 시정의 시인이 장난기가 동해 시구로 표현해서 수왕에게 바친 일이 있었다. 그것은 옥환의 아름다움을 칭송하는 것임에 틀림없었지만, 수왕에게나 당사자인 옥환에게나, 스스로 남에게 공표하기는 뭐한 성질의 것이었다. 그런 일을 어찌 매비가 알게 되었다는 말인가?

옥환은 매비가 자신의 앞으로 다가오는 것을 보고 자신도 일어났다. 그러나 매비는 옥환의 앞으로는 오지 않고, 옥좌를 가운데에 두고서 옥환과 반대쪽인 자신의 자리로 갔다.

연회석은 매비가 나타날 무렵부터 한층 흥겨운 것이 되었고, 궁기宮妓가 자리를 찾아가 술을 따르고 다녔다. 옥환은 노권력자와 그 뒤로는 말을 나누지 않았다. 그러나 노권력자는 옥환에게 들으라는 것인지, 듣지 말라는 것인지 새로 내오는 술에 대해서 설명을 했다. 거의가 외국의 술이었다. 옥환은 이에 대한 예의를 갖추는 마음으로 언제나 그들을 입으로 가져가 입술을 적셨다.

한시각 가량 지나자 매비는 자리를 떴다. 몇 명의 시녀를 거느리고 궐에서 물러갔다. 매비가 모습을 보이고 있는 동안에는 옥환이 술잔을 입으로 가져가는 동안에 가락 소리가 높아지는 일이 없었지만, 매비가 사라지자 다시금 가락 소리의 변화가 시작되었다. 그리고 그 가락 소리는 점차 열광적으로 변해 나갔다.

옥환은 시녀가 재촉하는 대로 자리에서 일어났다. 현종 황제에게 절을 하고 그 홀을 나서자, 밤기운의 서늘함이 살갗에 스미고 달빛의 차가움이 눈에 스몄다. 옥환은 다리가 조금 흔들거리는 것을 느꼈다. 이런 일은 처음 겪는 일이었다. 이날 밤처럼 많은 양과 여러 종류의 술을 마셔 본 일이 없었던 터라, 취한다는 것이 이런 것임을 안 것도 처음 경험하는 일이었다.

옥환은 후미진 방으로 안내되었다. 꽃을 담아 놓은 커다란 항아리, 수를 놓은 장막, 촛대, 그 밖의 가구들이 그득한 방이었다. 옥환은 몇 명의 시녀들의 도움으로 안쪽 화장실로 안내되어 온 몸을 정결하게 한 다음, 화장을 고치고 잠옷으로 바꿔 입혀졌다. 방은 궁전의 다른 어떤 방보다도 따뜻하고 포근한 기운을 지니고 있었다.

옥환은 한 시녀에게 차를 가져오게 해서 이를 마셨다. 이 무렵부터 옥환은 취기가 한층 심해지는 것을 느꼈다. 팔다리 하나를 움직이는 일조차 나른하고 귀찮게 느껴졌다. 옥환은 서늘한 밤기운을 쐴 양으로 잠옷 위에 옷을 걸쳐 입고 방의 입구에 섰다. 이곳 역시 방 앞에는 회랑이 있고, 그 회랑 맞은편에는 돌을 쌓아 만든 광장이 펼쳐져 있었다. 다만, 좀 전에 본 전당 앞의 돌 전망대와는 달리, 이곳의 광장에는 흰 돌 말고도 푸른색과 엷은 분홍색의 돌들이 배합되어 있어 전당 앞의 돌 광장이 지닌 황량한 차가움은 없었다.

"방으로 돌아가십시오."

시녀가 말했지만, 옥환은 조금이라도 밤바람을 더 쐬어 취기를 가라앉혀야 한다고 생각했다.

몸이 밤바람을 쐬어서 얼음처럼 싸늘해졌을 무렵, 옥환은 방으로 돌아왔다. 그리고 방 안쪽에 있는 침대의 장막을 열었다. 시녀가 꺼져 가는 촛대의 불을 껐으므로 방 안은 어두웠다. 침대의 장막이 열려 있는 채로, 옥환은 문득 안쪽의 어둠 속에서 인기척을 느껴 그곳에 서있었다. 이때만큼은 옥환도 본능적으로 몸을 움츠렸다. 그곳에 수왕이 숨어 있는 것 같은 기분이 들었기 때문이다.

"옥환은 지금 무엇을 갖고 싶은가?"

바로 그 묵직한 목소리가 날아왔다. 권력자의 목소리였다.

"아무 것도 갖고 싶은 것이 없습니다."

옥환은 몸을 꼿꼿이 하고서 숨을 참으며 말했다.

"이 세상에 바라는 것이 없단 말인가?"

"매비님처럼 아름다워지고 싶습니다."

이에 대해 현종 황제의 답은 없었다.

잠시 후, 다시 노권력자는 말했다.

"그밖에는 바라는 것이 없는가?"

"없습니다."

"소원을 성취시켜 주고 싶다는데, 바라는 것이 없다면 곤란하지."

"그렇다면 말씀 드리겠습니다. 황제께서 바라시는 것은 무엇이든 갖고 싶습니다."

"나는 모든 소원을 다 성취하고 말았어. 더 새롭게 바라는 것이 없지. 그래, 꼭 하나 있기는 하군. 언제까지나 살고 싶어!"

"……"

"굳이 말한다면 말이지, 아직 구경하지 못한 외국의 보물을 손에 넣어 보고 싶군!"

"……"

"코끼리라는 것도 타 보고 싶어!"

"……"

"다시 한 번 천단天壇을 쌓고 하늘에 제사 지내보고 싶고."

"……"

"역신逆臣들을 몽땅 찾아내서 죽여 버려야 해!"

"……"

"군사를 보내 토번吐藩*을 다시는 일어나지 못하도록 정벌하고 싶어!"

옥환은 자신의 몸이 떨리는 것을 멈출 수가 없었다. 옥환은 말로는 하지 않고 일일이 고개를 끄덕이고 있었지만, 확실하게 그런 말들이 뜻하는 바를 이해하고 있었던 것은 아니다. 이해하고 있는 일이라면, 그런 일을 하고자 하기만 하면 해낼 수 있는 인물이, 그리고 또 그런 일을 언젠가는 해낼 것이 분명한 인물이, 지금 내 눈앞에 누워 있다는 사실이었다.

"그런 일이야 뭐 아무러면 어떤가? 지금 나는 수왕의 비를 갖고 싶은 거야!"

그 목소리와 함께 옥환은 자신의 손이 장막 사이로 뻗어 나온 노권력자의 손아귀에 부여잡히는 것을 느꼈다. 옥환은 술술 침대로 끌려 들어갔다. 저항은 하지 않았다. 옥환은 지금 자신의 앞에 있는 것을 사랑하려고 생각했다. 사랑하려고 생각했다기보다는 이미 이때를 옥환은 사랑하고 있었던 것이다. 그것을 이 세상의 어떤 것보다도 옥환은 사랑했던 것이다. 그것은 힘이요, 하늘이요, 바로 옥환 자신의 운명이었다.


"할아범!"

현종의 목소리에 양옥환은 잠에서 깨었다. 침소의 등불은 꺼져 있었으므로, 칠흑 같은 어둠 속이었다.

"할아범, 할아범!"

권력자의 외침 소리는 예삿일이 아니었다. 분명 무엇에겐가 겁을 집어먹고 있는 목소리였다. 침소 앞 돌 전망대 위를 바람이 매서운 소리를 내며 불고 있는 것이 들린다. 무시무시한 바람 소리다. 그 바람이 지나고 나자, 다음으로는 궁전을 메워 놓듯이 빼곡하게 에워싸고 있는 언덕의 잡목들이 수런거리는 소리만이 멀리 길게 꼬리를 끌며 들려오고 있었다.

"할아범은 없나? 고 역사高力士는 없는가? 할아범을 불러! 고 역사를 부르라구!"

현종은 침상 위에 반신을 일으켜 세우고 있었다.

"왜 그러십니까?"

옥환이 말을 걸자,

"누구냐!"

그 목소리와 더불어, 움찔하고 상대방이 몸을 도사리는 것을 알 수 있었다. 그 바람에 어둠의 일부가 크게 요동치는 것처럼 느껴졌다.

"너는 누구냐?"

"옥환입니다."

"오, 옥환이로구나!"

비로소 정신을 차린 듯, 현종의 입에서 낮은 목소리가 새어 나왔다. 그리고 뒤이어 굵은 한숨 소리가 들리더니,

"조심해! 어떤 놈이 숨어 들어온 모양이야!"

옥환은 흠칫하며 주변을 훑어보았다. 침실을 메우고 있는 어둠 속에 어떤 자가 숨어 있단 말인가? 옥환은 침상 위에 반신을 일으켜 세우고서 숨을 죽였다. 그러자, 어둠의 층은 점점 깊어지더니 도처에서 칼날이 이쪽을 엿보고 있는 것 같은 기분이 들었다. 상대방도 숨을 죽이고, 이쪽에서도 숨을 죽이고 있는 것이다. 자객의 매서운 눈매가 어둠 속에 무수하게 널려 있는 듯이 느껴졌다.

"할아범을 부르라구!"

현종은 다시 부르짖었다. 이번에는 또렷한 호통 소리라고 표현할 수 있는 발성이었다. 할아범을 부르라고는 하지만, 옥환은 어떤 방법으로 그 할아범이라는 자를 불러야 되는 것인지 알 수가 없었다. 그러자, 곧 어둠의 일부에 등으로부터 나온 불빛이 비쳐 들고, 그것이 급작스럽게 밝음을 더해 가더니 한꺼번에 여러 사람의 발소리가 다가오는 것이 들렸다. 들이닥친 것은 시녀의 한 무리였다. 대낮과 마찬가지로 추호의 흐트러짐도 없이 옷을 갖추어 입고 있었다.

"부르셨사옵니까?"

몇몇 시녀들은 손에 손에 등불을 들고, 그것을 받들듯이 허리를 조금씩 굽히고 있었다. 옥환은 잠옷의 앞을 여미고 나서, 방 내부를 둘러보았는데, 그곳에서는 아무런 이상도 찾아볼 수가 없었다. 이윽고 시녀 중 한 명의 손으로 가장 큰 촛대에 불이 댕겨졌다. 실내는 갑자기 밝아

졌고 아름다운 가구들이, 즉 탁자, 의자, 장식품, 큰 꽃병, 액자, 금빛 새장, 항아리, 매달아 놓은 몇 개의 등잔, 주전자 등이 각각의 형태와 색채를 뽐내며 떠올라왔다.

"할아범은 여기 있겠지?"

"머무르고 있습니다."

"어서 불러와!"

시녀들은 일제히 고개를 숙이더니, 각기 가지고 있는 등잔과 더불어 방에서 물러났다.

옥환은 입을 다문 채 몸을 꼿꼿이 하고 있었다. 실제로 수상한 일이 벌어졌던 것인지, 일어나지를 않았던 것인지 짐작도 할 수 없었다. 옥환은 자신이 얼마 동안이나 잠들어 있었는지도 알 수 없었다. 잠에 곯아떨어지고서 바로인 것처럼 여겨지기도 했고, 이미 여러 식경이 지난 듯이 여겨지기도 했다. 온몸에서는 아직도 열락悅樂의 여운이 가시지 않고 있었다. 몸의 내부에는 열기가 서려 있고, 피부의 겉면만이 돌처럼 싸늘해져 있었다.

옥환은 자신의 곁에 앉아 있는 현종을 조금 전 자신을 애무한 권력자와 같은 인물이라고는 도저히 생각할 수가 없었다. 지상 최대의 권력자가 토해 놓은 달콤한 사랑의 말은 한없이 두려운 것과, 한없이 상냥한 것을 아울러 갖추고 있었다. 옥환은 자기 자신이 힘에 의해 억눌린 것인지, 살포시 애무를 받은 것인지, 그 어느 것인지도 판단할 수 없었다. 산사태 같은 거칠고 억센 것에 의해 부드럽게 애무되고, 홍수처럼 무시무시한 것에 의해 한없이 고요한 곳으로 떠내려갔던 것이다.

그런데, 이제 눈앞에 앉아 있는 인물은 그러한 권력이나 사랑하고는 관계가 없었다. 눈에 보이지 않는 헛것에 겁을 먹고, 제 정신을 잃고 있지 않은가?

"등불을 꺼 버려! 등불을 노릴 테니까."

현종은 그렇게 말했다. 옥환은 얼른 촛대의 불을 껐다. 어둠이 다시 침소를 가득 채웠다. 그러자, 그때 다시 회랑을 통해서 누군가의 발소리가 다가왔다. 다시금 어둠의 일부는 어둠의 장막을 한 꺼풀씩 벗겨 나갔다. 그리고 어슴푸레한 불빛이 방으로 밀려들어오면서 침소 입구에서

"고 역사, 방금 도착했습니다."

그런 낮은 목소리가 들려 왔다.

"이제 안심하셨습니까? 어찌 고 역사가 궁에 대기하지 않을 수가 있겠습니까? 안심하시고 주무십시오."

"예사롭지 않은 소리가 났었어!"

"바람 소리였을 겁니다."

"그렇게 생각할 수가 없던 걸?"

"바람 소리입니다. 자, 할아범의 얼굴을 잘 살펴보십시오. 이 할아범이 곁에서 모시고 있는 한, 폐하의 신변에 어찌 이변이 있겠습니까?"

고 역사의 얼굴은 두 시녀의 등불로 좌우에서 비추어졌다. 양옥환은 고 역사라는 이름은 진작부터 알고 있었지만, 얼굴을 보는 것은 이때가 처음이었다. 나이는 현종 황제보다도 한 살 많다는 말을 들었는데, 등잔의 불로 볼 때, 열 살도 더 많은 것처럼 여겨졌다. 환관 특유의 이상한 생김새였다. 크고 높은 코가 엄청나게 많은 주름투성이 얼굴에서 우람해 보였다. 눈도 크고, 말을 할 때면, 그때마다 상냥한 눈빛이 그 큼지막한 눈에 담기곤 했다. 그러나 입을 봉하고 있으면, 순간 그 눈은 이루 형언할 수 없는 잔혹한 것으로 변했다. 뺨에서 입가에 걸쳐서는 여러 가닥의 굵은 주름이 새겨져 있었고, 말을 할 때나 잠자코 있을 때에나 늘 얼굴의 아래쪽 반은 웃고 있는 것처럼 보였다. 그러나 웃고 있는 것은 아니었다. 그저 그렇게 보일 뿐이었다.

"자, 폐하! 어서 주무시지요."

"한동안 그대를 깨우는 일이 없었는데, 오늘 밤에는 결국 깨워 버리고 말았구먼!"

"요 전번 뒤로는 열흘도 지나지 않았습니다."

"그랬던가? 이제 돌아가도 좋아!"

고 역사는 절을 하고 나서 일어섰지만, 그때 처음으로 눈망울을 옥환에게로 향했다. 순간 이루 형언할 수 없는 전율이 옥환의 몸 전체를 휩쓸었다. 만만찮은 것이 그곳에 도사리고 있는 느낌이었다. 지금 자신의 앞에 있는 남성이면서도 남성이 아닌, 으스스한 생물로 인해 느껴진 감정은 적이라거나 그런 정체가 분명한 단순한 것이 아니었다. 좀 더 고약하고 억센 것에 의한 것이었다.

일어선 것을 보니 고 역사는 거한이었다. 젊었을 때는 얼마나 훌륭한 체격이었을까 싶었다. 그러면서도 등을 이쪽으로 향했을 때, 어깨가 처져 있는 것이 눈에 띄었다.

이런 사건이 있은 다음 권력자는 피로가 느껴졌던지 침상에 눕자마자 금방 잠이 들었다. 고 역사가 이 궁전에 머물러 있다는 것을 확인하고서 안심을 했다는 단순함이 엿보였다. 그러나 사건은 아직 끝난 것이 아니었다. 한 식경 가량 지나자 다시 한 번 현종은 침상에서 벌떡 반신을 일으켜 세웠다.

"할아범을 불러! 고 역사를 부르라구!"

다시금 조금 전과 같은 말을 내뱉었다.

"왜 그러십니까?"

옥환은 그렇게 말했지만, 그 소리가 귀에 들어가지 않았는지,

"게 누구 없느냐? 고 역사를 불러라!"

현종은 다시 외쳤다.

"수상한 놈이 숨어 있어!"

"그렇지 않습니다."

"아니야, 예삿일이 아니라니까?"

그 말 때문에 옥환도 침상 위에 반신을 일으켰다. 이윽고 시녀들이 등불을 들고 나타났다. 조금 전과 똑같이 촛대에 불이 댕겨졌다.

"할아범을 불러라!"

현종은 그렇게 말했지만, 잠시 뒤에

"고 역사를 부를 것 없다. 모두들 물러가거라!"

이렇게 고쳐 말했다.

"방 안을 밝혀 놓을까요?"

옥환이 물었다.

"그럴 것까지야 없겠지."

현종은 대답했다. 옥환은 다시 등불을 껐다. 하지만, 그로부터 얼마 지나지 않아,

"저건 바람 소리일까?"

어둠 속에서 현종의 목소리가 들려 왔다.

"그렇습니다."

옥환은 대답했다. 실제로 바람 소리가 멀리서 들려오고 있기는 했지만, 그것은 집중해서 귀를 기울일 때 비로소 알아들을 수 있는 먼 곳의 소리였다.

"고 역사를 불러라!"

옥환은 현종의 몸이 일어나려 하는 것을 느꼈다. 저 한 명의 환관을 부름으로써 공포심이 다스려진다는 것은 기묘한 일이었지만, 현종은 다시 고 역사를 부르고 싶은 유혹에 시달리기 시작했다.

"저건 바람 소리일까?"

"바람 소리입니다."

"바람 소리 속에 악을 쓰는 소리가 들리는 걸?"

"아닙니다. 바람 소리일 뿐입니다. 귀를 잘 기울여 들어 보십시오! 자, 바람 소리지요?"

권력자는 이번에는 확실하게 몸을 일으키려 했다. 옥환은 그러한 현종의 몸을 일어나지 못하게 하려는 듯, 그 상반신에 자신의 양팔을 던져 넣었다. 옥환의 팔은 가느다란 끈처럼 권력자의 몸에 감기고 나서 부드럽게 그것을 죄어 나갔다.

"자, 보십시오! 바람 소리입니다."

"아니야!"

"아닙니다. 바람 소리입니다."

옥환은 고독한 권력자의 몸을 자신의 팔 안에 감싸 안고서, 마치 반란자들의 악쓰는 소리의 환청을 상대방의 귀로부터 떨어내 버리기라도 할 것처럼, 그리고 다시는 고 역사의 이름이 결코 그의 입에서 나오지 않게 하기 위해 자신의 풍만한 젖가슴으로 상대방의 얼굴을 바짝 덮었다.

"자, 이젠 안 들리지요?"

이번에는 현종의 대답이 없었다.

"칼날이 제 몸을 찌르더라도, 폐하의 몸까지는 와 닿지 않을 겁니다."

옥환은 말했다. 이제 옥환에게는 권력자가 매우 무력한 존재로 느껴졌다. 그것은 힘이요, 하늘이요, 운명이요, 때로는 황하의 흐름보다도 사납게 날뛰는 도저히 다루기 힘든 괴물인 동시에, 끊임없이 무엇인가에 겁을 먹고 있는 조그마한 고독한 혼이기도 했다. 그것은 얼마든지 자신의 육체 속에 감싸 버릴 수 있는 것이었고, 또 마음만 먹으면 자신의 육체로 그 입을 덮어버려 질식시킬 수도 있는 존재였다.

옥환은 자신의 육체가 지금까지의 그것과는 전혀 다른 것으로 변화해 가고 있음을 알았다. 옥환은 권력자를 무력한 존재로서 하느님으로부터 맡아 놓았다가 내일 아침 신에게 되돌려 줄 때까지, 그것을 자신의 팔 안에 따뜻하게 감싸 두지 않으면 안 되었다. 이는 지금까지의 옥환이 알지 못했고 충분히 보람이 있으면서 황홀함을 아우르는 사랑의 작업이었다.

봄철 하룻밤 너무나 짧아, 해가 높이 솟고서야 일어나니,
이로부터 군왕은 아침 정사政事를 거르게 되었네.

이렇게 '장한가長恨歌'에서는 읊고 있다. 현종 황제는 그 이튿날 늦게

까지 침소에서 나오지 않았다. 그리고 이날을 경계로, 두 번 다시 아침 일찍 일어나 정청으로 납시는 일이 없어지고 말았다.

양옥환은 촉蜀=四川省 태생이었다. 현종 황제가 촉나라의 음악에 대해 물었을 때, 옥환은 어려서 촉을 떠났으므로 촉의 음악을 잘 알지 못한 다고 대답했는데, 실제로 촉의 음악에 대해서는 말할 것도 없고, 그곳 이 어떤 곳인지도 알지 못했다. 아버지가 죽자마자 일가는 이산의 운명 을 맞게 되었고, 양옥환은 몇몇 집을 전전한 끝에 마지막으로 하남부河 南府=河南省 洛陽의 선비 양현교楊玄璬라는 사람의 집에서 소녀 시절을 보 냈다.

촉에서 태어났다는 사실은 자신도 그렇게 믿고 있었고, 남들도 의심 하지 않았다. 그 얼굴 생김새와 몸매는 전적으로 남방 태생임을 확실하 게 말해주고 있었다. 지방질이 부드럽게 낀 풍만한 몸매는 북쪽에서는 볼 수 없는 것이었고, 그 눈의 밝고 투명한 고혹적인 아름다움 역시, 북 쪽 여성에게서는 볼 수 없는 것이었다. 그리고 물기가 많은 과일과 향 신료를 즐기는 기호 역시, 남방 사람들의 피를 연상시키는 것이었다.

양옥환은 자신이 강렬한 햇빛이 쏟아지는 땅에서 생을 받게 된 것을 감사하지 않으면 안 되었다. 그 남방계의 미모가 수왕 모瑁의 마음을 흔 들어 놓아 마침내 그의 비가 될 수 있었고, 그녀의 운명을 크게 바꾸어 놓았으니 말이다. 옥환은 수왕의 비로 책봉된다는 크나큰 행운을 거머 쥐었을 때, 자신이 좋아하고 말고와 상관없이 자신의 새로운 호적을 가 지지 않을 수 없었다. 이때 지금까지의 양육자였던 양현교가 그녀의 아 버지가 되어 주고, 옥환은 그 장녀로 신고되었다. 양현교는 그다지 신 분이 높지는 않았으나, 그런대로 그녀 자신이 속해 있는 양씨 집안은 어디에 내놓아도 부끄럽지 않은 오래된 명가였다. 수나라 황실 양씨하 고도 먼 옛날에는 관계가 있었고, 오래 전부터 대대로 지방관 노릇을 하고 있었다. 옥환은 수왕의 집에 있을 때, 처음으로 양현교의 장녀가 되어, 명문 양씨 성을 받아서 양옥환이 되었던 것이다. 촉 태생의 그 뿌리조차 분명치 않은 여성은 바야흐로 수왕비에서 다시 약진하여 현종 황제의 비가 된다는 보기 드문 운명의 별 아래 태어나 있었던 것이다.

# 제2장

현종 황제가 처음으로 양옥환을 여산驪山의 온천궁으로 부른 것은 개원 28년서기 740년, 현종 56세 때의 일이다. 연호는 개원 29년을 마지막으로 천보天寶로 바뀌고, 세상에서 말하는 '개원의 치治'라는 태평성대의 가장 마지막 시기에 양옥환은 현종 앞에 모습을 드러낸 것이 된다. 현종이 천하의 정사를 자신의 손으로 주무르게 된 후로 이때까지 이미 30년 가까운 세월이 흐르고 있었는데, 그가 다스리고 있는 개원 연간은 그야말로 활짝 핀 꽃에서 향내가 피어나는 봄날에 비할 수도 있을 만한 당나라의 전성시대였다. 현종의 치세는 훌륭해서 이렇다 할 전란도 없었으므로, 천하의 백성들은 마음속으로부터 평화로운 생활을 구가할 수가 있었다. 시인 두보杜甫는 훗날, 이 시대를 추억하면서 다음과 같이 읊고 있다.

추억하노라*, 옛 개원開元 전성의 날들을.
작은 읍에도 넘치는 만가萬家의 곳간들.
쌀에서는 윤기가 흐르고 좁쌀은 하얗게 빛나네.
공사公私의 창고는 모두 넘쳐나고 실하며,
아홉 고을 오가는 길에는 맹수도적가 없어
먼 길 가기에 힘들지 않아 길일을 잡아 떠나네.

제환齊紈, 노호魯縞, 차반반車班班,

때를 맞추어 남자는 논밭 갈고 여자는 뽕을 따고,

궁중의 성인聖人은 천자에게 운문雲門을 아뢰고,

천하의 벗들은 모두 살뜰히 가까이 사귀는데,

백여 년 지나는 동안 재변도 한번 없는 가운데,

숙손叔孫의 예악과 소하蕭何의 율령이 고루 퍼지네.

말할 것도 없이 두보가 개원의 치세를 찬양한 노래다. 말하자면, 이 시절에는 먹을 것이 넘쳐흐르고, 치안이 잘 유지되었으며, 백성은 생업에 힘쓰는 가운데 천지재변도 일어나지 않아, 인정 풍속이 모두 도타움을 잃는 일 없이 살기 좋은 태평시절이었던 것이다. 그런데, 이런 평화로운 시절은 현종이 28세 때 즉위하여 젊은 천자로서 정무에 힘쓰게 되면서부터 쭉 계속되었으며, 그 이전의 세월은 결코 평온하지도 평화롭지도 않았다.

현종은 사성嗣聖 2년서기 685년에 예종睿宗의 셋째 아들로 태어났다. 휘諱*가 융기隆基이다. 당나라의 가장 영명한 천자로 숭앙되는 태종의 증손이며, 고종高宗과 측천무후則天武后의 손자이기도 했다. 어머니는 두竇씨였다.

융기가 태어났을 때, 아버지 예종은 천자였다. 그러나 천하의 권세는 예종의 손에 있지 않았고 예종의 어머니이자 융기의 할머니인 무후의 손에 쥐어져 있었다. 무후는 죽은 다음, '측천대성황후則天大聖皇后'라는 시호를 받았다. 일반적으로는 '측천무후'라는 이름으로 알려져 있지만, 화려하고 권력욕이 강하며 잔인하기도 하고 음탕하기도 했으며, 총명한 데다 공평하기도 한 잡다한 것들을 그 가슴 속에 아울러 지닌 긍정도 부정도 하기 어려운, 말하자면 여걸이라고나 할 수밖에 없는 여성이었다.

무후는 원래 산서山西 출신으로, 14세 때 태종의 후궁으로 들어갔다가 태종이 승하하자 여승이 되어 있다가, 마침내 고종의 부름을 받아 그 후궁으로 들어갔다. 고종은 여승이 되어 있던 아버지의 애인을 자신의 후궁으로 맞아들였던 것이다. 죽은 황제의 영을 위로하기 위해 중이 되었던 당시의 무후는 정절을 지키는 정숙한 여성임에 틀림없었지만, 고종의 후궁이 되고나서는 서서히 그 성격을 바꾸어 나갔다. 어쩌면 그녀 자신도 알지 못하고 있던, 모든 면에서 범상치 않은 또 다른 성격이 그녀의 영혼 속으로 갑자기 뛰어든 것인지도 모른다.

무후는 황후와 고종이 총애한 비빈들을 밀쳐내고 황후의 지위를 차지하고 나서는, 지난날의 황후와 천자의 애인들을 결코 용서하지 않았다. 황후와 사랑하는 비를 서민으로 만들어 버린 다음 유폐시켰지만, 그것도 모자라 손발을 잘라 술 단지 속에 던져 넣었다. 무후가 황후에 오른 것은 33세 때의 일이었고, 그때 고종은 28세였다.

황후가 된 이듬해인 서기 656년에 무후는 황태자를 폐위시키고 병약한 고종을 대신하여 조금씩 조금씩 손수 정무를 보게 되었다. 그 후, 무후에 대한 반항의 불길이 여러 차례 일어났지만, 그런 모든 일들은 무후로서는 별 볼일 없는 사소한 일에 지나지 않았다. 언제나 반항자들은 차례차례 붙잡혔고, 차례차례 처벌되고 말았다. 그리고 조정의 요직 모두는 무후의 한 집안에서 독차지하게 되고 말았다.

서기 683년 고종이 승하하자, 이제는 이름 그대로 무후의 천하가 되어 버렸고, 무후는 자신의 태자 현顯을 황제로 삼았다. 그가 바로 중종中宗이다. 그러나 이듬해인 684년에는 중종을 폐하고, 그 아우인 단旦을 즉위시켰다. 그가 예종睿宗이고, 이듬해인 685년에는 현종 황제 융기隆基가 태어났다. 그러나 예종도 오래 가지는 않았다. 690년 무후는 예종을 폐위하고, 이번에는 스스로가 황제 자리에 앉아 국호를 주周로 고치고, 연호를 천수天授로 바꾸었다. 이때, 무후의 나이는 68세였다.

이처럼 대가 센 할머니가 권세를 휘두르고 있는 시절에 융기는 그의

소년 시절을 보냈다. 융기는 세 살 때 초왕楚王으로 봉해졌고, 무후가
황제 자리에 앉은 이듬해, 일곱 살에 의장儀仗을 갖추고 조현朝見=신하가
궐에 들어가 천자를 알현함 하는 일이 허락되었다.

이 무렵의 융기에 관한 일화 하나가 남겨져 있다. 무씨 일족 가운데
군왕郡王으로 봉해져 있는 자가 궁중에서 융기의 종자를 나무란 일이 있
었다. 그러자 융기는 반대로 상대방에게 호통을 쳤다. '우리 집안의 조
정에서 네 따위가 나의 종자를 나무라다니 이 무슨 짓이냐!'고 말이다.
무씨 일족이 아니고서는 사람 노릇을 할 수 없던 시절에 융기의 이 언
동은 사람들을 놀라게 하기에 충분할 정도로 용감한 일이었다. 이를 전
해들은 무후는 매우 기뻐하며, 그 이후로 융기를 귀여워하기 시작했다
는 것이다. 융기가 아홉 살 되던 해, 진작부터 시어머니 무후와 껄끄러
웠던 어머니 두竇씨는 무후의 명으로 잡혀가서 죽고 말았다. 그리고 이
사건의 여파로 예종의 아들 가운데 친왕으로 봉해져 있는 자들은 모두
군왕으로 격하되고, 융기 또한 임치군왕臨淄郡王이 되어 궁성 안에 갇히
는 신세가 되었다. 그러나 그 후 융기는 할머니의 눈에 들어, 14세 때
에 동경東京=洛陽에 저택을 받게 되었고, 17세 때에 다시 장안에 있는
저택을 받게 되었다.

이러한 무후이건만 늙는 나이에는 별도리가 없어 705년에 83세로 서
거하자, 오랜 세월을 불우하게 지낸 백부 중종中宗이 무씨 일족을 쓸어
버리고 즉위했다. 708년에 융기에게는 위위소향겸노주별가衛尉少鄉兼潞州
別駕라는 관직이 주어졌다. 24세 때였다.

무후가 죽음에 따라 간신히 여화女禍에서 벗어난 당나라 조정이지만
또 다시 새로운 여화를 겪지 않을 수 없게 되었다. 그것은 중종의 후后
인 위韋씨가 무후를 본받아 자신도 천하의 권세를 손아귀에 쥐어 보려
는 야심을 품고 있었기 때문이다. 위씨가 남편인 중종을 독살하고 자기
의 아들을 즉위시킨 다음, 스스로 태후라고 부르게 하는 사건이 벌어졌
다. 물론 중종의 사인은 발표되지 않은 채 우물쩍 장사지내질 뻔했지

만, 사실을 알게 된 융기는 숙모인 태평공주와 일을 도모해, 어느 날 밤중 궁중을 습격해서 위씨 일족을 멸하고 말았다. 710년의 일이었다. 그런 다음, 아버지 예종이 즉위했고, 융기는 황태자가 되었다.

세 번째 여화가 금방 다시 닥쳤다. 위씨를 쓰러뜨리는 데 공적이 있는 숙모 태평공주는 궁정 안에 큰 세력을 구축하기 시작하여 융기를 황태자의 자리에서 끌어 내리려고 했다. 이를 안 예종은 사태를 미연에 방지할 생각으로 재위 2년째였지만, 보위를 28세인 융기에게 물려주었다. 이리하여 현종 황제가 탄생한 것이다.

젊은 천자 현종은 즉위한 이듬해, 태평공주 등의 무리들을 체포하여 처형했고, 연호를 '개원'으로 고쳤다. 오래도록 끌어온 여화는 이렇게 끝나고, 개원 태평의 시대는 이때부터 시작되었다.

현종 황제로 하여금 개원의 정치를 하게 만든 것은 무엇이었던가? 이는 아무도 알 수가 없었다. 물론 현종 자신도 알지 못했다. 현종이 황제가 된 다음부터는 세상이 신기할 정도로 잘 굴러갔다. 언제나 어둡고 구질구질한 음모가 어디선가 꿈틀거리고 있던 궁정의 내부 분위기가 지금까지와는 딴판으로 환한 것으로 변해 갔다. 변경에서 벌어지는 오랑캐들의 침략도 규모가 큰 것들은 없었고, 장안과 동경 거리의 밤도둑 숫자 또한 줄어들었다. 그리고 기근과 천재지변까지도 예년과 다르게 줄어들었다.

현종 황제는 50세가 지나서부터 자신의 치세를 놓고 많은 신하들이 입을 모아 칭송하면, 대개는 잠자코 그런 말을 오른쪽 귀로 듣고 왼쪽 귀로 흘려버리곤 했지만, 어쩌다 기분이 매우 좋을 때면 이에 대해 자신의 의견 같은 것을 말할 때도 있었다. 그 말들의 내용은 그때그때 달랐지만 말이다.

신하들은 세상이 태평스러운 까닭을 전적으로 현종이 고금에 보기 드문 명군이라는 데로 돌리곤 했다. 젊었을 때의 현종은 이를 부정하지 않았다. 자신도 그렇다고 생각하고 있었으니까. 그래서 신하들이 끈덕지게 주워섬기는 찬사를 조금도 면구스러워하지 않았고, 아무리 칭찬해도 과찬이라고 생각하지는 않았다. 하긴 극찬을 해도 당연하다는 기분이었다.

그러던 것이 50이 지날 무렵부터, 현종은 자신에 대한 찬사를 아무렇지도 않게 여기게 되었다. 아무렇지도 않게 느꼈을 뿐만 아니라, 그 모든 것들이 번거롭고, 소란스럽고, 공허하고 매력 없는 것으로까지 느껴졌다. 그래서 현종은 언제나 다소 찌뿌드드한 얼굴을 하면서 그런 말들을 건성으로 듣곤 했다. 그리고 기분이 좋을 때면 현종은 자신에게 말하듯이 짧은 말을 내뱉곤 했다.

"요숭姚崇 뒤로는 요숭이 없는 법이지."

오직 그 말뿐, 그 뒷말은 이어지지 않았다. 신하들은

"네?"

하고 고개를 숙여 권력자가 무엇을 생각하고 있는지, 그 마음 속을 헤아려 보려 했지만 알아낼 수는 없었다. 지난날의 재상 요숭이 훌륭했다는 점에 대해 맞장구를 쳐야할 것인지, 맞장구를 쳐서는 안 되는 것인지 짐작을 할 수가 없었다. 현종은 이때, 실제로 30년 동안 세상이 태평한 원인 모두를 현종 자신이 4년 만에 그만두게 해 버린 요숭에게 돌리고 싶은 충동을 받고 있었다.

요숭은 측천무후 시절의 재상이었는데, 후에 그만둔 것을 현종이 불러서 다시 재상 자리에 앉게 한 인물이었다. 재상이 될 때, 요숭은 10개조의 각서를 내 보이면서 황제가 이를 받아들이길 원했고, 그렇지 않으면 재상이 되지 않겠다고 말했다. 엄혹한 법을 그만두고 관대한 정치를 하라느니, 환관들이 정치에 간여하게 하지 말라느니, 간언하는 것을 허용하라느니, 외척을 벼슬자리에 앉히지 말라느니 하는 등등의 요구였다. 모두가 하지 못할 일들이 아니었다. 젊은 현종은 이를 지켰다. 그리고 이를 지키는 일이 얼마나 천하를 다스리는 데 중요한 일인지를 50이

지난 지금에 와서야 비로소 깨닫는 기분이었다. 그렇건만 지금의 현종은 그 중, 어느 하나도 지키지 않고 있었다. 그리고 현종은 요숭의 얼굴을 오래도록 뇌리에 담아 두지는 않았다. 그다지 기분 좋은 얼굴이 아니었다.

또 다른 기분 좋은 때에 현종은,

"송경宋璟이 만약에 지금 있었더라면…"

이런 말을 내뱉었다. 송경은 요숭이 추천한 인물인데, 광주廣州의 도독으로 있던 것을 불러올려서 재상의 지위에 앉힌 인물이었다. 이 역시 4년 만에 그만두게 했지만, 그는 모든 일을 법에 준거해서 처리했다. 송경이라는 인물은 법을 지키는 데 있어, 한 마디로 준엄무비했다고 할 수 있다. 지금의 현종으로서는 때때로 이 인물의 얼굴이 떠오르곤 했다. 이제는 어디를 둘러보나 그런 인물을 찾아 볼 수가 없었다. 송경은 어떤 일이건 법에 비추어 재단해 나갔다. 현종이 무엇을 묻든 그는 그 자리에서 이에 답했다. 그곳에는 오직 법만이 있었다.

그리고 또 다른 기분이 좋은 때면, 현종은 다른 인물의 이름을 내뱉는 일이 있었다.

'한휴韓休!'

단 한 마디를 내뱉는다. 훌륭하다거나 훌륭하지 않다거나 하는 말도 없었다. 그러나 현종은 그것만으로도 충분했다. 한휴도 재상이었다. 겨우 10개월 만에 재상 자리에서 파면됐지만, 그 10개월 동안에 한휴는 현종이 하는 일들을 감시했다. 이 감시는 엄했다. 조금이라도 천자답지 못한 행위가 있기만 하면, 키가 땅딸막한 한휴의 체구가 어디선가로부터 나타나서, 똑바로 현종의 앞에 앉곤 했다. 현종은 한휴의 입에서 나오는 말 가운데서 간하는 말 말고는 별로 들은 것이 없었다. 한휴가 재상으로 있는 동안 현종은 마음 놓고 술도 마실 수 없었고, 사냥도 할 수 없었다. 덕분에 현종은 살이 빠졌다. '나 자신은 야위었지만, 그 대신에 천하는 살이 쪘지!' 하고 생각했다.

50세를 넘긴 현종은 '요숭', '송경', '한휴'라는 3명의 재상에 대한 생각을 곧잘 떠올리곤 했다. 기분이 좋고 마음이 반듯한 날에는 신하들이 자신에게 쏟아 내는 찬사를 그대로 3명의 재상에게 주어 버리고 싶은 충동을 느꼈다. 어쨌든 지금의 현종 주변에서는 찾아 볼 수 없는 인물들이었다. 요즘 들어 간언이라는 것에 대해서는 도무지 들어 본 일이 없었다.

그러나 현종은 이제 조금도 그와 같은 재상의 출현을 기대하고 있는 것은 아니었다. 그런 인물이 그의 몸 가까이서 그를 모시는 일을 허용할 수 있을는지도 매우 의심스러웠다. 지금은 그들이 없는데도 조금도 지장 없이 세상이 잘 다스려지고 있지 않은가?

현종은 술자리 같은 데서 문득 홀로 되어 있는 자신을 깨닫게 되는 일이 있었다. 백관이 기라성처럼 좌우에 늘어서 있는 좌중에서도, 그리고 호국胡國의 미녀들이 노래하고 춤추고 있는 연회석에서도, 혹은 대극전大極殿에서 외국 사절을 접견하고 있는 동안에도 문득 현종은 자기 자신 하나만을 남겨 놓고 지금까지 자신을 둘러싸고 있던 모든 것들이 사람이나 물건이나 일제히 자신으로부터 멀리 떠나가고 있음을 느끼는 순간이 있었다. 현종은 그럴 때 오직 홀로 남겨진 자신이 어떤 동굴 같은 곳에 오독하니 놓여 있음을 느끼곤 했다. 그곳에는 물기를 품은 냉기가 그득한 채 아무 곳에도 출구라곤 없었다. 출구가 없을 정도이므로 광선은 아무 데서도 들어오지 않아 동트기 전의 어둠 같은 비릿한 어둠이 희미하게 가득 차 있다.

이러한 자신에 대해 깨닫게 된 것도 50세가 지나면서부터였다. 현종은 언제나 이런 경우, 자신의 마음이 애타게 무엇인가를 부르고 있음을 알게 되었다. 그것은 아주 살벌한 것이거나, 아니면 그 반대로 자신의 모든 것을 그곳에 몰입해서 상실해 버릴 수 있는 여색에 흠뻑 빠지는 일이었다. 현종은 늘 그러한 자신의 마음속에 우러나고 있는 맹렬한 욕구를 견디어 내고 있었다. 현종은 이 세상에서 자신이 하지 않고 남겨 놓은 것이라고는 살벌한 일과 황음荒淫뿐일 것이라고 생각하고 있었다. 실제로 현종은 그 이외의 일은 모두 해 놓은 터였다. 천자가 그의 일대에 오직 한 번밖에는 할 수 없는 봉선封禪 행사까지도 이미 치러 놓고 있었다. 천명을 받은 제왕이 태산에서 하늘에 제사지내는 일을 봉封이라고 하며, 그 기슭의 작은 언덕 양부梁父에서 땅을 제사 지내는 일을 선禪이라고 했다. 이 행사는 고대로부터 내려온 것으로서, 왕 된 자가 성姓을 바꾸면서 왕이 되어 태평을 이루었을 때, 이 예를 장중하게 행하면서 여러 신들에게 공을 사하지 않으면 안 되었다. 진秦의 시황제, 한漢의 무제武帝, 후한後漢의 광무제光武帝, 가깝게는 고종이나 측천무후도 이를 행했다. 현종은 개원 13년 11월에 성대하게 이 행사를 치러 내었다. 현종은 영산의 청정을 배려해서 호종하는 인원수를 일정한 수로 한정했고, 산에 오르는 데는 연輦을 피하고 말을 탔다. 이 의식에는 문무백관 말고도 여러 외국에서 온 사절도 다수 참석했다. 지상에 생을 받은 인간이 하는 일 가운데 이보다 더 큰 것은 없었다. 현종은 하늘의 신과 이야기하고, 땅의 신과 이야기했던 것이다. 지상의 권력자로서 신과 회견한 것이다.

봉선을 치르고 난 인간에게는 실제로 더 이상 아무 것도 남겨져 있는 것이 없었다. 인간이 영위하는 그 어떤 것도 이것과 비교해 볼 때, 보잘 것없고 작았다. 현종은 자신이 하는 일 가운데 어느 것을 떠올려 보아도 더 이상 매력을 느끼거나 마음이 끌리는 일도 없었다. 만일 있다고 한다면, 희미하게 인광처럼 야릇한 빛을 발하는 살벌한 일들과 음탕한 쾌락뿐이었다.

그러나 현종은 그처럼 고독한 동굴에 오래도록 머물러 있지 않았다. 그것은 불쑥 그를 엄습해 왔지만, 다시 훌쩍 그를 놓아 주었다. 현종은 꿈에서 깨어나듯이 그런 상념으로부터 깨어나곤 했다. 살벌한 것에 대한 욕구나 여색으로의 탐닉도 순식간에 사라지고 말았다. 순식간에 사라졌다고는 하지만, 그것이 현종을 엄습했다는 것은 엄연한 사실이었다. 현종이 제 정신을 차리고 나면 언제나 진땀 같은 것이 이마와 겨드랑이, 그리고 손바닥에서도 느껴지곤 했다. 명군이라는 사실과 폭군이라는 사실은 종이 한 장 차이였다. 현종은 개원의 치세를 열어 놓은 현명한 천자로서 오늘날까지 살아 숨 쉬고 있었다. 그러나 언제라도 포악하고 음탕한 천자가 될 수도 있었던 것이다.

현종은 그런 어둠침침한 동굴로부터 벗어나 제 정신으로 돌아왔을 때면 언제나, 지금은 이 세상 사람이 아닌 두 비를 떠올리곤 했다. 한 명은 현종이 임치군왕臨淄郡王이었던 젊은 시절에 비로 맞이한 왕씨였다. 왕씨는 말 그대로 조강지처였고, 현종이 제위에 오를 때 당연히 황후로 옹립되었지만, 죄를 얻어 폐해지고 서인이 되어 죽어 갔다. 또 한 사람은 측천무후의 집안으로서 명가 출신인 무혜비였다. 왕 황후의 오라비가 죄를 짓는 바람에 실각하게 된 것도 사실상 이 무혜비가 꾸민 음모였다는 소문이 있었지만, 현종은 깊이 무혜비를 사랑한 까닭에 이 소문을 믿지 않았다. 이 무혜비를 에워싼 향기롭지 못한 소문은 이 말고도 또 있었다. 비의 한 사람인 조려비趙麗妃가 낳은 황태자가 폐해지고 죽음을 맞이한 일이나, 황태자비의 오라비가 죽은 일이나, 모두 무혜비가 꾸민 일이라는 등 세간에서는 말이 많았다. 현종은 이 소문도 믿지 않았다. 현종은 그들에게 벌을 줄 만한 고약한 행위가 있었음을 알았기 때문에 벌을 내린 것이다. 적어도 현종은 그렇게 믿고 있었다. 무혜비는 40세 때 저 세상 사람이 되었는데, 40세 때까지 조금도 용모가 변하지 않은 채 재기 발랄했으며, 모든 일에 대해 현종의 좋은 상담역이 되어 주었다.

현종은 왕 황후, 무혜비라는 성격과 용모가 전혀 다른 두 여성의 일을 종종 떠올리곤 했다. 왕 황후 쪽은 불행한 경우였으므로 현종으로서도 다소 씁쓸한 뒷맛이 남아 있곤 했던 터라, 그가 죽은 다음에야 자신이 얼마나 깊이 왕 황후를 사랑하고 있었던가를 깨닫게 된 형국이었다. 무혜비 쪽은 정순황후貞順皇后라는 시호를 내리고 그의 묘를 장안의 도교 사원인 호천관昊天觀 남쪽에 세워 주었다.

개원의 태평 시절, 군주가 고독한 동굴 안에 있는 자신을 종종 발견하게 된 50대 중반이 지난 무렵, 양옥환이 그의 앞에 모습을 드러내었던 것이다. 양옥환 자신은 깨닫지 못하고 있었지만, 그녀가 하지 않으면 안 될 역할은 당연히 크고 복잡했다. 왕 황후 무혜비라는 현종의 총애를 받은 두 여성이 죽어서 만들어진 공백도 메워 주지 않으면 안 되었고, 봉선 행사를 치르고 난 노군주의 아무 것도 느낄 수 없게 된 마음과 몸에도 이제는 생명을 불어 넣어 주지 않으면 안 되었다. 요숭, 송경, 한휴라는 3명의 재상 역까지도 때로는 그녀가 해내지 않으면 안 되었다. 왜냐하면, 그런 모든 것들이 모여서 현종 황제가 때때로 빠져들곤 하는 싸늘하고 고독한 동굴을 만들어 내고 있었기 때문이다. 그리고 그 안에 도사리고 앉아 살벌과 여색을 탐하려 하는 골치 아픈 동물을 양옥환은 상냥하고 포근하게 길들이지 않으면 안 되었기 때문이다. 양옥환은 만약에 그녀가 그렇게 하고자 마음만 먹으면 그런 일을 해낼 수 있었다. 22세였다. 옥환은 자신의 손을 바라본다. 희고, 차갑고, 만져보면 희미하게 기름기 같은 촉촉함이 밴 부드러움을 느낄 수 있었다. 그 손을 볼로 가져간다. 볼은 통통했다. 볼에서 손을 미끄러뜨려 입으로 가져간다. 이윽고 송곳니가 그 손가락을 맞아 준다. 치아는 모양 좋게 가지런하고 작지만, 맹수의 치아처럼 날카로움을 보여주고 있다. 얼마든지 날카롭고, 얼마든지 부드럽게 씹을 수가 있다.

양옥환은 여자 도사로서 이름을 '양태진楊太眞'이라고 바꾸고, 장안의 궁중으로 들어갔다. 여산의 온천궁에 반 달 가량 머무른 다음의 일이다. 태진이라는 이름은 그녀가 사는 궁전인 태진궁太眞宮에서 따온 것이다.

현종은 옥환을 도교의 여자 도사로 만듦으로써, 남편인 수왕과의 관계를 세상 앞에 얼버무려 놓고자 했던 것이다. 도교의 여자 도사가 된다는 것 자체가 남편에 대한 이혼 선언이나 진배없었다. 일시적인 방편이기는 했지만, 옥환을 여자 도사로 삼아 놓을 정도로 현종은 도교를 깊이 믿고 있었다. 도교는 노자老子를 교조로 하고, 장도릉張道陵을 개조로 삼은 다신교로서 고대의 종교사상과 민간신앙에 그 뿌리를 두고, 여기에 학술, 천문, 의술을 수용했으며, 유교와 불교도 그 내부에 담고 있다는 매우 복잡한 종교다. 고래로 중국에서는 도교는 유교, 불교와 아울러 매우 성행했으며, 이것이 말하고 있는 불로장생, 공중비행, 전신轉身변화 등의 비술秘術은 널리 민간인의 마음을 사로잡았고, 또 진의 시황제, 한무제를 비롯한 역대 황제들 가운데도 이를 믿는 자가 많았다. 그 중에 들어 있는 신선에 관한 이야기는 원래 허망한 이야기라면서 도교에 귀를 기울이지 않는 천자도 많았지만 민간에 내려놓은 뿌리가 워낙 깊었으므로, 이를 전면적으로 탄압할 수는 없었다.

당나라 조정의 경우, 고조高祖 태종太宗은 도교를 궁중에 들여놓지 않았지만 무후의 시대가 되자, 도사들이 당당하게 궁중에 들락거리게 되었다. 현종의 아버지 예종睿宗도 그 가르침을 받들게 되었고, 현종도 이를 이어받았다.

옥환으로서는 현종이 도교를 받아들이고 있는 일을 처음에는 기이한 일로 여겼지만, 이윽고 그것이 불가사의한 일로 느껴지지 않게 되었다. 인간이 손에 넣은 수 있는 최대의 권력을 이미 거머쥔 현종의 마음이 만약 꿈을 가질 수 있다면, 영원히 늙지 않고 살 수 있는 일이라든지, 공중을 자유로이 나는 일이라든지, 한 순간에 자신이 아닌 다른 것으로 변화하는 일 정도가 될 것이다. 이 권력자의 마음을 끄는 것은 이제 살벌한 일과 여색 말고는 더 없겠으나, 이 두 가지 일에 대해서는 현종도 내키지 않았다. 명군이라는 간판을 내려놓고 폭군이 되지 않고서는 안될 일이기 때문이다. 여기에 비한다면, 도교가 고독한 권력자의 영혼에 속삭여 주는 것은 비교도 되지 않을 정도로 밝은 것이었으며, 자유요, 활달이요, 즐거움이었다. 그리고 그것은 모든 인간이 예외 없이 품는 꿈이며, 이 지상에서는 아직 아무도 이를 성취한 자가 없었다.

현종은 도교의 도사에게서 도교의 가르침을 듣는 것을 즐거워하지 않았다. 덕을 가지고 세상을 다스리라는 유교의 가르침 정도는 어린 시절 진력이 날 정도로 많이 들어오지 않았던가? 그보다는 신선술 쪽이 매력이 있었다. 여러 번 되풀이해서 똑같은 이야기를 들어 보아도 진력이 나는 일이 없었다. 신선에 관한 이야기는 애당초 허망한 소리라는 설도 충분히 알고 있었고, 자신으로서는 마음 한구석 어딘가에서 이를 긍정하고 있음을 느끼고는 있었지만, 그러면서도 불로장생의 약을 구해서 영원히 산다는 이야기는 언제 들어도 신선하고 진력이 나지 않았다.

현종이 도사를 불러들여 그런 이야기를 시키고 있을 때면, 옥환도 언제나 현종의 곁에 자리하고 있었다. 그리고 현종이 점차 그 이야기에 몰입해 가는 것을 곁에서 바라보고 있었다. 영원히 살기를 이다지도 바라고 있는 인간은 이 세상에 또 없을 것이라고 생각했다. 현종도 도사가 이야기를 시작하는 초장에는 터무니없는 이야기를 듣는다는 여유를 견지하고 있지만, 이야기를 듣고 있는 가운데 현종의 얼굴은 점차로 달라져 가고 있었다. 도사에 의해 주술에 걸리기라도 한 것처럼 그 눈은 이상한 광채를 띠기 시작했고, 그 입은 굳게 닫히며, 얼굴 전체의 인상은 어쩐지 슬픈 빛을 띠곤 했다. 음식을 앞에 놓고 제지를 받고 있는 개와도 같은 진지함과, 언제든지 자신은 여기에 덤벼들겠다는 열정적인 것을 느낄 수 있었다.

밤에 현종과 잠자리를 함께 하면서, 옥환은 현종에게 속삭이는 일이 있었다.

"폐하는 언제까지 살고 싶으세요?"

그렇게 말하며 현종의 얼굴을 들여다본 다음,

"하지만 안 됩니다. 생명이 있는 것은 모두 죽어 가지 않으면 안 됩니다. 그리고 그것이 바로 이 세상의 슬픈 법칙이지요."

도사가 현종에게 걸어 놓은 주술을 옥환은 언제나 자신의 손으로 푸는 작업을 시작했다.

"이처럼 폐하와 함께 지낼 수 있는 밤의 숫자도 한정된 것이지요. 끝없이 영원히 계속될 수만 있다면, 그것은 얼마나 멋진 일이겠습니까마는 유감스럽게도 그것은 한정된 것이랍니다."

이 세상에서 누구보다도 생에 집착하고 있는 한 인간에게서 한꺼풀 한꺼풀 벗겨내듯이 생에 대한 꿈을 벗겨 나간다. 그리고 언젠가는 죽어야 할 인간으로서 옥환은 노권력자의 팔 속으로 파고든다. 죽어야 할 인간임을 설파당한 권력자는 자신에게 그렇게 설파한 죽어야 할 인간인 여체를 껴안는다.

죽음의 상념이 충만하고 있는 침실에서는 생의 환희가 바로 이 두 사람이 이 세상에서 교환하는 맹세 같은 것이 되었다. 맹세는 격렬하게 치러지기도 하고 부드럽게 치러지기도 하지만, 그것은 언제나 사랑으로 결정을 이루어 나갈 것이었다. 진주처럼 작고, 희고, 단단하고, 빛나는 것이 현종의 마음속에 지어져 있는 켜들 가운데서 살그머니 결정을 만들어 나간다. 옥환은 현종의 몸을 빼앗음과 동시에 그 마음도 빼앗지 않으면 안 되었다. 그렇게 하지 않았다가는 3천의 후궁에게서 노권력자를 빼앗을 수 없을 테니까….

옥환이 현종의 부름을 받은 이듬해인 개원 29년, 현종은 정월부터 온천궁으로 행차했다. 물론 옥환도 따라 갔다. 이 온천궁에서 옥환은 매비와 두 번째 대면을 했다. 매비와의 첫 대면은 옥환이 현종에게 부름을 받은 바로 그날 밤의 일이었는데, 매비에게서 이때 받은 사람을 사람으로 여기지 않는 그 방자한 인상은 옥환의 마음에서 지워지지 않았다. 아마도 이것을 평생 잊을 수 없으리라 여겼다. 이번 두 번째 대면은 온천궁의 널따란 뜰 한구석에서였다. 뜰은 느릿한 사면을 이루며 여러 개의 단락이 지어져 있었다. 옥환은 시녀 둘을 데리고 맨 아래쪽 뜰에서 위쪽 뜰로 향하여 천천히 오솔길을 따라 올라가고 있었다. 그러는 동안에 옥환은 위로부터 내려오고 있는 매비와 정면으로 얼굴이 마주쳤던 것이다. 매비도 두세 명의 시녀를 거느리고 있었다. 옥환은 매비의 모습을 발견하자 발길을 멈추고, 길옆으로 몸을 비켜 매비를 위해 길을 내주려고 했다. 그러나 매비는 매비대로 똑같이 발걸음을 멈추고, 그곳으로부터 내려오려 하지 않았다. 그러자 매비의 시녀 하나가 다가와서,

"위쪽 뜰로 가십니까?"

하고 정중한 말투로 물었다. 옥환의 시녀가 그렇다고 대답하자,

"위쪽 뜰로 올라가시는 것은 좋습니다만, 매화나무 숲으로는 들어가지 않으셨으면 합니다."

하고 말했다. 옥환의 시녀가 그 이유를 묻자,

"매비님이 시를 지으실 때까지는 어느 누구도 매화나무 숲에 들어가는 일을 금하고 있답니다. 폐하께 특히 청을 드려 그런 영을 내리시게 했습니다. 이를 모르시면 곤란하므로 미리 알려드리는 것입니다."

옥환은 그 말을 듣고 시녀에게 알았노라고 대답하게 하고서 상대방이 내려오기를 기다렸지만, 도무지 내려올 기색이 없어 그대로 올라가 매비에게 목례를 보내고 그 앞을 지나갔다. 매비는 옥환이 일단 길을 내려가 매비가 지나가기를 기다렸다가 다시 위로 올라갈 것이라 기대했던 모양이었다. 그랬던 것을 아무렇지도 않게 옥환이 올라갔으므로, 이것이 비위에 거슬렸던지,

"어머나, 당차시기도 하셔라."

그런 시녀의 목소리가 옥환의 등 뒤에서 들렸다.

위 뜰로 올라가 보니, 과연 오른쪽으로 널따란 매화나무 숲이 있었다. 옥환은 시녀들이 애타하는 것을 무릅쓰고 대뜸 매화나무 숲으로 들어갔다. 매화는 마침 꽃을 막 틔우려 하고 있었다. 단단한 봉오리가 매달린 가지들을 쳐다보며 나아가자, 이곳저곳에 꽃잎을 벌리고 있는 하얀 꽃을 볼 수 있었다. 옥환은 시녀 하나를 시켜 작은 가지를 꺾게 했다. 그리고 그것을 자신의 방으로 가지고 돌아가 한 구석의 탁자 위에 장식해 놓았다.

현종이 이 방을 찾아왔을 때, 옥환은 그것을 현종에게 가리키며

"매비님의 매화 숲에서 매화가지 하나를 말도 없이 꺾어 왔습니다. 저 역시 이 세상의 꽃 중에서 매화가 제일 좋습니다."

하고 말했다. 그러자 현종은

"그렇다면 저 매화나무 숲의 반은 옥환에게 주지."

하고 말했다.

"반이라고요?"

"모두 갖고 싶은가?"

현종이 물었다.

"모두 갖고 싶다면 다 주지 뭐."

"매비님이 승낙하실까요?"

옥환이 묻자,

"승낙하건 말건 내가 주는 거야."

그렇게 현종은 말했다.

"매화 숲만이 아니라, 매비님의 관저도 갖고 싶습니다."

"갖고 싶으면 주지. 매비는 장안으로 돌아가라고 하면 되고…."

"장안의 대명궁大明宮 중에서도 가장 훌륭한 방을 가지고 계시던데요?"

"그것이 필요하면 그것도 주지. 매비는 다른 곳으로 보내면 될 테고…."

"매비님은 똑똑한 시녀만을 거느리고 있다는 소문이던걸요?"

"좀 더 똑똑한 아이들을 갖고 싶으면 모아들이면 되지. 그리고 매비의 시녀가 꼭 갖고 싶다면 그걸 옥환에게 줄게!"

"더 갖고 싶은 것이 있습니다."

현종은 다소 복잡한 표정으로 옥환의 눈을 들여다보았다.

"지금까지 말씀드린 것들은 모두 필요 없습니다. 그보다도 매비에게 주고 계신 그 마음 말입니다. 그것을 받고 싶습니다."

그러자 현종은 다소 표정을 누그러뜨리고는,

"그리고 또?"

하고 말했다.

"이제는 더 필요하지 않습니다."

"가장 중요한 것을 빠뜨리고 있군."

"무엇입니까?"

"옥환이 갖고 싶은 것은 매비의 목숨이 아니었나? 필요하다면 그것도 주지 못할 것도 없지."

현종은 웃었다.

"매비님의 목숨 따위를 받아 보았자 무슨 소용이 있습니까? 그처럼 감싸시는 마음을 받고 싶습니다."

옥환은 그렇게 말했다. 옥환은 현종이 매비를 감싸고 있음을 느끼고 있었다. 아무런 죄도 없는데, 옥환이 바라는 것들을 매비에게서 빼앗아 옥환에게 준다는 것은 아무리 생각해도 부자연스러운 일이었다. 그렇게 하고서도 아무렇지도 않게 여길 정도로 더 큰 것을 상대방에게 주고 있다는 뜻이 아닌가? 현종은 옥환에게 하나만을 총애한다고 단언하고 있는 것으로 보아, 아예 이 기회에 매비를 옥환의 눈앞에서 감추어 버리려고 생각하고 있는 것인지도 모른다.

현재, 장안의 대내大內, 대명大明, 흥경興慶 세 궁전과 낙양의 대내大內, 상양上陽 궁전에는 이른바 3천의 후궁이라는 것이 있었다. 그리고 장안의 유행이라는 유행은 머리 모양 하며, 의복 하며, 놀이 하며 모두가 그러한 여성들 사이에게서 움터 나오고 있었다. 지금 시정에 유행하고 있는 호모胡帽를 쓰고 남장을 하고서 말을 타는 일도 원래는 궁중 여인네들 사이에서 유행했던 것이다. 궁녀들의 대다수가 홍장紅粧=짙은 화장을 하다 보면, 장안의 여자들 사이에서도 홍장이 유행하고, 코뿔소의 뿔이나 상아의 빗이 사용되었다 하면 시정에서도 그것이 유행하곤 했다.

옥환은 그런 궁녀들에 대해서는 아무 것도 알고 싶어 하지 않았다.

별로 깊은 관심이 없었다. 노권력자의 일시적인 기분을 맞추어 주는 하룻밤의 노리개에 지나지 않았으니까 말이다. 그런 것들은 숫자가 적은 것보다는 많은 편이 좋았다. 그러나 오직 하나, 매비만큼은 신경이 쓰였다.

옥환은 매비에 대해 일단 알아낼 수 있는 것들은 모두 알고 있었다. 자신이 옥으로 된 팔찌를 달고 태어났다는 것까지 알고 있는 이 여인에 대해 옥환은 이쪽에서도 알아낼 수 있는 만큼 알아 두지 않으면 안 되었다. 매비는 성은 강江이며 복건성福建省 출신이었다. 아버지 이름은 중손仲遜으로서, 대대로 의업을 이어 내려오는 집안이었다. 매비는 어려서부터 시를 읽었는데, 아버지는 『시경詩經』* 중의 시편의 '채빈采蘋*'을 따서 딸의 이름으로 삼았다는 것이다. 매비는 20세 때 高 力士의 추천으로 복건으로부터 도성으로 올라와 후궁으로 들어왔는데, 금방 현종의 총애를 한 몸에 받게 되어 오늘날에 이르고 있는 여성이었다.

매비와 옥환은 모든 것이 정반대였다. 옥환은 작은 체구에 살이 통통했지만, 매비는 장신으로 늘씬했다. 옥환은 자신의 감정을 문자로 표현한다는 짓을 지금까지 한 번도 생각해 본 일이 없었지만, 매비는 자신의 감회를 시 형식으로 표현하는 일에 능했고 그림도 잘 그렸다. 옥환은 음악을 좋아해서 악기를 연주하거나 노래를 하거나, 춤출 줄은 알았지만, 그림을 그리는 마음이란 전혀 없었다.

매비는 매화를 좋아해서 장안에서도 자신의 방 앞에다 여러 그루의 매화나무를 심어 놓았고, 현종으로부터 '매정梅亭'이라고 쓴 현판을 받아 놓고 있었다. 애초에 매비라는 이름 자체가 현종에게서 받은 것이었다.

현종 황제는 새해 첫머리의 며칠 동안을 여산에서 지내며 숱하게 많은 연중행사 중에서도 가장 성대하게 지내는 원소관등元宵觀燈에 때를 맞출 수 있도록 온천궁에서 장안의 궁성으로 돌아갔다. 옥환도 현종을 수행했다.

원소란 정월 보름날 밤을 가리키는 말인데, 중국에서는 예로부터 지내 내려오는 정월의 한 명절이다. 이 보름날을 전후해서 각각 하룻밤, 어느 집에서나 등롱을 집 앞에 걸어 놓고 사흘 밤낮을 잔치 기분으로 들떠 노는 풍습이 있었다. 수나라 시절부터 시작된 것이지만, 당나라 시절에 들어와서도 널리 보급되었고, 현종 때에는 더욱 성해져 있었다. 이것은 도시뿐 아니라 시골에서도 모두 지내지고 있었지만 수도 장안의 원소가 가장 화려해서, 해마다 연초의 사흘 밤은 가슴 설레는 흥분이 거리거리마다 피어나고 있었다. 등롱은 집집마다 달랐는데, 각각의 집마다 그 장식을 각기 달리 고안해 내어 그 많은 숫자를 자랑하기도 했고, 또한 그 정교함을 겨루기도 했다.

　　등 내걸린 천 개의 나무들이 빛을 발하며,
　　불꽃이 일곱 나뭇가지 위로 벌어지는구나.

수隋나라 양제煬帝의 시의 한 구절이다. 수나라 시절에도 화려했지만, 현종의 시절이 되자 비교도 되지 않게 현란해졌다. 이 사흘간은 야간 통행금지가 풀리고, 거리 여기저기에는 등롱의 시렁이 마련되고, 길이란 길은 등불로 장식되어 있는 가운데 밤새도록 노래와 춤으로 광란하는 남녀의 흐름이 끊이질 않았다. 이 사흘 동안은 통행금지가 풀려 있었으므로 일반 서민들은 말할 것도 없고, 제녀帝女 황비皇妃까지도 왕궁을 나서는 형편이었다. 현종의 아버지인 예종의 선천先天 원년서기 712년 정월 14, 15, 16일 밤, 안복문安福門 밖에는 높이 20길의 등륜燈輪을 만들어 놓고 여기에 비단을 입히고, 금은을 장식한 다음 5만 개의 등롱에 불을 밝혔다. 멀리서 이를 바라보면, 꽃나무와도 같았다는 기록이 남아 있는데, 현종의 시절에는 한층 규모가 커져 거대한 등륜을 거리거리에 만들어 놓았고, 도읍은 꽃나무로 뒤덮였던 것이다.

옥환은 이날 밤, 시녀 몇 명을 거느리고 태진궁을 벗어나 화려하게 차려입은 인파가 넘실거리는 도읍의 거리를 구경하러 나섰다. 도중까지는 가마를 타고 거리 중심부에 들어서면서부터는 시녀를 대동하며 거리를 걸었다. 옥환은 수왕비가 되고 난 이후로 좀처럼 거리에 나가는 일이 없었지만, 그래도 1년에 한 번 이 원소관등의 밤만큼은 예외였다. 어느 누구도 옥환이 어떤 신분의 여성인지에 대해 주의를 기울이지 않았고, 설혹 그것을 알게 되었다 한들 개의하는 자가 없었다. 이 하룻밤만큼은 예법 따위를 따지는 일이 없었고, 상하 귀천을 구별하지 않았다.

옥환은 시녀 하나를 시켜 가면을 사게 해서 이를 얼굴에 썼다. 시녀에게도 가면을 쓰게 했다. 그리고 사람의 흐름 속으로 들어가, 등화가 환하게 밝혀진 거리거리를 걸었다. 거리의 빈터라는 빈터마다 음식점이 가점포를 내놓고 있었으며, 광장이란 광장마다 거리를 보여 주는 임시 무대가 차려져 있었다. 음식을 파는 곳이나 재주를 보여 주는 곳이나, 모두 등불로 꾸며져 있었다.

옥환은 인파 속으로 들어갔고 시녀와 함께 인파가 흘러가는 쪽으로 따라 걸어갔는데, 도중에 이쪽으로 향해 오는 인파 속에서 뜻밖에 고 역사의 모습을 발견했다. 고 역사의 커다란 덩치가 늘 궁중에서 보는 것과는 달리, 매우 조촐하고 무력한 존재로 보였다. 그는 여러 명의 종자를 거느리고 있었고, 그들에게 호위를 받고 있는 듯이 걷고 있었지만 종자를 거느릴만한 자가 지닌 위엄 같은 것은 조금도 드러나 보이지 않았다. 등 뒤로 떠밀리어 오는 인파에 밀린 채로 걷고 있는 것으로 보였다. 이런 광경 역시 고 역사가 환관임을 보여 주고 있었다. 옥환은 가면을 뒤집어쓰고 있었던 터라 이쪽을 알아볼 염려는 없었다. 옥환은 고 역사를 계속해서 주시하였다. 고 역사 역시 등빛 밝은 거리의 열기를 맛보려던 것이려니 생각했다. 그러나 이곳의 밤 풍경에는 어울리지 않는 이질적인 무엇이 잘못해서 끼어든 것 같은 형국이었다.

옥환은 고 역사와 스쳐 지나간 다음, 쓰고 있던 가면을 벗고서는 곁의 시녀에게 지금 지나간 것은 고 역사인데, 못 알아보았느냐고 물었다. 시녀는 알지 못했노라고 대답했다. 그때, 시녀는 무슨 말인지 하려다가 갑자기 멈추고 나서 표정이 뻣뻣하게 굳어졌다.

"매비님이…"

하고 작은 목소리로 속삭였다. 옥환은 언저리 일대를 훑어보았지만 어디에 매비가 있는지 알 수가 없었다.

"저쪽에서 오고 계십니다."

그 말에 옥환은 앞쪽의 인파에 시선을 던졌다. 매비가 틀림없었다. 매비 역시 여러 명의 시녀를 거느리고 있었다. 옥환이 매비를 자신의 시선으로 잡았을 때, 매비 쪽에서도 옥환을 알아본 모양이었다. 매비의 한 무리는 밝고 흥겨운 웃음소리를 흩뿌려가면서 다가왔다. 매비의 시녀들은 차차로 이쪽 일행을 알아본 듯, 각각이 표정을 바꾸어 가면서 지나갔다.

조그마한 두 개의 여인들의 집단은 매우 조용한 표정으로 마주쳤고 금방 스쳐 지나갔다. 옥환은 스쳐 지나가면서 매비에게 눈길을 보냈지만, 매비는 짐짓 그렇다는 점을 알아볼 수 있도록 의식적으로 외면하고 있었다.

"살찐 돼지."

옥환은 그런 소리를 언뜻 들었다. 분명 매비의 일단 가운데서 이쪽으로 던진 조소의 외침이었다. 옥환은 그 소리를 들었지만, 듣지 않은 것으로 하고 시녀들에게도 아무 말을 하지 않은 채, 그대로 걸었다.

옥환은 그 말이 매비의 입에서 나왔다는 것을 알고 있었다. 아무리 이쪽에 반감을 가지고 있었다 하더라도 시녀의 입에서 그런 말이 나올 수 있을 것이라고는 여겨지지 않았다. 옥환은 분노의 감정을 필사적으로 참아내고 있었다. 상대방을 이 지상에서 말살해 버리고 싶은 격렬한 노여움이었다. 태어나서 지금까지 '돼지'라는 조소를 들은 일이 없었다. 그러나 그 노여움이 문득 다른 것으로 바뀌었다. 고 역사의 일을 떠올렸기 때문이다. 고 역사의 일단과 매비의 일단은 과연 서로의 존재를 알아차리지 못한 채 저 엄청난 인파 속에 들어가 있었던 것일까? 아니면 저 두 집단은 원래 하나였는데, 그것이 도중에서 둘로 갈라진 것일까? 어쩌면 고 역사는 매비의 일단 앞에 서서 매비의 호위 역을 맡고 있는 것이 아닐까?

옥환은 등불의 거리 한가운데에 우뚝 섰다. 온 몸이 얼어붙는 듯한 싸늘한 마음이 옥환을 사로잡았다. 술 취한 채 춤을 추면서 지나가는 일단이 옥환을 휩쓸어가려 했다. 옥환은 비틀거리면서 그 소용돌이에서 튕겨져 나왔고, 시녀가 옥환의 양쪽으로 붙어 섰다. 무수한 악기의 소음들이 사방에서 울리고 있었다.

옥환은 자신이 적에게 포위되어 있는 듯한 기분이 들었다. 적이 나를 말살하려 하고 있음이 틀림없다. 내가 말살되는 것이 싫다면, 내 쪽에서 상대방을 말살하는 수밖에 없지. 궁정에 들어간 모든 여성이 반드시 안게 되고야 마는 고독과 불신의 의자에, 옥환도 원소관등의 밤에 드디어 앉게 되고 만 것이다.

양옥환은 태진궁에 갇혀 사는 자신에게 불안을 느끼고 있었다. 태진궁에 틀어박혀 여자도사가 되어 있는 것은 물론, 일시적인 방편이므로 세상의 눈이 이번 사건으로부터 떠나는 날에는 정식으로 후궁이 되어 이에 걸맞은 대우를 받게 될 터이겠지만, 그렇게 되기까지에는 안심할 수 없는 구석이 있었다. 꼭 그렇게 될 수 있다는 보장이 또 어디에 있단 말인가? 현종 황제에게 참소를 하는 자라도 나타난다면, 노권력자는 이 세상의 누구보다도 그런 일에 대해서는 마음이 약했다. 간단하게 그 말을 받아들이고 말 것이 틀림없었다. 그럴 경우, 정식으로 후궁이 되어 지위를 단단히 해 놓은 다음이라면 자신의 처지를 방어할 방도를 생각할 수 있겠지만 일개 여도사인 한, 전적으로 무력하고 무방비한 존재가 아닌가?

옥환은 하루바삐 후궁이 되지 않으면 안 된다고 생각했다. 실제로는 매일 밤 현종과 잠자리를 함께 하면서 그 총애를 한 몸에 받고 있는지라, 3천 후궁의 안색을 무색하게 만들어 놓고 있기는 하지만, 옥환 자신은 그 정도로는 조금도 만족하거나 안심할 수가 없었다.

옥환은 여도사로서의 이름인 '태진'을 좋아하지 않았다. 현종은 '태진! 태진!' 하고 부르고, 궁정 안의 모든 사람들이 '태진님'이라 부르고 있었지만, 옥환은 그런 호칭을 들을 때마다 늘 불안감을 느꼈다.

옥환이 한밤중, 현종 황제의 가슴에 얼굴을 파묻고 있을 때, 조그마한 목소리로

"태진이라는 이름은 싫어요."

하고 말했다. 이 경우뿐 아니라, 옥환은 아무리 작은 요구사항이라도 침소에서만 내놓곤 했다. 낮에 얼굴을 마주보고 있을 때에는 현종 황제 쪽에서 무엇인가를 준다고 해도 이를 고사했다. 그러나 권력자의 고독한 마음을 자신의 양손에 쥐어 아무 곳으로도 새어 나가지 못하도록 끌어안고, 자신의 마음을 단단하게 상대방에게 붙들어 매고 있을 때면 옥환은 대낮과는 정 반대였다. 분명히 자신이 바라고 있는 것을 달라고 했다. 이 이상 가냘픈 목소리는 없다고 여겨지는 소리로 현종의 가슴 속 가장 깊은 곳에 켜져 있는 고독한 등불에 숨을 가늘 채, 상대방에게 가 닿을까 말까한 목소리로 속삭이곤 했다. 누구에게 들려주는 목소리가 아니었다. 권력자의 마음 속 깊은 곳의 조그만 등불이 이에 의해 흐느적거리면 그것으로 족했다.

"이 옥환을 태진이라고 부르는 것이 좋으신가요?"

"태진이 어때서? 태진은 귀여운 이름인 걸…."

"평생 동안, 아마도 태진이라고 부르실 생각이시죠? 평생 태진궁에 가두어 놓고 언제까지나 태진! 태진!…."

"그럴 리가 있나?"

"아뇨, 그럴 겁니다. 매비님에게는 비! 비! 하고 부르시면서 소첩에게는 태진! 태진!"

이 언저리에서 옥환은 울었다. 정말로 눈에서 눈물이 나왔다. 이 2~3년 살갗이 고와진 대신에 현저하게 탄력이 없어진 현종의 가슴팍에 얼굴을 대고서 그곳을 눈물로 적셨다. 태진은 거짓 눈물은 흘리지 않았다. 속상한 이야기를 하고 있자면 정말로 마음이 슬퍼지고, 슬픈 이야기를 하고 있으면 실제로 마음이 슬픔으로 채워지곤 했다. 이런 일은 옥환이 어렸을 적부터 그랬는데, 옥환은 자신의 마음을 어떤 상태로든 만들어 놓을 수가 있었다. 즐거운 이야기를 할 때도 마찬가지였다. 입으로 즐거운 이야기를 하고 있으면 마음은 즐거움으로 가득 차고, 눈은 기쁨으로 빛나고, 얼굴은 마음에서 우러나는 즐거움으로 전과는 딴판으로 변하곤 했다.

"그런 일이 그처럼 슬프단 말인가?"

"그런 일이라니요? 옥환에게는 대단한 일입니다. 아랫것들인 남자들이 제 계집을 생각해 주듯이, 옥환 생각도 해주셨으면 합니다."

"짐이나 아랫것인 남자들이나 아무 것도 다를 것이 없어."

"어머나!"

참으로 어처구니없다는 듯이, 옥환은 상대방의 가슴에서 살짝 고개를 든다. 그리고 현종에게 이처럼 아름다운 손가락이 이 세상에 또 있을까 하고 생각하게 만들 화사한 손가락이 권력자의 가슴을 삼현금의 현 위를 기듯이 타고 올라간다.

"보십시오! 여기에는 돌궐*, 그리고 여기에는 거란, 그리고 여기에는 토번, 그 곁에는 남조南詔*, 제가 들어갈 틈바구니는 어디에도 없어요. 세상의 보통 남자들 가슴에는 이런 것이 하나도 들어 있지 않거든요. 좋아하는 여자를 거뜬히 받아 넣을 항아리가 언제나 큰 입을 벌리고 있는 법이거든요."

"됐어. 내 가슴에서 토번 이외의 것들은 모두 쫓아내지 뭐. 다른 오랑캐 따위는 보잘 것 없는 것들이거든. 토번만이 아른아른하고 있지."

현종은 말한다. 실제로 토번 이외의 이민족은 보잘 것이 없었다. 토번만이 거추장스러웠다. 옥환이 온천궁으로 불려 들어오기 전해인 개원 27년 3월에 토번의 침범이 있었다. 그래서 하서河西=甘肅省 靈武縣 지방 쪽이 한때 소란스러웠다. 이듬해인 28년 10월과 29년 6월, 다시금 토번이 준동을 했다. 현종으로서는 조만간 무슨 수를 써야만 했다.

"토번과 소첩만⋯ 정말 그렇게 된다면 얼마나 기쁜 일일까요. 꿈과 같습니다."

옥환은 말했다. 그러나 옥환은 이것으로 만족하고 있는 것은 아니었다. 어차피 내쫓을 거라면 토번까지도 몽땅 쫓아내고 싶었다. 대당 제국의 권력자쯤 된 자가 토번의 침범 따위로 속을 썩인다니 정말 우스꽝스런 일이라고 여겨졌다. 아무나 우수한 무인 하나를 골라 토번에 대해 전념하라고 맡겨 두면 간단히 토번 문제에서 벗어날 것이 아닌가? 그런 우수한 무장이 없는 것도 아니니 말이다. 현종이 아무도 믿지 못한다는 데에 문제가 있었다. 그렇지만 토번을 현종의 마음속에서 쫓아내는 일 정도라면, 옥환으로서는 훨씬 앞날의 일이 되더라도 상관이 없었다.

옥환은 침소에서 자신의 요구를 현종의 가슴팍에 대고 속삭였지만, 낮에 현종이 그 문제를 들고 나오면 마치 사람이 달라지기라도 한 것처럼 얼굴을 붉히며 말했다.

"옥환은 침소에서 말씀드린 것을 하나도 기억하고 있지 않습니다. 무슨 말씀을 드렸을까요? 아마 지금 그 내용을 들었다가는 귀를 틀어막고 싶어지는 부끄러운 이야기일 것이 틀림없습니다. 황제께서는 저를 음란한 계집으로 만들어 놓고, 욕심 사납고 이기적이며, 게다가 질투심 가득한 여자로 만들어 놓고 계십니다. 아무쪼록 제가 침소에서 말씀드린 일들에 대해서는 신경을 쓰지 마셨으면 합니다. 옥환은 아무 것도 필요하지 않습니다. 지금의 저로 족합니다. 그저 황제 폐하를 곁에서 모시고 있는 것, 그것만으로도 충분합니다."

현종으로서는 이것이 옥환의 심정의 참모습인 것으로 받아들였다. 옥환은 잠자리에서 두 사람이 교환한 이야기에 대해서는 다시 언급하는 것을 두려워하는 듯한 표정을 지었다. 현종의 말을 듣지 않으려고 귀를 양 손으로 틀어막고서 현종의 앞에서 벗어나려고 했다.

현종으로서는 이러한 옥환이 귀엽게 비치지 않을 수가 없었다. 현종 은 옥환에 대해 두 가지의 면모를 알고 있는 셈이었다. 밤에는 음란함 도, 탐욕도, 질투심도, 어느 것 하나 감추는 일 없이 속삭거리는 조그맣 고 귀여운 생물이었다. 그리고 낮에는 필사적으로 그러한 자신의 것을 밀어내고 자신의 내부의 것과 싸우며, 오직 정숙하고 자기희생적이고자 하는 기품 있는 몸가짐을 가진 미모의 여성이었기 때문이다.

현종은 그래서 옥환이 무엇을 바라고 있는지를 알았다. 그리고 또 얼 마나 그녀가 그것을 바라고 있지 않은지도 알았다. 현종은 적나라한 옥 환도 알고 있었다. 옥환의 육체의 비밀도, 정신의 비밀도, 모두 알고 있 었다. 그리고 바로 그러한 것들과 무관한, 적어도 무관하려고 애쓰고 있는 옥환도 알고 있는 셈이다.

현종은 옥환을 그 자신도 낭자라고 부르고, 남에게도 그렇게 부르게 하기로 했다. 그리고 황후와 똑같은 대우를 해주었다. 밤의 옥환은 그 것을 원하고 낮의 옥환은 그것을 거부했지만, 이처럼 요구와 거부를 되 풀이해 가면서 옥환은 그것을 마침내 제 것으로 만든 것이다. 옥환이 태진이라고 불리지 않고 낭자로 불리게 된 것은 그녀가 태진궁에 들어 간 지 꼭 1년의 세월이 지난 개원 29년이 다 저물어갈 무렵이었다. 이 해에는 9월에 신기하게도 큰 비와 큰 눈이 내렸다. 큰 비가 온 다음, 그 것이 그치자마자 큰 눈이 왔다. 현종은 추위를 피해 온천궁으로 갔고, 11월에 장안으로 돌아왔다. 그리고 12월, 토번이 석보성石堡城을 함락 시켰다는 보고가 조정에 도달하고 있었다.

현종은 이듬해 정월 개원을 하기로 하고, 이 해를 천보天寶 원년이라 했다. 정월의 축하연에서 백관들은 현종 황제에게 존호를 바쳤다. 개원 천보성문신무황제開元天寶聖文神武皇帝라는 아주 긴 것이었다. 현종은 싫 지 않은 기분으로 그것을 받았다. 그리고 2월이 되자, 관명官名을 바꾸었다. 지난해가 저물어 갈 때, 옥환을 낭자라고 고친 것이 계기가 된 형국으로 하나씩 하나씩 모든 것이 변했다. 빈자리로 되어 있는 재상의 자리에 이임보李林甫가 앉게 되는 것이 아니냐는 소문이 돌게 된 것도 이 무렵이었다.

낭자라고 불리게 되고 대우가 달라지는 바람에, 천보의 새로운 해를 새로운 기분으로 맞이할 수가 있었다. 옥환은 비妃가 되는 일에 대해서는 그다지 서두르지 않았다. 현종 황제 쪽에서는 옥환을 비로 삼는 일을 1년 후의 일로 작정하고 있었으나, 옥환은 이번에는 이것을 침소에서까지 고사했다. 비로 책립해 주시는 것은 고마운 일이나 적어도 지금부터 3년 후의 일로 해주셨으면 좋겠다고 말했다. 현종이 자기 아들의 비를 불러들였다는 소문이 완전히 사그라질 때까지 연장해달라는 것이 옥환의 말이었다. 현종에게는 그러한 옥환이, 속 깊고 욕심 없는 여자로 보였다.

옥환으로서는 비가 되기야 하겠지만, 그렇게 되기 전에 나름대로의 준비가 필요했다. 비가 되는 동시에 적도 많이 생길 것이니까 말이다. 어디로부터 공격을 받더라도 끄떡도 하지 않을 정도의 방패막이를 자신이 앉을 의자 주변에 배치해 두지 않으면 안 되었다. 옥환은 지금까지 가깝지도, 그렇다고 멀지도 않은 관계를 유지해 온 환관 고 역사에 대해 급속하게 접근하는 자세를 취했다.

옥환의 눈에는 자신의 주위 인물 가운데 고 역사가 가장 골치 아픈 존재로 보였다. 현종의 마음속에 깊이 파고든 소위 총신寵臣이라는 것이 몇 있었지만, 고 역사의 경우 총신이라고 할 정도의 인물로만 치부할 일이 아니었다. 현종과의 관계는 좀 더 긴밀하고 특수한 것이었다. 조금 과장해서 말한다면 현종의 일부라고 해도 좋을 만했다.

고 역사는 현종의 환심을 사는 따위의 태도는 취하지 않았다. 다른 사람이라면 입에 올릴 수도 없는 불손한 말도 곧잘 내뱉곤 했지만, 무슨 소리를 해도 현종은 노하는 일이 전혀 없었다.

옥환은 태진궁에 들어간 후로도 고 역사라는 인물을 주의 깊게 관찰하고 있었는데, 고 역사가 어떤 생각을 가지고 있는 인물이냐에 대해서는 전혀 짐작도 할 수 없었다. 현종에 대해서도 환영할 만한 인물인지 그 반대인지조차 판단할 수 없었다. 알 수 있는 것은 고 역사가 책사策士적인 성격을 지니고 있다는 것, 권력에 약하다는 것, 욕심이 많다는 것, 환관 특유의 부정적인 면이 상당히 노골적으로 나타나고 있다는 것이었다. 현재 고위층에 속해 있는 자, 다수가 고 역사와 손을 잡음으로써 그 지위를 갖게 되었다는 말들이 오가고 있을 정도다. 그러면서도 다른 한편으로는 폐하를 섬기는 일에 사적인 것이 없고 순수하다고 여겨지는 것들이 있다고 느껴졌다.

옥환이 불려온 첫날밤에도 현종은 헛것에 겁을 먹고 고 역사를 불렀다. 그 뒤로도 때때로 같은 일이 벌어지곤 했다. 옥환은 현종의 마음속에서 자객의 그림자를 말끔히 씻어내 버리려고 애를 썼고, 실제로 현종의 겁도 어느 정도 없앨 수가 있기는 했지만, 그것을 완전히 없앨 수는 없었다. 역시 한 달에 한 번쯤 현종은 깊은 밤에 침상에서 일어나 고 역사의 이름을 부르곤 했다.

"할아범 있는가? 고 역사는 거기 없나?"

고 역사는 언제나 긴 회랑을 밟고 걸어왔다. 고 역사가 궁에서 숙직을 하고 있다는 것을 알고 있는 것만으로도 현종의 병적인 공포심은 사라졌다. 이런 점에서는 옥환이 고 역사에게 미치지 못하는 것이 있다는 것을 인정하지 않을 수 없었다.

고 역사는 표면적으로는 정치상의 일에 대해 일절 아는 채 하지 않았다. 그러나 뒤에서는 그가 중대한 발언권을 가지고 있다는 것을 누구라도 충분히 상상할 수 있었다. 다만 그러한 발언이 고 역사 자신의 이익을 위한 것이냐, 현종을 위한 것이냐를 놓고 판단하려 할 때면 옥환으로서는 더더욱 알 수가 없었다.

고 역사는 사성嗣聖 원년서기 684년 번주藩州=廣東省의 일부에서 태어났는데, 현종보다 한 살 위였다. 본성은 풍馮, 어머니는 맥麥씨, 고연복高延福이라는 인물이 키워 주는 바람에 고씨 성을 쓰게 되었다고 한다. 성력聖曆 초서기 698년경 영남 토격사嶺南討擊使가 엄아閹兒=거세된 아이로 바쳐서 궁중에 들어왔고, 자라난 다음 무후武后를 섬기다가 사궁대司宮臺=내시성에서 후와 비들의 궁 출입을 관장하는 관리가 되었다. 현종의 대에 이르러 단박에 현종의 신임을 얻어 몸과 그림자가 함께 어울리는 형국으로 그 곁을 떠나는 일 없이 오늘에 이르고 있었다. 태자 형亨의 입태자立太子 때에는 고 역사의 뒷받침이 있었다는 소문이 있으며, 그래서 亨은 고 역사를 형처럼 대접하고 있다고 한다.

천보라고 개원한 해의 5월, 옥환은 처음으로 고 역사를 그녀의 관저로 초청해서 저녁밥을 같이 먹었다. 고 역사하고는 매일같이 얼굴을 마주 대하고 있었지만, 단 둘이서 이야기해 본 일이 없었다. 옥환은 고 역사에 대해 최대한의 예를 갖추어 환대했다.

"저는 황제의 부름을 받아 이곳에 온지 1년의 세월이 지났습니다. 후궁으로 들어온 여인네들이 어떤 것인지도 조금은 알았습니다. 그래서 오늘 와 주셔서 새삼스럽게 저에 대해 힘을 써 주십사하고 부탁해야겠다고 생각했답니다."

하고 말했다. 그러자,

"비께서 저를 불러 주셔서, 고 역사 분에 넘치는 행복을 맛보고 있습니다."

이렇게 고 역사는 말했다. 고 역사는 항상 옥환에게 '비님'이라 부르고 있었다.

"저야말로, 비님께서 힘이 되어 주셨으면 하고 생각하고 있었습니다. 그러던 것이 오늘 이렇게 불러 주셔서 이처럼 기쁠 수가 없습니다."

고 역사의 눈은 여느 때보다 한층 차갑게 보였다. 주름투성이 얼굴에서 그곳만이 살아 있는 것 같았다. 말을 하고 있을 때면, 얼굴 아래쪽

반에 있는 근육만이 흐물거리며 움직였는데, 그런 경우에도 눈만큼은 표정을 지니고 있었다. 옥환은 고 역사라는 인물의 속내를 알기 위해서는 눈의 움직임만을 주시하고 있으면 된다는 것을 알았다. 상냥한 빛이 되었다가도 잔혹한 싸늘함을 지니기도 했다. 대체로 말을 하고 있을 때에는 부드러움을 지니지만 입을 다물면 그것이 냉혹한 것으로 변하곤 했다.

"제가 평소에 생각하고 있던 것이 있는데, 그것을 말씀드려 보겠습니다."

고 역사가 불쑥 이렇게 말했다. 옥환으로서는 선수를 빼앗기고 만 기분이었다. 댓바람에 자신의 가슴속에서 생각하고, 또 생각한 것들을 상대방에게 죽 늘어놓아 가며 모든 것을 내놓음으로써 상대방의 마음을 이쪽으로 붙들어 매어 볼 요량이었지만, 오히려 이와 똑같은 일을 지금 고 역사가 자신에게 하려고 하는 것으로 보였다.

"비님은 수왕과 결혼할 적에 양현교님의 따님으로 되어 있습니다. 그러나 어떨까요? 현교님에게는 감鑑이라는 아드님 한 분뿐입니다. 비님은 아우를 한 분만 가지고 있는 셈입니다. 가능하다면 많은 형제가 필요합니다. 비님께서 정식으로 비가 되실 때에는 뭐니 뭐니 해도 형제가 가장 큰 힘을 발휘해 줍니다."

고 역사는 말했다. 옥환은 잠자코 있었다. 고 역사가 하려는 말을 아직 잘 모르고 있는 것 같았다.

"이 참에 아주 양현교님의 양녀라고 하는 것이 어떻겠습니까? 전에 수왕께 시집간 옥환님은 친딸, 이번에 비가 되실 옥환님은 양녀. 같은 이름을 가진 친 따님과 양녀가 계셨던 것이 되지 않겠습니까? 이런 것은 서류상으로만 그렇다는 것입니다. 시대가 지나 50년, 100년 뒤가 되다 보면 이런 게 필요하기 마련입니다. 폐하께서도, 비님께서도 이렇게 하는 쪽이 바람직하지 않을까 생각합니다. 수왕의 비가 되신 옥환님과 대당 제국의 비가 되신 옥환님은 같은 이름을 가지신 다른 인물이 되는 것이지요."

"그런 일을 남들이 믿어 줄까요?"

"설혹 믿어 주지 않더라도, 이렇게 해 두는 편이 해 두지 않는 편보다 좋을 것으로 생각합니다. 어찌되었건 그렇게 해 놓으면, 현교님의 양녀이신 비께서는 따로 실부와 실모가 계신 것이 됩니다. 그런 분을 누구로 할 것인지, 이것이 좀 문제가 되겠습니다만, 저의 생각으로는 현교님의 형님 되시는 현염玄琰님이라는 분이 계십니다. 이 분을 낳아 주신 아버지로 삼는 것이 좋으실 것 같습니다. 그 이유로는 첫째, 현염님이 이미 고인이 되셨다는 점입니다. 낳아 주신 아버지는 가능하면 돌아가신 분으로 해 두는 편이 여러모로 지장이 없을 것으로 생각합니다. 둘째 이유로는, 소생이 4명 있다는 것입니다. 즉 비님의 오라비 되시는 분이 한 분, 언니가 세 분 계신 것이 되는데, 다행히도 모두 영리하다고 들은 바 있습니다. 비께서 정식으로 비가 되실 때에는 동시에 이분들도 비님의 형제로서 각각 현직에 앉게 마련이고, 비님을 위해 가장 힘을 써 주실 분들이 됩니다. 그리고 양아버지 현님은 말할 것도 없고, 그밖의 양씨 가문의 사람들이 각각 요직에 앉아서 비님의 주변을 든든히 만들어 주게 됩니다. 이렇게 되고 나면 비님의 지위는 튼튼해질 것입니다. 어쩌고저쩌고해도 비님에게 힘을 보태 주실 분들은 한 집안 사람들뿐입니다. 설혹 피를 나눈 사이가 아니더라도, 그런 사실은 아무런 문제도 되지 않습니다. 비님 덕분에 세상에서 떵떵거리고 살 수 있게 될 터이니 어찌 비님의 힘이 되지 않을 수 있겠습니까? 만약 비께서 동의하신다면, 고 역사는 당장에 이를 실현하기 위해 오늘부터라도 힘이 되어 드렸으면 합니다만…"

고 역사는 단숨에 이렇게 말하고 나서 입을 다물었다. '자, 이제는 그쪽 차례지.' 하는 것처럼 커다란 귀를 조금 앞으로 내밀었다.

"저는 아무 것도 모릅니다. 고 역사께서 생각하셔서 좋다고 판단되면 그렇게 해주세요."

옥환은 이런 식으로 말을 했다. 그리고 기묘한 주름투성이 얼굴을 옥환은 멍하니 바라보고 있었다. 여전히 자신의 편인지, 적인지 알 수가 없었다.

"비께서는 저를 어찌 생각하고 계십니까? 저에게는 아무런 힘도 없습니다. 제가 생각하고 있는 바를 말씀 드리고 나면, 비께서 자신의 판단으로 결정해 주시지 않으면 곤란합니다. 비께서야말로 이제 어떠한 일도 스스로 해내실 수 있는 힘을 가지고 계십니다. 다른 어떤 사람이 그런 힘을 가지고 있겠습니까? 제 생각으로는…, 돌아가신 아버지 현염님은 우선 제음濟陰=山東省의 일부의 태수 정도면 어떨까요?"

"좋습니다. 지하에서 얼마나 기뻐하시겠습니까? 아무쪼록 그렇게 해 주십시오."

"그것을 비께서 하셔야지요."

"제가 어찌 그런 일을 할 수 있단 말입니까? 그런 힘은 저의 어느 구석에도 없습니다. 저는 이 세상에 사는 동안, 황제와 고 역사를 의지할 뿐입니다. 저는 제 자신에 대해서는 스스로 황제께 말씀을 드립니다. 그 밖의 일은 모두 고 역사님께서 배려해 주셨으면 좋겠습니다."

옥환은 말했다. 이쯤 되자, 고 역사는 '아이고, 이것 난처하군!' 하는 기색을 지어 보였다. 그러나 속으로는 불쾌할 까닭이 없었다.

고 역사는 때때로 옥환에게로 오곤 했다. 옥환은 고 역사와 급속하게 가까워졌다. 남들의 소문에 의하면, 고역사는 지금까지 매비와 가까워서 무슨 일에든 그 의논 상대가 되어 주곤 했다는 것이다. 그러나 옥환은 그런 일에는 일절 아는 체를 하지 않았다. 그런 일은 전혀 알지 못하는 일로 일관하고 있었다. 고 역사는 옥환의 관저를 찾아올 때마다, 자신이 상대방으로부터 떠맡은 일과 자신이 생각하고 있는 것들을 말했다. 언제나 단 하나의 일만을 가지고 올 뿐, 결코 두 가지 일을 한꺼번에 가져오는 일이 없었다. 이번에는 낳아 준 아버지 현염의 동생, 즉 귀비의 새로운 숙부가 될 현규玹珪의 일을 가지고 왔는데, 이때는 현규에 관한 일뿐이었다.

"현규님은 광록경은청광록대부光祿卿銀靑光祿大夫* 정도면 어떠시겠습니까?"

"좋습니다."

"광록경은 황제의 수라 일체를 관장하는 일입니다만…"

"훌륭합니다."

"아니면…"

"……"

"아니면 좀더…"

그렇게 말하고 나서 고 역사는 옥환의 안색을 살피는 것 같았다. 좀더 나은 자리에 앉히고 싶다면 다시 한 번 더 생각해 보겠다는 뜻이었다. 그런 경우, 옥경은 자신의 의견을 내놓는 일이 없었다.

"제가 어찌 불만이 있겠어요. 고 역사가 저를 위해 가장 좋다고 생각하시는 일을 가지고 뭐라 할 리가 있나요?"

그러자, 다시 고 역사는 '애고! 어려워라.' 하는 듯한 난처한 표정을 짓고는 '이렇게 된 이상 이젠 도망치는 수밖에는 없구나!' 하듯이 허둥지둥하는 태도로 물러가 버렸다.

이런 식으로 고 역사는 오라비인 섬銛과 종형從兄인 기錡에게도, 그리고 종조형從祖兄인 쇠釗에게도 각각 그럴싸한 자리를 마련해 왔다. 과연 그런 자리가 실제로 그들에게 내려지고 있는지 어떤지는 알 수 없었지만, 아무튼 고 역사는 옥환이 비로 책립되기까지 그런 일을 실현시키기 위해 노력할 것이었다.

옥환으로서는 매비가 현종 황제에게 어느 정도의 총애를 받고 있는지 알 수 없었지만, 그것은 자신이 비로 책립될 때까지의 일로서, 보고도 보지 못한 듯한 태도를 취하고 있었다. 비가 되고 나면, 단번에 자신에게 '살찐 돼지'라고 말한 여인을 멀리 보내 버리고 말아야지 하고 생각하고 있었다. 그러기까지 3년 정도만 참으면 되는 것이었다.

그러나 옥환이 낭자라고 불리고, 비와 똑같은 대우를 받게 될 무렵부터 매비의 세력이 눈에 띄게 시들어 가고 있음이 느껴졌다. 고 역사도 옥환의 눈치를 보는 탓인지, 점차로 매비에게 가까이 가는 일을 삼가고 있는 것 같았다. 그런 사정은 시녀들의 입을 통해 자연스럽게 옥환에게도 전해지고 있었다.

# 제3장

천보天寶 원년서기 742년 8월, 이임보李林甫가 재상이 되었다. 이임보는 지금까지 좋은 평이 나 있던 인물이어서, 이미 각 방면에서 이 인물이 곧 재상의 자리에 오를 것이라는 소문이 나 있었는데, 그것이 결국 현실로 나타난 것이다.

이임보는 당나라 종실 출신으로, 고조高祖의 종증손에 해당한다. 아버지는 양부참군楊府參軍 이사회李思誨인데, 귀족의 자제로서 천우위千牛衛에 들어가게 되었고, 이를 시작으로 형부시랑刑部侍郎, 이부시랑吏部侍郎을 거쳐 개원 24년서기 736년에는 중서령中書令이 되었다. 이임보는 고 역사와 끈이 닿아 있다는 소문이 무성했는데, 그 권세를 얻기 위해서는 수단을 가리지 않았고, 그 바람에 '입에는 꿀이 있고, 배에는 검劍이 있다.'는 인물평을 듣고 있었다.

그 이임보가 재상 자리에 앉게 된 것은, 개원한 첫 1년에 생긴 일로서는 어쩐지 기분이 으스스한 사건이었다. 그 주위의 수많은 정치가들은 이임보의 마음에 들면 다행이고, 그렇지 않으면 그 자리에서 쫓겨날 것으로 생각하지 않으면 안 되었다. 이임보의 동료로서 일찍이 재상의 지위에 있던 장구령張九齡의 실각도, 그리고 재정에 수완을 부린 배요경裴耀卿이 물러나게 된 것도, 모두 이임보의 책모 때문이라고 세간에서는 숙덕거렸다.

옥환은 이임보와 가끔 얼굴을 마주 대한 일이 있기는 하지만, 가깝지도 멀지도 않은 태도를 취하고 있었다. 옥환으로서는 이임보는 그야말로 어찌해야 할지 모를 인물이었다. 이임보는 현종 황제의 환심을 사기 위해 온갖 노력을 아끼지 않는 듯이 보였지만, 옥환에 대해서는 늘 차가운 눈길을 보내고 있었다.

한 번은 고 역사가 가운데에 들어서서, 옥환과 이임보가 차를 마신 일이 있었다. 그러나 이때도 이임보 자신은 아무런 말도 꺼내지 않았다. 옥환의 말에 대해 필요한 정도의 대답만 했다. 매우 냉정한 인상을 받았다. 옥환은 이임보가 현종 황제 이외의 어느 누구도 두려워하지 않고 있음을 알았다. 아마도 고 역사까지도 두려워하지 않고 있음이 틀림없었다. 고 역사를 필요로 하는 동안만 고역사와 붙어 있다가, 필요가 없게 되는 날이면 서슴없이 이 늙은 환관을 멀리할 것으로 여겨졌다. 옥환은 자신이 이임보의 특별 대접을 받지 못하게 되면 자신의 궁정 안의 지위가 불안정하기 그지없게 된다는 사실을 모를 리 없었다.

옥환은 고 역사에게 은근히 그가 이임보라는 인물을 어떻게 보고 있는지, 그런 것을 물은 일이 있었다. 그러나 고 역사는 그의 인품 같은 것에 대해서는 언급하지 않고, 시종 정치가로서의 이임보를 칭찬했다. 속마음으로부터 그렇게 생각하고 있는지 어떤지는 알 수 없었다. 늙은 환관 역시, 아마도 이임보에 관해서는 신중에 신중을 거듭하고 있는 것 같은 느낌이었다.


이 해 10월, 현종 황제는 온천궁으로 행차해서, 11월에 장안으로 환궁했다. 옥환도 물론 현종을 따랐다.

12월, 농우隴右=甘肅省 隴西縣 부근 절도사 황보유명皇甫惟明이 토번을 청해青海에서 무찔렀다. 이어서 하서河西 절도사 왕수王倕 역시 토번을 무찔렀다. 이 두 개의 보고는 그 해가 다 저물어 가는 무렵의 장안으로 전달되었다. 장안의 거리거리는 그 승전보로 왁자하니 들끓었다. 황보유명이라는 이름이 영웅의 광휘를 곁들이며 들려오기 시작했다. 해마다 12월에 접어들면 장안에는 눈이 내리기 시작했지만, 이 해에는 신기하게도 따뜻하고 눈도 내리지 않았을 뿐 아니라, 얼음도 얼지 않았다.

해가 바뀌어 천보 2년, 옥환은 원단의 하연賀筵 자리에서 평로平盧=內蒙 熱河 부근 절도사 안녹산安祿山이 곧 장안으로 와서 황제를 알현한다는 것을 알았다. 안녹산의 입궐이라는 것이 무척 대단한 사건인 듯, 이 이야기가 수많은 조정 대신의 입에 오르내리고, 현종 자신도 몇몇 사람들에게 안녹산을 맞이하는 일을 위해 여러 가지 명을 내렸다.

안녹산의 이름은 지금까지도 여러 차례 옥환의 귀에 들어온 바 있었지만, 그가 조정으로 들어오는 일이 이다지도 소란스럽게 사람들의 입에 오르내리는 것을 보자, 안녹산이라는 변경 무인의 존재가 문득 옥환의 마음속에 대단한 것으로 다가왔다. 그보다도 현종이 안녹산이라는 인물에 대해 보여 주고 있는 그 태도가 다소 호기심을 불러 일으켰다. 안녹산이 영주營州=內蒙 朝陽 부근의 잡호雜胡=잡된 오랑캐 출신이라는 것, 일곱 개 족속들의 언어를 구사한다는 것, 인간으로서는 보기 드물게 거대한 체구를 가지고 있다는 것, 그가 이끌고 있는 군대가 몽땅 호족의 병사로 이루어져 있다는 것, 그리고 그가 이 나라가 가진 최초의 호족 출신의 변경 사령관이요 장관이며, 영웅이라는 것, 그런 일이 현종으로 하여금 안녹산의 입궐을 애타게 기다리게 만들고 있는 모양이었다.

옥환 역시, 그런 사실을 알게 될수록 안녹산이라는 무인에 흥미를 더하게 되었다. 그 사이 옥환은 많은 사람들의 입을 통해 그에 관한 많은 지식을 얻게 되었다. 안녹산은 얼핏 보기에 37세, 정확한 나이는 알 수 없었다. 아버지는 호인胡人, 어머니는 돌궐인, 그야말로 혼혈의 이인종으로서, 처음에는 오랑캐들의 말에 정통해 있음으로 해서 중개상이 되었으나, 그 후 범양范陽=北京 부근 절도사 장수규張守珪의 부하가 되었고, 이를 발판으로 몇 가지 공적을 세워 평로 평마사平盧平馬使, 영주 자사刺

使*로 승진했으며, 서서히 두각을 나타내 천보 원년, 이민족으로서는 전례가 없었던 절도사에 발탁되는 행운을 잡았다. 북부 변경의 병권과 민정 및 재정을 한 손에 거머쥐고 있는 형국으로, 장안의 정묘政廟에 있는 중신들보다도 훨씬 실질적인 힘을 가지고 있다고 할 수 있었다.

안녹산이 장안에 들어온 것은 상원上元 절기로부터 2~3일이 지난 때였다. 사흘 밤낮에 걸친 원소관등의 축제 소동으로 달아오른 흥분에서 사람들이 아직 깨어나지도 않은 때였다. 춘명문春明門을 통해 장안 사람들의 눈에 매우 낯선 부대가 들어왔다. 부대는 도읍을 점령이라도 할 것처럼 꾸역꾸역 들어왔다. 반은 기마대이고, 반은 도보부대였다. 부대의 하나하나를 구성하고 있는 병사들은 그 차림새가 달랐다. 피부의 색도, 눈빛도, 머리카락의 색깔도 달랐다. 게다가 키와 몸매도 달랐다. 매우 덩치가 좋은 장신에 뚱뚱한 병사들의 한 무리가 있는가 하면, 빈약한 체구와 차분하지 못한 눈길을 가진, 얼핏 보기에도 미개인으로 보이는 병사들의 한 무리도 있었다. 각 부대가 선두에 세워 놓은 정기旌旗*의 종류도 가지각색이었다. 가느다란 끈을 몇 십 가닥이나 늘어뜨린 모양의 기도 있었고, 헝겊으로 둥근 원통을 매달아 공간에서 헤엄치게 만들어 놓은 것도 있었다. 그리고 막대 끝에다 짐승의 꼬리 같은 것을 다발로 묶어 매달아 놓은 것도 있었다. 어떤 일에도 놀라지 않는 도읍의 남녀들이라지만, 이는 충분히 눈을 부릅뜰 만한 볼거리였다. 삽시간에 도읍의 대로는 이상한 병사들의 무리를 구경하기 위한 인파로 뒤덮였다.

이런 부대가 장안에 들어온 날 오후, 안녹산은 궁중으로 들어가 편전에서 현종을 배알했다. 안녹산이 현종 쪽으로 나아갈 때, 옥환은 이자가 과연 그 숱한 소문들을 들려주고 있는 변경의 무장일까 하는 생각이 들었다. 얼핏 보기에는 무인 같지도, 권력자 같지도 않았다. 그것은 그야말로 볼품없는 고깃덩어리였다. 보통 사람의 몇 배나 될 것으로 여겨지는 복부가 서서히 이쪽으로 이동해 오고 있었다. 거대한 복부의 주인이 스스로 자신의 복부를 운반해 오는 것은 틀림없었지만, 그것은 그 양쪽에 배종하고 있는 두 종자들에 의해 조금씩 운반되어 오고 있는 것처럼 보였다. 그 자리에 늘어서 있던 백관들도 그러한 안녹산을 보고서 일제히 숨을 삼켰다.

'아, 잡호雜胡란 놈이 왔다, 왔어!'

현종만이 눈을 반짝이며, 의기양양하고 만족스럽다는 표정으로 중얼거렸다. 그러나 현종 역시 짧은 말을 입에서 내뱉은 뒤로는 그 눈을 안녹산의 몸에서 떼지 못하고 숨을 삼키고 있었다.

안녹산이 가까이 다가왔다. 이윽고 얼굴도 확실하게 볼 수 있게 되었는데, 그 얼굴의 생김새 역시 괴이했다. 얼굴의 아래쪽 반이 크게 부풀어 오르고, 볼에서 턱에까지 걸친 군살은 묵직하게 가슴으로 늘어져 있었다. 놀랄 일은 아직도 더 있었다. 안녹산은 현종의 앞까지 왔지만, 현종에게 고개를 숙이는 대신 살짝 몸의 각도를 틀어 현종의 오른쪽에 앉아 있던 옥환 쪽을 향하더니 양손을 조금 벌리듯 하여 상체를 굽혔다. 이 모습은 누구의 눈에도 절을 하고 있는 것으로 비쳐졌다. 게다가 그 태도는 오히려 엄숙하고 정중한 것으로 비치기까지 했다. 스스로도 추스르기 힘든 그 거구를 그처럼 굽힌다는 것 자체가 여간 어려운 일이 아니었을 게다.

"이런 잡호 놈 같으니라고!"

현종이 외쳤다.

"짐에게 절을 하지 않고 비에게 한다는 건 무슨 버르장머리냐!"

그러자 안녹산은 다시 몸의 방향을 틀어서 현종 쪽으로 향했다. 그리고 아까 옥환에게 한 것처럼 현종에게도 배례를 했고, 그러고 나서 말했다.

"잡호 놈은 어려서부터 언제나 어머니에게만 고개를 숙여 왔습니다. 아버지에게는 고개를 숙이지 않았습니다. 왜냐 하면, 어머니가 저의 어머니라는 것만은 확실했지만, 아버지 쪽은 그야말로 의심쩍은 존재였으니까요. 어느 것이 저의 아버지인지…, 이런 까닭에 그만 이 여성분 쪽을 먼저…"

여기까지 말했을 때 현종은 웃었다. 현종이 웃는 것과 동시에 키득키득 웃는 소리가 여기저기에서 일어났다. 옥환도 역시 웃었다. 웃지 않은 것은 안녹산 혼자였다.

"그대는 몇 살인가?"

현종이 물었다.

"몇 살이나 되어 보이시는지요? 어머니에게 확인해 보려고 생각하고 있는 사이 어머니가 돌아가셔서요."

"그대는 어렸을 때도 살이 쪄 있었는가?"

안녹산은 자기 자신도 그런 점을 유감스럽게 생각하고 있다는 듯이 아주 난처한 얼굴을 하고서,

"역시 뚱뚱했습니다. 태어나서 반살쯤 되었을 때, 6~7세 아이들 몸집이었다고 들었습니다. 그래서 어머니도 나이를 정확하게 알 수 없게 된 모양입니다."

현종은 또 다시 웃었다. 옥환도 웃었다. 늘어서 있던 문무백관도 웃었다.

현종은 곧 술자리를 마련하라고 명했다. 보통의 경우였으면 임지에 관한 하문이 있고, 이에 대한 배알자의 답변이 있을 터였지만, 그런 일들은 일체 생략되었다.

편전 앞 너른 뜰에 잔치 자리가 마련되어 있었고, 현종이 자리를 그곳으로 옮기자, 이어서 모든 사람들이 그곳으로 옮겨 앉았다. 현종은 오른쪽에 옥환을 앉게 하고 왼쪽에 안녹산의 자리를 만들었다. 이 몇 해 동안 볼 수 없었던 성대한 주연이었다.

잔치가 반쯤 지난 다음부터 특히 안녹산을 위해 이민족의 춤이 추어졌다. 몇 십 명의 호족 여자들이 추는 윤무도 있었고, 두세 명이 추는 것도 있었다. 여흥은 차례차례 이어져 나갔다. 반주 음악은 끊일 새 없

이 연주되었다. 생황, 북, 비파, 방향方響, 박판拍板이 빚어내는 잡다한 음악 소리는 때로는 격렬하게, 때로는 그윽하게 울려대고 있었다.

호선녀胡旋女*에 의해 호선무胡旋舞가 추어졌다. 이는 북방 호족들의 춤으로서 남성적인 격렬한 것이었다.

> 호선녀, 호선녀,
> 마음은 현絃을 따르고, 손은 장구를 따른다.
> 현과 장구가 소리를 내자 두 팔을 흐느적이며 들어올리고,
> 표표히 불어치는 눈처럼, 바람에 날리는 쑥처럼 춤을 추는구나.
> 왼쪽으로 돌고, 오른쪽으로 구르며 지칠 줄을 모른다.
> …….

백거이白居易가 이처럼 읊은 춤이었다. 이 춤이 끝났을 때, 현종을 비롯한 한 자리의 사람들은, 이날 몇 번째인지 다시 한 번 안녹산 때문에 놀라지 않을 수가 없게 되었다. 어느 사이 안녹산이 자리를 떴는지 아무도 알아차리지 못했다.

안녹산은 돌연히 무대의 한 중앙에 나타났다. 안녹산은 덩실덩실 춤을 추었다. 역시 호선무였다. 한발 한발 발걸음을 옮기기조차 위태로워 보였던 안녹산의 뚱뚱한 거구가 풍악 소리에 맞추어 움직였다. 덩실덩실 매우 가벼운 몸놀림이었다. 춤은 갑자기 급속하게 움직이는 빠른 템포의 것으로 변해 나갔다. 안녹산의 몸은 선회를 했다. 눈 깜짝할 사이에 하나의 막대기가 되었다. 그것은 마치 사람 눈에 팽이가 도는 것처럼 보였고, 안녹산의 얼굴도, 머리도, 몸도 알아볼 수가 없었다. 팽이라고밖에는 달리 형언할 수 없었다. 이번에는 움직임이 서서히 약화되더니, 이윽고 조금씩 안녹산의 얼굴이 나타나고, 손이 나타나고 발이 나타났다. 그러더니, 이번에는 안녹산의 몸이 반대로 회전하기 시작했고, 그것은 다시금 하나의 팽이가 되었다. 팽이는 돌면서 이동했다. 도열해

있던 사람들이 일제히 손뼉을 쳤다. 현종과 이임보와 고 역사, 세 사람만이 갈채를 보내지 않고 각각 아주 판이한 표정으로 한 개의 불가사의 한 팽이의 선회를 응시하고 있었다.

안녹산이 장안에 머물러 있는 동안, 현종은 매일 그를 위한 잔치를 벌였다. 아무리 그에게 향응해도 향응이 모자라는 듯한 그런 이상한 기분이 느껴졌다. 현종을 처음으로 알현한 날의 연회석에서 호선무를 추어 현종은 물론이고 그 자리에 있던 군신 백관의 얼을 빼 놓았건만, 그 뒤로는 결코 몸소 춤추는 일이 없었다. 현종이 그에게 다시 한 번 춤추기를 청한 일이 있었다. 그러자 안녹산은 과장되게 슬픈 몸짓과 표정을 지어 보이며,

"황제께서는 이 잡호의 체중이 어느 정도나 되는지 알고 계십니까?"

하고 말했다. 현종은 잠시 생각하는 듯하다가

"250근?"

하고 대답했다.

"웬걸, 웬걸요."

안녹산은 그런 말투로 대답하더니

"배의 무게만으로도 350근56관이 됩니다. 350근의 무게가 나가는 것을 그처럼 선회시키기란 여간 힘든 일이 아닙니다. 지난날, 그 춤을 춘 것은 폐하를 만나 뵌 것이 너무 기뻐서, 제 정신을 잃고 저 자신도 모르는 사이에 일어나서 그렇게 된 것입니다. 잡호가 황제께 보여 드린 것은 호선무의 춤이 아닙니다. 제 가슴에 하나 가득 넘쳐서 도저히 어느 곳에도 놓아둘 수 없는 기쁨입니다. 잡호의 생각의 크기입니다. 그처럼 큰 기쁨이 넘치는 것이 아니라면 어찌 그런 춤을 출 수가 있겠습니까? 지금 생각만 해도 몸서리가 쳐지는군요. 용케도 숨이 멎지 않아 준 것이지요. 덕분에 그때의 두근거림이 아직도 가라앉지 않아서…, 자! 이처럼 말입니다."

안녹산은 양손으로 자신의 거대한 가슴팍을 끌어안듯이 하면서 현종

황제에게 봐 달라는 듯이 조금 앞으로 내밀었다. 거의 인간의 몸으로는 여길 수 없을 것 같은 그 엄청난 고기의 벽은 크게 출렁거리고 있었다. 현종은 감탄해서 그것을 들여다보고 있더니

"언제 선무를 배웠는가?"

하고 물었다.

"일곱 살 때입니다. 일곱 살 때도 이미 백 근 가까이 되었기 때문에 심장이 터질 것 같아 그만 쓰러져, 판자때기 위에 눕힌 채로 사흘 밤낮 물이 끼얹어지고 있었습니다. 그때 진저리가 나서, 그 이래로는 추어 본 일이 없습니다."

어디까지가 진담인지 알 수 없었지만, 현종은 안녹산이 하는 말 모두가 마음에 들었다. 안녹산이 무슨 소린가를 하고자 입의 근육을 씰룩거리기 시작하면, 현종 쪽에서는 눈을 가늘게 뜨고, '또 무슨 재미있는 소리를 할까?' 하고 그것을 기다리는 듯한 기대에 찬 표정을 짓곤 했다.

옥환은 그처럼 두 사람의 주고받는 모습을 곁에서 바라보고 있었다. 도깨비 같은 변경의 이민족의 장군은 한 마디도 쓸데없는 소리를 내뱉지 않고 있었다. 아무리 짧은 말이라도, 그것이 일단 입에서 나오기만 하면 반드시 현종의 마음을 사로잡고 말았다. 현종은 혼을 송두리째 빼앗기고 있었다.

옥환 역시 안녹산이 싫지는 않았다. 어딘지 허술한 점이 엿보이는 듯하고, 전적으로 마음을 풀어 놓고 있을 수 없는 점은 있었지만, 몇 번을 보게 되는 사이에 점차로 그런 경계심은 사그라지고 있었다.

안녹산은 자신을 낳아 준 어머니는 누군지 알고 있었지만, 아버지 쪽은 누군지 알 수 없다면서 자신의 출생을 보잘것없는 것처럼 말하고 있었지만, 안녹산의 부하 무장으로서, 역시 잡호인 늙은 무장 하나는 언젠가 현종 앞으로 나아가,

"장군이 태어나던 때의 일을 말씀 드리겠습니다. 장군의 어머니가 아이가 없는 것을 슬퍼하다가 돌궐이 전쟁의 신으로 숭상하고 있는 아츠

루크 산에서 기도를 올려 태어난 것이 바로 안녹산 장군입니다. 그 태어나던 밤의 일은 지금까지도 그 지방의 이야깃거리가 되어 있습니다. 달빛은 피를 뿌려 놓은 듯이 붉어지고, 들과 산 모두가 시뻘겋게 되었습니다. 그리고 짐승이란 짐승은 모두 울부짖는 것이 말할 수 없이 처참한 느낌을 주는 밤이었습니다. 그 짐승들의 포효 소리가 들려오는 가운데, 하나의 별이 천막 위에 떨어졌고, 이때 장군이 태어났습니다. 평생을 동방의 거룩한 제왕을 섬기게 하기 위해 하늘은 하나의 별을 지상으로 떨어뜨린 것입니다."

이 이민족의 늙은 무장의 이야기 역시 현종의 마음을 사로잡았다.

'못생긴 잡호란 놈이 별의 조각이었다니!…'

현종은 웃었지만, 안녹산이 별의 조각이 아닌 것보다는 별의 한 조각인 편이 현종에게는 만족스러웠다. 반 달 가량 도읍에 머무르다가 안녹산은 입경할 때와 마찬가지로 이민족의 대부대를 이끌고 다시금 변경으로 돌아갔다. 안녹산이 사라지고 나자, 한동안 궁중의 연회석은 불이 꺼진 것처럼 쓸쓸하게 느껴졌다. 현종만이 쓸쓸하게 느낀 것이 아니라, 옥환에게도 쓸쓸하고 허전하게 느껴졌다. 이런 점이 안녹산이라는 인간이 지닌 불가사의한 점이었다. 안녹산은 거대한 몸을 싣고 가는 말들을 역에 닿을 때마다 교체시켰다느니, 그 말도 여느 말로는 감당할 도리가 없으므로 지방마다 특별히 선택한 큰 말을 준비시켰다느니, 그런 소문이 한동안 나돌았다. 그리고 안녹산이 사용하고 있는 말안장은 이중으로 되어 있어서 그 중 하나는 걸터앉는 안장이고, 또 하나는 복부를 받쳐 주는 안장이라는 등의 소리도 들려 왔다.

안녹산의 소문이 마침내 거의 잦아들고 만 4월 초, 농우 절도사* 황보유명이 토번을 홍제성洪濟城에서 무찔렀다는 보고가 도읍에 전해져 왔다. 황보유명은 지난해 말에도 토번을 청해에서 무찔러 일종의 영웅으로 칭송되더니, 이번에도 그의 승전보가 전해져 온 것이다.

봄에서 여름까지에 걸쳐 이 해는 아무 일도 없이 지나갔다. 그리고 가을이 되자, 다시 안녹산의 입궐 소문이 돌았다. 옥환은 현종 앞에서는 무장이나 조정의 신하들 이야기를 일절 삼가기로 하고 있었다. 현종이 유별나게 질투심이 강한 것은 아니었지만, 이러한 일들이 궁중에 몸을 둔 여성이 지켜야 할 일이라는 것을 옥환은 잘 알고 있었다. 안녹산이 온다는 소문을 들었을 때, 옥환은 이를 확인해 보고 싶은 기분이었지만, 현종 앞에서는 이 이야기를 하지 않았다. 아마도 현종이 심심풀이로 안녹산에게 조정으로 오라고 명을 내린 모양이었다.

10월, 여산의 온천궁으로 행차했다가 11월에 귀경했다. 옥환은 현종을 따랐지만, 이번에는 매비가 동행하지 않았다.

12월, 해적 오전광吳全光이 날뛰는 바람에, 바닷가의 여러 주에서는 경비를 위한 봉화가 올려졌다는 이야기가 들려왔다. 옥환은 아직 바다라는 것을 본 일이 없었으므로 해적이라든지, 해적선이라는 것이 어떤 것인지 상상하기가 어려웠다. 바다에 면한 여러 고을의 봉화에 관해서도 마찬가지였다. 원소관등 때 본 불꽃시렁 같은 것이 바닷가 벼랑 위에 마련되어서, 이를 둘러싸고 병마들이 득시글거리는 한 장의 그림을 상상했다. 대체로 그것은 전쟁 소동하고는 비슷하지도 않은 말갛고 소소한 소란이었다.

이 해에는 눈이 내리지 않은 채로 해가 저물더니 천보 3년의 봄을 맞았다. 앞으로는 연年을 재載라고 고친다는 것이 정월에 관령으로 발표되었다. 따라서 이 해는 천보 3년이 아니라, 제대로 말한다면 천보 3재라고 해야 맞는 것이다. 따로 고칠 것이 없었기 때문에 연호라도 고쳐 보자는 것이었나 보다. 그리고 같은 이 달에 사형이나 유배만 빼 놓고 그 이하의 형을 받고 있는 자들을 풀어 주었다. 이 역시 할 일이 없었기 때문에 이런 데에 손을 대었다는 느낌이었다. 꼭 나쁜 일이라고는 할 수 없었지만 그렇다고 좋을 것도 없었다.

2월 초, 온천궁으로 갔다. 이궁의 뒷산에 별 하나가 떨어졌다. 마침 별이 떨어지던 순간, 옥환은 현종과 더불어 이궁의 회랑을 걷고 있었다. 그날 밤, 도읍으로부터 사자가 와 곧 안녹산이 장안으로 온다는 보고를 했다. 현종은 곧바로 이궁에서 철수하여 장안으로 돌아가기로 했다. 현종은 전에 들은 바 있는 안녹산이 태어날 때, 별이 천막에 떨어졌다는 이야기를 마음속에 떠올리면서 이궁에서 본 별똥을 우연이라고 생각할 수는 없었다.

안녹산이 장안에 들어오는 날, 현종은 마음이 들떠 있었다.

"잡호 녀석은 아직 안 왔나?"

그런 말을 여러 번 입에서 내뱉었다. 안녹산은 부대를 이끌고 매우 천천히 도성에 다가가고 있었다. 도성까지는 앞으로 40~50리쯤 되는 곳을 숙영지로 삼고 있었으므로, 여느 경우라면 정오 이전에 장안에 들어왔을 테지만 10여 리를 가서는 쉬고, 또 10여 리를 나아가서 쉬는 식으로 늑장을 부렸다.

안녹산이 현종을 배알하기 위해 궁중으로 들어온 것은 해가 저물어 갈 무렵이었다. 현종이 짜증이 나서 매우 심기가 불편했지만, 막상 안녹산의 커다란 체구가 눈에 들어오자 얼굴 근육이 모두 풀어져서 "잡호 놈! 잡호 놈!" 소리를 연발하면서 환대에 힘쓰고 있었다.

안녹산은 이날, 종래의 절도사 말고도 범양 절도사까지 겸하라는 하명을 받았다. 그리고 이를 뒤쫓아 가는 듯이 하북 채방사採訪使*도 겸하라는 명이 떨어졌다. 이날, 안녹산에게는 새로이 10만에 가까운 부하가 한꺼번에 굴러 들어온 셈이다. 안녹산은 현종이 무더기로 은상을 내려주자,

"신은 번융蕃戎=오랑캐의 천한 신하로서 과분한 은총을 입어 난처한 지경에 있습니다. 원컨대, 신의 임무의 무게를 가볍게 해주실 수 없겠습니까?"

하고 말했다.

"그대의 몸의 무게를 생각해 볼 때, 이 정도의 임무 가지고는 아직도 가벼우니 그렇게 나약한 소리를 하면 안 되지. 그 커다란 덩치 속에는 도대체 무엇이 들어 있단 말인가?"

현종이 그렇게 말하자,

"충성심뿐입니다. 그 밖에는 아무 것도 들어 있지 않습니다."

안녹산은 대답했다. 다른 사람이 이런 소리를 뇌까렸다가는 알랑거리는 소리로 들리겠지만, 안녹산이 그렇게 말하자 실제로 그런 것들이 빼곡하게 들어차 있는 것으로 여겨졌다. 특히 현종의 눈에는 안녹산이 그런 소리를 하는 것을 듣고 보니, 안녹산 몸속에 실제로 충성심 덩어리 이외에는 아무 것도 없는 것으로 보였다. 자신이 안녹산에게 준 것이 아직도 적은 것 같은 기분까지 들기도 했다. 무엇인가 좀 더 주고 싶었지만, 적당한 것이 머리에 떠오르지 않았다. 그러자 그때, 안녹산으로부터 제의가 나왔다.

"호祿는 도성까지의 오랜 여행 동안 줄곧 생각하고 있었던 일이 있습니다. 이번에 황제폐하께 배알할 때엔 이것을 꼭 부탁드려야지 하고 골똘히 생각하며 왔습니다. 이 말씀을 지금 드려도 좋겠습니까?"

하고 황송하기 그지없다는 투로 말했다.

"무엇이든 말해 보도록 하게!"

현종이 이렇게 말하자,

"그것은 다름이 아니오라, 호는 어려서 아비를 잃고 어미와도 헤어졌습니다. 아비야 어찌되었건, 어미라는 것을 한번 가져 보았으면 합니다. 호는 한 고귀한 여성을 어머니라고 불러 보고 싶습니다."

"누군가? 그 여성이라는 게…"

"황제의 곁에 앉아 계신 분이십니다."

안녹산은 뻔뻔스럽게 말했다. 한 자리에 도열해 있던 사람들은 모두 숨을 삼켰다. 현종도 놀랐고, 옥환도 놀랐다. 그러자 안녹산은 다시 말했다.

"비님의 양자로 삼아 주실 수는 없는 것일까요?"

이 자리의 긴장을 깨면서 현종이 먼저 너털웃음을 터뜨렸다. 우스워서 견딜 수 없다는 식으로 웃어대었다. 그러자, 지금까지 숨을 멈추고 있던 백관의 신하들이 일제히 웃었다. 한 사람이 웃기 시작하자, 한꺼번에 웃지 않을 수 없는 분위기가 그곳에 있었다.

"옥환은 어쩔 텐가? 잡호 녀석의 제의를 받아들이건 거절하건 옥환의 뜻에 맡길 테니까."

현종은 말했다.

"기꺼이 받아들이겠습니다."

옥환은 대답했다. 10여 살이나 나이가 많은, 게다가 어마어마하게 큰 거한을 내 양자로 삼는다는 일은 재미도 있는 일이려니와, 실제로 그렇게 되는 일이 있다 하더라도 아무런 나쁜 감정을 가지고 볼 수 있는 일이 아니었다.

"청을 들어주셔서 참으로 감사합니다. 비께 대해서는 오늘부터 호胡는 모자의 예로 대하겠습니다."

안녹산은 아주 진지한 얼굴로 말했다. 이 안녹산의 기묘한 제의는 옥환이 상상하고 있었던 것처럼 어느 누구에게나 불쾌한 마음을 일으키지 않았다. 안녹산의 입에서 나오는 말들은 모두 소박했고, 인정과 풍속을 달리하는 이민족 출신의 장군이 지닌 순진함으로 받아들여졌다.

현종은 이번에는 이 일이 마음에 들었던지, 그날 밤부터 연일 옥환의 양자가 된 장군을 위로하는 술잔치를 마련했다. 그리고 안녹산이 임지로 돌아가기로 된 전 날은 중서문하* 2개 성의 3품 이하의 관리들 모두가 출석한 가운데 홍려정鴻臚亭에서 성대한 송별연을 베풀어 주었다.

그 자리에서 안녹산이 말했다.

"지난해 7월에 영내에 자방충紫方蟲이 발생해서 볏모를 갉아 먹어 버렸습니다. 신, 향을 태워 하늘에 기도를 올리면서, 만약 신이 정도를 가지 않고 임금을 섬기는 일에 충성됨이 없다면, 벌레들이 벼를 죄다 갉

아먹어 버려도 어쩔 수가 없습니다. 그러나 신이 정도를 벗어나지 않고 임금을 성심으로 섬기고 있다면, 부디 저 벌레들을 소멸시켜주옵소서 하고 아뢰었습니다. 그러자, 그 말이 끝나기도 전에 엄청난 무리의 까마귀 떼가 나타나서 그 벌레들을 닥치는 대로 다 잡아먹었습니다. 참말로 여기에는 신도 놀랐습니다. 그 까마귀들은 몸이 푸르고 머리가 빨갰습니다."

안녹산의 입에서 나오는 이런 이야기가 어떤 사람들에게는 사실처럼 들릴 수도 있고 어떤 사람들에게는 거짓으로 들릴 수도 있겠지만, 묘하게도 그런 자들도 안녹산을 나무라고 싶은 마음이 우러나오지 않았다. 터무니없이 지어낸 말이라는 것을 알고 있으면서도, 그런대로 재미있게 들을 수가 있었다. 아무리 지어낸 이야기라 하더라도 그 주인공으로서 안녹산을 이야기 가운데에 놓고 보면, 정색을 하고 나무랄 수가 없는 재미가 있었다.

안녹산은 그런 사실을 훤하게 꿰뚫어 알고 있다는 듯이, 마음 내키는 대로 이 이야기를 해석해 달라고 하는 것처럼, 표정과 몸짓을 곁들여 가며 당당하게 이야기했다. 설혹 자신의 이야기를 믿어 주지 않더라도 현종 황제만큼은 믿어 줄 것이라고 생각하고 있는 듯한 구석이 엿보였다. 실제로, 현종은 안녹산이 하는 이야기라면 어떤 이야기라도 곧이 들어주곤 했다. 적어도 진지하게 받아들이려 했다. 우스꽝스러운 이야기일수록 웃는 얼굴을 지어 가며 들어주었다.

"머리가 붉고 몸이 푸른 까마귀란 말이지. 잡호 놈도 꽤 놀랐겠는걸!"

현종은 말했다. 자방충 이야기 중에서 현종의 흥미를 끈 것은 바로 이런 대목이었다. 어떤 이야기라도 이 세상에 있을 법하지 않은 불가사의한 말이 나오면, 노권력자의 마음은 단순하게 그리로 쏠려 그것을 믿으려 했고, 또 믿지 않으면 안 되었다. 현종은 영원히 사는 기적을 바라고 있었던 터라, 그런 것을 바랄 수 있는 불가사의한 일들이 이 지상에 많이 숨겨져 있기를 바랐다. 머리가 붉고 몸통이 푸른 까마귀가 나타난 이야기를 그럴싸하게 내놓는 안녹산이 마음에 들었다.

옥환으로서는 안녹산의 이야기를 진실한 것으로 믿지 않았다. 그러나 이를 따질 필요는 없는 일이라고 생각하는 쪽의 한 사람이기도 했다. 그런 옥환으로서도 안녹산이 하는 이야기 가운데 장치해 놓은 것에 대해서는 제대로 걸려들고 있었다. 머리가 붉고 몸통이 푸른 까마귀의 이야기는 믿지 않았지만, 안녹산이 현종에게 충성을 다하는 인간이라는 점만큼은 어느 순간부터인지 믿게 되었던 것이다.

안녹산의 송별연에 재상 이임보와 고 역사도 있었는데, 이 두 사람이 안녹산이라는 인간을 어떻게 보고 있는지 제삼자들에게는 짐작도 가지 않았을 것이다. 두 사람만큼은 붉은 머리의 까마귀 타령에는 귀도 기울이지 않았다. 안녹산이 이야기를 시작하면 이 두 사람은 이를 듣지도 않고 작은 목소리로 이야기를 교환하곤 했다.

"제 몸뚱이처럼 살이 없는 것도 곤란하지만, 저렇게 살이 쪄 가지고는 이 역시 난처한 일이 아니겠습니까?"

고 역사가 주름투성이인 입 언저리의 근육을 움직이며 말을 하자,

"깡마른 싸움닭하고 뚱뚱한 싸움닭이 싸우는 것을 본 일이 있습니까? 이기는 쪽은 언제나 마른 싸움닭으로 정해져 있던데…"

이임보가 말했다.

"아무튼 저렇게 살이 쪄 가지고는…"

고 역사가 얼굴을 가까이 하며 말하자,

"그렇고말고요."

이임보는 끄덕이고 나서,

"저 이상 찌지 않는 편이 좋겠지요. 평로 절도사로서 거느리고 있는 병력이 얼마나 됩니까?"

"3만 여입니다."

"3만이라고요?"

"정확하게 말한다면, 3만 7,500명이지요."

"범양 절도사로서는?"

"9만 1,400명입니다."

"허!"

이임보는 희로애락에 아주 무관한 얼굴을 하고 있었다. 언제나 시선은 먼 곳으로 던져져 있고, 얼굴에는 표정의 움직임이라는 것이 없었다. 그러나 몇 번의 예외는 있었다. 그럴 때만큼은 번쩍하고 칼날 같은 예리한 것이 볼을 스쳐 가곤 했다. 자신의 마음에 들지 않는 인간을 좌천시키거나 벌을 내릴 때가 그랬다.

"현재의 임지는 영주營州였지요?"

"그렇습니다. 하지만, 이번에 범양 절도사를 겸하게 되는 바람에, 아마도 유주幽州=北京에 자리 잡을 것 같습니다. 범양 일대는 비옥한 경작지가 남쪽으로 퍼져서 황하까지 이어져 있습니다. 게다가 그 평원의 서쪽은 험악한 산악지대이다."

"그렇다면 점점 더 살이 찌겠구먼."

"그렇지요!"

"정신없이 살이 불어나면 몸 놀리기가 힘들 텐데…."

"하지만, 그건 그렇지 않습니다. 호선무를 출 때, 그 뚱뚱한 몸집이 무섭도록 빨리 움직이는 걸 보시지 않았습니까? 어느 누구도 그처럼 빨리 움직일 수는 없습니다."

"으음…"

이임보는 신음하듯 말하고 나서, 그 이야기는 그것으로 일단락을 짓고, 그 다음 이야기로 화제를 바꾸었다.

"황보유명에 대한 이야기인데…"

이임보가 고 역사 쪽으로 얼굴을 돌렸다.

"이제 슬슬…"

"불러들일까요?"

"오히려 멀리 보내시는 편이…"

"음…, 황제께서는?"

"대단한 신임을 보이셨습니다. 근년 들어, 토번을 그처럼 가슴이 후련하게 작살을 낸 사람은 없습니다. 황제뿐 아니라, 일반 사람들에게도 인기가 대단합니다. 이쪽은 더 살이 찌기 전에….."

"그렇지요."

여기서 이임보와 고 역사는 말을 끊었다. 두 사람은 서로 다른 방향으로 시선을 보내고, 서로 상관이 없는 각각의 상념 속으로 잠겨 들어가는 것으로 보였다. 이윽고, 고 역사는 이임보의 자리에서 떠났다. 도열해 있는 조정 백관의 자리는 정해져 있어서 아무도 그곳에서 움직일 수가 없었지만, 그런 가운데서도 고 역사만큼은 자유로웠다. 중량감을 느끼지 않게 하는 일종의 독특한 움직임으로, 고 역사는 때때로 그 자리를 바꾸곤 했다.

안녹산은 연회가 끝나갈 무렵 현종 앞으로 나아가 은총에 감사하고, 내일 도읍을 떠나 임지로 간다는 인사를 했다.

"이번에 가면 언제 올 텐가?"

현종이 말하자,

"이번에는 제 소원이 성취되어 모자의 관계를 맺게 된 저의 어머니가 비로 책봉되는 날, 그 축하를 할 때입니다."

안녹산이 말했다.

"언제가 될까? 그게."

"어찌 그런 일을 잡호가 알 수 있겠습니까? 황제 폐하의 마음에만큼은 들어 있겠지요. 저는 그저 그날이 하루라도 빨리 오기를 하늘에 빌 생각입니다."

안녹산은 말했다. 그 소리를 듣고 옥환의 기분도 나쁘지는 않았다.

안녹산은 양쪽에서 두 시종들의 부축을 받으며, 그 거대한 고깃덩이의 일부를 양쪽에서 떠받치는 형국으로, 백관들이 앉아 있는 앞을 통해 연회석에서 물러갔다.

옥환도 자신이 정식으로 비에 책립될 날이 다가오고 있는 것을 생각은 하고 있었지만, 정확하게 그것을 알고 있는 것은 아니었다. 현종도 이에 대해서는 언급하지 않았고, 고 역사 역시 이에 대해서는 한 마디도 하지 않았다. 그것을 입으로 내뱉은 것은 안녹산이 처음이었다. 생각해 보니 비 책립에 관한 것은 신하가 할 이야기가 아니었다. 그것을 안녹산이 말할 수 있었던 것은 설혹 지나가는 말이라도 안녹산이 옥환의 양자가 되기를 원했고, 그 말이 현종에 의해 이루어졌기 때문이었다. 안녹산이 그 말을 하기 위해 옥환의 양자가 되기를 바란 것인지도 몰랐다. 안녹산의 말은 옥환으로서도 싫지 않은 기분이 들었던 것처럼, 현종에게도 싫지 않은 기분이었음이 분명했다.

안녹산이 귀임 길에 오른 지 며칠이 지나, 고 역사는 옥환의 관저를 찾아와서,

"애고 애고, 큰일이 벌어졌습니다. 이 늙은이는 몸이 여러 개 있어도 모자랄 판이지요."

하고 늘 하던 식으로 고 역사가 너스레를 늘어놓았다.

"내년, 그러니까 천보 4재載 7월, 비님께서는 정식으로 비가 되십니다. 일가붙이들이 속속 장안으로 몰려 들어옵니다. 참으로 부산하게 되었습니다. 관저를 짓는 일만으로도 아주 큰일이거든요."

이에 대해 옥환은 잠자코 있었다. 그리고 입 밖으로 내놓지는 않았지만, 마침내 매비를 노권력자에게서 떼어낼 때가 다가오고 있다고 생각했다. 측천무후가 그 경쟁 상대에게 한 것처럼, 자신도 현종에게서 빼앗은 매비를 술독에 처넣어 버려야겠다는 생각만 해도, 지금까지 느껴보지 못했던 욱신욱신할 정도의 쾌감이 옥환의 몸을 저릿저릿하게 만들었다.

고 역사는 숨을 삼키듯 하면서 언제까지나 입을 다물고 있는 옥환의 얼굴을 들여다보았다. 옥환이 지금처럼 아름답게 보였던 적은 없었다. 권력이라는 것이 처음으로 옥환의 마음속으로 들어가려 하고 있었다.

농우 절도사 황보유명의 입궐 소식이 전해진 것은 2월 말의 일이었다.

옥환은 가까이 보살펴 주고 있는 사람들을 통해, 항간에 황보유명의 귀환 소문으로 와자지껄한데다, 그가 장안으로 들어오는 날에 그의 모습을 보고 싶어 하는 군중이 법석을 떨 것이라는 말도 들었다. 황보유명의 귀환이라고는 하지만, 물론 임지로부터 철수하는 것이 아니라 정무를 의논하기 위한 짧은 기간 동안의 귀환이었다.

옥환은 황보유명이라는 무장에 대해 아무 것도 아는 것이 없었다. 황보유명은 재작년인 천보 원년 말에 토번을 청해에서 무찔렀고, 지난 천보 2재 4월에는 역시 토번을 홍제성에서 결딴을 낸 바 있었다. 이 두 번의 승전보는 장안의 군신들을 기쁘게 만들었고, 그때마다 전승의 기분은 거리마다 넘실거려 황보유명이라는 이름은 변경 수비의 영웅으로서 높아져 가기만 했다. 옥환도 그렇다는 것쯤은 알고 있었다. 그러나 어째서 황보유명이 이처럼 사람들 사이에서 인기가 있는지는 알 수가 없었다. 황보유명 말고도 하서河西 절도사 왕수王倕도 토번을 무찌른 바가 있고, 왕충사王忠嗣도 해奚*, 거란契丹을 무찌른 일이 있다. 변경에서 공을 세우고 있는 것은 황보유명 한 사람뿐이 아니지 않은가?

옥환은 그 일을 몇 사람의 근시들에게 물어 보았지만, 사람마다 그 답이 달랐다.

어떤 자는 이렇게 말했다. 절도사 중에서 지금 가장 큰 공적을 세워 황제의 신임이 아주 두터운 것은 안녹산이지만, 안녹산은 호족 출신이다. 그러나 황보유명은 어엿한 한민족이고, 안녹산과 라이벌처럼 변경에서 오랑캐를 무찌르고 있는데, 이렇게 되면 누구나 자신과 같은 피를 받고 있는 황보유명의 편을 들어주게 마련이다.

또 다른 자는 이렇게 말했다. 황보유명은 재상 이임보의 반대 세력 중의 한 사람이다. 당연히 장안에서 높은 벼슬자리에 앉아 있어야 할 인물이 변경으로 쫓겨 가 있지 않은가? 그래서 동정하는 마음이 변경 수비를 하고 있는 무장에게 쏠려 있다는 것이다.

또 다른 사람은 이런 견해를 보이고 있다. 지금까지 아무도 토번을 황보유명처럼 시원하게 무찌른 사람이 없었다. 황보유명 이전의 농우 절도사는 소경蕭炅이었는데, 소경이 있을 때는 감숙성 일대가 토번에 의해 말할 수 없을 정도로 시달리고 있었다. 옥환이 온천궁으로 불려오기 전 해인 개원 27년에 겨우 어쩌다 한번 소경이 토번을 무찌른 적이 있을 뿐이었다. 그리고 소경 이전에는 농우 절도사를 두지 않고, 하서 절도사 최희일崔希逸이 토번에 대한 작전을 벌여 몇 번인가 토번을 격파한 일이 있지만, 이는 무찔렀다기보다는 침범해온 토번을 격퇴했을 정도에 지나지 않았다. 그리고 단기간 지금의 재상 이임보가 농우 절도부사를 겸하고 있었던 일이 있었는데, 이때도 아무 일도 해 놓은 것이라곤 없었다. 적극적으로 이쪽에서 짓쳐 나가, 토번에게 일대 타격을 가한 것은 황보유명 오직 한 명뿐이었으며, 이런 일 때문에 황보유명에 대한 평가는 당의 조정보다도 오히려 서민들 사이에서 높아져 가고 있다고 할 수 있다.

옥환은 시녀들이 황보유명의 장안으로 개선할 시일에 대해 제멋대로 상상하고 있는 것을 들은 일이 있었다. 그것도 한두 번이 아니었다. 애타게 그날을 기다리고 있는 듯한 말투들이었다. 백성들이 기다리고 있는 것을 보며 옥환 역시 기다리는 마음이 들어 있었다. 황보유명이 3월 하순에 장안에 도착한다는 소식이 단순한 소문이 아니라 확실한 사실로 궁중에 전해졌을 때, 조금 과장된 표현을 하자면, 궁중의 여인네들은 일종의 흥분 상태 같은 양상에 빠져들어 있었다. 황보유명이 어느 복도를 통해 어느 회랑으로 지나간다느니, 어느 방에서 쉬고, 어느 방에서 음식을 하사받는다느니, 그런 이야기까지 하고 있었다. 그러면서 황보유명이 몇 살쯤 된 무장이냐, 어떤 풍모를 지닌 인물이냐 등에 대해서는 아무도 아는 것이 없었다. 정보는 사회로부터 완전히 끊겨 있어서, 궁중이라는 네모난 상자 속에 틀어박혀 있는 궁녀들로서는 그리 문제될 것이 없었다. 항간에서 한 영웅에게 쏠린 명성만으로도 그녀들에게는 그 인물이 충분히 매력 있는 것으로 여겨졌다. 안녹산이 입궐했을 때에도 그녀들은 들떠 있었지만, 안녹산의 경우에는 호족의 영웅으로서의 호기심이 그 중 몇 할을 차지하고 있었다. 이번 황보유명의 경우에는 그런 것이 없었다.

황보유명은 자신을 맞이하는 장안 백성들의 기대와는 다르게, 3월 초에 몇 명의 부하들만을 거느리고 도성으로 들어왔다. 안녹산이 입궐할 때와 같은 소란은 없었다. 백성들은 아무도 황보유명의 모습을 눈으로 본 사람이 없었다. 언제 장안에 들어왔는지 알지도 못했다. 장안은 행락의 사람들로 북적거리고 있었다. 매화는 지고, 살구와 오얏은 끝물에 접어들고, 다음의 모란철까지는 시간이 조금 필요했다. 그 대신 따스한 기운이 감도는 봄의 햇빛이 아홉 가街 열두 구衢의 거리에 포근하게 내리쬐고 있었다.

황보유명은 귀경을 하는 길로 곧장 황궁으로 향해 현종을 알현했다. 황보유명은 기품이 있는 중년의 무장이었다. 만약 황보유명이라는 사실을 알지 못한 사람은 무인이라는 것을 알아보지 못했을 것이 틀림없었다. 행동거지가 조용했고, 입으로부터 나오는 말 역시 조용했다. 무인다운 점이 있다면 살갗이 거무스름하고, 큰 키의 체구에 성큼성큼 걷는 그 걸음걸이에서 팔팔한 느낌을 받는 정도에 지나지 않았다.

회식의 자리에는 이임보를 비롯한 중요한 인물들이 기다리고 있었지만, 안녹산의 경우와 같은 와자지껄한 기운은 없었다. 안녹산이 왔을 때는 안녹산의 굵은 목소리가 그 자리에 있는 모든 사람들의 귀에 와 닿았지만, 황보유명이 아뢰는 목소리는 극히 일부의 사람들의 귀에만 들렸을 뿐이다. 옥환은 황보유명이 알현하는 방에 모습을 드러내던 첫 순간부터 줄곧, 그 변경에서 온 무인에게 시선을 보내고 있었다. 그가 하는 어떠한 소소한 동작도 빼놓지 않고 눈여겨보고 있었다.

황보유명은 변경의 사정을 아뢰고 나서 현종의 앞을 물러나, 그를 위해 마련된 자신의 자리로 돌아갔다. 이임보가 입을 열었다.

"무력으로 토번을 무찌르기는 쉽소. 황제의 은덕으로 토번을 위무하는 방법은 없었소?"

이에 대해,

"없습니다."

황보유명은 바로 대답했다. 부정하는 말투가 좀 강렬해서 이 말만큼은 그곳에 있는 모든 사람들의 귀에 들어갔다. 그러자,

"처음 유주幽州 절도사와 하서河西 절도가 마련되었을 때, 이는 호족을 공격하기 위한 것이 아니라 오히려 수세의 포석을 위한 것이었소. 농우隴右 절도사 자리는 나중에 마련되었지만, 이 역시 절도사 본래의 사명에서 예외일 수가 없소. 어떤 경우에도 이 점 잊지 않기를 바라오."

이임보는 이렇게 말했다. 이임보의 높낮이가 없는 말투와, 이를 말할 때의 냉정한 표정은 옥환으로서도 밉살스럽게 여겨졌다. 이임보가 내뱉고 있는 말은 분명 황보유명에 대한 비난이었다. 황보유명은 말했다.

"오랑캐들은 짐승의 마음을 지녀서 배반과 복종을 죽 먹듯이 반복합니다. 우리가 수세에 몰리면 침범해 들어오고, 위무해 보려 하면 백성을 납치합니다. 그들을 대하는 방법은 활과 칼 말고는 없을 것으로 생각합니다. 게다가 토번은 경이 생각하고 있는 그런 종족이 아닙니다. 그 국세는 나날이 강대해지고 있습니다. 이 시점에 무력으로 제압해 놓지 않았다가는 훗날 후회를 하게 될 것이 불을 보듯 뻔합니다."

"공주를 보내면 어떻겠소?"

"그런 고식적인 수단으로 호족을 회유한 것은 오래 전의 일입니다. 토번뿐 아니라 거란, 해奚 할 것 없이 모두 공주를 칼로 베고 배반할 것입니다."

이임보와 황보유명의 응수는 이것으로 끝이 나고, 현종이 방에서 나가는 것을 기다려, 일동은 술자리를 벌였다.

술자리에서, 옥환은 처음으로 황보유명과 짧은 대화를 했다.

"오래도록 벽지 생활을 하느라, 비를 뵙는 것은 이번이 처음입니다. 장안에 오고 나서도 별다른 즐거운 일은 없었습니다만, 소문만으로 말씀만 듣고 있던 비를 이처럼 뵙는 일과 진창방進昌坊에 있는 자은사慈恩寺의 모란꽃을 보는 것만을 크게 기대하고 있었습니다."

황보유명은 인사를 했다. 권력자가 총애하고 있는 여성에 대한 의례적인 말이었음이 틀림없었지만, 옥환은 그 말을 기쁜 마음으로 받아들였다. 무인이나 관리들이 하는 말에 좀처럼 마음이 움직이는 일이 없었지만, 옥환은 이 경우만은 황보유명이 실제로 그렇게 생각하고 있음이 틀림없을 것 같은 기분이 들었다.

이때도 옥환은 상대방의 얼굴에서 시선을 떼지 않았다. 상대방의 입에서 다음에 어떤 말이 나올까? 그것을 기다리는 심정으로 상대방에게 눈길을 보내고 있었다. 황보유명은 그 이상 아무 말도 하지 않았다. 옥환은 이런 자리에서 상대방에게 말을 하는 경우가 거의 없었고, 또 그런 습관을 자신이 가지도록 노력했다. 그러나 이때만큼은 입에서 불쑥 말이 튀어나왔다.

"자은사의 모란이 좋습니까? 저는 연강방 서명사延康坊西明寺에 있는 모란이 가장 아름답게 여겨지던데요."

옥환이 그렇게 말하자,

"비께서 가장 아름답다고 말씀하신다면, 그야 당연히 서명사의 모란이 가장 아름다울 것입니다. 자은사나 정안방靖安坊의 숭경사崇敬寺, 영락방永樂坊의 영수사永壽寺, 그리고 장수방長壽坊의 영태사永泰寺도 각각 모란으로 유명합니다만, 멀리 서명사의 모란만은 못할 것이 틀림없습니다. 신은 오래도록 장안에 머무를 수는 없습니다만, 비께서 아름답다고 말씀하시는 서명사의 모란이 필 때까지는 어떻게든 머물러 있도록 해야겠습니다."

이렇게 황보유명은 말했다.

옥환은 황보유명하고는 그가 장안으로 들어온 날 외에는 다시 만날 날이 없었다. 황보유명이 임지로 향해 떠났다는 소문을 들은 것은 3월 하순이었다. 그날, 옥환은 제대로 한창 꽃철이라는 진창방의 자은사 모란을 보러 갔다. 모란은 으레 3월 15일 언저리에 만개했지만 이 해에는 열흘 가량 늦어 있었다.

'꽃이 피고* 꽃이 지는 스무 날, 한 성안의 사람들 모두가 미치는 듯하다.'는 말이 있는 것처럼 모란 철은 장안의 온 거리가 취한 것처럼 부산했다. 그리고 '만마 천거萬馬千車* 모란을 본다.'는 표현대로, 그 흥청거리는 양상은 대단했다. 옥환은 황보유명이 가장 좋아한다는 자은사의 모란을 감상하고 나서, 자신이 황보유명에게 가장 아름답다고 말한 서명사의 모란을 보러 갔다. 이 모두가 장안에서는 손꼽는 명소였던 만큼, 그 양쪽 절의 경내가 몸을 움직일 수도 없을 정도로 인파로 뒤덮여 있었다.

옥환은 지금까지는 남들처럼 가슴 설렐 정도로 모란에 얼이 빠져 버리는 일은 없었다. 궁중에도 숱한 모란나무가 있는데, 이 모란나무들 가운데는 뭇 사람들의 입에 오르내리는 시중의 명화名花 못지않은 것들도 숱하게 있었다. 옥환은 그것들을 현종과 함께 감상하고 다닌 일은 있었지만 혼자서 보러 다닌 일은 없었다. 한 그루가 천금 값으로 매매된다는 사실이 믿어지지 않는 기분이었다.

그러나 옥환은 이날 자신 역시 이제부터는 모란이 좋아질 것이 틀림없을 것이라 여겨졌다. '황금의 꽃심* 풀어져 내린 홍옥의 꽃송이. 천 갈래의 적영赤英, 물보라, 란란爛爛, 백 가지에 매달린 시뻘건 불꽃, 등불 황황煌煌' 이렇게 시인이 노래할 정도로 옥환에게는 모란이 밝고 아름답게 느껴지지는 않았다. 아닌 게 아니라, 화려하고 아름다운 점에서 모든 꽃의 왕임에는 틀림없었으나, 그 무너질 듯 농염한 가운데 어딘지 다른 꽃이 지니지 않은 어두운 운명이 느껴졌다. 화려함 가운데 그런 것을 가지고 있다는 점에 옥환은 마음이 끌렸다. 어째서 지금까지 모란꽃이 지닌 이런 점을 나는 알아보지 못했던 것일까 하고 생각했다.

옥환은 또 황보유명과 앞으로 몇 년이고 만날 수 없는 것이 아닐까 생각했다. 이번 귀환이 여러 해 만의 귀국이었음을 생각할 때, 다음으로 그가 장안에 오는 것은 몇 해가 지난 다음일 것이 틀림없었다. 황보유명이 장차 자신의 앞에 설 때에는 머리가 반백이 되어 있을 테지, 옥환은 모란꽃을 보는 가마 속에서 그런 생각을 했다.

3월, 현종 황제는 외손에 해당하는 독고씨의 딸에게 정락靜樂 공주라는 칭호를 주어서 거란의 송막松漠 도독인 이회절李懷節에게 시집보내기로 하고, 동시에 역시 외손에 해당하는 양楊씨의 딸을 의방宜芳 공주로 삼아 해奚의 요락饒樂 도독인 이연총李延寵에게 시집보낸다는 사실을 발표했다.

거란, 해가 모두 흥안령興安嶺 부근에 사는 오랑캐였는데, 지금까지 툭하면 반역을 거듭하면서 종종 힘을 합해 당나라에 대해 일을 꾸며 대곤 했다. 천보 원년 12월에는 손을 잡고 변경을 침범해서 왕충사가 이를 물리친 일이 있으며, 그 뒤로는 일단 평온한 태도를 취하고 있기는 했지만 언제 반기를 들지 알 수가 없는 상황이었다.

현종 황제는 2명의 공주를 보냄으로써 이들을 길들이려 했던 것이다. 한漢나라 때 이래로, 중국은 많은 공주를 번족들에게 출가시키고 있었다. 왕소군王昭君이 흉노의 권력자에게로 출가해서 두 아이들을 낳은 것은 너무나 유명한 이야기다. 왕소군의 경우에는 호족을 길들인다는 점에서는 성공한 경우였으나, 이 일이 유명해졌던 것은 호족을 길들이는 일을 성공적으로 해서가 아니라, 왕소군이 지닌 비극적인 운명 때문이었다. 변경의 이민족의 위무에 성공한 경우에도 마찬가지겠지만, 그것이 실패로 끝나고 나면 더더욱 어느 경우에나 그 여인네들의 운명은 큰 비극이라고 하는 수밖에 없었다. 대당 제국에서 생을 받아 상류계급의 여인으로서 귀하게 자랐으면서도, 정략결혼의 희생자가 되어 미개의 유목민족에게 출가하는 것이니 말이다.

거란의 추장에게로 시집가는 정락 공주靜樂 公主, 해나라의 추장에게 시집가는 의방 공주宜芳 公主 모두가 아직 20세도 채 되지 않은 소녀라고 해도 좋을 나이였다. 궁중에서 송별잔치를 벌여 주었지만, 처음부터 끝까지 두 공주의 입에서는 한 마디 말도 없었다.

현종은 정락 공주에게 무엇을 하면서 노는 것이 좋으냐고 물었다. 공주는 승마를 배우기 시작하고 있는데, 말타기를 잘해 타구打毬를 하는 것이 즐거움이라고 대답했다. 현종은 또 의방 공주에게 지금 무엇을 가장 소망하고 있느냐고 물었다. 그러자 의방 공주는 작약꽃이 아름답게 피어 있는 것을 보는 일이라고 했다. 말을 타고 타구를 하는 일이나, 만개해 있는 작약꽃을 보는 일이나, 모두 사막 북쪽에서는 가망이 없는 일이었다. 두 공주가 모두 미모였는데, 특히 정락 공주의 아름다움은 자리를 가득 메운 사람들의 눈길을 끌었다.

현종은 급작스럽게 두 소녀를 이민족에게 보내는 일이 아까워진 모양인지, 재상 이임보를 불러서, 일단 공주 보내는 일을 보류할 수 없느냐고 물었다. 그러나 이임보는,

"아무리 거란과 해나라가 미개의 족속이라고는 하지만, 당 제국으로서 일단 약속한 일을 어찌 어길 수 있겠습니까?"

하고 대답했다.

"다른 여자들을 보내고 저 두 사람은 그만두지."

현종은 다시 이렇게 말했다.

"해나라는 어떤지 몰라도, 거란의 우두머리는 공주를 보낸다는 말에 매우 기뻐하고 있다는 말을 들었습니다."

"그렇다면, 의방 공주를 거란으로 보내고, 정락 공주 쪽은 궁중에 남아 있게 하라."

현종이 이처럼 집요하게 말하는 일은 좀처럼 보기 드문 일이었다. 궁중에 남겨두라는 말은 바로 후궁으로 들여놓으라는 뜻이 아닌가? 이임보는 동의한다는 듯, 하지 않는다는 듯한 애매한 대답을 하고 물러났다.

그로부터 2~3일 지나서, 옥환은 고 역사의 방문을 받았다.

고 역사는

"한 가지 황제께 말씀을 드려 주셨으면 하는 것이 있습니다. 그것은 정락 공주에 관한 일입니다만, 황제께서는 오랑캐에게 보내는 일을 아까워하셔서 이를 취소하라고 하십니다. 대당 제국의 황제로서 한 번 입밖에 낸 말을 거둬들인다는 것은 향기롭지 못한 처사입니다. 이 재상께서 그런 말씀을 아뢰었지만 받아들이지 않으셨습니다. 이 일을 한번 비께서 황제께 말씀드려 주셨으면 합니다."

"그런 이야기를 황제께 말씀 올리는 일은, 저로서는 삼가고 싶습니다."

옥환은 그렇게 말했다. 옥환은 아직 한 번도 현종에게 의견을 내 놓은 일이 없었다. 어떤 경우에도 현종이 하는 일이라면, 그에 대해 전면적으로 찬의를 표하는 태도로 일관해 왔다. 그러자 고 역사는

"다른 일이라면 고 역사, 결코 도와주십사 하는 말을 하지 않겠습니다. 오직 이번 정락 공주의 경우만큼은 아무래도 비께서 도와주십사 하고 간청 드리지 않을 수 없습니다. 정락 공주는 독고씨의 딸로서 황제의 외손에 해당합니다만, 그 일족은 글을 잘하고 매비님과도 관계가 깊습니다. 이것이 하나이고, 만일 후궁으로 들어오는 일이라도 생긴다면 매비님의 힘이 되면 되었지…."

그 말에 옥환이 가로막으면서

"후궁이라고요?"

하고 말했다. 저 소녀를 후궁으로 들어앉히려는 생각을 현종이 가지고 있었다는 말인가? 아무리 현종이 색을 좋아하기로서니 저런 소녀에게 욕망을 가질 수가 있단 말인가?

"설마 황제께서…"

그 옥환의 말을 이번에는 고 역사가 가로막았다.

"무슨 말씀이십니까? 그렇다면 어째서 정락 공주에게 그런 조처를 취하셨겠습니까? 만일 이대로 방치해 놓다가는 비께서는 매일매일 바빠

지실 겁니다. 승마도 배우셔야 할 것이고, 타구도 하셔야겠지요?"

"어째서지요?"

옥환이 물었다.

"황제께서는 공주를 후궁으로 들어앉히시고, 공주에게 그런 일을 시키실 것이 틀림없습니다. 황제께서는 그런 일을 좋아한다는 공주에게 마음이 끌리신 것이 틀림없으니까요. 이 할아범은 황제 폐하의 속마음을 훤히 알고 있습니다. 정락 공주를 한 번 보시고서….”

옥환은 그 다음의 고 역사의 말을 듣고 있지 않았다. 옥환 자신도 그 소녀가 아름답지만 가련하다고 여긴 정락 공주의 어린 티 나는 용모를 눈에 떠올리고 있었다. 추한 것이라고는 추호도 알지 못하는 저 소녀를 현종은 그 연회석상에서 그러한 생각을 가지고 바라보고 있었다는 말인가?

"비께서는 올해가 가장 중요한 해입니다. 태진궁을 나오셔서 정식으로 비가 되실 해 아닙니까?"

고 역사가 하는 말은 단편적으로 옥환의 귀에 들어오고 있었다.

"매비님의 힘이 될 만한 사람은 하나라도 제거해야 합니다. 그리고 정락 공주님에 대한 황제의 집념은 이 할아범이 보는 바로는 여간 강한 것이 아닙니다. 비께서 저 젊은 공주와 겨루면서 말 같은 것을 타시는 일이라도 생긴다면, 이 할아범은 당장에 거꾸러져 죽어 버리고 싶습니다.”

옥환은 한동안 잠자코 있었으나, 이윽고 낮은 목소리로

"황제께는 제가 말씀 드리겠습니다.”

하고 말했다.

"이 재상이나 고 역사께서 어떤 이유로 저 공주의 집안에 대해 탐탁지 않게 생각하고 있는지는 알 수 없지만 그것은 그것이고, 저로서도 저 어린 공주와 황제를 사이에 놓고 싸우고 싶은 생각은 없습니다. 만약 그런 우려가 있다면 그것은 미연에 막아야 하겠지요.”

그러자 고 역사는 짐짓 놀란 표정을 해 보이며,

"할아범하고 이 재상이라고요?"

그러고는 우스워서 견딜 수가 없다는 듯이 웃어 대더니, 문득 웃음을 멈추고서

"뭐, 그런 것은 아무래도 좋습니다. 비께서 공주를 후궁으로 들어앉히는 일을 막아 주실 결심만 서셨다면, 그것만으로도 고 역사는 만족입니다."

하고 진지한 얼굴로 말했다.

며칠이 지나자, 현종은 옥환에게 자신은 곧 여산의 온천궁으로 가겠지만 이번에는 짧게 머물러 있을 것이고, 또한 온천궁의 건물을 개조하느라 어수선하기 때문에 옥환은 그대로 머물러 있으라고 말했다.

그날 밤, 옥환은 잠자리에서

"온천궁에 함께 따라갈 수 없는 것은, 황제께서 다른 여자를 부를 생각이 있기 때문이겠지요?"

하고 말했다.

"다른 자를 불러? 온천궁에 옥환 말고 누구를 부른단 말인가?"

현종은 말했다.

"아니오, 부르실 것이 틀림없습니다. 옥환은 잘 알고 있습니다."

"도대체 누굴 부른다는 거야?"

"정락 공주라는 이름을 붙여 준 젊은 여자지요."

"무슨 그런 바보 같은 소리를…"

현종은 그 자리에서 부정하기는 했지만, 문득 자신을 안고 있는 현종의 손이 아주 조금이지만 자신의 몸에서 떨어지는 것을 옥환은 느꼈다. 옥환은 침대 위에 일어나 앉아,

"제가 대신에 거란의 우두머리에게 가겠습니다. 공주를 부르시는 일은 그 다음으로 해주시기 바랍니다."

"그런 의심을 갖다니, 함께 온천궁으로 가기로 하지 뭐. 그럼 되겠지?"

"아닙니다. 그래도 옥환의 마음은 가라앉지 않습니다."

"그럼, 어찌하면 좋을까?"

"정락 공주를 거란으로 보내십시오. 그렇게 하시지 않는다면 옥환이 가겠습니다. 그것은 무리한 이야기가 아닙니다. 황제께서 한번 정하신 일이 아닙니까? 그것을 도중에 바꾸시겠다는 바람에 아랫것들에게 여러 가지 뒷소리가 들리고 있습니다. 황제는 저 어린 여자를 후궁으로 앉히고 함께 말을 타시려 하신다는 소문이 무성합니다."

"누가 그런 소리를 해?"

"궁중의 여자들은 매일 그런 이야기를 하고 있습니다. 장안 여기저기서도 황제가 공주하고 말을 타시는 기묘한 모습을 어서 보고 싶다고 모두가 그런 이야기를 하고 있답니다. 그리고 말에서 떨어지시더라도 몸이 상하지 않게 하기 위해 융단으로 만든 깔 것을 도읍에서 온천궁까지 깔아 놓을 것이 틀림없을 것이라는 소문입니다. 그처럼 말에서 떨어지는 황제를 보게 될 바에야 옥환은 거란으로 가고 싶습니다."

"공주를 보냈다가는 공주가 칼 맞아 죽을 걸?"

"칼을 맞더라도 옥환은 전혀 상관없습니다. 만일 그런 일이 생긴다면 얼마나 가슴이 후련할까요?"

"가엾지 않은가?"

"조금도요."

옥환은 말했다. 현종은 처음에 발표한 대로 정락 공주를 거란으로, 의방 공주를 해나라도 보내기로 했다. 두 어린 공주는 이틀 간격으로 각각 막대한 패물과 2백 명의 종자를 거느리고 장안을 떠났다. 백관은 산하滻河까지 전송하고, 가족과 친지들은 패하灞河까지 전송했다. 산하와 패하에서는 모두 강변의 버드나무가 파랗게 눈을 틔우고 있었다. 두 무리의 행렬은 모두 동관潼關으로 통하는 길로 똑바로 향했다.

옥환은 두 공주를 먼 이민족에게 시집보내는 일을 놓고 조금도 가슴 아파하지 않았다. 골머리 아픈 것들이 마침내 도읍을 떠나갔구나 하는

심정이었다. 옥환이 현종에게 매달려 남의 운명을 바꾸어 놓은 것은 이
것이 처음 있는 일이었다.

# 제4장

천보 4재載 서기 745년 7월, 양옥환은 책립을 받아 귀비로 봉해졌다. 이에 앞서, 좌위중랑장左衛中郞將* 위소훈韋昭訓의 딸을 수왕壽王의 비로 세운다는 조칙이 있었다.

옥환은 지난날 자신의 남편이었던 수왕에게 자신 대신 한 젊은 여인이 주어진다는 데 대해서는 아무런 감회도 들지 않았다. 옥환에게는 수왕은 이미 먼 존재가 되어 있었다. 원래는 수왕이 새로이 비를 맞이한다는 것에 대해 특별한 감회를 가져도 좋을 터이었지만, 옥환에게는 그런 것이 없었다. 그런 감정을 가지는 것은 오히려 현종 쪽이었을지도 몰랐다. 세상의 눈을 생각하느라고 옥환을 비로 책봉하는 데에 5년이라는 세월을 허비하지 않았던가? 현종으로서는 매우 신중하고도 인내심이 강한 처사였다고 말하지 않을 수 없었다. 옥환은 도교를 믿는 수왕의 집을 떠나 태진궁에서 여도사로서 5년이라는 세월을 보냈다. 그러던 그 여도사인 옥환이 이번에는 불쑥 귀비로서 궁중에 들어가게 되었다. 그 바람에 수왕은 수왕대로 현종이 몸소 선택한 새 비를 맞게 된 것이다. 사리가 들어맞는 듯, 들어맞지 않는 듯한 기묘한 일이기는 했지만, 이로써 현종이 자신의 피를 나누어 준 황자의 비를 빼앗았다는 매우 향기롭지 못한 행위는 일단 그럭저럭 마무리를 지은 꼴이 되었다.

양옥환을 귀비로 삼는다는 발표는 대명궁大明宮 깊숙한 궁정에서 있었다. 현종은 문무백관이 도열한 자리에서 성대한 의식을 벌이고 여러 날에 걸쳐 축하하는 잔치를 벌이기를 바랐지만, 이에 대해서는 이임보나 고 역사가 모두 반대를 하는 바람에 이를 관철하지 못했다. 옥환이 현종의 총애를 한 몸에 받고 있다는 사실은 어느 누구도 모르는 이가 없는 터에 잔치를 새삼스럽게 화려하게 벌여야 할 이유가 없다는 것이 고 역사의 생각이었다. 현종은 5년이나 기다렸으니 성대하게 발표해야 한다고 생각했음에 비해, 고 역사는 모처럼 5년이나 걸려 신중하게 일을 처리해 놓았으니 끝까지 신중해야 한다고 생각한 것이다.

옥환이 비로 책립되기 한 달 전인 6월 중순경 고 역사는 옥환의 관저로 찾아왔다.

"남의 입에 오르내리는 일은 피하시는 것이 좋습니다. 그 대신 귀비가 되시는 그날부터의 생활은 지금까지와는 달리 사치스럽게 하시는 일이 중요합니다. 대당 제국의 비이신 이상 그렇게 하지 않으셨다가는 위엄이 따라 주지 않을 테니까요."

그런 말을 했다. 옥환은 무슨 일이건 고 역사가 말하는 대로 따라야겠다고 생각했다. 그리고 실제로 모든 일은 고 역사의 손으로 부족함 없이 운영되고 있었다. 태진궁에서 이사해 들어갈 궁중의 관저에는 지금까지와는 판이한 가구들이 갖추어져 있었다. 침대라든지, 여러 개의 큰 탁자라든지, 병풍이라든지, 큰 화병이라든지, 그런 것들은 말할 것도 없었지만, 각각의 방에 비치할 주전자, 손거울, 장식물, 조그마한 걸상 같은 자잘한 물품까지도 종래의 것과는 아주 판이하게 다른 사치스러운 것들이었다. 옥환은 이런 물건들이 지금까지 어디에 보관되어 있었는지 짐작할 수도 없었다. 이런 것들은 오래도록 이날을 위해 기다리고 있었던 것처럼 하나하나씩 끝도 없이 들어왔다.

옥환을 귀비로 책봉하는 의식은 대명궁 봉황원鳳凰園에서 조촐하게, 그러나 엄숙하게 거행되었다. 식이 끝난 다음, 귀비는 보석이 박혀 있는 큰 의자에 앉아 자리에 참석했던 많은 중신들의 축하를 받았다. 재신宰臣들은 하나하나 귀비 앞으로 나아가, 각각 짤막한 축하의 말을 건넸다.

그날 밤, 귀비는 비의 자격으로 처음 현종 황제와 침소를 함께했다. 현종에게서는 나전으로 만들어진 작은 상자와 황금 비녀를 받았다. 현종은 다시 보물장에서 꺼낸 황금으로 만든 보요步搖를 자신의 손으로 직접 귀비의 머리에 꽂아 주었다.

3일 후 귀비는 백관의 축하를 받았다. 황후와 같은 자격으로 그 배알 날에는 예상우의霓裳羽衣의 가락이 연주되었다. 다시 이틀 후에 귀비는 자신의 일족들을 접견했다. 어머니 이씨, 숙부 현규玄珪 등이 입궐했다. 세상을 떠난 아버지 현염玄琰에게는 광록경 은청광록대부光禄卿銀青光禄大夫가 내려졌다. 행복에 겨워 들어온 이 사람들은 귀비를 보자, 자신의 처지가 만족스럽고 황송하여 입에서 말도 제대로 나오지 않아 그저 몇 번씩이고 깊숙이 머리만을 조아리고 물러갔다. 두 사람 모두 귀비에게 눈길을 주지도 못했다. 자칫 잘못해서 눈길이 마주쳤다가는 그 자리에서 눈이 찌부러질 것 같다는 생각을 하고 있었다. 이날의 행운에서 빠진 사람은 귀비의 실부가 되기도 하고 양아버지가 되기도 한 양현교楊玄璬였다. 가능한 한 공식 기록에서 말살해 두는 편이 무난한 인물이라고 생각되었는지, 이 인물은 이후 두 번 다시 역사에 그 이름이 오르는 일이 없었다.

같은 날 귀비는 오라비와 언니, 친척들을 만났다. 귀비는 자신 앞에 두 젊은이가 공손하게 머리를 숙이면서 다가오는 것을 보았다. 오라비인 섬銛과 종형인 기錡였다. 시골에서 올라왔으므로 이런 장소에 익숙하지 않은 것은 당연했지만 매우 어리둥절해하고 있었다. 한 마디도 입에서 말이 나오지 않았고, 그저 오로지 몸을 낮추고 머리를 조아리고 있을 뿐이었다. 귀비는 두 사람에게 벼슬자리를 주었다. 형인 섬은 전중소감殿中少監*이 되었고 종형인 기는 부마도위駙馬都尉*가 되었는데, 그는 아직 독신이었으므로 후궁 중의 하나가 낳은 대화大華 공주를 그 아내로서 주게 되었다. 이런 일은 모두 귀비 곁에 서있는 고 역사가 배려해 주었다. 고 역사가 낮게 말하는 것을 귀비는 그대로 자신의 입으로 말하면 되었다.

두 명의 젊은이가 나가자, 이번에는 3명의 언니들이 나타났다. 모두 현염의 딸들로서 이번에 생각지도 않게 귀비의 언니가 된 여성들이었다. 귀비로서는 3명의 언니들에게는 아무 것도 기대하는 것이 없었는데, 이쪽은 오라비나 종형의 경우와는 달랐다. 모두가 빼어난 미모인데다 매우 당당했다. 3명의 언니들은 미리 뜻을 모으기라도 한 듯 동시에 고개를 숙이고 나서 고개를 드는 동시에 일제히 귀비 쪽으로 시선을 보낸 것이다. 특히 둘째 언니의 시선에는 어딘지 도전적인 것이 있었다. 큰언니의 눈은 웃고 있었고, 막내언니의 그것은 호기심으로 넘치는 것이었다. 귀비는 3명의 언니들에게 곧 장안에 집을 마련해 주고, 3명 모두 여관女官으로서 궁중으로 들어오게 될 것이라고 말했다.


옥환이 귀비가 되고 나서 얼마 지나지 않은 9월 초에 갑자기 해와 거란이 반란을 일으켰다는 소식이 들어왔다. 그리고 그 첫 보고가 장안으로 당도한 지 2~3일 지나자, 의방 공주와 정락 공주 두 사람이 죽었다는 것을 알리는 사자가 장안으로 들어왔다. 두 명의 공주가 오랑캐에게 시집을 간 것은 4월 초였으므로, 겨우 반 년 만에 이 사건이 일어난 것이다. 이임보가 공주를 보내기로 했을 때, 황보유명이 격한 어조로 반대하면서 반년도 지나지 않아 공주는 죽고 말 것이라고 말했는데, 바로 그런 일이 일어났으니 황보유명의 예측이 옳았던 것이다.

귀비 역시 두 공주의 비운을 접하고서 가슴이 아팠다. 두 공주 가운데 적어도 정락 공주의 운명만큼은 귀비와 무관하다고 할 수가 없었다. 현종이 후궁으로 들여놓으려던 것을 억지로 거란으로 시집보냈으니 말이다.

귀비는 정락 공주의 앳된 얼굴을 떠올리며 '가엾은 짓을 했구나.' 하는 기분은 들었지만, 자신으로서는 그렇게 하지 않을 수 없었다고 생각했다. 그리고 이런 일이 앞으로 더 많이 있을 것이 틀림없었다. 색을 좋아하는 권력자가 새로 눈길을 준 여자들은 불쌍하기는 하지만 하나도 남김없이 거란으로 보내지 않으면 안 되는 거였다. 지금까지 당나라 황실에서 권력을 지닌 여인들은 한 사람의 예외도 없이 그렇게 행동했었고, 그렇게 하지 않을 수 없었던 것이다. '나도 그렇게 하는 수밖에 없어.' 하고 귀비는 생각했다.

이런 일을 해 내기 위해서는 맨 먼저 해결해야 할 것이 매비의 문제였다. 매비의 경우는 거란으로 보낼 형편은 아니지만, 가능하다면 거란보다도 더한 혹독한 나라로 보내고 싶었다. 자신에게 돼지 같은 여자라고 뇌까린 여자를 귀비는 절대로 용서할 수가 없었다. 귀비는 그러나, 이를 너무 노골적으로 처리하고 싶지는 않았다. 마음속으로는 당장에라도 매비를 치워버리고 싶었지만, 비가 된 지 얼마 되지도 않은 시점에 그런 짓을 하기에는 머뭇거릴 수밖에 없었다.

어느 날, 귀비는 고 역사에게 별생각 없이 매비의 일을 물어 보았다. 그러자,

"매비님은 상양궁上陽宮으로 가셔서, 이 대명궁에는 계시지 않습니다." 하고 말했다. 상양궁은 총애를 받지 못하는 여인들의 관저였다.

"어째서 상양궁으로 간 것일까요? 황제의 명으로 그렇게 되었나요?"
귀비는 물어 보았다.

"자신이 원해서 그렇게 되었다고 들었습니다. 귀비님에 대한 배려로 그렇게 하신 것이 틀림없습니다. 이제 귀비님, 매비님, 두 분의 사이는 상당한 격차가 있습니다. 이제는 더 이상 신경을 쓰실 필요가 없을 것으로 생각됩니다."

고 역사는 그렇게 말했다. 그러나 귀비는 고 역사의 말을 액면 그대로 받아들일 기분이 들지 않았다. 저 도도한 매비가 어찌 스스로 대명

궁에서 물러날 리가 있을까? 상양궁으로 옮아간 것은 아마도 그녀를 귀비의 질투로부터 감싸 주기 위해 취한 현종의 조처일 것으로 여겨졌다.

그리 생각하고 보니, 귀비는 현종에게 화가 났다. 현종은 매비의 장래를 생각해서 그렇게 하는 것이 매비에게 가장 좋은 일이라고 생각했을 것이 틀림없었다. 어쩌면 현종은 고 역사와 의논해서 그런 조처를 취한 것인지도 몰랐다. 좌우지간 현종이 매비를 감싸 주고 있다고 여겨지는 일은 귀비로서는 매우 불쾌한 일이었다. 현종은 상양궁에 찾아갈 터이지만, 귀비는 1년 동안 보고도 보지 못한 것처럼 행동하기로 했다. 그리고 이 1년 동안에 고 역사가 늘 이야기하던 것처럼, 자신의 일가붙이와 집안사람들로 자신의 주위를 단단히 하고, 견고한 성벽을 열 겹, 스무 겹으로 치고 나서 단숨에 매비를 궁중에서 쫓아낼 궁리를 했다.

9월 중순, 안녹산이 해와 거란을 무찔렀다는 소식이 전해졌다. 공주를 죽이고 반란을 일으킨 해와 거란은 안녹산의 손으로 평정된 것이다. 장안에서는 도처에서 안녹산의 이름이 들먹거려졌다. 또 이와 전후해서 황보유명의 군대가 토번과 교전하고 있다는 소식도 들어왔다. 이쪽은 부장副將의 죽음이 전해져 왔을 정도니까 고전을 하고 있는 모양이며, 승패의 귀추는 아직 알 수 없다는 소문이었다.

안녹산과 황보유명, 두 변경 사령관은 우연히도 같은 시기에 이민족과 교전을 하면서 서로 그 공적을 다투고 있는 것처럼 보였다. 그러나 이번 경우에는 안녹산 쪽이 우세했다. 공주를 죽이고 모반했다는 것 때문에, 나라 전체의 미움을 사고 있는 해와 거란이 그 상대인 데다 이를 싸워서 격파했다는 것이 아닌가? 안녹산의 인기는 대단했다.

안녹산의 인기가 나날이 높아져 가고 있던 어느 날, 귀비는 종조 오라비 양쇠楊釗와 만났다. 함께 있는 것은 고 역사였다.

"양쇠님은 측천무후님의 총신이었던 장역지張易之님의 인척이고, 촉蜀나라의 부호로 알려진 채방지사采訪支使 선우중통鮮于仲通의 집안에서 자라나셨습니다. 이번에 마침 장안으로 올라오셨는데, 귀비님에게 인사드리기 위해 온 것입니다."

고 역사는 그렇게 말했다. 젊은이는 훌륭한 체격을 가지고 있었고, 용모도 남자답게 곧잘 생겼다. 무엇보다도 이 젊은이가 귀비의 마음에 들게 된 것은, 지금까지 본 양씨 문중 가운데 이 젊은이만이 어딘가에 당당함을 지니고 있다는 점이다. 비굴한 데나, 무엇을 좀 주지 않을까 하는 태도는 조금도 없었다. 꼿꼿하게 몸을 세우고서 '자, 당신이 먼저 말하시오.' 하고 말하기라도 하는 것처럼, 조용히 그곳에 서있었다. 다른 이들과는 전혀 대조적인 느낌이었다. 그런 것이 좀 밉살스러운 점이긴 했지만, 이 역시 젊은이의 결점이 되지는 않았다. 어디에 내놓아도 빠지지 않을 정도의 귀티를 지니고 있었다.

"비님의 도움이 되었으면 하고 찾아뵈었습니다. 만약 말씀하실 일이 있으시면 지체 없이 말씀만 하십시오."

젊은이는 귀비에게 입을 열었다. 목소리 또한 맑고 매력이 있었다.

양쇠가 물러간 다음 귀비는 고 역사에게 양쇠를 어찌 생각하느냐고 물어 보았다. 그러자 늙은 환관은

"앞으로 귀비님의 힘이 될 것이라 생각했기 때문에 데려온 것입니다. 마음에 드셨는지요?"

하고 말했다.

"기량이 남보다 뛰어난 것으로 보이는군요."

귀비가 이렇게 말하자, 고 역사는 의기양양하게 웃음을 지으면서

"역시 눈이 높으십니다. 저만한 인물은 그리 많지 않을 것입니다. 할아범은 1년쯤 전부터 만나고 있습니다만, 목소리에는 윤기가 있고 눈에는 위엄이 있습니다. 가장 뛰어난 점은 남이 무슨 생각을 하는지 재빨리 간파해 버리는 일입니다. 오른쪽을 택할 것인지 왼쪽을 택할 것인지를 결정하는 결단력 또한 빠릅니다. 게다가 젊다는 것은 무엇과도 바꿀 수 없는 보배입니다. 아마 비님의 힘이 되어 줄 만한 사람 가운데 저만

한 인물은 없을 겁니다."

하고 말했다.

"비님의 언니들은 모두가 하나같이 총명하고 아름답습니다. 그러나 뭐니 뭐니 해도 여자인지라, 비님의 힘이 되어 준다 해도 한계가 있습니다. 남자 가운데 한 사람이 필요하던 차였습니다. 할아범은 양쇠님을 만났을 때, 이로써 비님의 지위는 든든해졌구나 하고 생각했습니다. 양쇠님을 활용하십시오. 사람을 부리실 때에는 아낌없이 부리시는 것이 중요하다고 생각합니다. 모처럼 양쇠님을 부리시더라도 어정쩡한 역할 가지고는 십분 힘을 발휘할 수 없을 것이라 생각됩니다. 지금 당장 어떤 자리에 앉히시더라도, 그리고 어떤 일을 시키시더라도 저 인물이라면 충분히 해낼 것이라 생각합니다. 어정쩡한 일을 하게 만들었다가는 저런 인물은 장래의 일이 걱정되어 젊은 싹일 때 남이 따 가버리고 말 것입니다. 반 년 동안이나마 생명을 부지하기가 어렵겠지요."

고 역사가 정열적으로 말을 했다. 고 역사가 이처럼 열띠게 이야기하는 일은 좀처럼 없었던 일이었다.

"반 년 사이에 싹을 따 버린다고 하셨는데, 도대체 누가 따 버린다는 것입니까?"

귀비는 물었다.

"싹을 따 버릴 사람은 한둘이 아닙니다. 비께서는 아무 것도 모르시겠지만 차차 아시게 될 것입니다. 고개를 내미는 자는 목이 잘리고, 그럼에도 살아남아 또 고개를 내미는 자는 목이 잘려서 그 잘려 나간 목들이 위수渭水의 벌판에 뒹굴고 있습니다. 위수 벌판의 굴러다니는 돌들은 모두 그런 목이 그런 꼴로 변해 버린 것입니다."

고 역사는 말했다.

"알아서 처리하세요."

귀비가 말하자, 고 역사는 갑자기 목소리를 낮추었다.

"쇠님을 우선 감찰어사監察御史*로 해 놓는 것이 좋을 것 같습니다.

그런 자리에서 능력껏 기량을 발휘하다 보면, 황제님의 신임을 얻을 기회도 많을 것으로 생각됩니다. 그렇게 하고서, 2년쯤 지나서 탁지낭중度支郎中*으로 승진시키는 것이 어떨까 싶습니다. 탁지낭중은 재정을 관장하는 자리입니다. 그렇게 되기만 하면, 그 다음은 쇠님 혼자서 행동할 수 있습니다."

"좋도록 하시지요."

귀비는 말했다. 여태까지 모든 일을 고 역사에게 맡겨 놓은 이래로 어느 것 하나 잘못된 것이 없었다. 양쇠의 경우도 고 역사에게 맡겨 놓기만 하면 될 것이었다. 귀비로서는 아마도 촉나라에서 갓 올라온 이 젊은이는 곧 감찰어사가 되고, 2년 후에는 탁지낭중이 될 것으로 여겨졌다.

이 해 10월부터 12월까지 현종은 온천궁으로 행차했다. 현종을 따라서 귀비도 늦은 가을부터 겨울동안 여산 기슭의 이궁離宮에서 지냈다. 비의 자격으로서는 최초로 해보는 이궁 생활이었다. 이궁 안에는 석류와 감나무가 많았다. 석류는 이궁 안뿐만 아니라 부락에도 많았지만, 그 중 잘 생긴 것들은 거의 이궁 안에 몰려 있었다.

12월 초, 귀비는 부락의 고로들을 모아 놓고, 이 지방에 예로부터 전해 내려오고 있는 전설을 들었다. 모두 재미있었다. 이 전설을 듣는 일을 처음으로 기획한 것은 귀비였지만, 나중에는 현종도 귀비와 함께 듣게 되었다. 예로부터 전해져 내려오는 설화는 몇 십 개나 되었는데, 그 가운데서 여산에 관한 이야기는 이궁이 그 기슭에 있으므로 흥미가 있었다.

80여 세의 노인이 이런 이야기를 했다.

"여산의 꼭대기에는 2개의 묘廟가 있었습니다. 하나를 노모묘老母廟, 하나를 인조묘人祖廟라고 부르고 있습니다. 두 묘 가운데 인조묘 이야기를 말씀 드리겠습니다. 아직 이 세상에 인간이 존재하지 않을 무렵의 일입니다. 이 여산의 꼭대기에 처음으로 두 사람이 살았습니다. 그것은 젊은 남매였습니다. 남매는 부부가 될 것인가 말 것인가를 생각했습니다. 부부가 되어 아기를 낳지 않는다면 인간의 자손이 생길 수 없습니다. 그러나 남매이므로 오라비와 누이동생의 혼인은 피하지 않아서는 안 됩니다. 그래서 남매는 의논 끝에 두 개의 돌절구를 산꼭대기에서 굴려 만약 두 맷돌이 하나로 합쳐진다면 혼인하기로 하고, 떨어진다면 부부가 되는 일을 그만두자고 뜻을 모았습니다. 어느 달 밝은 밤, 남매는 두 돌절구를 산꼭대기에서 굴렸습니다. 그러자, 두 맷돌은 달빛을 하얗게 반사해 가면서 산비탈을 굴러 내려갔고, 산기슭에서, 그러니까 바로 이 이궁의 침소가 있는 곳쯤 될까요? 그곳에서 절거덕 합쳐져 버린 겁니다. 이렇게 해서 오라비와 누이동생은 부부가 되었고, 아기들을 차례차례로 낳았습니다. 그 아기들의 자손이 지금의 인간이라는 것입니다. 그래서 두 남매를 모셔 놓은 곳을 인조묘라고 부르고 있습니다. 지금도 여산 부근에서는 오래된 사람 뼈가 나오고 있습니다. 인간 조상들의 뼈겠지요."

또 다른 노인은 다음과 같은 이야기를 들려주었다.

"여산의 꼭대기에는 2개의 봉화대가 있습니다. 이 봉화대에는 주나라 때의 유왕幽王에 관한 이야기가 전해져 오고 있습니다. 유왕에게 포사褒姒라는 비가 있었습니다. 포사는 매우 아름다운 비였는데, 유왕은 비를 말할 수 없이 사랑했지만 오직 하나 곤란한 일은, 비가 결코 웃지 않는다는 것입니다. 이 일은 유왕도 매우 마음 아파하셔서, 늘 어떻게 해서든지 비를 웃게 했으면 하고 생각했습니다. 여산 꼭대기에 봉화대가 생겼을 때의 일입니다. 어느 날, 유왕은 여기에 불을 붙이라는 명을 내리셨습니다. 봉화대에는 갑자기 불길이 치솟고, 중턱의 왕궁은 그 빛으로 황황하게 비쳐졌습니다. 그러자 여산 기슭에 있던 백관의 저택에서 사람들이 튀어나와 왕궁으로 달려왔습니다. 모두가 적의 습격이라고 생각했던 것이지요. 이때, 포사 비는 처음으로 살짝 웃으시면서, 당신네들은 헛된 일을 했다고 말했습니다. 처음으로 웃으신 것이지요. 그런데, 그로부터 1년쯤 지나, 이번에는 진짜로 적의 습격이 있었습니다. 그러나 백관은 한 사람도 달려오지 않았습니다. 모두 봉화대에 불이 붙었을 뿐이라고 생각했던 것입니다. 그러자 포사 비는 다시 웃으셨습니다. 두 번째의 웃음이지요. 이번에는 너무나 우스웠던지 목소리를 내서 웃은 것입니다. 이때의 적의 습격으로 유왕의 나라는 망하고 말았답니다."

이 유왕의 비, 포사의 이야기를 듣고서 귀비도 웃었다. 포사라는 기품 높을 것 같은, 그러면서도 어딘지 앳된 비의 얼굴이 눈에 떠오르는 것 같았다.

"진나라의 시황제는 아시다시피 이 여산 기슭에 궁전을 가지고 있었습니다. 그 궁전 가까이에 매우 아름다운 선녀가 살고 있었습니다. 시황제는 색을 밝히시는 분이었으므로 몇 번씩이나 그 미인 선녀에게 후궁으로 들어오라고 말했습니다. 선녀는 도무지 말을 듣지 않았습니다. 그래서 시황제가 하루는 선녀를 붙잡아서 궁전으로 데리고 와 힘으로 욕심을 채우려고 했습니다. 선녀는 매우 분개하여 시황제의 얼굴에 침을 뱉었습니다. 그러자 침이 묻은 곳이 검은 얼룩점으로 변했습니다. 이렇게 되자, 아무리 시황제라지만 매우 난처해져서 자신이 한 짓을 사과하고 점을 없애 달라고 선녀에게 부탁했습니다. 시황제가 마음속으로부터 잘못했다고 후회하고 있는 것을 알게 된 선녀는 비로소 시황제를 용서하고 얼굴을 화청지華淸池 물로 씻으라고 말했습니다. 시황제는 그렇게 해서 얼굴의 얼룩점을 없앨 수가 있었습니다. 화청지라는 것은 지금 이 여산의 온천을 가리키는 말입니다. 이런 이야기가 있을 정도이므로, 이 온천은 피부병에 효험이 있습니다."

이 이야기를 들은 다음,

"얼룩점이 생기지 않으시도록…"

하고 귀비는 현종에게 말했다.

"얼룩점이 생기더라도 금방 나올걸. 매일 이 탕 물을 쓰고 있으니 말이야."

현종은 쓴웃음을 지으며 말했다.

이처럼 이 고장의 고로들의 이야기를 듣고 나서, 귀비는 이궁의 뜰로 나설 때면 언제나 이궁의 뒤쪽에 우뚝 서있는 여산을 쳐다보곤 했다. 여산 꼭대기에는 지금도 봉화대가 있으므로, 그것을 보고 싶은 생각이 났다. 고로의 이야기 중에서는 포사의 이야기가 가장 재미있었다. 포사라는 비의 이야기는 언제 떠올려도 금방 웃음이 나왔다.

어느 날, 귀비는 뜰을 거닐다가 이 이야기를 떠올리며 문득 발길을 멈추었다. 여느 때 같았으면 금방 참을 수 없이 웃음이 나왔을 터이지만, 이 경우에는 웃기기는커녕 스스로도 뺨의 선이 뻣뻣해지는 것을 느꼈다. 포사가 웃지 않는다 하여 자신이 재미있어하고 있었지만, 자신 역시 웃지 않는 것이 아닌가 하고 생각했다. 그렇게 생각하고 보니, 벌써 몇 해째 자신도 진정한 의미로 웃은 일이 없다는 데에 생각이 미쳤다. 웃지 않는 것은 포사만이 아니었다. 귀비 역시 똑같았던 것이다.

귀비는 처음으로 주위를 돌아다보는 기분이 되었다. 자기뿐만 아니라 매비도 웃지 않는 것이 아닐까? 하고 생각했다. 포사와 자신, 그리고 매비뿐 아니라 권력자의 비가 된 여인네들은 하나의 예외도 없이 왕궁에 들어가는 순간부터 웃음을 내동댕이쳐 버리고 만 것이 아닐까? 웃음을 빼앗기고 만 대신에 주어진 것은 무엇일까? 그것이 권력이라는 것일까? 하고 귀비는 문득 광포한 상념에 사로잡혔다. 귀비는 현종이 사랑하는 비로서 자신이 지니고 있는 권력이라는 것을 처음으로 그런 각도에서 바라보았다.

이 일은 귀비로서는 하나의 큰 사건이었다. 왜냐하면, 이런 권력에 대한 생각은 평생 그녀에게서 떠나지 않았고, 웃음을 빼앗긴 것에 대한 저주 같은 것이 그녀 자신이 가지고 있는 권력이라는 것과 결합되지 않을 수가 없었기 때문이다. 역대 여인의 권력자가 그러했듯이 잔인한 것이 귀비의 마음 가운데에 또 하나의 자리를 차지한 것이다. 이를 사용할 것이냐 아니냐는 별개로 치고, 언제든지 마음만 먹으면 이를 사용할 수 있도록 귀비의 마음속으로 들어갔던 것이다. 포사가 불을 보고 웃었듯이, 귀비 역시 자신이 웃는 것은 그런 때가 될지도 모른다고 생각했다.

천보 5재 정월 초, 농우절도사 황보유명에게 하서 절도사를 겸하게 한다는 발표가 있었다. 이를 알고 귀비는 마음 한가운데가 환해지는 것을 느꼈다. 이 발표가 있기까지 귀비는 황보유명의 신상에 대해 막연한 불안 같은 것을 느끼고 있었는데, 이로써 자신이 품고 있던 불안이 단순한 기우에 지나지 않는다는 것을 알게 되었던 것이다.

지난해 9월, 황보유명은 토번과 석보성石堡城에서 싸울 때 고전하며 부장副將을 잃었고, 어느 새 이 패전의 책임이 조정에서 문제로 다루어지고 있었다. 지금까지 다년간에 걸쳐 쌓아온 황보유명의 무수한 빛나는 전공을 생각해 볼 때, 오직 한 번의 패전만을 놓고 문제로 삼는다는 것이 애당초에 이해할 수 없는 것이었지만, 황보유명이 재상 이임보의 반대 세력의 하나라는 점을 생각해 볼 때, 이는 아주 수긍이 가지 않는 것도 아니었다.

귀비는 행동거지에 품위를 갖춘 장신의 무장이 조용조용하게 이야기하는 모습을 떠올릴 때마다, 마음이 팽배해지는 것을 느끼곤 했다. 그리고 이임보를 대신해서 만약 황보유명이 도성에 있으면서 재상의 자리에 앉는 일이 있었으면 하고 생각하기도 했다. 게다가, 그것은 꼭 실현 불가능한 것이라고 할 수는 없었다. 만약 자신이 그러기를 바라고 이를 실현하기에 힘쓴다면, 그것은 언젠가 이루어질 것이라고 생각했다.

그 황보유명이 불쑥 아무런 기별도 없이 장안에 들어온 것은 1월 중순경이었다. 황보유명은 토번에 복수전을 시도하여 그때 사로잡은 포로 10여 명을 데리고 왔다. 황보유명의 돌연한 귀환은 각 방면에서 화제가 되었다. 패전 책임문제를 해소하기 위해 일부러 승전보고를 하러 왔다느니, 재상 이임보에게서 귀환명령이 떨어졌다느니 하는 갖가지 소문이 무성했다.

황보유명은 장안에 들어온 다음 날 현종을 알현했는데, 그때 귀비도 그 자리에 앉아 있었다.

"이번 귀환은 황제께 신이 생각하고 있는 바를 한 마디만 말씀드리고 싶었기 때문입니다."

거무튀튀한 얼굴의 무장은 타고난 조용조용한 어조로 말했다.

"다름이 아니오라, 이임보를 하루바삐 재상 자리에서 물러나게 하는 일이 나라를 위해서 필요한 일이라고 생각합니다. 이 재상은 황태자가 현명하여 언젠가 자신에게 화가 돌아올까 이를 두려워한 나머지 동궁의 실각을 획책하고 있을 뿐만 아니라, 동궁에 드나드는 자는 닥치는 대로 제거하려 하고 있습니다. 그가 하는 방식은 늘 비열합니다. 자신이 달가 워하지 않는 사람에게는 주저 없이 죽음을 내림으로써, 지금까지 이 재상의 손에 의해 이런 식으로 제거된 사람의 수는 천이나 이천 정도가 아닙니다. 이임보에 대한 원한의 목소리는 온 천하에 가득합니다. 그러나 그의 권력이 두려워 아무도 이를 황제께 아뢰는 자가 없습니다. 신, 이 이야기를 황제께 아뢰기 위해 이 한 몸을 버릴 각오로 귀환했습니다."

황보유명은 이렇게 말했다. 이 유명의 말을 들으면서 귀비는 점차로 자신의 얼굴이 창백해져 가고 있음을 깨달았다. 아무리 생각해도 이런 일을 현종에게 아뢰기에는 시기가 너무 이르다고 생각하지 않을 수 없었다. 세상 사람들이 이임보에 대한 원성이 가득하다고 말해 보았자, 현종은 이를 믿지 않을 것이 틀림없었다. 한 번도 그런 말을 들은 적이 없기 때문이다. 현종은 이를 황보유명의 참소라고 받아들일 것이다. 그리고 또 황보유명의 패전의 책임문제를 놓고 조정에서 추궁하려 하고 있는 이 시기에 이런 주청을 하는 것은 현종의 오해를 사기에 꼭 알맞은 일이었다. 이런 일은 오래도록 장안에서 멀리 떨어져 있는 변경의 무장으로서 정세가 어떻게 돌아가는지를 잘 모르기 때문이라고 할 수밖에 없었다.

역시 현종은,

"알아들었소, 물러가시오."

하고 불쾌한 얼굴로 말했다. 황보유명이 흥분한 느낌을 풍기는 등판을 보이며 장신의 몸으로 성큼성큼 걸어 나간 후, 귀비는 심한 불안에 휩싸였다. 황보유명이 돌이킬 수 없는 실수를 한 것은 아닐까? 하는 기분이 들었다.

그날 밤, 침실에 들 시각이 되어 귀비는 고 역사의 처소로 사람을 보냈다. 고 역사는 금방 왔다.

"이 야밤, 어떤 큰 사건이 비님의 신상에 일어난 것일까요?"

늙은 환관은 회랑에 몸을 굽히고 서있었다.

"조금 의논드릴 일이 있습니다."

"무엇입니까?"

"다름이 아니라, 황보유명님이 어쩌면 황제 폐하의 심기를 상하게 하시지나 않았을까 생각해서요."

그러자, 고 역사는

"목소리가 너무 크십니다."

하고 귀비에게 주의를 주고 나서

"비님은 집안 일가의 힘으로 자신의 주변이 단단해지실 때까지는 아무 일도 보지 못한 체하고 계시지 않으면 안 됩니다. 아무 것도 듣지 못한 듯이 지내셔야 하고요. 그리고 무슨 일이 되었든 정치에 관한 일은 일절 입에 올리시면 안 됩니다."

하고 나서 덧붙였다.

"아시겠습니까, 비님? 보지 않고, 듣지 않고, 말하지 않는다. 바로 이것입니다."

고 역사는 남자인지 여자인지도 알 수 없는 얼굴을 양손으로 감쌌다. 양손의 손가락은 각각 두 눈과 두 귀, 그리고 그의 엷은 입술을 누르고 있었다. 고 역사가 그런 몸짓을 하며 우스꽝스러운 꼴을 보이고 있는 것인지, 아니면 진지한 몸짓인지 귀비로서는 짐작이 가지 않았다. 귀비는 오래도록 늙은 환관의 얼굴을 지켜보고 있었다. 그러고 있는 사이, 밤의 찬 기운이 다리로부터 피어올라 자신도 모르게 몸을 떨었다.

"비님."

고 역사는 얼굴을 덮고 있던 손을 치웠다. 그리고 목소리를 낮추어

"농우절도사 황보유명님은 방금 전, 숭인방崇仁坊에 있는 경룡관景龍觀 도사의 방에서 위견韋堅님과 만나고 있다가 이 재상님의 손에 잡히셨습니다."

하고 말했다.

"붙잡히고 나면 아무런 변명도 할 수 없습니다. 위견님하고 그런 비밀스러운 장소에서 만나신 일은 큰 실수였습니다. 황보유명님쯤 되신 분이 이게 무슨 일인지, 이건 아주 큰 실수였습니다."

고 역사가 하는 말투는 이를 기뻐하고 있는 것인지, 아니면 슬퍼하고 있는 것인지 알 수가 없었다. 위견은 이적지李適之 등과 아울러 이임보에 반대하는 진영의 한 사람으로 알려져 있는 재신이었다.

"황제께서 체포를 명하셨나요?"

"어딜요."

"그럼…"

"이 재상의 지시입니다. 장안 거리 구석구석마다 이 재상의 눈이 닿지 않는 곳은 없습니다. 아마도 오늘 황보유명님이 황제께 어떤 말을 주청 드리셨는지 일언반구도 틀리지 않고 이 재상 귀에 들어가 있을 것입니다."

그런 일이 있을 수가 있단 말인가? 오늘 낮의 알현 장소에는 아무도 없지 않았던가? 현종 황제와 황보유명 외에는 자신이 있었을 뿐이다. 시종도 시녀도 없었다. 그랬는데 황보유명의 입에서 나온 말이 어떻게 밖으로 새어나갈 수 있단 말인가. 그러자, 그런 귀비의 마음속을 읽고 있기라도 한 것처럼 갑자기 고 역사가 웃었다.

"비님, 이상하게 생각하십니까? 이 할아범이 모든 것을 알고 있다는

것이 더할 나위 없는 증거지요."

그리고 주변을 휘 둘러보고 나서

"아이고 추워라, 아이고 추워라! 밤이 깊어졌군요. 비님, 그럼 감기 드시지 않도록 들어가십시오."

하고 말했다. 그리고 고 역사는 돌이 깔려 있는 회랑에 머리를 갖다 붙이듯이 깊이 얼굴을 숙이고는 천천히 일어나 귀비에게 등을 보였다. 고 역사는 금방 어둠 속으로 빨려 들어가듯이 회랑 구석으로 사라졌다.

이튿날, 황보유명과 위견의 두 사람은 옥에 갇혀 있었다. 두 사람이 음모를 꾸며 태자를 세우려 했다는 것을 이임보가 현종 황제에게 아뢰었다. 그리고 나서 2~3일 후, 궁중에서는 황보유명과 위견 두 사람의 소문이 여기저기서 숙덕거려졌다. 그 소문은 귀비의 귀에도 들어왔다. 이임보의 명에 의해 어사중승御史中丞* 왕홍王鉷, 경조부법조京兆府法曹* 길온吉溫 등이 두 사람에게 채찍질을 해서 그 죄를 밝혀내려 하고 있다는 것이었다.

그리고 다시 2~3일 후, 위견은 진운縉雲의 태수로, 황보유명도 파천播川의 태수로 강등된다는 발표가 나왔다. 이 소문을 듣고서 귀비는 처음으로 정신이 번쩍 들었다. 엄동의 감옥에서 채찍을 맞고 있다는 소문을 듣고 있던 터라, 설혹 아무리 좌천되었다고는 하지만, 아직 좌천 소문 쪽이 그래도 듣기가 좋았다. 생명에만 이상이 없다면 언젠가는 자신의 힘으로 황보유명을 도성으로 불러들일 수 있는 날도 올 것이 아닌가 하고 생각했다. 귀비는 이번 사건으로 자신의 마음이 급속히 황보유명에게 기울어 가고 있음을 느끼고 스스로를 신기하게 생각했다. 기울어 간다고는 하지만, 한 여인이 한 남자에게 기울어져 가는 그런 집착과는 좀 달랐다. 자신이 자신의 권력을 행사하기 위해 처음으로 눈여겨본 인물이 다른 사람에 의해 반대로 추락하고 마는 것을 보고, 그렇다면 나 자신이 어디까지나 힘이 되어 주어야겠다는 식의 마음의 움직임이었다.

귀비는 이임보에 대해 강렬한 증오심을 느꼈다. 확실하게 이임보는 언젠가는 쓰러뜨려야 할 하나의 적임을 감지했다. 이임보를 적으로 삼고 보니 동시에 수많은 적이 생겼다. 이임보와 손을 잡고 있는 모든 재신宰臣을 동시에 적으로 삼아야 했다. 그러나 귀비는 고 역사의 말을 순순히 지키려고 했다. 고 역사가 말한 것처럼, 자신의 일족이 자신의 주변에 튼튼한 성벽을 쌓아 놓을 때까지는 보지도 않고, 듣지도 않고, 말하지도 않으리라.

1월 말께, 변경을 수비하고 있는 무장 왕충사王充嗣에게 하서 농우삭방하동 절도사河西隴右朔方河東節度使의 직첩이 떨어졌다. 말하자면, 하서, 농우, 삭방, 하동 각 절도사를 왕충사 혼자서 겸하게 된 것이다. 황보유명이 몰락하는 바람에, 지금까지는 그다지 부각되지 않았던 무장 왕충사에게 행운이 떨어졌던 것이다. 왕충사의 이름이 장안에서는 거의 알려지지 않고 있었다. 꼭 1년 전인 천보 4재 정월에 왕충사는 돌궐을 살하내산薩河內山에서 격파한 일이 있었지만, 그때도 안녹산이나 황보유명 같은 화려함이 그 소문에는 들어 있지 않았다. 그러나 이제 왕충사는 황보유명을 대신해서, 안녹산과 어깨를 나란히 하는 변경 수비대의 대장군이었다. 귀비는 그러나, 이 장군에게는 호감을 가질 수 없었다. 물론 아직 만난 적도 없고 그 인품에 대해서도 아는 것이 없었지만, 그저 그가 황보유명을 대신하게 되었다는 것 때문에 아무래도 호감을 가질 수가 없었다.

4월, 장안에 봄날의 따뜻한 햇살이 비치기 시작할 무렵, 또 하나의 사건이 벌어졌다. 그것은 이임보의 반대 세력 중 하나였던 좌상 이적지가 관직에서 물러났다는 것이었다. 지금까지의 귀비였더라면, 이런 관리들의 사직이나 임명에 대해 전혀 관심이 없었을 터이지만 지금의 귀비는 달랐다. 또 하나의 용서할 수 없는 일이 재상의 손으로 저질러진 기분이었다. 그러나 곧 좌상 이적지의 은퇴는 자신의 의지에 의한 퇴관이었다는 것이 판명되었다. 스스로의 의지에 의한 물러남이라지만, 퇴관하지 않을 수밖에 없는 사정이 그를 에워싸고 있었다. 위견, 유명 등이 강등되는 것을 보고, 이적지는 자신의 몸에도 어떤 재난이 닥칠지 알 수가 없었으므로, 그보다 먼저 스스로 물러나고 말았던 것이다. 이적지는 태자 소보太子少保가 되어 정사에서 물러났다.

위견의 사건은 그 후, 몇 개의 조그마한 파문을 불렀다. 위견의 아우 장작소장將作少匠* 위란韋蘭, 병부원외랑兵部員外郎* 위지韋芝의 두 사람은 현종에게 형이 억울한 죄를 뒤집어썼다고 호소했다. 그러나 결과는 오히려 그들에게 불리하게 작용되어 란과 지, 모두 영남으로 강등되는 신세가 되었다. 그뿐 아니라, 형인 견까지도 진운의 태수로부터 다시 강등되어 도성에서 몇 백리나 떨어져 있는 강하江夏의 별가別駕로 가게 되었다.

그로부터 열흘도 지나지 않아, 이번에는 이미 관직에서 물러난 이적지가 의춘宜春의 태수로 내려앉았다. 그리고 이적지의 한 패거리로 지목되고 있던 위빈韋斌은 파릉巴陵의 태수로, 왕현王玼은 이릉夷陵의 별가로 강등되었다. 그리고 지방관도 크게 이동했다. 이적지나 위견의 한 패거리라고 지목되는 자들은 모두가 벽지로 유배되듯 강등되었다. 이런 발표문이 매일같이 쏟아져 나왔다. 그리고 장안의 검찰은 엄중하기 짝이 없었으며, 조금이라도 수상쩍은 언동을 하는 자는 그 모두가 포박되고 채찍을 맞아 죽기도 했다. 이 바람에 유언비어가 나돌고, 남을 헐뜯는 말도 많이 돌았다.

이런 시기에 궁중에서는 지금까지 보지 못했던 화려한 여성들의 모습이 눈에 뜨이게 되었다. 그것은 귀비의 세 언니들이었다. 3명 모두가 타고난 미모를 다시 꾸며, 으리으리한 차림으로 현종의 연회석에 참여하게 되었다. 귀비의 세 언니들은 하나같이 아름다운데다가 남의 마음 속을 꿰뚫어보는 데에는 천재적인 능력을 가지고 있었다. 천덕스럽게 깔깔거리고 있다가도 다음 순간에는 고개를 숙이고 정숙하게 구는 일도 잊지 않았다. 일찍이 이런 여성들은 장안의 왕궁에서 볼 수 없는 존재들이었다. 귀비도 따르지 못할 정도로 사치스럽고 화려하며 놀기를 좋아했다.

세 언니들은 귀비와 현종 황제에 대한 예의는 결코 잊지 않았다. 그러나 그 이외의 일에서는 모든 행동이 방자스러웠다.

귀비의 생활은 1년 전의 옥환 시절하고는 모든 것이 판이하게 달라져 있었다. 옥환 시절에는 황제에게서 총애를 받고 있는 하나의 여성에 지나지 않았지만, 이제 귀비는 대당 제국의 비로서 현종 황제로부터 독립된 생활도 가지고 있었다. 배알하려는 많은 사람들도 만나야 했고, 식사 자리에 다른 사람을 초대하기도 해야 했다. 이민족으로서 신분이 있는 사람이 입궐하면, 공식 연회와는 별도로 귀비는 귀비대로 자신의 관저에 연회석을 마련해야 하는 경우도 있었다. 이런 일 때문에 당연히 가까이에서 귀비를 모시는 아랫사람들도 옥환 시절보다 몇 십 배로 늘어 있었고, 귀비의 원院에서 일하는 환관의 숫자도 몇 배로 늘어났다. 하루는 고 역사가

"비님이 입으실 것들을 짤 전문 직수織繡를 위한 공인들을 들여놓아야 겠습니다."

하고 말했다. 귀비는 모든 것을 고 역사에게 맡겨 놓고 고 역사의 말대로 따르고 있었던 터라, 이 경우에도

"좋도록 하세요."

하고 말했다.

"이번 가을까지는 공인의 숫자도 채워져서 아침으로 밤으로 비님이 입으실 것들이 짜질 것입니다."

고 역사의 말투가 매우 특이하게 들렸으므로, 귀비는

"그 공인이라는 것이 몇 명쯤이나 되나요?"

하고 물었다.

"모두 합치면 7백 명은 될 것입니다."

고 역사는 대답했다.

귀비는 매일같이 나라 안팎에서 헌상되어 오는 의류, 보석, 기물, 그리고 진기한 동물, 식물들을 들여다보아야 했다. 귀비는 자신의 마음에 든 것이 있으면 그것을 자신의 관저에 두라고 말했지만, 잠자코 있으면 그것이 어디로부터 온 것인지 알지 못했던 것과 마찬가지로, 다시 어디인지 알지 못하는 곳으로 사라져 가곤 했다.

영남경략사嶺南經略使* 장구장張九章과 광릉廣陵=揚州의 장사長史 왕익王翼의 두 사람은 헌상품의 수로 보나 질로 보나 월등했다. 귀비의 눈길을 빼앗는 정교하고 아름다운 것들은 그 태반이 장구장 아니면 왕익이 바치는 것들이었다. 그래서 장구장은 3품을 더하고, 왕익은 호부시랑戶部侍郎*이 되었다. 두 사람은 각각 시기는 달리했지만, 고 역사의 인도를 받아 귀비에게 승진을 감사하는 인사를 하러 왔다.

7월 귀비를 위해 여지荔枝*를 가져오기 위한 사자가 영남으로 출발했다. 귀비는 태어난 고향인 촉의 여지가 맛있다는 이야기를 듣고서 이를 입 밖에 내었을 뿐이었지만, 이보다도 맛이 있다는 영남의 여지를 가져오게 했던 것이다. 이 경우는 고 역사의 배려가 아니라, 현종 황제의 명에 의한 것이었다.

이러한 귀비의 생활은 남의 시선을 끌기에 충분한 것이었지만, 이 못지않게 3명의 언니들의 호화스럽기 짝이 없는 생활이 이를 한층 더 눈에 뜨이게 만들어 놓았다. 3명 모두 국부인國夫人*이라는 칭호를 받고 있었는데, 맏이는 한韓 국부인, 둘째는 괵虢 국부인, 막내는 진秦 국부인으로 봉해졌다. 어떤 연회석상이든 이 여성 중에서 하나만 빠져도 허전할 정도의 존재가 되었다. 모두가 재기 발랄하고 기지가 넘쳐서 연회석상에서는 화사한 웃음이 끊이지 않았다. 그러나 3명 모두 현종 황제와 귀비의 앞에서 물러나는 순간, 그 표정이 바뀐다는 것이었다. 모든 언동은 교만해지고, 서로가 사치하는 일에만 골몰했다.

그 중에서도 둘째인 괵 국부인은 그 교만함이 한결 더했다. 귀비를 조금 작게 만든 것 같은 조그마한 체구는 훌쩍 자리에서 일어서기만 해도 비단이 쓸리는 듯한 소리를 내었다. 용모는 오히려 다른 둘에 비해 떨어졌지만, 연회석에 나오면 가장 아름답게 보였다. 몸은 사치의 덩어리라고 할 만하고, 눈도 입도 귀도 언제나 황제의 뜻을 얻기 위해 긴장해 있었다. 누구보다도 먼저 입을 열어 언제나 그 자리의 화제를 그녀가 원하는 방향으로 몰아가곤 했다.

> 괵 국부인은 주군의 은총을 받아
> 새벽에 말을 타고 궁성 문을 들어간다.
> 오히려 지분을 발라 안색이 상할까
> 엷게 아미만 그리고 지존을 뵙는다.

당시의 시인은 괵 국부인을 이렇게 노래하고 있다. 작자는 두보杜甫라고 하기도 하고, 장우張祐라 하기도 했다. 이른 새벽, 차가운 아침 공기를 가르며 말을 타고 궁전 문을 들어서는 괵 국부인의 모습은 바로 이런 것이었다. 이 부인은 일찌감치 배裵씨에게 시집을 가서 남편을 여의고 과부가 되어 있었지만, 마침내 언니인 귀비 덕분에 이런 행운을 거머쥐어 이 같은 영화의 날을 맞이할 수 있었던 것이다.

귀비는 세 여인 중에서 어쩐지 이 괵 국부인만이 마음에 걸렸다. 자신에게 비로서의 예를 갖추기에 소홀함이 없었으나, 어딘지 마음을 놓을 수 없는 구석이 있었다. 현종 황제는 귀비와 세 언니들을 결코 똑같이 대우하지는 않았다. 귀비만을 특별 대우하는 것은 물론이고, 3명의 여인에게는 꿈에도 허물없이 대하지 못하게 했다. 그러나 세 여인네들은 남이 무슨 소리를 하기 전에 스스로 잘 알아서 처신했다. 그런데도 귀비로서는 괵 국부인에게만은 어쩐지 한 점 미덥지 못한 것을 느끼고 있었다.

장안의 거리에서는 '딸을 낳았다고* 슬퍼하지 마라. 아들을 낳았다고 기뻐하지 마라. 자네, 저것을 보게. 딸이 오히려 가문의 기둥 노릇하는 것을' 하는 노래가 불리고 있었다. 양씨 가문은 딸을 잘 낳은 덕분에 집안이 영화로워졌다는 뜻이었다. 실제로 이 노래처럼 양씨 집안의 모든 사람들이 나날이 영달의 계단을 하나씩 올라가고 있었다. 그 모두가 장안에 저택을 받아 놓고 있었다. 세 여인네들도 물론 각각의 저택에서 매일매일 궁중에 들어오고 있었다.

7월 중순경, 곡강曲江 유행遊幸의 행사가 있었다. 곡강은 장안의 남동쪽 구석에 있는 작은 운하의 일부인데, 이 물가가 장안 사람들의 유락의 장소로 되어 있었다. 가까이 있는 낙유원樂遊原이라고 불리는 언덕도 있는데, 이 언덕에서부터 곡강 물가 일대에 걸쳐 철마다 사람들이 몰려들곤 했다. 현종 황제의 곡강 유행에 대해서는 며칠 전부터 공표되어 있었던 터라, 왕궁에서부터 곡강까지에 걸친 연도는 현종의 일행을 보고 싶어 하는 인파로 그득했다. 지금까지도 현종이 장안 사람들의 행락의 장소에 납신 일이 있었고, 그때마다 연도는 구경을 하고자 하는 군중으로 들끓곤 했다. 그래도 이번처럼 많은 사람이 몰린 일은 없었다. 호기심 많은 장안 남녀들의 마음을 사로잡은 것은 귀비와 그 세 명의 언니들이 동행하도록 명을 받았기 때문이라는 것인데, 당대 으뜸가는 영화를 누리고 있는 미인들을 한번 보기 위해서라는 것이었다.

이날, 귀비는 현종과 한 연輦을 탔고, 귀비의 언니들도 각각 전거鈿車*를 타고 그 뒤를 따랐다. 날씨가 무더웠으므로 한낮의 더위를 피해, 행렬은 오후에 궁전 문을 나와 해넘이에 연회장을 꾸미고, 해가 진 다음 왕궁으로 돌아갈 예정이었다. 백관의 신료들 역시 이 연회에 참여했다. 각각 적당한 간격을 두고 나아가는 행렬은 하나가 지나가고 나면, 또 다른 것이 나타나는 식으로 한없이 이어졌다.

국부인의 전거가 나란히 지나가고 나면, 그 뒤로는 언제나 혼란이 벌어지곤 했다. 다음 행렬과의 사이에는 상당한 거리가 있었는데, 그곳을 사람들의 외침과 환성이 가득 메워 놓고 있었다. 길가에 있던 군중은 남녀노소를 가리지 않고 그곳에 쇄도해 있었다. 머리 장식이라든지, 모자라든지, 버선이라든지, 합 같은 것들이 부인들의 수레에서 던져졌기 때문이었다. 모두가 진주와 보석을 박은 비싼 것들뿐이었다.

곡강 가에서 낙유원의 언덕에 걸쳐서 일대 야외 연회장이 마련되어 있었다. 단속적으로 깔개가 깔리고 막이 쳐진 가운데, 음식을 위한 장막이 무수히 마련되어 있었다. 그곳에 엄청난 수의 신료, 여관, 시녀들이 흩어져 있었다. 현종의 어가가 그곳에 도착한 것은 마침 서쪽으로 기운 여름 해가 각일각 사위어져 가는 햇살을 벌판으로 던지며, 저녁 가까운 바람이 곡강의 냉기를 날라 올 무렵이었다. 당나라 시인 이상은 李商隱*은 '저녁해는* 말할 수 없이 좋았지. 하지만 이것이 어느 새 황혼으로 접어들었네.' 하고 해 저무는 유락원을 읊었는데, 이날의 현종의 야유회도 황혼이 금방 다가올 시각에 열렸던 것이다.

유락원의 언덕에는 당나라 초에 정자가 지어져 그곳이 대대로 권력자들의 유락의 자리로 삼아지곤 했는데, 그날 현종과 귀비도 함께 그곳에 섰다. 언덕에서는 멀리까지 훤하게 내다보였다. 곡강의 푸른 흐름을 따라가 보면, 아득한 저 멀리 진강秦江이 흐르는 것이 보였다. 서쪽을 바라보면, 바로 그곳에 자은사의 큰 건물이 보이며, 이를 둘러싸듯이 울창한 숲이 퍼져 있다. 이윽고 바로 아래 차려진 야유회장은 분주하고 소란스러워졌다. 사람들은 삼삼오오, 제각각 자리를 잡기도 하고, 어정거리기도 하고 있었다. 술과 요리를 나르는 사람들이 분주하게 그 사이를 누비며 뛰어다니고 있다. 어디선지 풍악 소리가 흐르고 있고, 가락은 바람을 타고 높아졌다 낮아졌다 하면서 정자에까지 들려 왔다.

이윽고 그 잔치 자리에 가기 위해 현종의 일행도 정자에서 내려갔다. 발 디디기 어려운 오솔길을 내려가면서 현종은 오른손을 꼭 국부인에게 맡겨 놓고 있었다. 귀비는 정자에서 바라보는 광경도 훌륭했고, 그곳이 시원한 바람을 쐬기가 가장 좋은 장소이었으므로, 현종이 내려간 뒤로도 한동안 10여 명의 시녀들과 함께 남아 있었다.

귀비는 별생각 없이 시선을 아래쪽으로 던졌는데, 그 눈은 비탈길을 내려가고 있는 현종과 그를 둘러싼 일단의 여인네들의 모습을 포착하더니 여기서 꼼짝도 하지 않았다. 현종의 모습도 여인네들의 모습도 매우 작고, 모두가 석양에 물들어 있었다. 교성과 웃음소리가 한데 어우러지며 그곳으로부터 피어 나오고 있었다. 귀비는 현종과 그에게 기대서 걷고 있는 괵 국부인의 자그마한 몸매를 응시하고 있었다. 무슨 일이 일어나는 것이 아닐까 하는 예감이 이상하게도 그때의 귀비의 마음에 움터 나오고 있었는데, 다음 순간 과연 사건 하나가 일어나고 있었다.

귀비는 보았다. 현종이 괵 국부인의 작은 체구를 양손으로 끌어안듯 하자, 이에 응하듯 괵 국부인의 팔이 갑자기 현종의 몸에 감기는 것을. 교성이 순간 여인네들 사이에서 일어났고, 그와 동시에 현종과 괵 국부인이 상대방으로부터 몸을 떼었다. 그것은 많은 여인네들이 보고 있는 앞에서 벌어진 단순한 희롱에 지나지 않았지만 귀비는 격심한 분노를 느꼈다. 현종도 현종이지만, 괵 국부인도 괵 국부인이지 저럴 수가 있나 생각했다. 특히 괵 국부인에 대한 귀비의 분노는 격심했다. 기르는 개에게 손을 물린 것 같은 그런 불쾌감이었다.

귀비는 시녀의 일단을 데리고, 곧장 정자가 있는 언덕을 내려갔다. 그리고 연회장으로 당도하자, 그곳을 가로질러 곡강 기슭으로 나가, 여기서 곧장 왕궁으로 돌아가자고 시종들에게 명했다. 귀비는 이곳에 올 때 현종과 한 연을 타고 왔으므로, 자신이 탈 전거를 가지고 있지 않았다.

"수레를 준비하라!"

그렇게만 말했다. 누가 타고 온 것인지는 알 수 없지만, 곧 전거가 마련되었다. 귀비 일행이 출발하려 하고 있을 때, 현종에게서 곧장 주연 자리에 오라는 전갈을 가진 사자가 당도했다. 그러나 귀비는 이를 받아들이지 않고 시종들에게 출발을 명했다.

귀비는 왕궁으로 돌아오자마자, 자신의 관저로 들어가 현종으로부터 사자가 오기를 기다렸다. 귀비는 자신이 이런 행동으로 나온 까닭을 현종은 이미 알고 있을 것으로 생각했다.

깊은 밤, 괵 국부인이 몇 명의 시녀를 데리고 찾아왔다. 귀비는 만나지 않았다. 기분이 썩 좋지 않아서 침상에 들어 있노라고 시녀에게 말하라고 했다. 자그마하고 교만한 여성은 그대로 돌아갔다. 괵 국부인이 나가자, 이번에는 고 역사가 허둥지둥 들어왔다.

"아시겠습니까? 이제 비님의 입에서 나올 수 있는 말씀은 오직 하나뿐입니다. 몸이 좋지 않아 정신없이 관저로 돌아왔노라는 말 뿐입니다. 어느 누가 오시더라도 이것뿐입니다. 이 이외의 말씀을 하셔서는 안 됩니다."

고 역사는 말했다.

"아니, 다릅니다."

귀비는 말했다.

"괵 귀부인에게서 부끄러운 꼴을 당했습니다."

"아니, 그건 안 됩니다."

"안 된다고 하시지만…"

"아닙니다. 그건 안 됩니다. 괵 국부인의 워낙 저런 성품이신지라 더러 마음을 상하게 하는 일이 있으실지 모르지만, 비님이 계신 연후에 자신도 있다는 점은 잘 알고 계십니다. 성품이 타고나기를 영리하시니, 어찌 비님에게 활을 겨누는 일이 있겠습니까?"

"고 역사는 누구의 편인가요?"

"저런, 저런, 당치도 않은 말씀을 물으시는군요. 할아범은 비님 한 분밖에는 섬기고 있지 않습니다."

"세 국부인을 저렇게 버릇없이 만들어 놓은 것은 누구의 짓입니까?"

"비님으로서는 세 자매 분은 더할 나위 없는 힘이요, 내 편입니다. 세 자매가 저처럼 신임을 얻으시는 바람에 비님의 지위도 얼마나 든든해지셨습니까? 어떤 일이 있어도 한 편이 갈라지는 일이 있어서는 안 됩니다."

"괵 국부인이 오늘 어떤 짓을 했는지 알고 계십니까?"

"전혀 모릅니다. 그러나 무슨 짓을 하셨건 대수롭지 않은 일입니다. 비님이 그 때문에 노할 만한 일이 이 세상에 있겠습니까?"

그리고 나서,

"자, 고 역사가 드리는 말씀을, 이것만큼은 들어주시지 않으면 안 됩니다. 자, 이제는 황제 폐하의 관저로 가시지요. 그리고 말씀하실 일은 오직 하나."

"정말로 몸이 으슬으슬해 오는군요."

귀비는 그렇게 말하고서, 그 자리에 고 역사를 남겨 놓은 채 휙 하고 침소로 들어갔다. 고 역사의 애원인지 외침 소리인지 알 수 없는 소리가 잠시 들리더니, 이윽고 언저리가 고요해졌다. 단념을 하고 고 역사는 돌아간 것이다.

이튿날 새벽, 귀비는 현종 황제가 보낸 사자에 의해 깨워졌다. 아직 문 밖은 다 밝지 않고 어둠이 남아 있는 시각이었다. 귀비는 침소를 나와 얼른 의복을 갖추어 입고 늙은 권력자가 보낸 사자를 맞이했다.

"비님께서는 지금 바로 이 관저를 나가셔서 거처를 오라비인 양섬님의 관저로 옮기시라는 폐하의 명이십니다."

젊은 사자는 말했다. 귀비는 다시 한 번, 사자로 하여금 현종의 명을 말하게 했다. 그리고 이를 다 듣고 나자,

"알았습니다."

귀비는 그렇게만 말했다. 관저에서 회랑으로 나가자, 그곳에는 사건을 이미 알고 있었던지, 몇 십 명의 시녀들이 고개를 떨구고 서 있었다. 그 사이를 통해 귀비는 5~6개의 돌계단을 내려갔다. 관저 앞뜰에는 가마 하나가 준비되어 있었다. 귀비는 그 속으로 들어갔다. 고 역사가 오더니, 가마의 늘어진 창을 들추어 올리고 나서

"비님, 춥지 않으십니까?"

하고 말했다.

"이렇게 일찍 일어나셨으니 얼마나 졸리시겠습니까? 눈이 맵지 않으실까 하고 할아범은 그것이 걱정이 됩니다."

그러고 나서 고 역사는 들창을 내려놓았다. 가마가 들어 올려졌다. 귀비는 가마 곁을 따라 걷고 있는 것이 누구인지 알고 있었다. 지면을 평평한 판자로 치는 듯한 그런 소리를 내며 걷는 인물은 이 세상에 고 역사밖에는 없었다.

양섬의 관저에는 이미 기별이 가 있었던 듯, 문이 활짝 열리고 귀비를 맞이할 준비가 되어 있었다. 안쪽 깊은 방으로 귀비는 들어갔다. 고 역사는 귀비에게,

"한동안 참고 계시기 바랍니다. 고 역사, 반드시 모시러 오겠습니다."

하고 말했다. 귀비에게는 고 역사의 얼굴이 여느 때의 얼굴과는 다르게 보였다.

"이제 다시는 궁전에서 뵐 일이 없겠지요?"

귀비가 말하자, 고 역사는 당치도 않은 말이라는 듯이 과장되게 몸을 떨었다.

"그런 일이 있어도 좋겠습니까? 할아범은 목숨을 걸고, 비님을 다시 궁전으로 맞이해 들이지 않아서는 안 됩니다. 2~3일 참고 계십시오. 2~3일만…"

이렇게 말하고는 한시도 이렇게 하고 있을 수 없다는 듯이 황황하게 사라졌다. 그 당황스러운 모습에서 사태가 예사롭지 않다는 것을 느낄 수 있었다.

귀비는 아무하고도 만나지 않고 방에 틀어박혀 있었다. 오라비인 양섬과도 만나지 않았고, 사태의 중대함에 놀라서 기급을 해서 달려온 양씨 집안의 어느 누구하고도 만나지 않았다. 숙부인 현규, 종형인 기를 비롯해서, 한 국부인, 괵 국부인, 진 국부인의 세 명도 달려왔지만, 귀

비는 자신의 방에 들어오기를 거부했다. 이날처럼 자신 덕분에 왕궁에 들어온 양씨 집안사람들에게 정떨어져 본 일은 없었다. 남녀를 가릴 것 없이 모두가 더러워 보였다. 얼마나 일문의 사람들이 허둥거리고 있는지는, 안쪽 깊숙이 있는 귀비의 방에서도 훤하게 느낄 수 있었다. 넓은 관저는 겉보기에 고요한 듯했지만, 그러면서도 귀를 잘 기울여 보면 끊임없이 어디선지 누군가가 회랑을 걷고 있는 기척이 들려 왔다.

실제로 이때, 양섬의 집은 너른 저택의 구석구석마다 예사롭지 않은 공기에 휩싸여 있었다. 남자들은 남자들끼리, 여자들은 여자들끼리 몰려서 사태를 어찌 처리해야 할 것인가를 놓고 지혜를 짜느라 이마를 맞대고 있었다. 사태를 어찌 처리할 것이냐고 말은 하지만, 어느 누구에게도 논의의 대상이 될 만한 것을 발견할 수 없었다. 갑자기 귀비가 현종의 노여움을 사서 오라비의 집에 맡겨진 신세가 되었을 뿐이므로, 이 사건에서 어떤 해결을 볼 수 있을 것인지, 어찌 발전해 나갈 것인지 아무에게도 예상을 할 수 없는 일이었다. 다만, 이루 말할 수 없는 불길한 예감이 지금 양섬의 집에 모여 있는 몇 십 명의 남녀를 엄습하고 있었다. 내일까지 갈 것도 없이 오늘 중에라도 양씨 일문의 사람은 하나도 남김없이 모처럼 얻은 관직을 박탈당하고, 그것도 모자라 죽음을 당하지 말란 법도 없었다.

이런 사람들에게 한결같이 떠오르는 오직 하나의 생각은, 귀비에게 용서를 빌게 해서 현종의 노여움을 푸는 일이었다. 그 이외에는 좋은 지혜가 없었다. 그러나 귀비에게 그런 청을 하고 싶어도, 당사자인 귀비가 아무도 만나려 하지 않는 데야 어쩔 것인가? 한 국부인이 한 번, 진 국부인이 두 면, 귀비의 방으로 갔지만 두 사람 모두 시종들이 가로막는 바람에 귀비를 만나볼 수가 없었다.

"아무도 만나지 않으십니다."

시녀는 똑같은 말만을 되풀이했다. 마지막으로 괵 국부인이 사자로 갔다. 괵 국부인은 오히려 생기가 있어 보였다. 이날, 괵 국부인은 맨 먼저 이 관저로 달려왔고, 그로부터 줄곧 자그마한 몸으로 이리저리 돌아다니며 투명한 목소리를 계속 내고 있었다. 괵 국부인은 귀비의 방 앞까지 가서, 시녀의 한 사람에게서 배알을 거절당하자, 불쑥 목청을 다해서 소리 질러 울기 시작했다.

"아, 이제는 어제까지의 저 즐거운 궁전생활도 없어지고 말았네. 저건 꿈이었을까? 현실이었을까? 우리는 꿈을 보고 있었던 거야. 꿈의 궁전에서 살고, 꿈의 기라를 몸에 두르고, 꿈의 시녀를 거느리고, 매일처럼 꿈의 술잔치를 벌이고 있었던 거야. 아, 우리는 바로 2~3일 전, 폐하를 따라 꿈의 전거를 타고, 꿈의 곡강 가를 돌아다니고, 꿈의 낙유원에서 노닐었던 거야. 하지만 이제 꿈은 깨지고 말았지. 아, 즐겁고 즐거운 꿈은 깨지고 만 거야."

괵 국부인의 투명하고 맑은 목소리는 이를 듣는 모든 사람의 가슴을 에어내는 비통한 음향을 가지고 있었다. 괵 국부인의 울부짖음은 도저히 연극이라고 받아들일 수는 없었다. 마음의 밑바닥으로부터 슬픔이 배어나와, 그것이 소리가 되어 입으로 나오고 있다고 밖에는 생각할 수 없었다. 이윽고 시녀 하나가 괵 국부인에게 다가가서,

"이리 들어오십시오. 만나 보시겠답니다."

하고 말했다. 괵 국부인은 한 방울의 눈물도 흘러나오지 않은 눈을 반짝하고 빛냈지만, 금방 슬픈 표정을 하고서 방으로 들어가 조용한 걸음걸이로 귀비 앞으로 나아갔다.

"지금 언니는 지금까지의 일 모두가 꿈이었다고 말했어요. 참으로 나로서도 꿈이었다고 생각해요. 모든 것이 꿈속의 일이라고 생각하니까 내 마음도 환해졌어요. 폐하도 꿈속의 폐하이고, 나나 우리 가문의 사람들에 대한 폐하의 처사도 꿈속의 폐하가 하시는 일이라고 생각을 하니 별로 화가 나지 않는군요. 부디 모든 사람들에게 폐하께서 어떻게 처결을 하시더라도 폐하를 원망하는 일이 없도록 전달해 주세요."

귀비는 말했다.

"어찌 폐하를 원망하겠습니까? 어떤 처분을 하시더라도 우리는 폐하의 명령에 복종하고, 비님과 같은 운명을 맞이할 준비가 되어 있습니다. 오직 한 가지 비님에게 청을 드릴 일이 있습니다."

괵 국부인은 이 이상 진지할 수는 없다는 얼굴로 말했다.

"무엇인가요?"

귀비가 묻자,

"한 번만 비께서 폐하께 용서를 빌어 주셨으면 합니다. 어찌 비님의 마음이 폐하께 통하지 않을 수가 있겠습니까? 폐하는 아마도 비님을 용서하시고 마음을 푸실 겁니다."

"용서하신다고요?"

귀비는 말하고 나서 잠시 잠자코 있었는데,

"나는 조금도 폐하에게 용서를 빌 생각이 없어요. 폐하 쪽에서 용서를 비시고 나서 나를 맞아 주신다면, 그때는 다시 궁궐로 들어가 드리지요. 그렇지 않고 내 쪽에서 용서를 비는 일은 도저히 생각할 수 없어요."

"자상하신 비께 어찌 그런 강한 마음이 드셨을까요? 어려운 말씀이지만 다시 한 번 생각해 주실 수 없습니까?"

괵 국부인이 말하자,

"내가 무엇을 빈다는 것입니까? 폐하야말로 비실 일이 있으면 있었지, 나는 빌 일이 없어요. 언니가 모든 것이 꿈과 같다고 하는 바람에 나는 폐하를 용서해 드릴 수가 있었던 거예요."

"폐하는 비께서 곡강놀이 도중에 궁궐로 돌아오신 것을 두고 노하셨을 것이 틀림없습니다."

"어째서 내가 도중에 혼자서 돌아오게 되었는지, 폐하께 그 말씀을 하라는 말인가요?"

"그러는 편이 그러지 않는 편보다 좋을 것 같은데요."

괵 국부인은 말했다.

"괵 국부인, 언니가 아까 말했던 것처럼 오늘까지의 일은 모두 꿈속

의 일이예요. 나도 그렇게 생각하니까 모두들 그렇게 생각해 주셨으면
해요. 곧 우리에게 새로운 운명이 닥쳐오겠지요. 그것이 어떤 것이든,
그것을 순순히 받아들여 달라고 그렇게 전해 주세요. 양씨 일가의 사람
들이 꾼 꿈은 끝난 거예요. 꿈은 꾼 편이 좋았는지 꾸지 않았던 편이 좋
았는지 알 수 없지만, 우리는 행인지 불행인지 꿈을 꾸고 만 것이지요."

　그렇게 말하고 나서 귀비는 자리에서 일어났다. 괵 국부인은 집안사
람들이 모여 있는 곳에 돌아와서,

　"이젠 글렀어요. 비께서는 폐하께 비실 생각이 없으시답니다. 갑자기
귀신이 비님에게 쓰인 겁니다. 실성한 사람에게는 무슨 소리를 해도 소
용이 없어요. 비님 같은 사람을 한 집안에 맞이해 놓은 것이 애당초에
잘못된 거라구요. 죽음을 당하게 될 것이라면, 아무 데도 도망칠 곳이
없으니 단념하고 아주 죽고 맙시다. 만약 시골에라도 내쫓기게 된다면,
이건 큰 횡재를 한 것이지요. 아직 죽음을 내릴 것으로 결정이 난 것은
아니니 죽음을 당하지 않을 경우에 대비해서 돈이 될 만한 것들은 모두
운반하기 좋은 보석으로 바꿔야겠네요."

　하고 말했다. 진 국부인의 울음소리가 들려왔다. 이에 이어 몇 개의
울음소리가 나더니 곧 조용해졌다. 모두가 만일에 대비해 해야 할 일
들이 태산같이 많다는 것을 깨달았으므로 이를 위해 일어나야 했던 것
이다.

　그날 밤, 3대의 수레가 양섬의 집 앞에 멈췄고, 싣고 온 쌀, 면, 술,
그 밖의 식량들이 문 안으로 운반되었다. 식량 창고를 관리하는 관청인
사농司農에서 보내져 온 것이었다. 양섬의 집에서는 이런 물품이 보내져
온 것을 놓고 어찌 해석해야 좋을지 알 수가 없었다. 판단은 제각각이
었다. 마침내 양씨 일문에 최후의 날이 가까워오고 있다고 해석하는 자
도 있었고, 반대로 사태가 호전될 징조로 받아들여도 좋지 않겠느냐고
말하는 사람도 있었다.

　이튿날, 10대의 수레가 여관女官들이 입을 의류를 운반해 왔다. 막대

한 양이었다. 이 역시 양씨 일가의 반을 시름에 잠기게 만들고, 반을 밝은 얼굴로 만들어 놓았다. 다시 그 이튿날, 이번에는 50대의 수레가 산더미 같은 식량을 날라 왔다. 이 식량을 집안에 들여놓기 위해 양섬의 집 문 앞은 하루 종일 많은 일꾼들로 혼잡스러웠다. 그리고 그날 밤, 궁정에서 30명 가량의 여관이 양섬의 관저에 있는 귀비를 모시기 위해 왔다. 양섬가의 사람들은 여관들에게 방을 양보하느라 한 사람 남김없이 다른 집으로 옮아가지 않으면 안 되었다.

귀비가 오라비의 집에 온 지 닷새째가 되고서 고 역사가 왔다.

"오늘 야밤, 궁정으로 돌아가시게 되었습니다. 폐하는 낮에 오시라고 말씀하셨지만, 장안의 사람들이 제멋대로 상상할 것 같아 이를 피하는 편이 현명할 것으로 생각합니다."

하고 말했다.

"폐하께서는 이번 일을 어떻게 생각하고 계신가요?"

귀비가 묻자,

"비께서 이곳으로 오신 그날부터, 폐하는 식사도 목으로 넘어가지 않으셨답니다. 아마도 그렇게 되실 것이 아닌가 생각하고 있기는 했지만, 역시…. 아이고! 이나저나 혼이 났습니다. 울분을 쏟아내실 곳이 없으니 마음은 거칠어지시고, 마음이 쉴 새 없이 변하십니다. 그래서 할아범은 비님 덕분에 아주 혼이 났습니다."

"그럴 정도라면 나를 이런 곳에다 보내지나 마실 일이지."

"아, 그러게 말입니다. 이번에 궁궐에 돌아가시더라도, 그런 이야기는 너무 꺼내지 않으시는 편이 좋겠습니다. 이미 지나간 일 아닙니까? 폐하는 그렇게 하신 일을 깊이 후회하고 계시답니다."

고 역사는 그렇게 말하고 나서,

"고 역사가 이번에 많이 생각하게 된 것은, 양씨 일문에서 폐하께 용서를 비는 분이 한 분도 계시지 않았다는 것입니다. 모후이신 농서군隴西郡 부인도 아니시지요. 오라버니인 섬님도 아직 힘이 없으신 데다 종형이신 기鎬님은 어찌할 바를 모르고 계시고, 이런 경우에 가장 힘이 되실 만한 숙부님 광록경 은청광록대부 현규님도 이런 방면에 대해서는 소용이 없으시더군요. 고 역사에게 사정 이야기를 들은 분은 종조오라버님이신 쇠釗님 혼자뿐이십니다. 쇠님은 지금 감찰어사의 자리에 계십니다만, 이 분은 매우 믿음직하십니다."

귀비는 양쇠가 가까운 시일 안에 문중의 다른 사람들에 앞서서 크게 승진할 것이라고 생각했다. 양쇠하고는 처음으로 대면한 이래로 오래도록 만나지 못하고 있었는데, 귀비도 자신에게 가장 큰 힘이 될 인물은 저 긍지 높고 엄숙해 보이는 젊은이 말고는 없을 것이라고 생각했다. 그리고 이번 경우에도, 양쇠는 자신이 왕궁으로 돌아갈 수 있게 하는 데 한몫 거든 것이 아닐까 생각했다.

그날 밤, 귀비는 수많은 시녀를 거느리고 양섬의 관저를 나왔다. 어쩌면 다시는 보지 못할지도 모른다고 생각한 도읍의 대로를 귀비가 탄 가마를 가운데에 두고 긴 행렬이 나아갔다. 경비를 위한 조처였는지 지나가는 사람이 하나도 보이지 않았다. 모든 집들은 단단히 겉문을 닫고서, 무인의 거리이기라도 한 것처럼 조용했다. 이때도 귀비의 가마에 바짝 붙어서 고 역사는 말을 타고 따라가고 있었다. 양섬의 집으로 가던 날 아침에는 고 역사가 걸어서 가마를 따르고 있었지만, 이제는 말을 타고 있었다.

안흥방安興坊의 나무문이 열려 있었다. 일행은 그곳을 지나, 대화택大華宅을 통해 왕궁으로 들어갔다. 귀비는 곧장 내전으로 가, 자신의 방에 자리를 잡았다. 귀비는 짧은 잠을 취하고 나서, 다음날은 일찍 자리에서 일어났다.

아침밥을 먹을 시각이 될까 말까한 때에, 귀비는 현종이 자기의 방으로 오는 것을 알았다. 귀비는 회랑으로 나가서 머리를 깊이 숙인 채 저쪽으로부터 다가오고 있는 현종을 맞이했다. 방으로 다시 들어와서 현종의 얼굴을 보았을 때, 귀비는 벌써 오래도록 이 노권력자를 만나지 못한 것 같은 기분이 들었다.

"오래간만입니다."

귀비는 말했는데, 비아냥거리는 말이 아니었다.

"멍청하기는! 나를 버리고 어딜 쏘다닌 거야?"

현종은 첫 마디를 그런 투로 시작했다. 면구스러워서 슬쩍 그런 소리로 얼버무리려는가보다 하고 생각했는데, 귀비는 현종이 매우 진지한 얼굴을 하고서 자신을 들여다보고 있는 것을 발견했다. 현종이 이처럼 늙어 보인 적은 일찍이 없었다. 언제나 고 역사와 비교해 볼 때 10세 가까이 젊어 보였지만, 이제는 그렇게 생각할 수 없었다. 환관이 지니는 특수한 어둡고 음습한 그림자만큼은 없었지만, 늙음의 각인이라는 점에서는 똑같았다. 고 역사보다 젊다고는 말할 수 없었다.

귀비는 거의 안기다시피 해서 장막 안으로 들어가자, 현종의 손을 잡고, 가슴을 더듬고, 목덜미를 쓰다듬고서 목을 만졌다. 귀비는 지금 자신이 자신의 운명을 만지고 있다는 느낌이었다. 자신의 생살여탈권을 쥐고 있는 자를 자신의 팔 안에 되찾아 놓았다는 기분이었다. 손으로 더듬거리며 분명히 이곳에 있음을 귀비가 확인하고 있는 것은 바로 다름 아닌 자신의 생명이었다.

그날, 왕궁의 너른 홀에서 성대한 술잔치가 벌어졌다. 도성의 동서 거리에서 온갖 광대가 불러 모아져서, 귀비의 마음을 어루만져 주기 위해 갖가지 연기가 연이어 벌어졌다. 불꽃을 뿜어내고 있는 고리가 공중으로 날아오르기도 하고, 흰 칼날이 교차되며 공중을 날기도 하고, 새 끼줄이 공중에서 온갖 모양을 그리기도 하고, 난쟁이들이 여럿이서 배의 노처럼 짜 맞추어지면서 각자가 가느다란 막대 끝에서 접시를 돌리기도 했다. 그런 연기가 끝도 없이 벌어지는 가운데, 가끔씩 꾁 국부인의 교성이 자지러지곤 했다. 세 자매들이 여전히 아름답게 차려입고 잔치 자리에 앉아 있었다. 아무 일도 없었다는 듯이 맑고 명랑하게 앉아 있었다.

곽 국부인은 이번 사건에서 자신이 어떤 역할을 했었는지 모르고 있음이 틀림없었다. 귀비는 3명의 아름다운 자매들을 지켜보고 있었다. 자신이 살아있는 동안은 살고, 자신이 죽을 때는 죽는, 자신의 운명의 쪼가리 같은 것이라고 생각하며 바라보노라니, 세 국부인의 아름다움은 하나같이 열매 맺지 못하는 꽃 같은 공허한 것으로 보였다.

# 제5장

    귀비가 현종 황제의 진노로 오라비인 양섬의 집에 갔다가, 다시 궁중으로 돌아온 사건이 있은 지 오래지 않아, 귀비로서는 평생 잊을 수 없는 하나의 사건이 일어났다. 그것은 황보유명에게 죽음이 내려진 일이었다. 황보유명이 농우절도사, 하서 절도사의 자리에서 해임된 다음, 파천의 태수로 강등된 것은 1월 말의 일이었다. 모두가 황보유명의 사건은 일단 이것으로 수습되고, 유명이 장안으로부터 멀리 떨어져 있는 한, 더 이상은 박해의 손이 뻗어 가지 않을 것으로 여겼다. 귀비도 그렇게 생각했고, 고 역사까지도 그렇게 믿고 있는 듯했다.

    그랬던 것이, 돌연히 황보유명이 사형에 처해졌다는 풍문이 항간에 돌았던 것이다. 일찍이 유명은 변경의 영웅이라고 떠받들어지고, 장안 백성들에게도 인기가 있었던 터에, 비운이 유명을 덮쳤으므로, 이 황보유명의 소문은 이상한 흥분을 곁들여 사람들의 입에서 입으로 전해졌다.

    유명이 사형을 당했다는 소문이 귀비의 귀에 들어간 것은 항간에서의 소문이 슬슬 사그라질 무렵이었는데, 귀비는 이 이야기를 양섬의 입을 통해 들었다.

    "이거 틀림없는 이야기입니까?"

    귀비가 다시 확인하자,

    "신도 항간의 소문을 반신반의로 들었는데 역시 참말이었고, 곧 그 사실을 발표할 것이라 합니다."

양섬은 말했다. 귀비는 양섬이 물러갈 때까지는 간신히 버티고 있었지만, 혼자 남게 되자 무너지듯이 의자 위에 쓰러졌다. 여러 시녀들에 의해 귀비는 침대로 옮겨졌다.

귀비는 곧, 고 역사에게 심부름꾼을 보냈는데, 고 역사는 요리조리 그럴싸한 이유를 붙여 좀처럼 귀비 앞에 나타나지 않았다. 귀비는 어느 사이에 자신이 내 편이라고 믿고 있던 고 역사조차도 적의 한 떨거지였던가 하고 생각했다. 황보유명의 비운은 재상 이임보의 책모 때문이었음이 분명했는데, 고 역사도 그 일 때문에 함께 의논을 하지 않았을 리가 없는데도, 지금까지 시치미를 뚝 떼고 있었던 것으로 보아, 고 역사 역시 이임보와 한패라고 생각하는 게 당연한 일이었다.

귀비는 황보유명이 죽고 나서야 비로소 자신이 얼마나 그를 마음속으로 깊이 의지하고 있었는지를 깨달았다. 각별히 가까이 교제를 한 것도 아니다. 따뜻하기는 하지만 의례적일 것이 틀림없는 짧은 말을 한두 마디 건넸을 뿐이었지만, 귀비는 자신의 마음 가운데 황보유명이라는 품위 있는 중년의 무인이 얼마나 큰 자리를 차지하고 있었는지를 새삼 깨닫게 되었다. 언젠가는 황보유명이 장안으로 돌아올 것이 틀림없다고 귀비는 생각하고 있었다. 그것은 단순한 공상이 아니라, 귀비로서는 어찌 되었든 그렇게 되어야만 하는 일이었다. 귀비의 꿈은 황보유명을 가운데에 두고 짜여 있었다. 한 여성으로서 황보유명에 대해 애정을 느끼고 있다는 그런 유형이 아니었다. 귀비는 어디까지나 황보유명의 섬김을 받는 입장에 있는 여성이며, 황보유명은 귀비의 명에 의해 그 생각대로 움직이는 무인이 아닌가? 이 관계는 영원히 바뀔 수 없는 것이었다.

현종 황제를 오른쪽에서는 자신이 보좌하고 왼쪽에서는 황보유명이 보좌한다. 정치도 군사도 모두 황보유명의 재단으로 결정되어 나간다. 그리고 결정된 일들은 유명의 입을 통해 현종 황제에게 아뢰어진다. 황보유명의 입궐은 호화롭고 엄숙한 것이 되지 않아서는 안 된다. 주변이 말끔하고 가지런한 가운데 늠름하지 않으면 안 된다.

귀비는 그런 모든 꿈이 소리 없이 무너져 내렸음을 알았다. 황보유명의 비운은 유명으로서나 귀비를 위해서나 너무 일찍 오고 말았다. 앞으로 2~3년만 기다려 주었던들, 귀비 자신의 권력도 안정되어 양씨 일가의 권력이 지금과는 비교할 수도 없게 되어 있었을 것이었다. 그날을 기다리지 않고 유배지에서 죽음을 당한 무장이 귀비로서는 한없이 가련하게 여겨졌다.

저녁때, 고 역사가 왔다. 그렇게 생각해서 그런지 눈치를 살피는 듯한 눈초리로 귀비 앞으로 나아와 공손하게 예를 했다.

"자, 어서 여기 앉으시지요."

귀비는 짐짓 평정을 되찾으며 그렇게 말했다. 그리고 시녀들에게 차를 내 오라고 하고서는 가까이에서 시중들고 있는 자들을 멀리 보냈다. 고 역사는 귀비하고 사이에 주고받을 이야기가, 남에게 들려주어서는 안 될 비밀스러운 것임을 깨닫자, 자신도 역시 자리에서 일어나 방의 바깥쪽을 훑어보았다. 이런 때의 고 역사의 얼굴은 순간 딴 사람이 되었다. 환관의 얼굴이 아니라 눈이 싸늘하고 맑은 무인의 얼굴이며, 남자인지 여자인지 분간도 할 수 없는 그 얼굴에는 잠시 잔인한 빛이 서렸다. 고 역사는 자리로 돌아오자,

"비님, 무슨 일이십니까?"

하고, 그 자리에서 평소의 얼굴로 되돌아온다.

"비님이 하실 말씀을 고 역사가 알아맞혀 볼까요?"

이 말에 대해 귀비는 잠자코 있었다. 심술스럽게 귀비는 고 역사의 얼굴을 지켜보고 있었다.

"매비님… 그렇지요?"

고 역사는 목소리를 낮추어서 말했다.

"할아범에게 맡겨 두십시오. 폐하가 매비님의 관저에 가신 것은 이 할아범도 잘 알고 있습니다. 알지 못할 까닭이 있겠습니까? 이 궁전 내

부 일에 관한 한, 파리 한 마리가 어디를 날고 있든 이 할아범은 금방 알 수 있습니다. 비님보다도 더 일찍 알게 마련입니다. 폐하를 원망하셔서는 안 됩니다. 폐하는 매비님을 지금의 관저보다 멀리, 이제 두 번 다시 만날 수도 없을 만큼 멀리 옮겨 놓으실 생각이십니다. 할아범은 잘 알고 있습니다. 그 이야기를 하시기 위해 이렇게 납시신 것이지요?"

귀비는 그대로 잠자코 있었다. 고 역사가 무슨 말을 계속할 것인지 끝까지 들어야겠다는 생각이었다. 고 역사는 분명 착각을 하고 있었다. 귀비로서는 매비에 관한 이야기는 처음 듣는 것이었다. 매비에 대해서는 아무 것도 알지 못했지만, 고 역사의 말로 미루어 짐작해 보건대, 늙은 권력자는 이 무렵 매비의 관저를 찾아간 모양이다. 이 일은 이 일대로 귀비로서는 그저 넘어갈 일이 아니었다.

"비님, 모든 것을 할아범에게 맡겨 주십시오. 결코 해롭지 않게 처리하겠습니다."

"······."

"어째서 그 아름다우신 모습을 어둡게 하고 계신 겁니까? 그럼, 이렇게 하지요. 만일 폐하가 오늘 밤도 또···"

여기까지 고 역사가 말했을 때, 귀비는 이를 가로막았다.

"매비님 이야기는 전혀 알지도 못했군요. 말씀을 듣고 나서 폐하께서 그런 일을 하셨다는 것을 처음 알았습니다. 하지만, 그런 일에는 조금도 신경을 쓰지 않습니다. 그런 데다 신경을 써 보았자 아무런 힘도 갖지 못하고 있으니까요. 오늘 밤 폐하께서 매비님의 처소로 가고 싶으시다면, 가시는 것이 좋겠지요. 더 이상 그런 일로 불쾌한 얼굴을 폐하께 보여 드리지는 않겠습니다. 그리고 다시 양섬의 집으로 가기는 싫거든요. 목숨이 아깝거든요. 죽는 것은 싫어요."

귀비는 눈썹을 꿈틀하고 찡그리며 슬픈 듯한 얼굴로 말했다. 귀비는 자신이 슬픈 듯한 표정이 되자, 늙은 환관의 얼굴 역시 슬픈 빛이 스치는 것을 보았다. 고 역사는 그 슬픈 듯한 얼굴을 찡그리며,

"아이고, 세상에!"

하고 큰 한숨을 토해 내며,

"매비님의 일은…"

"매비님의 일은 이제 되었습니다. 내가 알 일이 아닙니다. 폐하를 통째로 그 분에게 내드리기로 하지요."

"아닙니다, 비님."

"이젠 되었어요."

하고 귀비는 단호하게 말했다.

"죽음을 맞는 일은 싫습니다. 황보유명처럼 죄도 없이 죽음을 당하는 세상…"

"비님, 잠깐 기다려 주십시오."

고 역사는 문득 일어서더니, 다시 한 번 방의 바깥쪽을 살펴보고 나서 자리에 돌아와,

"참으십시오. 좀 더 참으십시오."

하고 목소리를 낮추어 말했다.

"참아 본들 황보유명이 살아서 돌아오는 것도 아니잖아요?"

"비님!"

귀비가 정신이 번쩍 들 정도로 고 역사의 얼굴은 어둡게 일그러져 있었다. 눈은 공간의 한 점에 고정되어 무슨 까닭인지 고 역사는 주름투성이의 두 손을 자신의 얼굴 앞에서 흔들흔들 움직였다. 그리고 그 손을 멈추더니, 손바닥을 펴 귀비 앞에 벽처럼 세웠다.

"비님! 황보유명에 대한 이야기는 두 번 다시 꺼내셔서는 안 됩니다. 언젠가 말을 하셔도 좋을 때가 오겠지요. 그것은 2년 뒤가 될지, 5년 뒤가 될지 알 수 없습니다만, 비님, 잘 들어 두십시오. 죽음을 당한 인물은 황보유명 한 분만이 아닙니다. 위견도, 그 아우도 죽음을 당했습니다. 의춘宜春에서는 이적지李適之가 사형을 당하기 전에 독을 마시고 죽었습니다. 강화에서는 왕거王琚가 스스로 목매 죽었습니다. 이적지의

아들은 하남에서 몽둥이에 맞아 죽었습니다. 이옹李邕, 배돈복裴敦復이 모두 곤장을 맞아 죽었습니다. 장안에서도 유린有鄰, 적勣, 증曾 같은 사람들이 모두 곤장에 맞아 죽었고 처자는 멀리 유배되었습니다. 안팎이 모두 다 떨고 있는 마당에 모르시는 것은 아마도 비님 한 분뿐이겠지요. 비님이 이름을 모르시는 무인, 정치가로서 죽음을 당한 주된 사람들의 이름을 이 할아범이 이 자리에서 주워섬기다 보면 시간이 얼마나 걸릴지 알 수 없습니다."

고 역사는 말했다. 귀비는 비로소 으스스한 기분에 감싸이면서 더는 말을 하지 않았다. 이임보의 반대 세력들이 하나도 남김없이 죽음을 당하고 있음이 틀림없었다. 이런 사건에 현종이 어떤 역할을 하고 있는지는 상상도 할 수 없었고, 이제 바로 눈앞에 있는 고 역사조차도 그 정체를 가늠할 수가 없었다. 고 역사는 이임보하고 손을 잡고 있는 것인지, 아니면 그 밖의 진영에 속해 있는 것인지도 알 수가 없었다.

귀비는 고 역사의 말대로 황보유명의 이름을 들먹이는 일을 스스로 그만두었다. 무엇인지 정체를 알 수 없는 어두컴컴한 분류奔流가 상상도 할 수 없는 기세를 가지고, 당나라 조정의 내부에서 소용돌이치고 있음이 분명했다.

그날 밤, 귀비는 매비의 일이 머리에서 떠나지 않았다. 매비에 대한 증오를 결코 잊고 있는 것은 아니었다. 그저 늙은 권력자의 마음이 이즈음 완전히 매비로부터 벗어나 있는 것으로 여겨졌으므로 매비에 대한 경계심을 풀고 있었던 것이다. 매비를 제거하는 일은 아무 때고 간단히 할 수 있는 일로 생각하고 있었다. 하지만 그러기 위해서는 자신이 비로 책립되고 나서 약간의 틈을 들일 필요가 있었다. 이제는 어찌해 볼 도리가 없게 된 황보유명 사건의 슬픔이 바야흐로 하나의 뜨거운 분노가 되면서 매비를 겨냥하게 되었다. 매비야말로 한시바삐 사형에 처해야 마땅하다고 생각했다.

이튿날 아침, 귀비는 여느 때보다 일찍 눈을 뜨자마자 두 시녀를 불러 매비의 관저로 안내하라고 명했다.

"매비님의 관저 말씀입니까?"

시녀 하나가 낯빛을 바꾸며 말했다. 확실히 곤혹의 감정을 얼굴에 드러내고 있었다. 귀비는 그 자리에서 그 시녀에게 물러가라고 명했다. 다른 시녀 하나는 조금도 얼굴빛이 달라지는 일 없이

"매비님은 상양上陽의 동궁東宮에 머무르고 계십니다. 바로 안내해 드리겠습니다."

하고 말했다. 이쪽은 분명 매비에 대해 적대 의식을 가지고 있었다. 귀비는 그 시녀와 단 둘이서 관저를 나섰다.

긴 회랑을 따라 걸었다. 여기저기에서 깊숙하게 고개를 숙이고, 귀비를 맞이하는 일단의 여인네들이 있었다. 도중에서 회랑을 벗어나, 하나 가득 돌을 깔아 놓은 안뜰을 가로질렀다. 그리고 다시 회랑을 걷고 나서, 다시 돌이 깔린 안뜰을 관통했다. 처음으로 걷는 곳이 많았다. 차례차례로 똑같은 건물과, 똑같은 회랑과, 똑같은 안뜰이 나타났다. 귀비는 도중에 발이 아파 왔다. 평생 좀처럼 이렇게 걷는 일이 없었으므로, 익숙지 않은 돌바닥의 광장을 한발 한발 걷는 일이 귀비로서는 여간 힘든 일이 아니었다.

상양의 동궁으로 들어섰을 무렵이 되자, 귀비는 아주 피로해 있었다. 현종 황제는 어떻게 이곳에 오는 것일까 생각을 했다. 설마 말을 탈 리는 없을 것이고, 가마를 타지도 않을 것이라고 생각했다. 이에 관해 시녀에게 물어 보자,

"가마를 타시고 일단 궁궐 밖으로 나가신 다음, 거기서 가장 가까운 문으로 들어가시는 게 아닐까 생각됩니다."

시녀는 그렇게 대답했다. '그래, 그런 방법이 있을지도 모르겠군!' 하고 생각했다. 그리고 보니 상양의 동궁이라는 것도 결코 왕궁에서 멀리 있는 구석이라고는 말할 수 없었다. 어떤 문을 통하면 가장 가까운 궁

전임이 틀림없었다.

"그 문으로 들어가면 좋았을 걸….."

귀비가 그렇게 말하자,

"그 문으로는 들어가실 수 없습니다. 비님께서 매비님의 관저로 가시자면, 이런 방법밖에는 없을 것으로 생각됩니다."

시녀는 말했다. 매비의 관저가 멀리 보이기 시작하면서부터, 급작스럽게 언저리의 모습이 달라져 있었다. 귀비가 걸어가는 회랑 양쪽으로는 시녀들이 죽 늘어서 있었다. 귀비가 온다는 말이 벌써 전달되어 있었던 듯, 그래도 어딘지 소연한 구석은 있었지만, 일단은 소홀함이 없이 마중을 나온 모양새는 갖추어진 느낌이었다. 관저 입구에서, 늙은 여인네들의 일단이 공손하게 귀비를 맞이했다.

"급히 폐하께 말씀드릴 일이 계셔서 귀비님께서 납시셨습니다."

시녀는 이렇게 말했다. 막무가내의 고답적인 자세였다. 노녀의 일단은 공손히 머리를 조아리고 있었는데, 그 중의 하나가 안으로 들어갔다. 귀비는 자신이 이런 일로 전번의 괵 국부인의 경우처럼 현종의 노여움을 살지도 모른다는 기분이 들지 않은 것도 아니었지만, 그런 일은 그다지 두려워하지 않고 있었다. 아무리 화가 나더라도 늙은 권력자는 자신을 추방할 수는 없으리라는 자신이 있었다. 이 자신은 먼젓번 사건으로 자연히 귀비의 마음 가운데 뿌리 내린 것이었다. 두 사람의 관계에서 귀비는 한줌 정도 자신의 권력을 늘려 놓았고, 현종은 한 줌 정도 자신의 권력을 깎아먹고 있었다.

귀비는 한 마디도 하지 않고 서있었다. 관저 내부에서 갑자기 소연한 분위기가 느껴져 왔다. 안으로 들어간 노녀가 나오는 푼수 치고는 어딘지 거창한 분위기였으므로, 귀비는 현종 자신이 모습을 드러내는 것인지도 모른다고 생각했다. 그러자, 허둥지둥하는 발소리와 함께 구르듯이 뛰어 나온 것은 고 역사였다. 고 역사는 노녀들의 앞으로 나와 귀비에게 고개를 숙이고 나서,

"아니, 아니, 비께서 어찌…"

그러면서 숨을 헐떡거리고 있더니,

"할아범은 이처럼 궁궐 안을 뛰어 본 일이 없답니다."

그렇게 말하고 나서도 여전히 씩씩거리며 숨을 몰아쉬고 있었다. 실제로 고 역사는 누군가의 보고를 받자마자, 자신이 침소에서 이곳으로 뛰어 나온 모양이었다.

"자, 비님, 할아범과 함께 관저로 돌아가셨으면 합니다."

"폐하를 뵙고 싶은 겁니다."

귀비는 말했다.

"폐하라고요? 폐하께서 어찌 이런 곳에 계시겠습니까?"

"폐하가 계시지 않는다면, 매비님이라도 뵙겠습니다."

"매비님이라고요? 이런, 이런, 할아범의 생각으로는 그런 일은 비께서 하실 일이 아닐 것으로 여겨집니다만…"

"모처럼 여기까지 왔으니, 잠깐이라도 매비님을 만나 보는 것이 좋을 것 같은데, 그게 어째서 안 된다는 겁니까?"

"네?"

"매비님은 안 계신가요?"

귀비는 목소리에 조금 각을 세웠다.

"계십니다."

"그럼 만납시다. 안내해 주세요."

늙은 환관은 이마의 땀을 손으로 훔쳤다.

"그럼, 잠시만 기다려 주십시오. 이런 뜻을 매비님에게 고하고 오겠습니다."

"아니, 그럴 필요 없습니다. 이대로 제가 방으로 가지요. 안내를 해주세요."

"아니, 비님처럼 지체 높으신 어른이 어찌 이처럼 헤아리시지 못하는 것인지…."

고 역사는 참으로 당혹스럽다는 표정으로 잠시 생각을 하더니

"좋습니다. 그렇더라도 잠시 기다려 주십시오. 잠시만, 잠시만."

그렇게 말하고 나서 허둥거리며 관저 안쪽으로 들어갔다. 한 무리의 노녀들은 꼼짝도 않고 고개를 숙인 채, 그곳에 뻣뻣이 서있었다. 무슨 일이 이곳에서 일어나고 있건 그들에게는 전혀 무관심한 일이라는 그런 태도로 낯빛 하나 변하지 않은 채, 그곳에 서있었다. 고 역사는 이윽고 돌아오더니,

"계시지 않습니다."

하고 참으로 유감스럽다는 얼굴을 하며, 양손을 펼쳐 보이는 시늉을 했다.

"안 계시다니요?"

"아니, 정말입니다. 매비님은 계시지 않습니다. 용태가 썩 좋지 않으셔서 간밤에 여산의 궁전으로 가신 모양입니다. 계시지 않는 이상, 할아범도 어쩔 도리가 없습니다. 자, 비님! 할아범이 모시고 가겠습니다. 제발 귀궁하십시오!"

"계시지 않는다면 방이라도 구경해야겠습니다."

"비님!"

고 역사가 가로막으려 했을 때, 귀비는 이미 관저 안쪽을 향해 발걸음을 내디디고 있었다. 그 귀비의 뜻을 체현하기라도 하듯,

"물러서시오."

젊은 시녀는 맑은 목소리로 노녀들 쪽으로 호통을 쳤다. 노녀들은 일제히 몸을 움직여 회랑 양쪽으로 늘어서며 길을 내었다. 그 사이를 젊은 시녀는 앞장서서 걸어갔다. 귀비는 그 뒤를 따랐다.

"비님, 비님!"

고 역사는 귀비에게 매달리듯 하며 귀비 앞으로 가기도 하고 뒤로 돌기도 하면서 그 자신도 역시 함께 관저 안쪽으로 빨려 들어갔다.

관저 입구에는 여러 명의 시녀들이 도열해 있었고, 이 또한 고개를

숙이고 있었다. 여기서 지금까지 앞장을 서고 있던 시녀는 귀비와 그 위치를 바꾸어 귀비의 등 뒤를 따랐다. 귀비, 고 역사, 시녀의 순으로 세 사람은 관저 안으로 들어갔다. 첫 번째 방에는 인기척이 없었다. 오른쪽으로는 대기실이 있었고, 그 안쪽이 침실로 되어 있었다. 시녀와 고 역사는 첫 번째 방에 이른 곳에 발길을 멈추고, 말이라도 맞춘 것처럼 그곳에 섰다. 고 역사는 이제는 체념을 하고 한 마디도 하지 않았다. 귀비는 대기실로 들어가려 하다가 역시 주저하는 마음이 들었다. 어쩐지 사람이 있을 것 같은 느낌이었다. 과연 안쪽에서

"아침 일찍부터 무슨 소란이냐?"

그런 현종의 목소리가 들려 나왔다. 역시 현종은 있었던 것이다. 이에 화답하듯,

"안녕히 주무셨습니까?"

귀비는 말했다.

"안녕이고 뭐고, 짐도 지금 막 여기에 왔소! 아침 차를 마시고 있지. 마침 잘 왔소. 사천四川의 차가 준비되었으니…"

귀비는 대기실로 발을 들여놓았다. 과연 노권력자는 혼자서 차를 마시고 있었다. 방은 채광이 나빠 어둠침침했다. 커다란 탁자, 항아리, 병풍, 꽃병, 이런 것들이 아무렇게나 놓여 있는 느낌이고, 막다른 곳에 침대의 장막이 드리워져 있는 것이 보였다.

"매비님은요?"

귀비는 물었다.

"몰라. 아마 여산으로 갔다지."

"매비님도 계시지 않은데, 어째서 이곳으로 납시셨습니까?"

"차를 마시러 왔지."

그리고 나서 이를 보충이라도 하듯이,

"사천에서 진귀한 차가 왔다기에…"

"진귀한 차는 저 침대 속에 감추어 두셨겠군요."

귀비가 말하자, 현종은 큰 목소리로 웃으면서 말했다.

"열어 보는 게 좋겠군!"

그러지 않아도 귀비는 벌써 그곳을 열어 볼 참이었다. 귀비는 그곳으로 다가가더니 침대의 장막을 열어 젖혔다. 침대는 매만져 놓기는 했지만, 분명 흐트러져 있었다.

귀비는 침대의 발치께에 파란 신과 비취 머리 장식이 구르고 있는 것을 잽싸게 눈여겨보았다. 그러고는

"가엾게도 매비님은 맨발로 도망치셨네?"

그렇게 말하고 귀비는 현종 쪽으로는 눈길도 주지 않은 채, 곧바로 그 방을 뛰쳐나와 자신의 관저로 걷기 시작했다. 노녀와 시녀들이 회랑 여기저기에서, 그곳을 지나가는 귀비에게 머리를 숙이고 있었다. 도중에서 젊은 시녀가 앞장을 서고, 그 뒤로 귀비가 걷고 있었고, 그 뒤를 고 역사가 따랐다. 고 역사는 무엇인지 쉴 새 없이 투덜거리고 있었지만, 그 소리는 귀비의 귀에까지는 도달하지 않았다.

귀비는 관저로 돌아가자, 방에 틀어박혀 아무도 만나지 않았다. 고역사가 몇 번인가 방 바깥쪽까지 왔지만 몸이 편치 않다면서 만나 주지 않았다. 저녁때 현종이 방으로 들어왔지만 귀비는 침상에서 일어나지 않았다. 그리고 누운 채로 말했다.

"한시바삐 양섬의 집으로 보내 주십시오! 그곳에서 죽으라는 명령을 기다리겠습니다. 이런 창피한 꼴을 당하고 헐떡거리고 사느니 죽음을 내려 주시는 편이 얼마나 편한 일인지 모릅니다. 죽으라는 명이 없으시면, 스스로 제 명줄을 끊을 생각입니다. 수왕 집에다 저를 오라는 명을 내리셨을 때, 저는 죽었어야 마땅했습니다. 그랬던 것을 폐하의 정에 이끌려 오늘날까지 살아 왔습니다. 이제는 즐거운 나날이 끝나고 말았습니다. 이제부터는 슬픈 날만이 기다리고 있겠지요. 그런 슬픈 나날을 기다리느니 스스로 제 목숨을 끊는 편이 얼마나 좋은지 알 수 없습니다."

귀비는 울부짖으며, 가끔씩 얼굴을 들어 노권력자를 원망하는 눈초리로 바라보았다.

현종은 잠자코 방을 나갔는데, 한식경쯤 지나서 다시 왔다. 이번에는 고 역사와 함께 왔다. 이 경우에도 귀비의 입에서는 원망 소리만이 나왔고, 자살의 결의만을 내뱉었다. 현종과 고 역사는 다시 나갔다. 방에는 차차 시녀들의 손으로 노권력자에게서 보내져 온 선물들이 들어오고 있었다. 보석들을 박아 놓은 작은 함도 있었고, 눈이 부시는 아름다운 비단도 있었다. 귀비는 그런 것들을 거들떠보지도 않았다.

밤이 되자, 귀비는 하루 종일 그녀를 엄습하고 있던 질투의 고통에서 해방되었다. 질투의 발작이 엄습한 것도 갑작스러운 일이었지만, 그것이 사라지는 것도 갑작스러웠다. 귀비는 자신이 어쩌다 이런 감정의 발작에 휩싸였는지 자기 자신으로서도 알 수 없었다. 귀비는 하루 만에 매우 수척해져 버린 기분이었다. 침상 아래 굴러다니던 푸른 신과, 비취로 된 머리 장식이 하루 종일 귀비의 눈에서 아른아른하면서, 그것이 귀비의 마음과 몸을 마구 예리한 칼날처럼 찍어 대었던 것이다.

귀비는 침상에서 일어나자, 구두를 신고 침상 아래로 내려섰다. 다음 방으로 들어가 창에 드리워진 장막을 거두자, 푸른 달빛이 내리비치고 있는 돌의 광장이 눈에 들어왔다. 커다란 돌이 깔린 노대였다. 한포기의 풀도, 한 줌의 흙도 보이지 않았다. 귀비는 방안 공기가 후텁지근하게 느껴져서 밖으로 나가 보려 했다. 문으로 다가서자, 어디선지 갑자기 3명의 시녀가 나타났다.

"나가십니까?"

한 시녀가 나지막한 목소리로 말했다.

"잠시 바깥바람을 쐬고 싶군."

"그런 일을 이 한밤중에…, 밤바람을 쐬시다가는…."

"괜찮아!"

귀비의 이 말로 묵직한 문짝이 열렸다. 낮에는 늘 열어젖혀져 있으므로 조금도 그런 줄 몰랐지만, 한밤중에 보니 관저의 문짝은 감옥의 그 것처럼 무겁고도 음침한 기운을 발하고 있었다. 어느새 시녀의 수는 여러 명으로 늘어나고 있었다. 귀비가 돌바닥에 섰을 때, 회랑의 저쪽으로부터 사람이 다가오는 발소리가 들려 왔다. 이윽고 한 사람의 그림자가 이쪽으로 가까이 왔다. 고 역사가 틀림없었다. 한 시녀의 보고를 듣고 고 역사는 서둘러 이곳으로 온 것이다.

"비님, 이 밤중에 어찌…"

고 역사는 상반신을 굽히며, 얼굴을 내밀듯이 하면서 귀비의 얼굴을 올려다보았다. 달빛 때문인지 고 역사의 깊이 주름이 팬 얼굴은 매우 희읍스름하게 보였다. 고 역사는 낮은 목소리로,

"사람들을 물리시지요."

하고 말했다. 귀비가 명을 내릴 것도 없이, 시녀들은 두 사람을 그 자리에 남겨 놓고 물러났다.

"간밤에 비님의 집안사람 모두 각각 승차를 하셨습니다. 가까운 시일 안에 그 발표가 있을 것입니다."

고 역사가 말했다.

"어쩌다 또 그런 일이…"

"할아범은 모릅니다. 폐하께서 마음을 쓰신 거겠지요. 어찌되었든 비님으로서는 더할 나위 없이 기쁜 일 아니겠습니까?"

귀비는 새삼스럽게 고 역사의 얼굴에 눈길을 보내고 있었다. '이 늙은 환관은 양씨네 가문의 영달을 위해서는 모든 기회를 놓치지 않는구나!' 하고 생각했다.

"양쇠님은 지금까지와는 견줄 수 없는 아주 판이한 힘을 가지시게 될 겁니다. 이제부터는 모든 일들을 양쇠님하고 의논하시는 것이 좋을 것입니다. 이에 관해서는 차차 상세히 말씀을 드리겠습니다. 밤이 깊었으므로 할아범은 이제 물러납니다. 즉각 폐하께서 여기로 납시시도록 했으면 좋겠습니다만."

그리고 고 역사는 노권력자를 이제 이곳으로 모셔 오고 싶은데, 그렇게 해도 좋으냐는 듯이 귀비를 들여다보았다.

"그러시죠. 맞아들이겠습니다."

귀비는 말했다. 현종은 귀비의 마음속에서, 질투를 받아야 할 위치에서 조금 다른 위치로 옮겨져 있었다. 현종에게서 거둬들여야 할 것은 많이 있었다. 이임보와 고 역사가 그것을 차지하기 전에 귀비 역시 스스로도 차지해야 한다고 생각했다. 귀비는 지금까지 현종을 자신의 운명이라고 여기고 있었지만, 그것은 자신의 운명이기만 한 것이 아니었다. 이임보의 운명이요, 고 역사의 운명이기도 했다. 각 사람들에게 노권력자는 자신의 운명을 개척해 나가기 위한 사냥감에 지나지 않았다.

곽 국부인 사건, 황보유명의 죽음, 매비 사건, 이렇게 천보 5재서기 746년 여름까지 귀비로서는 마음을 무겁게 만드는 사건이 많이 있었지만, 가을로 접어들자 비교적 평온한 나날이 계속되었다. 귀비는 곽 국부인과 매비의 두 사건 이래로, 노권력자의 사랑이 병적이라고 여겨질 정도로 자신에게 퍼부어지는 것을 느꼈다. 귀비가 웃음을 지으면 현종의 얼굴이 환해지고, 귀비의 얼굴이 우수에 싸이면, 현종은 귀비의 비위를 맞추느라 어쩔 줄 몰라 했다. 반대로 귀비 쪽에서는 노권력자를 잡아끌기도 하고, 때로는 반대로 밀쳐내기도 했다. 스스로 원해서 현종과 잠자리를 함께하는 일도 있었고, 현종이 요구를 해도 이를 거절하기도 했다.

귀비는 자신을 행복하게 할 수도 불행하게 할 수도 있는 노권력자를 단단히 자신의 몸에 끌어안고 자기도 하고, 그 손을 제쳐 버리고 쌀쌀맞게 저쪽으로 밀쳐 버리기도 했다. 귀비는 현종이라는 권력자의 늙은 몸뚱이 속에는 도대체 무엇이 들어차 있는 것인지 그것들을 몽땅 꺼내 보고 싶은 충동을 받곤 했다. 언제 폭발할지 알 수 없는 무서운 위험물을, 반쯤은 위험을 느껴가면서 굴려대고 있는 것 같은 느낌도 있었다. 도대체 이것은 무엇일까? 귀비는 자신에게 빠져 버림으로써 요즘 들어 눈에 뜨이게 피부에 검버섯이 늘어가고 있는 노권력자의 몸을 부드럽게 흔들어 보기도 하고, 더러운 것을 만지기라도 하듯, 차갑게 대하기도 했다.

이런 점을 놓고 볼 때, 귀비와 권력자의 관계가 어느 사이 역전해 가고 있었다. 이 무렵부터 귀비는 자신의 육체가 전과는 다른 아름다움으로 빛나기 시작했다는 것을 스스로 잘 알 수 있었다. 귀비를 바라보는 현종의 눈은 귀비에게도 느껴질 정도로 늘 눈부셔하고 있었다. 귀비는 자신을 자유로이 다룰 수 있는 자신의 운명을 자신 앞에 꿇어 엎드리게 하는 일에 희열을 느끼고 있었다.

10월, 귀비는 현종과 함께 여산의 온천궁으로 갔다. 몇 해 전부터 손을 보고 있던 온천궁 건물의 개축이 일단 완성되었으므로, 현종은 지금까지의 온천궁의 이름을 폐하고 새로이 화청궁華淸宮이라는 이름으로 바꾸었다.

이 무렵, 장안에서는 앞서 하서, 농우, 삭방, 하동의 각 절도사 자리를 한 손에 거머쥐고 있으면서, 멀리 국경지대에서 이민족과 싸워, 그때마다 전공을 세우고 있는 왕충사의 이름이 날로 성가를 날리고 있었다. 지난날 황보유명이 누리고 있던 역할을 이제는 왕충사가 이어받고 있었다. 도성의 백성들 사이에서는 왕충사가 임지를 떠나 작전을 황제께 아뢰기 위해 장안으로 올라온다는 소식으로 들끓고 있었다.

11월, 왕충사는 장안으로 올라와 현종을 배알했다. 이때 귀비도 그 자리에 있었다. 왕충사는 변경의 무사로서 인기가 있기는 했지만 황보유명과는 아주 딴판이었다. 차림새에는 신경을 쓰지 않고, 얼굴은 수염 투성이였으므로, 얼핏 보기에도 변경의 무장이라는 느낌을 주는 인물이었다. 왕충사는 아뢰었다.

"신이 도성에 올라온 것은, 안녹산에게 역심이 있다는 것을 폐하께 말씀 드리기 위해서입니다. 안녹산은 소주 광막천蘇州廣漠川에 웅무성雄

武城을 짓고 대대적으로 병장기를 저장하면서, 기회가 있으면 반기를 들려 하고 있습니다. 안녹산이 남몰래 딴 뜻을 품고 있다는 것은 현지의 장병이라면 한 사람도 의심하지 않는 사람이 없습니다. 이런 이민족 출신의 무인에게 대군을 맡겨 놓는 일은 위험하기 짝이 없는 일입니다."

왕충사의 이 말에 대해 아무도 입을 열지 않았다. 현종이 총애하고 있는 이민족 출신인 변경의 무장은 그 풍모를 떠올려 보기만 해도, 반역이라는 것하고는 전혀 무관한 것으로 여겨졌던 것이다.

재상 이임보가 입을 열었다.

"안녹산에게 어찌 역심이 있겠는가? 자기의 공을 지나치게 선전하고서 도성으로 돌아와 상相이 되기를 바라는 자야말로 역심이 있다고 해야 할 것이다."

분명 왕충사를 정면으로 비난하고 있는 말이었다. 불끈하고 왕충사가 낯빛을 바꾸면서 일어섰지만, 제지하는 자가 있어 다시 그 자리에 앉았다. 이임보가 다시 말했다.

"폐하는 토번을 철저하게 치실 생각을 가지고 계시오. 싸울 때마다 이기지 않는 일이 없다는 장군은 아무쪼록 토번의 본거지인 석보성石堡城을 공격하도록 하시오. 개원 29년, 석보성은 토번의 수중으로 떨어진 채, 그대로 오늘날에 이르고 있소."

이에 대해 왕충사는 말했다.

"석보성은 견고한데다, 토번은 거국적으로 이를 지키고 있습니다. 지금 그곳으로 군사를 몰고 가 보았자, 수만의 병사를 죽이지 않고서는 승리를 기약할 수 없습니다. 신은 잃는 것만 많고 얻을 것이 적은 그런 결과를 두려워하고 있습니다."

그러자 이임보는

"장군 동연광董延光은 스스로 군사를 이끌고 석보성을 치기를 청하고 있소. 폐하는 그 뜻을 가상히 여기셔서 그 희망을 받아들이셨소. 왕충사는 군사를 갈라서 이를 도우시오."

하고 말했다. 폐하라는 말이 나오는 바람에 왕충사는 그 이상의 말을 내놓을 수 없었다.

귀비는 지난날 황보유명이 귀환했을 때, 이번 경우와 똑같이 이임보와 다툰 일을 기억해 내었고, 가능하다면 왕충사의 편을 들어주고 싶은 마음이 굴뚝같았다. 귀비는 지금까지 왕충사가 황보유명을 대신하게 된 변경의 부장이라는 점으로 호감을 가질 수는 없었지만, 지금은 그렇지 않았다. 그러나 안녹산에게 역심이 있다는 것만큼은 귀비로서도 순순히 받아들여지지 않았다. 귀비의 양자가 되겠다는 어리광스러운 마음을 가졌고, 스스로 잡호라고 칭하고 있는 거한의 마음속에 그런 추한 생각이 들어 있을 것으로는 여겨지지 않았다.

왕충사가 임지로 돌아가고 오래지 않아, 왕충사는 태자 형亨과 가까이 지내면서 군사를 포섭해서 때만 되면 태자를 받들어 올리고자 하는 뜻을 가지고 있다는 소문이 장안에 돌았다. 이윽고, 이를 뒤쫓아 가기라도 하듯이 왕충사를 임지로부터 소환한다는 발표가 나왔고, 그 후임자를 뽑게 되었다. 이런 사태의 뒤에는 어딘지 불건전하고 명랑하지 못한 것이 흐르고 있음이 느껴졌다. '천자님께 반역하려 한다.'는 낙서가 이 거리 저 거리의 흙벽 위에 붙여진 것은 왕충사의 소환 발표가 있은 지 오래지 않아서였다.

이해 가을부터 이듬해 천보 6재의 봄까지에 걸쳐 대신과 고관이 누명을 쓰고 죽는 일이 많이 있었다. 그 중에서도 눈에 띄었던 것은 호부시랑戶部侍郞 겸 어사중승御史中丞 양신긍楊愼矜의 일족이었다. 양신긍은 현종의 신임이 두터웠는데, 아마도 그 점이 이임보의 미움을 사는 동기가 된 듯, 역심이 있다고 체포되어 곤장을 맞고 자진하게 만들었다. 양신긍의 처자와 일족은 모조리 유배되거나 죽었다. 장안은 한동안 이 일족의 비운에 관한 이야기로 들끓었다.

천보 6재의 봄부터 현종의 건강이 시원찮아 거의 정사를 볼 수가 없었으므로, 정무 일체를 이임보에게 맡기게 되었다. 현종은 거의 매일을 귀비의 처소에서 지냈다. 하루라도 귀비의 얼굴을 보지 않으면 마음이 가라앉지 않는지, 세 끼 밥도 귀비와 함께 하고, 귀비의 관저에서 드는 일이 많았다. 따라서 중요한 정무의 대다수는 귀비의 관저로 가지고 오게 마련이었다.

재상 이임보는 매일 한 번은 귀비의 관저로 와서 현종을 배알했다. 이임보는 바야흐로 정권을 한 손에 주무르고 있었지만, 귀비나 현종의 재가를 얻는다는 태도를 취하고 있었다. 귀비는 이임보를 보는 현종의 눈빛에서 이상한 것을 느꼈다. 그것은 완전한 신뢰라고 하는 수밖에 없었다. 현종이 귀비를 바라보는 눈빛도 이상했지만, 이임보를 보는 눈빛도 이상했다. 귀비는 노권력자가 완전히 '입에는 꿀이 있고, 뱃속에는 검이 들어 있다.'는 인물의 포로가 되어 있다는 것을 알 수 있었다. 이임보의 어떤 말도 현종의 온 몸을 마비시키는 힘을 가지고 있었다.

변경에 있는 안녹산은 그 후, 장안으로 올라오는 일이 없었지만, 끊임없이 사자를 보내곤 했다. 이 역시 병사 한 명의 이동까지도 현종의 지시를 청한다는 태도를 취하고 있었다. 왕충사가 아뢴 것 같은 역심은 도저히 그런 태도로부터는 엿볼 수도 없었다. 현종은 보내져 오는 사자를 접견할 때마다

"잡호 놈에게 장안으로 올라오라고 전하라!"

고 말하는 것을 잊지 않았다. 실제로 현종은 안녹산이 입궐하기를 바라고 있었다. 안녹산을 술자리에 앉혀 놓으면, 자신의 건강도 당장에 회복될 것이 아닌가 하고 생각하고 있었다. 안녹산의 사자는 현종을 배알한 다음, 반드시 재상 이임보의 관저를 찾아갔다. 그때마다 어마어마한 선물들이 이임보의 관저로 운반되었다.

고 역사는 하루 종일 거의 현종의 곁을 떠나지 않았다. 이임보가 현종을 배알할 때에도, 그리고 안녹산의 사자가 와서 배알할 때에도, 그때마다 그 자리에는 반드시 고 역사가 있었다. 귀비로서는 이임보, 안녹산,

고역사, 이렇게 세 명의 인물이 오늘날에 이르기까지 어떤 관계에 있는 지 짐작도 못하고 있었다. 세 사람은 서로 견제하고 있는 점도 있었고, 손을 잡고 있는 구석도 있었다. 세 사람에게 공통된 점은 그들이 서로 상대방의 결점을 들추어 내지 않는다는 점이었다. 입을 열었다 하면, 반드시 상대방을 두둔하곤 했다. 이런 점에서는 서로 긴밀한 제휴가 이루어지고 있었다. 현재의 지위로 볼 때 이임보는 재상이고, 늙은 환관은 좌감문 대장군左監門大將軍, 지내시성사知內侍省事라는 직책을 가지고 있었으므로 당연히 이임보쪽이 위였다. 그러나 이임보는 고 역사를 매우 각별하게 대접하고 있었고, 고 역사 쪽에서도 이임보에 대해 말은 공손하게 하고 있었지만, 결코 몸을 낮추는 태도를 보이지 않았다. 고역사가 한시도 노권력자의 곁은 떠나지 않고 있다는 점이 이임보로 하여금 고역사라는 늙은 환관을 특별한 인간으로 보게 만든 것 같았다.

이런 점으로 미루어 알 수 있는 일은, 건강을 해쳐 조정에 나가는 일 없이 오로지 귀비의 사랑에서 헤어나지 못하고 있는 현종이라는 인물이 여전히 그들로서는 두려운 존재라는 것이었다. 아직도 현종의 입에서 나오는 말 한 마디는 모든 것을 결정하는 힘을 가지고 있었다. 권세를 자신의 수중에 움켜잡고 싶은 야망가들에게는 아직도 현종이라는 존재가 골치 아프고 두려운 상대임에 틀림없었다. 언제 자신의 지위를 빼앗아 버릴지 알 수 없는 골치 아픈 상대였다.

귀비의 눈에는 이임보나, 고 역사나, 안녹산이나 모두가 언젠가는 상대방을 쓰러뜨리고 위로 올라서려는 야망가로 보였다. 현종에게 역심을 가지고 있다고 생각하지는 않았지만, 현종의 밑에 있으면서 으뜸가는 실력자가 되려고 겨루고 있는 것만큼은 분명했다. 이임보는 재상의 지위에 있었지만, 한시도 권력자의 곁을 떠나지 않는 고 역사에게 마음을 놓을 수는 없었다. 안녹산은 안녹산대로 대군의 통솔자로서 실력을 가지고는 있었지만, 장안에서 멀리 떨어져 있지 않은가? 이 점은 이임보나 고역사에 비해 볼 때 불리한 점이었다. 한편, 고 역사는 병마에 관한 권한을 갖지 못했으며, 정사의 실권도 갖고 있지 않았다. 그러나 역시, 현종에게 밀착되어 현종을 양손아귀에 착실하게 잡고 있었다.

12월, 갑자기 천하의 세공歲貢을 재상 이임보에게 준다는 칙서가 나왔다. 상서성尙書省*은 세공의 물품들을 살펴보고서, 이 모두를 수레에 실어 이임보의 저택으로 날랐다. 이 사실은 금시에 온 나라 안에 알려지고, 이임보의 위세는 현종 황제를 능가하기에 이르렀다고 숙덕거렸다. 실제로 이 무렵 백관들은 모두 이임보의 문 안으로 모여드는 바람에, 정부의 부서들은 명목만 있을 뿐, 그곳에서 정사를 좌지우지한다고 할만 했다. 천하의 세공을 이임보에게 내려 준다는 칙서가 내릴 무렵, 이 일만큼은 완전히 뜻밖이었던지, 고 역사는 당장에 귀비에게로 왔다.

"이번 일을 비께서는 알고 계셨습니까?"

고 역사는 물었다.

"모릅니다."

귀비가 대답하자,

"그러시겠지요. 요 한두 달 동안 이 재상이 폐하와 단 두 분이서 만난 일은 없을 것입니다. 그랬는데, 어쩌다가 이런 일이 벌어진 것인지 통 알 수가 없습니다. 천하 1년분의 세공을 재상에게 내려 준다는 그 사실은 그리 대단한 일이 아닙니다. 그러나 이 재상이 폐하에게 이를 요구하지 않고서는 이런 일이 있을 수가 없습니다. 문제는 언제, 어떤 기회에 이런 일을 이 재상이 폐하께 청했고, 폐하께서 이에 응하셨느냐는 것입니다."

귀비는 고 역사의 얼굴이 이때처럼 심각한 표정으로 변한 것을 본 일이 없었다. 주름투성이의 얼굴 가운데서 코와 눈만이 우람하여 얼굴의 위쪽 반은 늙은 독수리를 연상시켰다. 귀비의 귀에는 고 역사의 입에서 나오는 목소리까지 평소와 다르게 들렸다.

"언제 어디서, 폐하는 이 재상과 이런 이야기를 교환하신 것일까요? 비님, 부디 가슴에 손을 얹으시고 찬찬히 생각해 보십시오."

고 역사의 말투에는 귀비와 현종 두 사람만이 있어야 할 침소에 이임보가 들어온 일이 없었느냐고 묻는 것처럼 들렸다. 분명 이 사건 때문에 고 역사는 타격을 받았다. 자신이 알지 못하는 사이에 일이 벌어졌다는 것이 고 역사로서는 참을 수 없는 일인 모양이었다.

이임보에 관한 이 사건이 있은 지 얼마 지나지 않은 이듬해 천보 7재 4월에, 이번에는 고 역사를 표기대장군驃騎大將軍*으로 임명한다는 칙명이 내렸다. 종래의 좌감문 대장군, 지내시성사에다 새로 표기대장군이 더해진 것이다. 당나라 직제에서는 표기대장군이란 훈계 29개 중의 으뜸으로서, 늙은 환관은 이제 신하로서의 최고의 영예를 안은 것이다.

이번에는 재상 이임보가 알지 못하는 일이 벌어졌던 것이다. 이 발령이 있은 다음날, 이임보는 현종을 배알하여 고 역사를 위해 감사의 말을 올렸지만, 그 목소리는 떨려 나오고 있었다.

그날 고 역사는 인사차 귀비에게로 왔는데, 이 재상에 대한 보복을 훌륭하게 해치웠다는 듯, 의기양양한 빛이 그 얼굴에 떠올라 있었다. 귀비가 이 재상의 얼굴이 여느 때와는 다르더라는 이야기를 화제에 올리자,

"뭘 그 정도를 가지고…."

하고, 이 정도는 아무 것도 아니라는 듯이

"비님, 이재상은 또 한 번 놀랄 겁니다. 그것은 양쇠님에 관한 발표가 곧 있기 때문이지요. 양쇠님은 얼마 전 탁지낭중度支郎中으로 진급하셨습니다만, 이번에 병부시랑兵部侍郎 겸 어사중승御史中丞으로 승차하셨습니다. 비님의 가문에서 처음으로 실력을 지닌 고관이 나온 셈이지요."

고 역사는 말했다. 귀비는 양쇠하고는 오래도록 만나지 못하고 있었다. 귀비를 통해 언제고 현종을 만날 수 있는 입장에 있으면서도 양쇠는 결코 그 특권을 이용하지 않았다. 그런 점은 귀비의 일족 중에서 혼자만이 남달랐다.

표기대장군의 칭호를 받고 나서, 고 역사의 권력은 조정 안팎으로 뻗쳤다. 언제부터인지 황태자는 고 역사를 '형님'이라고 부르고, 모든 왕

공들이 옹翁이라고 부르게 되었다. 이해 초여름 무렵, 고 역사는 일찍이 자신이 서경西京에 만들어 놓은 보수사寶壽寺의 종이 이번에 완성되어 재를 올리게 되는데, 그날 임석해 주실 수 없느냐며 귀비에게 청을 드렸다. 귀비는 쾌히 이에 응했다. 자신이 고 역사의 요구에 응하는 일이 늙은 환관으로 하여금, 자신의 권세를 온 천하에 과시하기 위한 것 이외의 아무 것도 아니라는 것을 알고 있었지만, 귀비는 어찌되었든 오래도록 자신을 위해 진력해온 고 역사에게 보답하고 싶다는 기분이 들었다.

종을 위해 재를 올리는 날, 귀비는 처음으로 고 역사의 관저에 맞아들여져서, 그것이 얼마나 굉장한 저택인지를 알게 되었다. 그러나 광대한 저택을 가지고 있으면서도 고 역사는 그곳에서 기거하는 일은 없었다. 언제나 현종을 모시며 궁전의 내부에서 홀로 잠을 자고 있었다.

재는 마치 고 역사의 위세를 과시하기라도 하는 듯, 성대하게 치러졌다. 보수사의 경내에는 백관 모두가 모여 있었다. 귀비의 눈에는 재가 매우 기묘한 것으로 비쳐졌다. 대개의 사람들이 한 번으로 끝내지 않고 종을 일고여덟 번씩이나 치곤 했다. 그 중에는 고 역사의 환심을 얻을 양으로 20번이나 치는 사람도 있었다. 이 하루의 종 공양만으로도 보수사에 몰려든 돈은 막대한 액수에 이르렀다. 이런 점은 고 역사가 환관으로서 지니고 있는 욕심 사납고 빈틈없는 면이었다. 항간에는 이런 일에 대한 비판이 당연히 나올 것이겠지만, 귀비로서는 그다지 나무라고 싶은 생각이 들지 않았다. 태연스럽게 이런 일을 벌이는 점이 바로 고 역사답다고 여겼다.

같은 해 여름, 정신들은 현종 황제에게 개원천보성문신무응도황제開元天寶聖文神武應道皇帝라는 존호를 바쳤다. 이 이전의 칭호보다도 '응도'라는 것만큼 길어져 있었다. 노권력자는 이 칭호가 마음에 들어, 즉시 대사면을 공포하고, 백성들의 내년도 조세를 면하겠노라고 발표를 했다. 지난번에도 좋아했지만, 이번의 기뻐하는 양상은 지난번과 비교도 되지 않았다. 아마도 몇 해 뒤에 또 다시 다른 존호가 새로 바쳐지면, 그때는 그때대로 이번보다도 더 기뻐할 것으로 여겨졌다. 늙어 갈수록 그 기뻐하는 정도도 커지는 모양이었다.

귀비는 현종을 자신의 풍만한 가슴속에 안고서 몇 번이나 들었는지, 현종이 자신의 존호에 대해 기쁨의 말을 뇌까릴 때마다 문득 깊은 심연에라도 떨어져 가는 듯한 삭막한 마음이 들었다. '도대체 지금 내가 안고 있는 것은 무엇일까?' 하고 생각했다. 이 지상에서 더는 찾아볼 수없는 순진한 생물이요, 가련한 생물이었다. 귀비는 점차 팔에 힘을 주어 노권력자의 쇠약한 몸을 껴안아 주고 있었다. 질식시키기 위해서가 아니었다. 어찌 이런 힘없는 육체 속에 이임보나 고 역사까지도 두려워하는 권력이라는 것이 가득 차 있는 것인지, 새삼 이를 확인해 보고 싶다는 기분이었다.

이 해의 가을 무렵부터 귀비의 일족들은 줄줄이 등용되었다. 양씨 일가라는 것만으로도 중요한 관직이 주어졌다. 이런 일의 뒤에 고 역사가 있음은 분명했다. 고 역사는 현종에게 권하기도 하고, 이임보와 의논하기도 하면서 귀비의 주변을 그 일족의 사람들로 단단하게 굳히기 시작했던 것이다. 이런 것을 재상 이임보가 과연 좋아하고 있는지 어떤지는 알 수 없었지만, 아무리 재상이라 해도 귀비 일족의 일인 이상 겉으로 드러나게 반대할 수는 없었다. 게다가 귀비 역시 왕궁에 들어온 지 8년, 이제야 일족의 주된 인물들이 아주 자연스럽게 권세를 얻기 시작하고 있었다.

한 국부인, 괵 국부인, 진 국부인 세 자매의 행동은 한층 눈에 뜨이게 화려했다. 쉴 새 없이 궁정을 들락거리고, 현종에게 치근거리며, 교만스러운 언동이 나날이 늘어 가고 있었다. 오라비 양섬은 홍려경鴻臚卿*으로, 종형인 기는 시어사侍御史*로 임명되었다. 이들은 지금까지 남의 눈에 뜨이지 않게 행동하고 있었지만, 권세를 더해 나감에 따라 점차 방약무인한 언동이 많아져 갔다. 3명의 국부인, 그리고 섬, 기의 다섯 가문은 도성에 각각 큰 저택을 짓기 시작했는데, 이들의 건축 비용은 천만금, 그 중에서도 괵 국부인의 것은 호화롭기 짝이 없는 것이었다.

세 자매와 마주쳤다 하면, 공주들도 모두 길을 비켜선다고 했다. 이 다섯 집안사람들이 지방을 여행할 때면 부현府縣의 장관들이 마중을 나오고, 그들의 청탁은 성칙聖勅보다도 준엄했다는 것이다. 많은 선물이 사방에서 각각의 문에 밀려오고, 다섯 집안에 뇌물을 보내 청탁을 하면 이루어지지 않는 것이 없다고 수군거렸다. 일족의 세도가 점차로 천하를 기울이게 되었다고 해도 과언이 아닐 지경이었다.

그리고 이 무렵부터 종조형 쇠의 존재가 크게 두드러지기 시작했다. 쇠는 다른 일족과는 달리 지금까지 궁중을 들락거린 일이 없었는데, 이천보 7재 후반부터는 뻔질나게 궁중에 들어가곤 했다. 쇠가 현종 황제의 신임을 얻고, 그 마음을 사로잡아 가는 모양은 곁에서 보고 있는 사람도 가슴이 시원해지는 바가 있었다. 귀비는 전에 고 역사로부터 무슨 일을 하든지 쇠하고 의논해서 일을 처결할 때가 올 것이라는 말을 들었는데, 정말로 그렇게 될 것 같은 느낌이 들었다.

쇠는 일족의 사람들과 조금 떨어진 곳에 머물고 있었다. 귀비에게는 예를 다했지만, 다른 사람들과는 결코 함께 있는 일이 없었다. 양씨 일족 중에서 자기만큼은 조금 다르다는 것을 보여주고 있었다. 양쇠는 고 역사에 눈에 띄어 고 역사의 뒷배로 차차 승진을 거듭했는데, 한편으로 재상 이임보의 눈에도 들어 있었다. 세상에서는 이임보의 대옥사 거의 대부분이 양쇠의 손으로 이루어진 것이라는 소문이 나돌고 있었으며, 양쇠가 어사로 임명된 것은 이임보의 추천에 의한 것이라고 하는 것을 보면, 두 사람의 결합은 상상 이상으로 단단한 모양이었다.

귀비가 오랜만에 양쇠와 말을 해본 것은 양쇠가 어사중승이 되었을 때였다. 고 역사가 말한 것이 사실이라면, 이번 승진은 이임보조차 알지 못하는 일이었다. 그 발령이 있은 다음날, 쇠는 인사차 귀비의 처소로 왔다. 쇠는 공손히 귀비 앞으로 나아가서,

"늘 폐하 곁에 계신 것을 뵙기는 했지만, 이처럼 가까이서 말씀을 나

눌 기회를 얻지 못했습니다. 저번에 이곳에 온 후로 벌써 3년이 지난 것 같습니다. 그 사이 귀비께서는 흔들림 없는 지위를 구축하시게 되어 경하스럽게 생각합니다."

라고 말했다.

"그대야말로 그 사이 눈부신 승진을 했으니, 양씨 가문이 얼마나 든 든한지 모르지요."

귀비가 말하자,

"신을 비롯해서 양씨 일가에게 오늘이 있는 것은 오로지 귀비님 한 분의 힘입니다. 말하자면, 귀비님이 계심으로 해서 양씨 가문도 있는 것입니다. 귀비께서 생존해 계시는 동안 신도 살아야겠지요. 귀비께서 일생을 마치실 때에는 신 역시 일생을 마칠 것입니다."

양쇠는 귀비의 눈을 응시하면서 이렇게 말했다. 양쇠는 못 알아볼 만 큼 당당해져 있었다. 그러나 귀비는 문득 자신은 이 인물을 좋아하지 않게 되는 것이 아닐까 하고 생각했다. 이임보가 지니고 있는 차가운 기운을 양쇠 또한 가지고 있었다. 그러나 귀비는 상대방이 그런 차가움 을 가지고 있는 것을 보자, 자신이 여러 해 동안 마음속에 감추어 가지 고 있었던 것을 이야기할 마음이 생겼다.

"아무에게도 의논할 수 없는 일로서, 힘이 되어 주었으면 하는 것이 있는데…"

귀비는 말했다.

"어떤 일이십니까? 비님의 명이시라면 이 양쇠, 몸이 가루가 되는 한 이 있더라도 그 뜻을 따르고자 합니다."

"실은 지난날 황제님의 총애를 받은 후궁의 하나 가운데 꼭 한 명 마 음에 걸리는 사람이 있습니다."

귀비가 이야기를 시작하자,

"귀비님의 마음에 걸리는 사람이라면, 우리 양씨 일문에도 역시 마음 에 걸리는 자입니다. 혹시 매비님의 일이 아닙니까?"

"바로 그래요."

"매비님이라면 1년쯤 전에 후궁에서 물러났는데, 그 이래로 행방이 묘연합니다. 고향인 복건福建을 비롯해서 마음이 짚이는 곳은 모두 알아 보았습니다만, 어디를 찾아보아도 모습을 찾을 길이 없습니다. 자신의 몸에 화가 미칠 것이 두려워 스스로 소재를 감추고 말았습니다."

양쇠는 말했다.

"황제께서는 모르실까요?"

"황제께서도, 이 재상께서도, 진실로 알지 못하는 것이 아닐까 생각합니다. 이대로 내버려 두더라도 나중에 화를 부를 일은 없을 것으로 생각합니다."

자신이 부탁도 하기 전에 이미 이 정도 신경을 쓰고 있는 쇠에게 모든 것을 맡겨 놓아도 틀림이 없을 것 같았고, 양쇠가 말하는 대로 내버려 두어도 걱정할 것이 없을 것으로 생각하기는 했지만, 귀비가

"좀 더 소홀함이 없이 조사해 보세요."

하고 말했다. 귀비로서는 당연히 그렇게 말하지 않을 수 없었다. 지금이라면 매비를 살려 놓을 수도 죽일 수도 있겠지만, 상대방의 행방을 알 수가 없다면 그 권력을 쓸 길이 없지 않은가? 가능하다면 찾아내어 숨이 끊어질 때까지 채찍질을 하고 싶었다.


천보 8재 정월에, 농우 절도사 가서한哥舒翰이 지난해가 넘어갈 무렵 청해靑海 가에서 토번을 격파했다는 보고가 들어왔다. 가서한은 그 뒤로 청해의 용구도龍駒島에 성을 쌓아 응룡성應龍城이라고 이름을 붙이고 토번에 대한 대비를 했다고 했는데, 새 봄 들어 들어온 이 첩보로 조정의 위아래에 환한 분위기를 감돌게 했다.

2월 양쇠는 재무 책임자로서 이렇게 상주했다.

"폐하의 은덕이 사해에 고루 미치고, 주와 현이 모두 부하게 번영하고, 창고라는 창고에는 식량과 포백류가 넘쳐 있습니다. 이처럼 창고에

물건이 그득 찬 것은 고금에 드문 일입니다. 이제는 물자를 갈무리하고 싶어도 갈무리할 방법이 없습니다. 원컨대, 도성의 창고에 있는 것만이라도 경화輕貨로 바꾸어 창고에 다소라도 여유를 만들어 놓을 필요가 있습니다. 그리고 올해 지방에서 거둘 정조丁租와 지세地稅를 모두 포백으로 바꾸게 하고, 그것을 도성으로 보내게 하면 어떨까요? 가득 찬 것은 창고만이 아니라, 금고 쪽도 마찬가지여서 올해의 정조와 지세를 들여 놓을 여지라곤 전혀 없습니다. 아무튼 한번, 창고와 금고의 상태를 폐하께서 보아 주셨으면 합니다."

매우 신나는 상주였다. 현종 황제는 당장 백관을 거느리고 좌장左藏을 살펴보았고, 백관 각각에게 포백을 하사했다. 그리고 다시 날을 달리해서 창고와 금고를 살펴보았고, 국고가 얼마나 풍요로운지를 보았다. 양쇠가 일일이 설명하는 일을 맡았다. 현종은 책임자인 양쇠에게 자의紫衣와 진귀한 금붕어를 하사하여 이를 포상했다.

3월, 삭방절도사朔方節度使 장제구張齊丘는 중수항성中受降城의 서북 50여 리의 지점에 횡새성橫塞城을 구축했다. 횡새 군사軍使로는 곽자의郭子儀가 임명되었다.

4월, 함녕咸寧의 태수 조봉장趙奉璋이 상주를 했는데, 재상 이임보의 죄상 20여 조목을 들어 놓고 있었다. 그러나 이 상주문은 현종에게로 가 닿기도 전에 이임보가 아는 바가 되어, 조봉장이 붙잡혀서 곤장을 맞아 죽었다. 어디에서 새어 나갔는지, 이 사건은 장안 백성들 입방아에 오르게 되어 꽃 피는 계절은 전적으로 이 피비린내 나는 소문으로 들끓었다. 조봉장이 열거한 이임보의 죄상 가운데 으뜸가는 것은 맹장과 정병을 몽땅 북서 변경으로 보내는 바람에 본국을 지킬 군사가 없어졌다는 것이었다. 이임보의 죄상에 관한 상주문을 읽은 자가 있었을 것으로는 여겨지지 않았으므로, 이는 조봉장이 지적한 것이 아니라, 백성들의 입에서 나온 이임보에 대한 비판의 목소리라고 할 만한 것이었다. 실제로 본국의 방비는 놀라울 정도로 박약했다. 병사가 되려는 지원자는 전혀 없었다. 병사가 되면 모두 변경으로 끌려갔고, 그곳에서 죽을 때까지 고생한다는 소문이었으므로 병사가 될 만한 자들은 모두 숨어버렸다. 병사로 응모하는 자들은 예외 없이 무뢰한들인 데다가 병장기 하나 다룰 줄 모르는 자들이었다.

이임보의 시정施政에 대한 비판의 목소리가 항간에서 도마 위에 올려져 있을 무렵, 태백산의 산사람 이혼李渾이라는 자의 상주문이 현종에게 당도했다.

'본인은 다년간 태백산에서 살고 있는 자입니다만, 얼마 전 산속에서 신인神人을 만났습니다. 그때, 신인은 금성동金星洞에 옥판석기玉板石記가 있는데, 이는 성주복수聖主福壽의 부적이라고 했습니다. 신기하게 여겨져서 이번에 상주하게 된 것입니다.'

현종은 어사중승 왕홍王鉷에게 명해 신인이 말했다는 부적이라는 것을 태백산 속에서 찾게 했다. 왕홍은 이윽고 그것을 가지고 돌아왔다.

이 일은 현종을 매우 기쁘게 해주었다. 상서로운 부적을 받는 것은 모두 조종祖宗의 아름다운 공 때문이라며, 6월 들어 지난날의 제왕들에게 새로이 호를 바쳤다. 성조聖祖는 대도현원황제大道玄元皇帝, 고조高祖는 신요대성황제神堯大聖皇帝, 태종太宗은 문무대성황제文武大聖皇帝, 고종高宗은 천황대성황제天皇大聖皇帝, 중종中宗은 효화대성황제孝和大聖皇帝, 예종睿宗은 현진대성황제玄眞大聖皇帝, 그 밖에도 두태후竇太后 이하 모두 호를 더했다.

1년 전 현종 자신은 신하들로부터 '개원천보성문신무응도황제'라는 긴 존호를 받고서 매우 좋아한 일이 있는데, 이런 존호에 마음이 빼앗기는 모습은 제삼자에게 신기하게 비쳤다. 귀비 역시, 조상의 황제들의 존호가 타당한 것인지 아닌지를 놓고 며칠씩이나 마음을 쓰고 있는 현종의 모습을 가까이에서 보면서, 적이 불가해한 생각을 갖지 않을 수 없었다. 늙은 권력자가 이해하기 어려운 생물로 비쳤다. 지금까지도 현종의 마음 내부에 자신 따위의 이해심을 훌쩍 뛰어넘는 감정의 소용돌이가 휘돌고 있음을 보아 왔지만, 현종의 마음 가운데로 들어가서 이것 저것 헤아려 보니, 대개의 경우, 노권력자의 심사를 그런대로 납득이 가도록 해석할 수가 있었다. 그 노여움의 경우나, 기쁨의 경우나, 귀비는 현종의 마음속으로 헤집고 들어가 이해해 줄 수가 있었다. 그러나 이번 조상 황제들의 존호를 놓고 넋이 빠져 있는 현종의 마음속으로까지는 들어갈 수가 없었다. 무엇 때문에 실제로 아무런 힘도 갖지 못하는 존호 따위를 위해 그렇게 애를 쓰는지 납득할 수가 없었다.

초여름에, 현종은 농우 절도사 가서한에게 토번의 석보성을 공격하라는 명을 내렸다. 존호의 소동이 일단락되자, 그 대신에 토번 공격 문제가 현종의 마음을 빼앗았던 것이다. 토번의 근거지 석보성을 공격한다는 것은 홀로 노권력자의 문제만이 아니라, 좀 과장해서 말한다면 당 제국의 운명을 좌우한다고 해도 과언이 아닐 것이기 때문이다. 석보성은 개원 29년에 토번의 수중으로 떨어진 이래 오늘날까지 여러 번 그 탈환을 시도했는데, 그때마다 치러야 하는 희생이 많다는 이유로 중지되어 온 것이었다. 천보 5재 가을, 왕충사가 상경했을 때에도 이 문제가 토의된 다음 재상 이임보는 공격을 주장했고, 왕충사는 수만의 병사들을 죽이지 않고선 이길 수가 없다고 말하면서 이에 반대했다. 그 후, 왕충사는 소환되어 그 임무에서 해임되었고, 가서한이 이에 대신하게된 것이었다. 가서한의 무공이 점차로 높아져 토번을 차례차례 깨는 승전보가 계속되어 들어왔으므로, 당 조정에서는 이 기회에 오랜 동안의 숙원이었던 석보성의 공략을 단숨에 해치우자고 뜻을 합친 것이었다.

가서한은 농우, 하서의 전군을 이끌고 돌궐, 아포사阿布思의 이민족 부대까지도 그의 산하에 두어 토번의 근거지에 대해 싸움을 걸게 되었다. 당나라로서는 여기에 삭방, 하동의 군사 6만 3천 명에게도 동원령을 내려 가서한의 작전을 돕게 했다. 군을 움직이는 규모의 크기로 보나, 석보성 공략이 지니는 의미로 보나, 근년에 보기 드문 일대 작전이었다.

당나라 조정은 물론, 장안의 백성들도 오랜만에 이 변경의 작전 때문에 긴장했다. 오래도록 전선으로부터의 보고가 없었다. 석보성은 그 안에 있는 병력이 겨우 수백 명에 지나지 않았지만 3면이 절벽이어서, 그곳으로 쳐들어가기 위해서는 오직 한 길밖에 없었다.

싸움이 벌어진 지 한 달이 지나 승전보가 도성에 도착했다. 가서한이 선두에 서서 짓쳐 들어가 마침내 성을 함락시켜 토번 병사 4백 명을 포로로 잡았다는 것이다. 그러나 이 작전으로 당나라 사졸로서 죽은 자가 수만 명에 이르러, 지난날 왕충사가 예언한 일이 현실로 나타났다. 너무나 희생이 컸으므로, 당나라 위정자들은 승전의 기분에 취해 있을 수가 없었다. 아무리 작은 전투라 하더라도 우리 편이 이겼다는 소리를 들으면 현종은 언제나 현란하게 전승을 축하하는 잔치를 벌였지만, 이번만큼은 그럴 기분이 아니라고 생각했든지 승전만을 공표했을 뿐, 축하연에 대해서는 아무 말도 없었다.

당의 조정에서는 가서한으로 하여금 적령赤嶺 서쪽에 둔전屯田을 갈게 했고, 2천 명의 군사를 주어 용구도龍駒島를 지키게 했다. 그러나 희생이 컸다는 한 가지만 제외하면 가서한이 이루어 놓은 사업은 대단한 것이었다. 오래도록 토번의 침범으로 골머리를 썩여 온 변경의 백성들은 가서한 장군 덕분에 다시는 토번의 푸른 말을 보는 일이 없어졌으니, 그 지방에서는 가서한을 칭송하는 노래가 다음과 같이 불리고 있었다.

북두성 일곱 별이* 높이 떴는데
가서哥舒, 한밤중에 칼을 띠었다.
오늘에 이르기까지 말을 먹이려 엿보던 자들
감히 임조臨洮수를 건너지 못하네.

10월, 현종은 여산의 화청궁으로 행차했다. 귀비도 이를 따라 갔다. 화청궁에 머물러 있는 동안, 현종은 며칠 후에 양쇠의 관저로 한번 가 보았으면 하고 생각하는데 어떨까 하고 귀비에게 의논을 했다. 황제가 신하의 집으로 간다는 일은 아주 이례적인 일이었다.

"폐하께서는 어찌 그런 생각을 하셨습니까?"

귀비는 물어 보았다.

"양쇠가 어떤 얼굴을 할지 그걸 보는 게 재미있을 것 같지 않은가?"

현종은 대답했다. 귀비는 쇠가 노권력자의 마음에 쏙 들어 있다는 것은 알고 있었으나, 이 정도로 상대방의 마음속에 깊이 들어가 있을 것으로는 생각하고 있지 않았다. 고 역사도 이임보도 아직 그 관저에 현종의 행차를 받은 일이 없었다.

그로부터 2~3일이 지나 고 역사가 찾아왔을 때, 귀비는 현종이 양쇠의 집에 행차하실 생각을 가지고 계시다는 이야기를 했다. 그러자, 고 역사는 고개를 크게 좌우로 흔들며, 그런 일이 있을 수가 있느냐는 표정을 지었지만, 그것이 점차로 심각한 것으로 변했다.

"폐하께서 그렇게 말씀하셨단 말이지? 폐하께서 자신의 입으로 그런 말씀을 하셨단 말이지? 폐하 스스로 양쇠님의 집에…, 아이고!"

고 역사는 중얼거리면서 뒷걸음질쳐 가더니 도중에서 휙 등을 돌리고는, 그 뒤로는 묘하게 중량감을 주는 흐느적거리는 걸음걸이로 저쪽으로 가 버렸다. 그러한 고 역사의 모습에서, 귀비는 그가 얼마나 큰 충격을 받았는지 알았다. 쇠가 오늘날의 지위를 얻을 수 있었던 것은 전적으로 고 역사가 뒤를 밀어 주었기 때문이다. 쇠에 관한 모든 것들이 고 역사의 손을 통해 이루어졌던 것이다. 그랬건만, 이제는 쇠가 자기 자신의 힘으로 움직이기 시작한 것이다. 게다가 자신의 집에 노권력자의 행차까지 바라보게 되는 거의 믿을 수 없는 일까지 해내지 않았느냐 말이다. 물론 행차를 해주십사 하고 쇠가 말을 꺼낸 것으로 생각할 수는 없다. 현종은 머리에 불쑥 떠오른 것을 입으로 내뱉었을 뿐이었겠지만, 그래도 현종으로 하여금 그런 말을 내뱉게 할 만한 상황을 쇠가 자신의 힘으로 만들어 낸 것이 아닌가?

고 역사는 귀비에게 인사하는 것조차 잊어버리고 허둥거리며 사라지더니, 이윽고 귀비 앞으로 다시 돌아왔다. 이번에는 고 역사가 제 정신으로 돌아와 냉정하게 말했다.

"쇠님의 관저로 행차하시는 일은 아마도 실현될 것입니다. 폐하의 마음 가운데 나타난 일 아닙니까? 마음속에 나타난 이상, 그것을 실현시키는 일은 그리 어려운 일이 아니라고 생각합니다. 매우 좋은 일입니다. 아무리 생각해도 비님으로서는 기뻐하셔도 좋은 일일 것 같습니다. 그렇게 함으로써 쇠님의 지위는 더욱 더 공고해져 이 재상도 안녹산도 쇠님에게 손가락 하나 건드릴 수 없게 될 것입니다. 비님께서는 모든 일을 쇠님과 의논하신 다음 하시면 될 것입니다. 그래서 말인데, 쇠님은 이참에 이름을 바꾸시지 않으면 안 되겠습니다. 양쇠님이라는 이름이 나쁘다는 것은 아니지만, 비님을 위에 모시는 양씨 가문의 기둥치고는 좀 더 중량감이 있는 당당한 이름이 있어야겠습니다. 그것은 차치하고라도 이제부터 또 한바탕 큰 소동이 벌어져야 합니다. 폐하는 안녹산에게도 무언가를 주셔야 할 것이고, 이 재상에게도 무언가를 주셔야겠죠. 쇠님의 관저로 행차를 하신다면, 주위에 대해서도 무언가 그에 대신할 만한 것을 하사하셔야 할 겁니다. 아이고! 생각만 해도 바쁘게 되었습니다. 덕분에, 고 역사 이제부터는 지금보다 훨씬 바쁘게 움직여야 되겠지요. 머리는 한층 희어질 것이고, 얼굴의 주름역시 몇 가닥 더 늘겠지요."

고 역사는 그렇게 말했다. 귀비에게 말을 하고 있다기보다는, 자기 자신에게 타이르고 있는 듯한 투였다. 고 역사는 현종의 변덕스러운 생각을 알고서 큰 충격을 받기는 했지만, 금방 제 정신을 차리고, 이를 단순한 현종의 생각인 채로 놓아두지 않고, 여기에 분명한 형태를 부여하기로 결심했던 것이다.

귀비는 고 역사의 말을 듣고서, 이제는 현종이 양쇠의 관저로 행차하는 일이 움직일 수 없는 사실로 확정되었음을 알았다. 그리고 또 양쇠는 당나라 고관에 어울리는 이름을 현종에게서 받게 될 것이라고 생각했다. 지금까지 고 역사가 말한 것들이 모두 실현된 것처럼 이번 일도 어김없이 실현될 것이다.

11월 초에 여산에서 도성으로 돌아오자, 현종은 양쇠의 관저로 갔다. 물론 비공식 행차였지만 백 명 가량의 사람들이 동행했고, 고관 가운데 서는 고 역사만이 수행했으며, 귀비 역시 따라갔다. 선양방宣陽坊에 있는 양쇠 관저는 현종의 행차를 위해서 단 열흘 정도의 사이에 이웃집들을 철거해 버리고, 그 부지를 정원의 일부로 수용하는 등 단단하게 개조해 놓고 있었다.

현종의 행차라고는 하지만 아주 짧은 시간동안 양쇠 관저에 어가를 세워 놓고 함께 차를 마시는 것뿐이었다. 그러나 이는 장안 사람들에게 양쇠라는 인물을 다시 보게 하는 데 큰 역할을 했다. 그리고 쇠의 입장에서는 어떠한 대저택을 새로 짓더라도 아무도 이상하게 생각하지 않게 되었으며, 아무리 오만한 행동이라도 밀어붙일 수 있게 되었다. 쇠가 현종 황제의 가장 두터운 신임을 받고 있는 조신이라는 것은 천하의 어느 누구도 모르는 사람이 없게 된 것이다.

양쇠의 관저로 현종이 행차한 일은 당연히 도성의 백성들 사이에서 화젯거리가 되었고, 당분간은 항간에서 이 이야기를 가지고 숙덕거릴 테지만, 실제로는 그리 오래 가지 않았다. 달이 바뀌어 12월이 되자, 또 다른 자극적인 큰 화젯거리가 사람들의 마음을 휩쓸었던 것이다.

비보는 갑작스럽게 날아왔다. 지난날 당의 조정에서는 적령赤嶺의 서쪽에 둔전을 마련해서 군사 2천 명을 용기도龍錡島에 주둔시킨 적이 있는데, 겨울이 되자 그곳은 삽시간에 빙설로 갇히는 꼴이 되었고, 이에 더해 토번의 습격이 되풀이되었고, 이 바람에 수비대가 몰살당하는 사건이 일어났던 것이다. 양쇠에 관한 소문 따위는 일거에 날려 버릴 만한 위력을 가진 사건이었다. 석보성 공략을 위해 수만의 희생자를 낸마당에 이번에는 다시 이런 비보를 듣게 된 것이다. 당나라의 변경 작전은 실패에 실패를 거듭했다할 만했다.

# 제6장

해가 바뀌어 천보 9재서기 750년의 봄을 맞이했지만, 변경의 사건이 아직도 사람들의 마음 가운데 생생하고 보니, 이 해의 봄은 어쩐지 어두운 기운이 감돌 수밖에 없었다. 새해의 조의朝儀 때도 예년에 볼 수 있었던 밝은 분위기는 보이지 않고, 가무연곡歌舞宴曲도 조용조용했다.

2월, 귀비에게 하나의 사건이 일어났다. 현종에게는 성기成器라는 동생이 있어, 영왕寧王으로 봉해져서 왕궁 깊숙한 곳에 살고 있었는데, 현종은 이 동생과 죽이 맞아 곧잘 연회석을 함께하곤 했다. 영왕은 현종을 닮아 음악을 좋아해서 스스로도 피리를 불곤 했는데, 그 재주가 아마추어 수준을 넘을 정도였다.

어느 날, 귀비가 그 영왕에게서 빌린 옥피리를 불고 있는데, 현종이 이를 보고 말했다.

"그 피리는 누구의 것인가?"

현종의 말투는 처음부터 거칠었다.

"영왕한테서 빌린 것입니다."

귀비가 대답을 하자,

"자기의 입에 대고 부는 피리라는 것은 남에게 빌려준다거나, 빌리는 것이 아니지. 영왕이 빌려주겠다고 했나?"

"아닙니다. 소첩이 빌려 달라고 한 것입니다."

"어째서 그런 것을 빌리고 싶었지?"

"영왕이 부시면 그처럼 아름다운 음색이 나지 않습니까? 그래서 소첩도 저처럼 아름다운 음색을 내 보고 싶었던 것입니다."

"좋은 생각이로군. 그대는 영왕한테 마음을 빼앗기고 있는 거야."

"폐하가 매비에게 마음을 빼앗기신 것처럼 말입니까?"

귀비도 이때는 심사가 틀어져 있었다. 노권력자가 이때는 아무 권력도 갖지 못한 상스럽고 너절한 인간으로 보였다. 질투의 마음을 끓이고 있는 현종의 얼굴에는 아무런 광채도 보이지 않았다. 현종이 노여움으로 어깨를 떨며 방을 나가는 것을 귀비는 잠자코 바라보았다.

한식경 가량 지나서 현종에게서 사자가 왔다.

"양섬楊銛님의 저택으로 옮기시라는 폐하의 말씀이십니다."

사자는 그렇게 전했다.

"알았습니다. 그렇게 하겠습니다."

귀비는 대답했다. 양섬의 저택으로 옮겨지는 것은 이번이 두 번째의 일이다. 지난번의 천보 5재 때에는 귀비의 질투가 원인이었지만, 이번에는 현종의 질투 때문이었다. 사자가 돌아가자, 평소에 귀비의 관저에 출입하고 있던 조정 신하들이 하나씩 당황스러워하며 뛰어 들어왔다. 모두들 귀비에게 즉각 현종에게로 가서 빌라는 것이었다.

"지금은 그럴 기분이 아닙니다."

귀비는 대답했다. 얼마나 시간이 지났을까.

"준비가 다 되었습니다."

한 젊은 시녀의 그 한 마디에 귀비는 일어섰다. 그 시녀만큼은 냉정했다. 전에 매비의 관저로 귀비를 안내한 시녀였다. 그녀의 얼굴은 무표정해서 아무런 감정의 움직임도 보이지 않았다. 그것이 오히려 귀비로서는 기분이 좋았다.

회랑을 따라 걸어가며 몇 번째인가의 누문을 지났을 때, 귀비는 가마가 스무 채 가량 늘어서 있는 것을 보았다. 그 가마 하나하나에 귀비와 시녀들이 탔다. 가마가 막 움직이려 하고 있는데, 고 역사가 달려왔다.

"도대체 무슨 일이 벌어진 것입니까? 할아범은 아무 것도 알지 못하는데요."

고 역사는 낯빛이 흐려지며 말했다.

"양섬 관저로 옮기라는 명을 받았답니다."

"무슨 연고로요?"

"폐하께서 잘 알고 계십니다."

"양섬님은 이 일을 알고 계십니까?"

"그런 일은 아무 것도 알지 못합니다."

그러자, 고 역사는 가마가 움직이는 일을 잠시 멈추라고 해 놓고는, 금방 현종을 알현하기 위해 사라졌다. 반각 가량 귀비는 가마 속에 앉아 있었다. 지루한 시간이었다. 이윽고 고 역사는 돌아와서,

"모시겠습니다."

오직 그 말만을 했다. 가마는 움직이기 시작했다.

귀비는 양섬의 관저로 가서 사흘을 지냈다. 현종의 노여움을 산 처지이므로 방 하나에 갇혀 한 발짝도 나갈 수 없었다. 시녀들은 귀비의 신세가 어찌될지 알 수가 없고, 이 사건의 영향은 장차 자신들의 신상에도 미칠 것이므로, 모두가 말을 삼가고 행동거지를 조용히 하고 있었다. 언제 궁중에서 사자가 오더라도, 일족의 사람들이 공순의 뜻을 표하고 있구나 하는 것은 금방 상대방에서도 알아볼 수 있을 것이었다.

지난번과 마찬가지로, 귀비의 자매들을 비롯한 일족 모두가 양섬 저택에 모여 있었다. 한 국부인과 괵 국부인, 진 국부인도 사람이 바뀐 것처럼 화장도 조금밖에 안 하고, 의복도 수수한 것을 입고, 말하는 투까지 조심하고 있었다. 모두의 입에서 나오는 말이라곤 양쇠가 반드시 현종의 노여움을 풀어 주리라는 것이었다.

귀비는 그러나 자신에게 닥쳐온 지금의 처지에 그다지 기분이 상해 있지 않았다. 주위 사람들이 감시를 하고 있지 않았더라면 술잔치도 벌

여 보고 싶었고, 가무연곡도 즐기고 싶었다. 지난번에는 어딘지 자신이 저지른 일을 놓고 반성하는 기분이 없지 않았지만, 이번에는 그런 것이 없었다. 입으로 내뱉지는 않았지만, 오히려 현종을 골탕 먹이고 있는 기분조차 들었다. 자신이 궁중을 나와 양섬 저택에 와 있음으로써, 현종 황제 쪽이 벌을 받고 있음이 틀림없었다. 귀비에게는 그런 자신감 같은 것이 있었다.

나흘째, 양섬 저택이 갑자기 수런거렸다. 그것은 양쇠가 귀비에 관한 일로서 무엇인가를 상주했다는 보고가 들어왔기 때문이었다. '자, 이제 는 용서한다는 소식이 오겠지!' 그런 소리가 각 사람의 입에서 나왔고, 세 자매의 국부인들은 호들갑을 떨기 시작했다. 사흘 동안이나 조용히 지내야 했던 터라, 이제 더 이상은 참을 수가 없다는 투였고, 곽 국부인 은 당장에 화려한 옷으로 갈아입었고, 한 국부인은 거리의 악사들을 불 러올 준비를 시작했다.

그러나 얼마 지나지 않아 양섬의 저택은 다시금 조용해졌다. 양쇠의 상소문의 내용이 전해졌기 때문이다. 호부낭중戶部郎中 길온吉溫이 양쇠 대신 그 생각을 현종에게 아뢰었다는 것이다.

'귀비는 생각이 매우 짧아 황제의 마음에 맞지 않는 점이 있었습니다. 양섬 관저 같은 곳에 보낼 것이 아니라 궁중에서 죽음을 내려야 마땅합 니다. 황제께서 양씨 일족에 대해 다소간이라도 인정을 쓰실 것이라면, 귀비를 시정에서 벌하기보다는 궁중에 불러 참하시기 바랍니다.'

이런 말이 상주한 내용이라는 것이다. 이 상주가 현종의 마음을 어찌 움직이게 했는지는 전해지지 않은 채, 상주문 내용만이 전달되었다. 세 국부인은 이를 듣고 낯빛을 잃었다. 가장 조용한 진 국부인은 훌쩍거리 기 시작했고, 가장 기가 센 곽 국부인은 울부짖기 시작했다. '아, 이제 는 지금까지의 저 더할 나위 없이 즐거웠던 나날이 다시는 우리들에게 돌아오지 않을 거야. 그뿐인가, 귀비님은 참수를 당하겠지. 귀비님이 참해진다면, 우리들에게도 같은 운명이 닥쳐올지도 몰라.'

귀비 역시, 이 양쇠의 상주문에 대한 이야기를 들었는데, 귀비 쪽에서는 '과연 양쇠는 양쇠다운 말을 올렸구나!' 하는 기분이었다. 현종의 곤혹스러워하는 얼굴이 눈에 선히 떠올랐다. 아무리 잘못되더라도 현종은 양쇠의 말을 가납할 리는 없을 것이다. 늙은 권력자의 노여움이 가라앉아 슬슬 자신을 불러들이고 싶어질 무렵을 헤아려서 이런 상주를 하는 것은, 젊은 야심가의 능수능란한 수법으로 여겨졌다.

과연 그날 밤, 환관 하나가 사자로서 달려왔다. 사자는 아무 말도 하지 않고 현종께서 보낸 것이라며 호사스러운 음식상을 가지고 왔다. 귀비는 이에 대해 깊은 사례를 하고 나서, 자신의 머리카락 일부를 잘라 이를 현종에게 갖다드리라고 사자에게 부탁했다.

'금구슬과 진귀한 노리개는 모두 폐하에게 받은 것이므로 원래부터 폐하의 것인 이상, 소첩의 헌상품으로 삼을 수는 없습니다. 다만, 머리카락만큼은 부모님에게서 받은 것입니다. 이것만큼은 자신의 것입니다. 이를 폐하께 드려서 저의 성심의 증거로 삼겠습니다.'

귀비는 사자를 보내 놓고 나서, 다음 사자가 오기를 기다리고 있었다. 사자는 내일까지 갈 것도 없이 오늘 안에 올 터이었다.

사자가 돌아가고 난 다음 한시각 가량 지나서, 이번에는 고 역사가 왔다.

"참으로 얼마나 힘드셨습니까?"

고 역사가 말했다.

"길다고 해봤자 나흘밖에 지나지 않았군요. 좀 더 이곳에 내버려 두셨으면 합니다."

귀비는 이렇게 말했다. 고 역사가 자신을 궁전에 데리고 가기 위해 왔음은 분명했다. 귀비는 조금도 기쁜 얼굴을 보여서는 안 된다고 생각했다.

"무슨, 그런 말씀을 하십니까? 폐하께서는 완전히 노여움을 푸시고…"

"폐하 쪽에서는 노여움을 푸셨을지 모르지만, 소첩은 아직도 풀지 못했습니다. 한번 죽음을 결심한 사람은 그리 간단하게 마음을 번복할 수 없습니다."

귀비는 말했다. 어떤 일이든 자신이 마음먹은 대로 할 수 있는 노권력자에게 마음대로 되지 않는 것도 있다는 것을 알려 주고 싶은 마음이 들었다.

"비님!"

고 역사는 진지한 표정으로 말했다.

"실성하신 게 아닙니까? 비님은 보통 사람들하고는 다릅니다. 보통 운명을 지닌 분들하고는 다르다는 말씀입니다. 비께서 바라시는 일은 무엇이든지 할 수 있는 그런 거대한 힘을 가지신 분이 아닙니까?"

"무얼 원해도 어느 것 하나 내 마음대로 되는 것이 없지 않습니까? 폐하의 마음 하나로 궁전에서 내쫓기기도 하고, 다시 궁전에 맞아들여지기도 하고…, 이젠 이런 일이 싫습니다. 아무쪼록 돌아가셔서 이런 말씀을 폐하께 말씀드려 주십시오."

귀비는 고 역사가 무슨 소리를 해도 돌아가겠다는 태도를 보이지 않았다.

"이런 말씀을 폐하께 잘 아뢰어 두 번 다시는 이런 일이 벌어지지 않도록 하겠습니다. 그리고 충분히 모든 일을 헤아리신 다음 귀궁하시기 바랍니다."

고 역사는 이렇게 말하고 나서 양섬의 관저에서 궁으로 돌아갔다. 실제로 고 역사가 현종에게 이런 소리를 아뢰었는지 아닌지는 알 수 없지만, 아무튼 고 역사는 이렇게 말하고 돌아갔던 것이다.

이튿날, 귀비는 고 역사의 마중을 받아 양섬 관저를 나왔다. 귀비는 다시 궁전에 들어갔는데, 그곳에서 자신을 기다리고 있는 노권력자를 보고선 자칫 비명을 지를 뻔했다. 4~5일 정도 보지 않는 동안 부쩍 늙어 보였다. 피부에나 눈이 조금도 윤기라곤 없는 70세 노인이 손녀딸이

라도 맞이하는 몰골로 어찌할 바를 모르고 서있었다. 귀비가 아무 말 없이 현종 앞으로 다가가자,

"사과 말씀을 드리고 싶지만, 소첩으로서는 사과드릴 말씀이 없습니다."

하고 말했다.

"알고 있어."

현종은 말했다.

"매우 연세가 들어 보이십니다."

"알고 있어."

"젊음이라는 것이 아무 데도 없어 보이시는군요."

"알고 있어."

노권력자는 귀비에게서 나오는 칼날 같은 말들을 하나하나 받아들이면서, 그 얼굴이 점차로 연약한 것으로 변해 갔다. 그리고 귀비의 얼굴에 눈길을 쏟으며,

"귀비는 내 목숨이야."

하고 말했다.

"그 소중한 것을 소중하게 간수하지 않으시고, 어떻게 내팽개치셨나요?"

귀비는 방긋 웃지도 않은 채 그렇게 말했다.

귀비가 양섬의 관저로 보내졌다가 돌아온 일은, 귀비의 생애에서는 역시 하나의 큰 사건이었다. 다시 환궁한 귀비는 그 사건 이전의 귀비하고는 달라져 있었다. 귀비에게는 현종 황제가 아주 무력한 존재로 비쳐졌다. 전에는 자신의 힘 가지고는 어찌해 볼 수도 없는 자신의 운명이었던 것이, 자신의 생각 하나로 우로 움직일 수도, 좌로 움직일 수도 있는 매우 무력한 황제가 되고 말았다. 현종은 귀비에게 안기는 일만을 오직 하나의 생의 보람으로 삼아, 귀비의 마음을 상하게 할까 두려워했다. 이 점에서, 이제는 귀비 쪽이 현종이라는 인간의 운명이 되어 가고

있다고 말할 수 있게 되었다.

귀비는 매사에 까다로워졌는데, 특히 매일 드는 식사에 더 까다롭게 굴었다. 마음에 들지 않는 것이 들어오면 여기에 아예 수저도 대지도 않았다. 그렇게 되면 현종은 그것이 마치 자신의 실수이기라도 한 것처럼 허둥거렸다. 현종은 귀비의 식사에 마음을 쏟게 되었다. 이런 일은 궁중의 하나의 예의처럼 되어서, 모든 사람이 앞 다투어 귀비의 식사가 잘 진행되도록 신경을 쓰게 되었다. 현종은 환관 요사예姚思藝를 검교진식사檢校進食使로 삼아, 전적으로 귀비의 음식상에 정성을 기울이도록 했다. 매일같이 산해진미가 헤아릴 수 없을 정도로 상 위에 올라 운반되었다. 한 개의 상을 차리는데 중류의 집 10채의 돈이 든다는 말이 나돌 정도였다.

4월, 어사대부御史大夫 송혼宋渾이 뇌물을 받은 죄로 조양潮陽으로 유배되는 사건이 있었다. 이 사건 역시 조정 내외의 모든 사람들에게 충격이었다. 왜냐하면, 송혼은 이임보의 힘으로 오늘날의 지위를 얻은 인물로서 이임보가 가장 아끼는 인물이다. 이임보가 실각하지 않는 한, 그의 실각은 있을 수 없는 일로 알고 있었기 때문이다. 그런 송혼이 실각하고 말았으니 있을 수 없는 일이 일어난 것이다. 어떤 사정으로 일이 이렇게까지 되었는지는 밝혀지지 않았지만, 항간에는 갖가지 소문이 전해지고 있었다. 지금까지는 이임보와 가까웠던 호부낭중 길온이 이임보에게서 떠나 양쇠와 가까워졌고, 양쇠의 요구로 이임보의 심복을 잘라내었다느니 양쇠가 길온의 권고로 송혼에 대한 일을 상주해서 이를 쫓아내었다는 등, 그런 이야기가 전해졌다. 어느 쪽이 진상인지 알 수 없었지만, 아무튼 병부시랑 겸 어사중승 양쇠와 재상 이임보 사이에 틈이 벌어지고, 양쇠가 이임보파의 유력한 일인자를 조정에서 내쫓았다는 것이 사건의 진상인 모양이었다.

고 역사는 귀비의 궁으로 문안드리러 갈 때마다 양쇠에 대한 칭찬을 했다. 이제 양씨 일족은 반석 위에 놓였고, 귀비의 지위는 흔들림이 없는 것이 되었다. 그리고 현종의 입에서 나오는 어떤 명이든 양쇠의 동의를 얻지 않는 것이 없을 것이라고 말했다. 이런 고 역사의 말로 미루어 볼 때, 양쇠가 갑자기 큰 권력을 차지하기 시작함으로써 이제는 이임보와 대등하거나, 아니면 이를 능가하는 세력이 되어 가고 있다는 것을 귀비도 알 수 있었다.

5월, 안녹산은 동평군왕東平郡王을 제수받았다. 이 나라의 장군 가운데 왕으로 봉해진 전례는 없었으므로, 안녹산은 현종에 의해 파격적인 은총을 받은 셈이다. 고 역사가 하는 말이 옳다면, 이 안녹산의 은상 역시, 양쇠의 동의를 얻었을 터이므로, 항간에서는 양쇠와 안녹산이 손을 잡고 이임보를 쓰러뜨리는 것이 아닐까 하는 말까지 나돌았다.

이를 뒤쫓듯이 8월 안녹산은 하북도채방처치사河北道采訪處置使를 겸하게 한다는 발표가 있었다. 같은 8월, 양쇠는 자신의 이름 '쇠釗'를 폐하고, 현종에게 청을 드려 국충國忠이라는 이름을 하사받았다. 귀비는 전에 고 역사가 양쇠의 이름을 바꾸어야 한다고 말하던 일을 떠올리며, 이번 양쇠가 양국충楊國忠이 된 것에 대해서도 고 역사가 한몫 거들고 있었을 것으로 생각했다. 양쇠의 이름을 바꾸자는 소리를 끄집어낸 것도 고 역사일 터이고, 또 국충이라는 이름을 선택한 것도 고 역사일 것이라 생각되었다. 아무튼 양쇠라는 이름이 양국충이라는 당당한 이름으로 바뀐 일은, 양쇠가 궁정에서 바야흐로 움직일 수 없는 대단한 위치와 세력을 가졌음을 한층 확실하게 보여 주며, 이를 천하에 공포하는 역할을 하는 것이었다.

양국충은 조정에 자리를 가지게 된 지 아직 4년밖에 지나지 않았다. 원래 고 역사의 추천으로 세상에 나와 귀비를 배경으로 이임보와 손을 잡고 현종의 총애를 얻어 차차 승진을 거듭한 끝에 오늘의 지위를 얻었던 것이다. 그러던 것이 조정에 자리를 잡게 되자, 일찌감치 안녹산과 한편이 되어 이임보에 대항하며, 대뜸 이를 능가하는 세력을 갖게 되고 말았다.

양국충이 이 재상을 누르고 첫째가는 실력자가 되는 일이 귀비로서는 소망한 일이 아닐 수 없었다. 그것은 양씨 일족의 번영을 보증하는 것이었고, 귀비 자신의 입장을 흔들림 없는 것으로 만들어 주는 것이었다. 지난날 고 역사가 한 말을 놓고 생각할 때, 귀비는 이제 자신이 주변에서 어떠한 공격을 받는 일이 있다하더라도 흔들림 없는 성벽을 일단 구축하게 된 셈이었다.

그러나 양국충이 짧은 기간에 이룩한 예사롭지 않은 승진은 설혹 국충에게 비범한 능력이 있었다 하더라도, 그 자신의 힘에만 의존한 것이 아님이 분명했다. 음으로 양으로 고 역사가 배후에서 조종을 해주고 있었기 때문이다. 아마도 양국충이 처음에는 이임보의 심복 노릇을 한 것도, 현종의 신임을 얻은 일도, 그리고 안녹산과 손을 잡아 이임보의 대항 세력이 된 것도, 모두 고 역사가 생각해 내고 고 역사가 획책한 것임이 분명했다. 이런 점은 귀비도 잘 알고 있었다. 일반인들은 요 수년 동안 현종 황제를 둘러싸고 형성되어 있던 이임보, 안녹산, 고 역사, 이렇게 세 세력의 균형이 양국충의 출현으로 깨졌다고 보고 있었지만, 실은 그 균형을 깬 것은 양국충이 아니라 고 역사라고 해야 마땅할 것이다.

귀비는 고 역사라는 늙은 환관을 지금까지와는 아주 다른 시각으로 보게 되었다. 지금까지는 일단 매사를 고 역사와 의논해서 일을 처리하고 있었지만, 그러는 가운데서도 무엇인지 모르게 마음을 허락할 수 없는 점이 있다고 생각하고 있었다. 그러나 이제는 확실하게 고 역사를 온전히 자신 편으로 보지 않을 수 없었다. 자기편이긴 하나, 인간 사이의 관계를 자기 마음먹은 대로 움직여 가는 불길한 신통력을 간직한 사람이었다.

귀비는 고 역사의 주름투성이인 얼굴 속에 자리한 우람한 코에서도, 싸늘하게 빛나는 큰 눈에서도, 그리고 그 큰 덩치에는 어울리지 않게 뒷모습이 보여 주고 있는 나약함에서도 자신을 위한 충성심을 느끼지 않을 도리가 없었다. 고 역사가 입에서 내뱉은 어떠한 말도 모두 신뢰할 만한 것으로 들렸다.

귀비는 침소에서, 노권력자의 몸을 조그마한 상자라도 안는 것처럼 양팔로 부둥켜안고 잤다. 현종을 안고 있을 때면, 귀비는 현종의 몸이 여러 겹으로 접히기라도 한 것처럼 조그맣게 되어 있고, 반대로 자신의 작은 몸집이 몇 겹으로 커져 있는 것을 느끼곤 했다.

귀비는 권력이란 것이 들어 있는 작은 상자를 밤새도록 자신의 곁에서 떼어 놓지 않았다. 작은 상자는 자신이 밀쳐내지 않는 한, 이제 아무 곳에도 가지 않는다.

어느 날 밤, 귀비는 자신의 팔 안에서 잠들어 있는 노권력자가 이상스러운 신음소리를 내는 것을 들었다. 당장에라도 숨이 넘어갈 것 같은 고통스러운 목소리였다. 현종은 쥐어뜯는 듯이 양팔을 가슴 위에서 굽히고서 침상 위에 반신을 벌떡 일으켰다. 그러나 꿈이라도 꾸었는지, 현종은 정신을 가다듬고 다시 누워 그 뒤로는 아주 평온한 숨을 쉬기 시작했다.

귀비는 그러나 이날 밤 조금도 잘 수가 없었다. 자신의 팔 안에 있는 작은 상자를 아주 다른 생각으로 바라보았다. 이제 자신이 밀어제치지 않는 한, 아무 곳에도 가지 않을 것이라고 생각하던 작은 상자가 어느 사이 텅 비고 말 매우 골치 아픈 존재라는 것을 깨달았던 것이다.

귀비는 현종이 승하한 후의 자신이라는 것을 생각해 보았다. 현종의 죽음과 동시에 작은 상자 속의 것은, 자신의 손에서 송두리째 태자 형<sub>亨</sub>에게로 가고 말 것이 아닌가?

노권력자가 갑자기 침상 위에 일어나 앉았던 것처럼, 귀비도 벌떡 일어나 앉았다. 온 몸의 피가 얼어붙는 듯한 생각이었다. 태자 형의 얼굴을 떠올리고, 이를 처음으로 보기라도 하는 것처럼 이리저리 훑어보았다. 자신에게 호의를 가지고 있는 눈이라고는 생각되지 않았다. 귀의 생김새는 어떠한 잔혹한 일이라도 해낼 것처럼 조그맣고 얇았다.

귀비는 이날 밤, 측천무후가, 위韋씨가, 그리고 태평 공주가 가졌던 것처럼 어둠 속에 빨갛고 파란 불꽃의 혓바닥이 날름거리는 모양이 눈앞에 자꾸만 아른거려 잠들지 못한 밤을 지새웠던 것이다. 작은 상자 안에 있는 것은 그 속에 그대로 놓아둘 것이 아니라, 이를 꺼내서 내 몸에 간직해 놓지 않는 한, 그것을 자기의 것으로 차지할 수는 없었다. 그리고 이를 확실하게 자신의 것으로 만들어 놓기 위해서는 조금이라도 이를 위협할 만한 위험이 있는 자는 제거해 두는 것이 제일이었다. 권력자의 사랑하는 비가 지닐 수밖에 없는 숙명으로서 귀비 역시 이날 밤, 지금까지와는 전혀 다른 상념으로 자신 앞에 놓여 있는 권력이라는 것을 생각했고, 이를 확실하게 자신의 것으로 만들기 위해 사람을 모함하는 술책에 대해 어쩔 수 없는 유혹을 느낄 수밖에 없었던 것이다.

10월 초, 현종에게 감기 기운이 드는 바람에 귀비는 며칠째인지 혼자서 밤을 지냈다. 그러던 어느 날 밤, 귀비는 한밤중에 일어나
"게 누구 없느냐?"
하고 시녀를 불렀다. 방 한 구석에 어떤 자가 웅크리고 있는 것 같은 공포감을 느꼈던 것이다. 금방 등불을 든 시녀들이 왔다. 환하게 등불이 비추어진 방 안에는 아무런 이상스러운 기미도 없었다. 다시 시녀들은 사라지고 방의 등불은 꺼졌지만, 어둠이 다시 침소를 가득 채워 놓자, 귀비는 다시금 무엇인지가 엄습할 것 같은 느낌을 가졌다. 이런 일은 처음 있는 일이었다. 현종은 지금도 때때로 자객의 환영에 겁먹는 일이 있었지만, 귀비는 언제나 그 우스꽝스러운 공포심에서 현종을 감싸 주고 있었다. 그러던 것이, 이제는 그 우스꽝스러운 일이 귀비 자신에게 일어난 것이다. 일단 이런 생각의 포로가 되자, 귀비는 여기서 벗어날 수가 없었다. 관저 주변에서 사람의 발소리를 듣기도 하고, 돌 관망대의 처마에 몇 사람의 괴한이 숨어 있는 기척을 느끼곤 했다.

귀비는 다시 시녀를 부르고, 그 다음으로는 고 역사를 불렀다. 고 역사는 현종의 경우처럼 등불을 가지고 긴 회랑을 특유의 발소리로 밟으며 혼자서 왔다.

"비님의 목숨을 노리는 자가 이 세상에 어디 있겠습니까?"

고 역사는 관저 밖 회랑에서 몸을 굽히며 말했다. 귀비는 그러나, 고 역사가 하는 말을 그대로 수긍할 수는 없었다. 양씨 일족의 권세를 달갑지 않게 생각하는 자는 이임보 일파만이 아닐 것이다. 직접 귀비에게 원한을 품진 않았다하더라도, 어떤 자가 양씨 일가에 대한 원한을 그대로 귀비에게 갚으려 한다 해도 하나도 이상할 것이 없었다.

"한밤중에 시끄럽게 굴어서 미안합니다. 요즘 생각할 것들이 많아서 머리가 피곤해져 버린 모양이지요."

귀비가 말하자,

"생각하실 일이 많다니 말씀입니다만, 도대체 어떤 일을 생각하고 계신 겁니까?"

고 역사는 말했다. 귀비는 이 기회에 고 역사와 둘만의 시간을 가지고 싶었다. 귀비는 시녀들을 물리치고 나서, 겉저고리를 입고 전망대의 석대石臺로 나갔다. 달이 없어 사방은 어두웠다. 고 역사는 제등을 가지고 석대의 한가운데로 여겨지는 곳으로 가서는 그곳에서 다시 몸을 굽혀 등불을 껐다.

"말씀하시지요."

고 역사의 목소리가 들렸다.

"양씨 가문이 옹 덕분에 바야흐로 봄을 맞이하고 있습니다. 하지만, 언제까지 이 봄이 이어질 것인지…"

귀비는 말했다. 그러자 낮은 웃음소리가 들리더니

"한데, 또 어쩌시다가 그런 말씀을 하시는지요?"

"사람에게는 수명이라는 것이 있습니다. 폐하 역시 수명을 가지고 계십니다."

그러자 상대방은 잠시 잠자코 있더니

"비님이 양국충, 안녹산 두 사람을 확실하게 붙잡고 계시면, 어떤 일이 있더라도 비님의 입장은 영원히 평안하실 겁니다. 그러니 두 분을 보살펴 주셔야 합니다."

"태자의 인품에 대해 나는 아무 것도 알지 못합니다."

탁 터놓고 귀비는 말했다. 그러자, 이번에도 역시 고 역사는 오래도록 말없이 있더니, 이윽고 그 자리에서 일어나면서 들릴까 말까한 낮은 소리로,

"비님의 기분은 잘 알았습니다. 방해가 되는 돌은 치워 놓지 않으면 안 됩니다. 그러나 방해가 될 때까지는 그대로 놓아두는 편이 좋습니다. 그리고 그때가 되면 귀비님 대신에 양국충, 안녹산의 두 분 중 하나가 그 일을 하게 될 것입니다."

하고 말했다.

"자, 관저로 돌아가셔서 주무십시오. 모든 일을 고 역사가 잘 알고 있습니다."

등불이 다시 켜졌다. 고 역사는 한 손에 등을 들어 받치고 있었다. 그 빛을 의지해 귀비는 방으로 들어갔다. 더 이상 자객의 그림자는 없었다. 입 밖으로 내서는 안 될 두 가지 일을 말로 내뱉은 흥분이 귀비를 좀 전과는 딴 사람으로 만들어 놓고 있었다.

천보 10재 1월의 상원날 밤, 양씨의 다섯 집안사람들은 제 각기 많은 종자들을 거느리고, 일제히 밤의 장안 거리를 누비고 있었다. 이 무렵의 장안 시민들은 양섬, 양기, 한 국부인, 괵 국부인, 진 국부인 등 귀비 집안의 다섯 집안을 양씨 5댁이라고 불렀는데, 양씨 5댁의 권세는 왕족을 능가할 정도였다. 모두가 저택을 선양방宣陽坊에 장만하고 있었는데, 그 화려한 생활에 대해서는 누구나 눈을 흡뜰 지경이었다. 이날 밤, 양씨 일단은 현종의 스물 네 번째 왕녀인 광평廣平 공주의 일단과 거리 복판에서 마주쳐, 서로 서시문西市門을 먼저 통과할 양으로 길을

양보하지 않았다. 그래서 옥신각신하고 있는 동안에 양씨의 일행인 시종이 채찍을 휘둘렀고, 그 채찍이 공주의 옷을 치는 바람에 공주가 낙마하는 사태가 벌어졌다. 공주의 남편인 정창예程昌裔가 말에서 내려 공주를 도우려다가 또 채찍에 맞았다.

이 사건은 공주가 아버지 현종에게 호소하는 바람에 문제가 되었지만, 현종은 채찍을 휘두른 양씨의 시종을 곤장을 쳐서 죽임과 동시에, 정창예의 관직을 빼앗아 조알朝謁을 못하게 만들었다. 이 한 가지 일만 가지고도 양씨 일가의 권세가 어떤 것인지 알만했다.

현종은 양씨 일가 사람들의 전횡을 허용하는 한편으로, 이와 균형을 맞추기라도 하듯이 안녹산에 대한 총애 역시 더해 나갔다. 양씨 5댁이 있는 선양방의 남쪽 이웃에 해당하는 친인방親仁坊에 안녹산을 위한 새 저택을 짓되, 재력을 아끼지 않고 오직 웅장하고 화려하게 하는 데에 전념하게 했다. 안녹산의 저택이라고는 하지만, 안녹산이 그곳에 사는 것도 아니고, 어쩌다 입궐할 때 그곳에 머무를 뿐이었건만, 이를 위해 만금을 아끼지 않는 노권력자가 하는 일이 누구의 눈에서든 이상하게 비쳐졌다.

새 저택이 완성되자, 안녹산은 장안에 모습을 드러냈다. 공식 입궐이 아니라 비공식적인 것이었으므로 군대를 이끈 어마어마한 행사는 아니었다. 안녹산의 청으로 현종은 재상 이임보로 하여금 안녹산의 관저를 방문하게 했을 뿐 아니라, 양씨 일문의 사람들도 교대로 그곳으로 가게 했다. 그리고 현종은 음식물 중에서 진귀한 것이 식탁에 오르면, 그것을 바로 안녹산에게로 보내게 했다. 새고기와 신선한 물고기를 운반하는 말이 매일 궁중과 안녹산 관저 사이를 오가는 형편이었다.

안녹산이 장안에 머무르는 동안 생일을 맞이했는데, 그날은 궁중으로 불려가 현종과 귀비에게 의복, 보기寶器, 술과 음식 대접을 흠뻑 받았다. 그로부터 3일 후에, 안녹산은 다시 불려서 귀비의 관저로 찾아갔다. 이날, 귀비의 관저에서는 예법을 벗어 던져 버린 술자리가 벌어졌다. 세 국부인을 비롯한 많은 여인네들에 의해 안녹산은 갓난아기 취급을 받아 벌거벗겨서 몸을 씻긴 다음, 비단으로 만들어진 커다란 기저귀 속에 넣어지기도 했다.

어떤 어리석은 요구라도 모두 응하면서 기꺼이 여인네들이 하라는 대로 다하는 안녹산이라는 인물은 누구의 눈에도 더할 나위 없는 호인으로 보였다. 350근이나 된다는 거대한 배를 가진 호족 출신의 이 인물이 일부 사람들이 숙덕거리는 것처럼 나라에 반역을 할 만한 배포를 가지고 있는 인물로는 보이지 않았다. 천하를 노리는 야심가로도, 변경에서 삼군을 질타하고 있는 무인으로 보이지도 않았다. 당나라 조정의 은총을 그저 감사하게 생각하고 당나라 권력자의 명령이라면 어떤 우스꽝스러운 역할이라도 마다하지 않는, 어딘지 애처로운 구석을 지닌 잡호에 지나지 않았다.

이날의 술잔치에는 도중에 현종도 나와서, 귀비에게 기저귀 값이라며 금은전을 내리는 익살스러운 한 장면을 벌이면서 잔치는 심야에까지 이어졌다. 이 예의를 벗어던진 술잔치는 훗날 다소의 문제를 남겨놓고 있었다. 귀비가 안녹산과 단 둘이서 식사를 했다느니 하는 소문이 궁중에서 나돌고, 한 시기가 지난 다음에는 항간으로도 이 소문이 퍼져 나갔다. 이 소문은 그럴싸하게 전해져 일부 사람들은 이를 믿었고, 일부 사람들은 믿지 않았다.

안녹산이 귀임하자마자 현종에게 하동 절도사를 겸직하게 해 달라고 했다. 현종은 지금까지 하동 절도사였던 한휴민韓休珉을 좌우림장군左羽林將軍으로 삼고, 이에 대신해 안녹산을 그 희망대로 하동 절도사로 앉혔다.

이 해의 4월, 검남劍南=四川省成都縣 절도사 선우중통鮮于仲通이 운남 지방의 만족과 싸워서 대패했다는 보고가 들어왔다. 그 첫 보고가 도착한 지 얼마 되지 않아, 무장인 왕천운王天運이 전사하고, 운남도호부雲南都護府*가 만족의 수중에 떨어졌음을 알게 되었다.

운남 지방에 대한 작전은, 그 후로 일을 벌일 때마다 실패로 돌아가, 엄청난 수의 병사가 그 무더운 땅에서 죽어 갔다는 것이 봄부터 여름까지에 걸쳐 큰 화제가 되었다. 변경의 전투에 대한 모든 것을 지휘하고 있던 양국충은 패배 사실을 감춘 채 공표하지 않았지만, 어디선지 그 이야기가 새어 나와 일부에서 양국충에 대한 비판의 소리가 나오기도 했다.

이 운남도호부가 함락된 것을 시작으로, 변경의 군사작전은 실패가 거듭되었다. 7월에는 고선지高仙芝가 석국石國=타슈켄트을 치다가 패배하고, 8월에는 안녹산이 거란과 토호진하吐護眞河에서 싸워, 이 또한 패배하고 말았다. 고선지는 번족과 한족 3만의 군사를 거느리고 천산天山을 넘어 석국으로 쳐들어가 대식인大食人과 싸웠는데, 그 대부분을 잃고 말았다.

양국충은 자신의 명예를 위해서라도 운남도호부를 탈환하지 않으면 안 되었다. 운남으로 보낼 병사를 모집했지만, 이에 응하는 자는 없었다. 운남 지방은 열대 장려瘴癘*의 땅이므로, 싸우기 전에 사졸들이 죽는 자가 십중팔구라는 소리가 들리고 있으므로 아무도 모병에 응하지 않았다. 양국충은 어사를 여러 도에 보내 백성 중에서 군사를 징발하기로 했다. 이 때문에 지방의 젊은이들이 붙잡혀 억지로 군대로 끌려갔다. 끌려가는 자 모두가 원성이 높았고, 부모와 처자가 이를 전송하면서 도처에서 곡소리가 났다고 한다.

이 무렵부터 양국충은 그의 소관 사항을 수행하기 위해 강압적인 자세를 보이기 시작하여 백성들 사이에서 국충에 대한 비판의 소리는 점차 높아져 가고 있었다.

이런 시기에 귀비나 고 역사가 무관심하게 있을 수가 없는 하나의 사건이 벌어졌다. 그것은 양국충이 안녹산에게 역심이 있다고 상주한 일이었다. 이 상주는 현종과 귀비의 두 사람만이 있는 자리에서 올려졌다. 현종으로서는 양국충이나 안녹산이나 모두 총신寵臣이었다. 총신 중한 사람이 다른 총신을 헐뜯은 셈이다. 귀비는 양국충이 겉으로는 안녹산과 손을 잡고 있는 듯이 행동하면서, 뒤로는 안녹산을 밀쳐내려 하고 있다는 것을 알았다.

귀비가 이 양국충의 상주문에 대해 고 역사에게 말하자, 고 역사는 순간 안색이 바뀌며,

"안 됩니다. 그건 안 됩니다."

하고 눈앞에 양국충이 있기라도 한 것처럼 양팔을 허공으로 휘저었다.

"양국충님은 당치도 않은 착각을 하고 계십니다. 속으로야 안녹산에 대해 어떤 생각을 가지고 계시더라도, 그것을 입 밖에 내서는 안 됩니다. 안녹산과 손을 잡고 있어야만 오늘날의 지위를 보존할 수 있을 것입니다. 안녹산은 변경에 몇 십만이라는 대군을 거느리고 있습니다. 그 실력은 어깨를 겨룰 자가 없을 정도입니다. 그 안녹산과 제휴를 하고 있기 때문에 양국충님의 발언도 큰 힘을 가질 수 있는 것이지, 만약 그렇지 않았다면 일찌감치 이 재상의 밥이 되어 있었을 것입니다. 무슨 일이 있어도 안녹산과의 사이에 틈이 벌어져서는 안 됩니다. 비님의 입장으로서도 내버려 둘 수 없는 큰일입니다. 양국충, 안녹산 두 분은 비님을 지켜 주는 성벽입니다. 두 분이 서로 싸우는 일이 있어서야 되겠습니까?"

고 역사는 말했다.

"양국충님의 상주가 폐하와 비님 두 분만이 계신 곳으로 올라왔다는 것은 그나마 다행한 일이었습니다. 양국충님이 안녹산에 대해서 좋은 감정을 가질 수 없다는 것이 바로 안녹산에게 알려지기라도 하는 날에는, 그야말로 회복할 수 없는 곤란한 일이 되고 맙니다. 조정에서는 이 재상이 다시 실권을 갖게 될 것이고, 양국충님의 오늘의 지위는 위태롭게 됩니다. 그리고 그렇게까지 될 우려는 조금도 없을 테지만, 만약 폐하가 양국충님의 말을 믿고 안녹산의 힘을 깎아 내리려는 생각을 하시게 된다면, 안녹산도 자신을 지키기 위해 어떤 일을 저지를지 알 수 없

습니다."

"어떤 일이라니요?"

귀비는 물었다.

"글쎄요. 폐하에게서 고임을 받는 대신에…"

고 역사는 여기서 입을 다물고 아무 말도 하지 않았다. 반기를 든다고 말하려 한 것인지, 태자 형亨과 손을 잡을 것이라고 말하려 한 것인지, 귀비로서는 판단할 수 없었다. 그러나 이 둘 중의 하나라는 것만은 틀림없었다.

이런 일이 있은 지 반달 가량 지나서, 양국충은 또 다시 현종에게 안녹산에게 딴 마음이 있으니 일을 벌이기 전에 화근을 제거해 놓아야 한다고 상주했다. 이번에도 현종과 귀비 두 사람만이 있는 자리에서였다. 양국충은 마음속으로부터 안녹산에게 반역하려는 마음이 있음을 믿는 모양인지, 이번 상주에는 남다른 열의가 깃들여 있었고, 양국충의 얼굴은 창백해져 있었다.

"일단 안녹산의 임지에 사람을 파견하도록 해주십시오. 아무 일도 없으면 그보다 다행한 일은 없지만, 만약 만에 하나라도 신이 지금 품고 있는 것과 같은 우려가 진실이라면, 나라를 위해 하루도 내버려둘 수 없는 문제입니다."

양국충은 그렇게 말했다. 현종은 양국충의 말을 듣고서, 변경의 정세를 살펴보기 위해 그럴싸한 구실을 만들어 사자를 안녹산의 임지로 보내기로 했다. 현종은 지난날 재상 이임보를 총애하고 있을 무렵에는 이임보가 하는 말은 무조건 믿었었는데, 이제는 이임보의 자리를 양국충이 차지하고 있는 형국이었다. 현종은 양국충이 하는 말에 대해서 아무런 저항을 하지 않았다. 그러나 이번 경우에는 그 역심 유무를 살피기 위해 사자를 보내기로 한 안녹산에 대해 현종은 양국충에게 대하는 것과 마찬가지로 저항하지 않았다. 이런 일을 가지고 살펴볼 때, 현종의 마음속은 기묘한 것임에 틀림없었다. 그러나 노권력자는 얼굴에 아무런 변화도 드러내지 않았다. 총애하는 신하의 말을 받아들여 다른 총신의 행동을 살피라는 명을 현종은 아무런 표정의 변화도 없이 입으로 내뱉었다.

그날 밤, 귀비는 다시 고 역사를 관저로 불렀다.

"인간이란 것은 매우 어려운 존재로군요. 양국충 정도의 인물에게도 모자라는 점이 있으니 말입니다. 재상의 그릇으로는 모자람이 없는 분입니다만 오직 한 가지, 너무나 눈이 날카로운 겁니다. 안녹산에게 역심이 있을지도 모릅니다. 하지만, 그 점이 자꾸만 눈에 들어오는 것이 문제입니다. 그러나 역심이 있건 없건 그게 뭐 그리 대수입니까? 변경에서 대군을 거느리고 있는 이민족의 무장이라면 누구에게나 역심을 하나쯤 가지고 있게 마련입니다. 문제는 그런 역심을 행동으로 옮기느냐 옮기지 않느냐 하는 것입니다. 역심을 품고 있든 품고 있지 않든, 안녹산으로 하여금 당나라 조정에 충성을 다하는 무인으로 삼아 놓으면 족한 것입니다. 자신의 제휴자로서, 그리고 평생토록 자신의 방패로 삼으면 되는 겁니다. 그것을 하지 못하고 역심만 아른아른 눈에 보이는 겁니다."

이리 말하자, 갑자기 고 역사는 얼굴을 귀비 쪽으로 가까이 가져가서 소리를 낮추며,

"이런 말씀을 자꾸 해봤자 소용이 없습니다. 비께서는 안녹산을 어디까지나 두둔하셔야 합니다. 어떤 일이 있더라도 안녹산을 놓아 버려서는 안 됩니다. 안녹산이라는 인물을 언제나 황제님과 비님으로 있게 하지 않아서는 안 됩니다. 놓아 버렸다가는 큰일이 나고 맙니다. 놓아 버리셨다간 태자님과…"

여기서 다시 고 역사는 입을 다물었다. 그리고는 귀비의 눈을 빤히 들여다보았다. '태자'라고 확실하게 말을 내뱉는 바람에 귀비도 고 역사가 하려던 말뜻을 알았다.

변경에 파견된 사자의 일단이 도성으로 돌아온 것은 가을이 한창 무

르익은 무렵이었다.

보고는 매우 상세한 것이었다. 안녹산은 이미 3개의 진鎭을 아울러 거느리고 있었고 그 세력은 대단했으며, 부하의 상벌은 일일이 그에게서 나오고 있었다. 안녹산은 아울러 동라同羅, 해奚, 거란契丹 등의 투항자 8천여 명을 거두고 있으면서 이들을 예락하曳落河라는 이름으로 부르고 있었다. 예략하란 말은 호인들의 말인데 장사壯士라는 뜻이다. 그 이름과 같이 이 이민족의 투항자들은 용맹한 것으로 알려져 있으며, 어느 날 일이 터지고 나면 안녹산에게 큰 힘이 되어 줄 것이었다. 그리고 안녹산은 집안의 장정 100여 명의 근위대를 조직해 놓고 있었는데, 이들은 모두 날래고 과감해서, 그 한 명이 당나라 병사 100명을 당해낼 수 있다고 한다. 그리고 그가 키우고 있는 군마는 수만 마리, 쌓아 놓은 병장기의 양도 엄청나서 도저히 헤아려 볼 수 없을 정도였다. 그리고 상인들을 각지로 보내 그들의 손으로 그러모은 진기한 재화는 수백만에 이르며, 무기류의 저장량도 백만 단위로 셀 수가 없을 정도였다. 안녹산은 고상高尙, 엄장嚴莊, 장통유張通儒, 장군 손효철孫孝哲 등을 심복으로 삼고 있었다. 그 중에서도 고상은 발군의 인재로서 본명은 불위不危, 남달리 학식이 뛰어난 자로 안녹산 휘하 제일의 신臣으로서 정사를 통솔하고 있었다. 장군 효철 또한 준재로서 병권을 쥐고 있다.

이런 이야기들을 상주하고 나서 사자들은 모두 입을 모아 말했다.

"안녹산은 변경 일대에 거대한 힘을 가지고 있습니다만, 조금도 역심을 엿볼 수가 없었습니다. 폐하에 대한 충성심으로 자신을 무장하고 있다고 말씀드려도 좋을 것 같습니다."

이쯤 되자 양국충도 더 이상 안녹산에게 역심이 있다고 주장할 수는 없었다. 현종은 '총애하는 신하를 잃지 않아도 되는구나!' 싶어 한숨 놓았고, 귀비 역시 '자신의 성벽을 잃지 않게 되었구나!' 하고 시름을 놓았다.

연례행사로서, 이 해에도 역시 10월에 현종은 여산의 화청궁華淸宮으로 행차했다. 귀비는 말할 것도 없고 양씨 일문 역시 현종을 따라 여산 기슭으로 갔다. 그 화청궁 행차 때에는 양씨 5댁이 각각 한 덩이가 되어 색다른 의상을 몸에 두르고 있었다. 연도에는 그런 화려한 차림새를 구경하기 위한 인파들로 북적거렸고, 장안에서 여산까지는 사람들의 줄이 끊어지는 일이 없었다.

양씨 5댁 말고도, 이 해에는 진기하게도 재상 이임보가 어가를 따랐다. 이임보는 양국충이 어가를 수행하기에 자신이 따라 가지 않았다가는 양국충이 자신에게 어떤 책모를 꾸며낼지 알 수가 없어 이를 미연에 방지하기 위해 그의 거처를 장안에서 여산으로 옮겨 놓는 것이라는 소문이었다. 양국충, 이임보 등이 여산으로 옮아가자 이를 본받기라도 하듯, 조정의 백관들이 거의 모두 여산에다 주택을 마련해 놓았다. 그래서 이 해의 화청 땅은, 그곳에다 장안 거리의 일부를 옮겨 놓은 것처럼 흥청거렸다.

현종 황제는 해마다 늦어도 12월 초까지는 의례히 화청궁에서 철수해 장안으로 돌아가곤 했었지만, 이번에는 줄곧 이곳에서 머물며 해를 넘기더니 정월이 되어서야 도성으로 돌아갔다.

화청궁에 가있는 동안 일어난 일이라면, 현종 황제가 양국충의 저택으로 행차했던 일과, 양국충이 검남劍南 절도사가 된 일이었다. 양국충은 도성에 있으면서 머나먼 운남雲南의 땅을 가지게 된 것이다.

천보天寶 11재 6월, 양국충은 자신의 영지가 된 운남 지방의 군사 상황에 대해 상주했다.

'토번土蕃의 병사 16만이 남조南詔 나라의 편을 들었습니다. 검남의 병사가 이를 격파하여 3개의 성을 모두 탈환했으며, 포로 6,300명을 잡았는데 워낙 먼 곳이므로, 날랜 자 1천여 명과 추장 가운데서 항복한 자를 골라 이를 바칩니다.'

그러나 그로부터 얼마 지나지 않아, 촉蜀 지방 사람들이 상경하여 남조가 자꾸만 변경을 침범한다고 호소하면서 촉 지방에서 대대적인 토벌

작전을 벌이기를 청했다. 게다가 이런 호소는 여러 번 되풀이되었다.

재상 이임보는 상주하기를, 검남 절도사인 양국충은 마땅히 군사를 이끌고 운남으로 가서 남조를 쳐야 할 것이라고 주장했다. 그는 조정 백관 모두가 한 자리에 도열해 있는 자리에서 이 상주를 아뢴 것이다. 양국충으로서는 이임보가 하는 말을 거부하고 싶어도 거부할 핑계를 찾아낼 도리가 없었다. 요 2~3년 동안 양국충은 재상 이임보에 대해 늘 공세로 나가면서, 그 세력을 깎아 내는 일에 성공을 하고 있었지만, 이번 경우에는 이임보가 쌓이고 쌓인 원한을 일거에 갚아 버린 양상이었다. 현종 황제로서도 이임보의 말을 마다할 마땅한 이유를 찾아낼 수 없었다.

양국충이 귀비의 관저로 와서,

"신이 남쪽으로 출정하게 되면, 반드시 이임보가 해코지를 하게 될 것으로 생각됩니다. 귀비님의 힘으로 이 양씨 일가의 어려운 처지를 구해 주셨으면 합니다."

하고 말했다. 양국충답지 않은 호소였지만, 별수 없이 이런 호소를 하지 않을 수 없는 처지로 양국충은 몰려 있었다.

"검남 절도사 따위를 무엇 때문에 했단 말입니까? 그런 생각만 가지지 않았던들 이런 일이 벌어지지는 않았을 것인데요."

귀비는 조금은 비아냥스럽게 말했다. 젊은 책모가의 얕은 꾀를 나무라는 말투였다. 귀비는 이 경우에도 양국충에게 어딘지 신뢰가 가지 않는 구석을 감지하고 있었다. 안녹산에 관한 상주만 해도 생각이 얕았다고 하지 않을 수 없었고, 이번 실책 역시 얕은 꾀의 소산이었다. 운세가 위로 향해 올라가고 있을 때라면 어떠한 무리수를 두어도 좋은 결과를 낳아 줄 것이 틀림없었겠지만, 일단 어딘가가 삐끗하는 날이면, 그것은 반대로 되돌려 놓을 수 없는 결과를 빚어내고 만다. 양국충은 이임보를 적으로 돌려놓더니, 이번에는 다시 안녹산을 적으로 돌리려 하고 있는데, 이런 일이 얼마나 위험한 일인지는 귀비도 알고 있었다. 이번 사건에서는 완전히 이임보에게 당하고 만 꼴이었다.

귀비는 양국충에 관한 이야기를 고 역사와 의논했다.

"잠시 촉에 가서 군사적으로 처리를 하지 않고서는 이 사건이 가라앉지 않을 것으로 보입니다. 잠시 그렇게 하는 것도 자신을 위한 일이 될 것으로 여겨집니다."

고 역사는 말했다. 고 역사는 음으로 양으로 양국충을 여기까지 키워 올렸지만, 양국충이 과연 자신이 생각하고 있는 것 같은 우수한 인재인지를 놓고, 요즘 들어 고개를 갸웃거리고 있는 것으로 느껴졌다.

"그렇지만, 양씨 일가로서는 지금이 매우 중요한 시점입니다. 촉에 도착하고 나면, 폐하께 아뢰어 도로 불러들이게 할 것입니다."

고 역사는 말했다.

초가을, 양국충은 남방의 자신의 영토를 향해 출발했다. 그러나 고 역사가 말한 것처럼, 양국충이 촉에 가 닿을까 말까 한 시점에 현종 황제의 사자가 촉으로 파견됐고, 양국충이 소환되었다.

양국충이 변두리 땅으로의 여행길에서 돌아왔을 때, 뜻하지도 않게 그를 위해 새로운 운이 열리려 하고 있었다. 그것은 이임보가 병들어 다시는 일어나지 못할 것으로 여겨졌기 때문이다. 양국충은 장안으로 돌아오자마자 곧장 이임보의 병상으로 문병을 갔다. 이번에는 이임보 쪽이 역경에 서있었다. 임보는 자신이 죽은 다음, 그의 일족이 어떤 운명에 처할지, 그것이 두려웠다.

"임보는 곧 죽습니다. 공은 틀림없이 내 뒤를 이어 재상이 될 것이오. 뒷일을 공에게 부탁드리고 싶소."

임보는 말했다. 이 말에 대해 양국충은,

"아마도 기대에 부응하기 어려울 것이라 생각하시겠지만, 본인은 그렇게 하겠습니다."

하고 얼굴을 손으로 덮었다. 양국충은 자신이 생각해도 기이할 정도로 쉴 새 없이 뿜어 나오는 땀을 손으로 닦았다.

천보 11재 11월, 재상 이임보가 숨을 거두었다. 개원 22년서기 734년 처음으로 상相이 되었고, 천보 원년에 재상이 되어, 그 자리에 11년 동안 있으면서 '입에는 꿀이 있고, 뱃속에는 검이 있다.'는 소리를 들어가면서도, 그의 생존에 자신의 실각을 보지 않았던 것을 보면 매우 행운을 잡은 정치가라고 하지 않을 수 없다.

이임보는 현종을 조종해서 자신의 반대파는 하나도 남김없이 조정에서 몰아내었다. 위견韋堅, 황보유명皇甫惟明 등은 사형에 처하게 했고, 이적지李適之는 스스로 독을 마시고 죽을 운명으로 몰아세웠다. 이임보는 그리고 자신의 심복이라 하더라도, 현종의 총애가 깊어진다 싶으면 그 즉시 이를 쳐내 버렸다. 양신긍楊慎矜을 비롯해, 이런 횡액을 만난 인물은 일일이 세지도 못할 정도였다.

'이임보, 좌우로 알랑거리며 황제의 뜻에 영합해 그의 총애를 굳히고, 언로를 두절시켜 총명을 가리고, 이렇게 해서 스스로의 간계를 이루고, 어진 자를 시샘하고 능한 자를 미워하며, 자신보다 나은 자를 억누름으로써 스스로의 자리를 보전하고 되풀이하면서, 대옥사를 일으켜 귀중한 신하들을 죽이거나 쫓아내어 자기의 세력을 확장했다.'

『자치통감資治通鑑*』은 그를 이렇게 평하고 있다. 이런 인물이었지만, 이임보도 수명에는 이길 도리가 없어 후사를 양국충에게 부탁하고 타계했던 것이다. 이임보가 그 평생에 한 것 중에서 가장 잘못한 일이라면, 그것은 바로 후사를 양국충에게 부탁한 일이었다. 이임보를 대신해서 재상의 자리에 앉자마자 양국충은 즉시 이임보가 오랜 세월동안 구축해 놓은 그 일족 세력의 소탕을 개시했다.

해가 바뀌어 천보 12재를 맞이하자, 양국충은 이임보가 이민족인 아포사阿布思와 손잡고 반역을 꾀하고 있었다고 현종에게 아뢰었다. 이때, 공교롭게도 안녹산이 아포사 부락의 투항자를 도성으로 보내왔으므로, 현종은 그 투항자를 끌어내서 이임보와 아포사의 관계에 대해 조사하게 했다. 그 결과, 죽은 이임보의 역심이 확실하게 드러나는 바람에, 그의 관직은 삭탈당하고 재산은 몰수되었으며, 그의 시신이 묻혀있던 관은 부수어지고, 임보가 두르고 있던 금자색 비단옷은 벗겨졌다. 이렇게 해서 이임보는 조그마한 관에 넣어져서 일개의 이름도 없는 서민으로서 개장되기에 이르렀다. 그의 일족 역시 벌을 받았다.

이 사건은 이임보의 죽음으로부터 두 달 만에 일어난 일이었는데, 일부에서는 양국충과 안녹산이 공모해서 서로의 경쟁자였던 이임보의 시체를 채찍질하고, 그 일파의 세력을 궁정에서 쫓아낸 것이라고 수군거렸다.

이 해 봄, 양씨 일가가 벌인 호화로운 곡강춘유曲江春遊*를 시인 두보杜甫는 이렇게 읊었다.

> 3월 삼짇날* 날씨는 쾌청한데,
> 장안 물가에 아름다운 사람들이 몰렸다.
> 교태를 멀리하고 정숙하며 진지하다.
> 살갗은 촉촉하고 골육은 균형을 이루었는데,
> 비단 수놓은 옷들이 저물어 가는 봄을 환히 비추네.
> 금으로 수놓은 공작, 은으로 수놓은 기린,
> 머리 위에 있는 것은 무엇이란 말인가.
> 연두색 잎 장식으로 치장한 머리가 입술까지 늘어졌네.
> 등 뒤로 보이는 것은 무엇인고.
> 구슬이 허릿자락을 누르며 살포시 몸에 어울리는구나.

꼬아진 금실로는 공작을, 은실로는 기린을 수놓은 의상, 진주의 허리띠, 사치스러운 머리장식, 양씨네 여인네들은 지난해 재상이 된 양국충과 함께 저물어 가는 봄의 물가를 소요했던 것이다. 이 세상은 바로 양씨 일가의 봄이었다. 이임보가 죽은 후의 실권은 모조리 양국충의 손아

귀에 쥐어져 있었다.

이 무렵부터 때때로 귀비의 눈에는 고 역사라는 늙은 환관이 정신이 나간 것이 아닌가 여겨지는 일이 있었다. 현종 앞에 나아가 있을 때에도 고 역사는 눈에 뜨이게 말수가 적어지면서 주변의 사람들이 이야기하는 것을 듣고 있는 것인지, 듣지 않고 있는 것인지 멍하니 있는 것으로 보이는 일이 많았다.

고 역사는 이임보의 죽음으로 타격을 받고 있었다. 오래도록 이임보라는 만만치 않은 인물과 때로는 제휴하기도 하고 반목하기도 하고, 때로는 상대방을 칭찬하기도 하고 비난하기도 하면서 자기의 지위를 유지해온 터인데, 이제 그 상대방이 홀연히 이 지상에서 사라지고 만 것이다.

게다가, 이임보의 죽음은 고 역사를 둘러싸고 있는 모든 사정을 바꿔놓고 말았다. 이임보가 있기 때문에 양국충과 안녹산을 맺어 주면서 양씨 일가의 권세 확장을 꾀해 왔지만, 이임보가 죽고 말자, 이제는 그럴 필요도 없게 되었다. 양국충은 거저먹기로 당나라에서 으뜸가는 권신의 자리에 들어앉았고, 이제는 단 한 사람의 대항자도 볼 수 없게 되었다. 안녹산이 있다고는 하지만, 도성에서 멀리 떨어진 변경의 무인이 아닌가? 따라서 양국충은 이제 고 역사를 필요로 하지 않았고, 고 역사 역시 실제로 양국충을 위해 할 일이 없어져 버리고 만 것이다.

귀비는 어느 날 밤, 자신의 관저로 고 역사를 불러 그의 건강 상태에 대해 물어 본 일이 있었는데, 그때,

"할아범은 지금까지 오직 귀비님을 위해서 물리쳐야 할 자는 물리치고 키워야 할 자는 키워 왔습니다만, 이제는 할아범의 힘만 가지고는 어쩔 수 없게 되고 말았습니다. 귀비님 덕분에 오늘날의 자신이 있다는 것을 잊어버리는 자까지 나오게 되고 보면, 그를 둘러싸고 갖가지 일들이 일어나게 마련입니다."

고 역사가 말했다. 전례 없이 불평스러운 말투였다.

"달이 아름다우니 바깥으로 나갈까요?"

귀비는 말하고 나서 자신이 앞장을 섰다. 돌로 쌓아 만든 너른 노대 위로 나섰다. 노대에는 다시 아래쪽 노대로 통하는 계단이 만들어져 있었다. 귀비는 그 계단 곁에 섰다. 귀비는 시녀들에게 물러가라고 명했다. 관저 안에서는 어느 누가 숨어서 자신들의 이야기를 들을 수도 있었지만, 이 돌 노대 위에 서면 그런 걱정은 할 필요가 없었다. 그곳에는 나무 한 그루, 풀 한 포기도 나 있지 않았고, 차가운 달빛을 반사하고 있는 돌로 된 노대가 여러 층을 이루며 펼쳐져 있을 뿐이었다.

"안녹산에게 역심이 있다는 소문이 자꾸만 귀에 들려옵니다."

귀비는 낮은 목소리로 말했다. 이임보가 죽은 다음, 지방의 무인 가운데 안녹산에게 딴 맘이 있다는 것을 상주해 오는 자가 많아졌다. 그러자, 고 역사 역시 낮은 목소리로 말했다.

"인간이라는 것은 대군을 거느리고 있다 보면, 그것을 사용해 보고 싶어지는 법입니다. 잡호의 마음은 잡호가 아니고서는 알 수가 없습니다. 그러나 만일 그런 일을 행동으로 옮기는 일이 벌어진다면, 도성에는 이를 막을 힘이 없습니다. 언제라도 힘 가진 자가 그럴 마음을 먹기만 한다면, 그가 마음먹은 대로 할 수 있습니다. 새 재상이 총명하다면, 이에 대해 어떤 수단이든 부릴 수가 있겠지만, 유감스럽게도 양국충님은 양쇠님이던 시절하고는 사람이 아주 달라지고 말았습니다."

이번에는 분명하게 고 역사가 말했다.

"그렇게도 폐하의 은총을 흠뻑 받고 있는 안녹산이?"

"그러게 말입니다. 안녹산만 해도 폐하에게 활을 겨눌 생각은 가지고 있지 않을 것이라 생각합니다. 이것만큼은 틀림없습니다. 안녹산은 마음속으로부터 폐하와 비님을 따르고 있습니다. 다만, 장차 폐하의 신상에 변고가 일어났을 경우, 그때를 잡호란 놈이 기다리고 있을지도 모릅니다. 그러기까지에는 당나라는 어떤 수든지 쓸 수가 있습니다. 그러나 두려운 것은 그 이전에 안녹산에게 일을 벌이라고 충동질을 하는 자가 있다는 것입니다. 그런 분위기는 제 분수도 알지 못하는 놈들에 의해 날로 짙어져 가고 있습니다.”

제 분수도 모르는 자들이란, 분명 양국충과 그 추종자를 가리키는 말이었다.

“어찌되었든 안녹산은 일종의 휴화산입니다. 이제는 소중하게, 그리고 조심해서 다루지 않으면 안 됩니다.”

고 역사는 말했다. 이런 이야기를 하고 있을 때면, 늘 보이던 고 역사의 신중함이 이젠 보이지 않았다. 여느 때 같았으면 조심에 조심을 거듭하면서 이야기를 하는 동안에도 노대의 이곳저곳에 시선을 던지곤 했지만, 이제는 그런 태도를 볼 수 없었다. 어딘지 될 대로 되라는 기분이 느껴졌다.

“할아범 생각이 틀렸었나 봅니다. 비님에게 좋을 것이라고 생각하고 있었습니다만 할아범의 눈이 비뚤어졌었나 봅니다.”

그렇게 말하더니,

“추우시겠습니다. 안으로 들어가시지요.”

고 역사는 자신이 앞장서서 관저 쪽으로 걷기 시작했다.

양국충은 되풀이해서 안녹산에게 역심이 있다는 것을 상주하곤 했지만, 현종은 이를 들은 척도 하지 않았다. 귀비로서는 양국충의 입에서 나오는 한마디 한마디가 안녹산을 모함하기 위해 꾸며낸 말로 들렸다. 귀비는 정치에 관한 일에는 일절 끼어들지 않는 태도를 견지하고 있었지만, 안녹산에 관한 이야기만 나오면 안녹산을 두둔하는 말을 했다.

양국충은 농우隴右 절도사 가서한哥舒翰에게 하서河西 절도사를 겸하게 하도록 상주했다. 양국충이 가서한과 손을 잡아 안녹산에게 대항하려 하고 있다는 것은 누가 봐도 분명했다. 가서한에게 하서 절도사를 겸하게 하는 일에 대해서는 아무도 반대하지 않았다. 고 역사 역시 이에 찬의를 표하고 있었다. 안녹산이 호족 출신이었던 것과 마찬가지로, 가서한 역시 호족 출신이었다. 안녹산은 아버지가 호족, 어머니가 돌궐족이었지만, 가서한은 아버지가 돌궐족, 어머니가 호족이었다. 가서한은 토번과의 전투에서는 혁혁한 공적을 세워 변경의 무장으로서의 용명을 천하에 떨치고 있었지만, 안녹산과는 결코 유연한 관계를 지속하지 못하고 있었다. 안녹산이 야심적인 모사임에 비해 가서한은 순수한 무인이었으며, 그 성격 또한 단순했다.

양국충이 가서한에게 손길을 내민 것은 이런 경우 적절한 조처라고 말할 수 있었다. 가서한이 지금까지 지배하고 있던 지방은 물산이 풍부해서 흔히 천하의 부자라 하더라도 농우의 경우만은 못하다는 소리가 있을 정도였으며, 가서한의 사자가 도성으로 들어올 때면, 언제나 흰 낙타를 타고 하루 5백 리를 달려온다는 것이었다.

10월, 현종 황제는 화청궁으로 행차했다. 이때도 양국충, 3명의 국부인 등 모두가 일족을 거느리고 그 행차를 따랐는데, 그 차림새의 화려함은 지난해를 능가하고 있었다. 양국충은 양씨 일족 사람들이 으리으리하게 차려입고 어가를 따라 가는 것을 보고서 고 역사에게 말했다.

"나는 원래 빈촌 출신의 몸입니다. 귀비님 덕분에 오늘이 있게 된 것이지요. 아직도 쉴만한 곳을 찾지 못했고, 쉴 사이도 없는 나날을 보내고 있고요. 하지만, 아마도 후세에 이름을 남겨 놓지는 못할 것 같습니다. 그저 잠시 즐거움을 맛보고 있는 것이지요."

이런 말을 양국충이 하지 않을 수 없는 분위기가 이 행차의 화려함 속에는 깃들여 있었다. 그러나 양국충이 일부러 이런 이야기를 고 역사에게 한 데에는 또 다른 뜻이 있었다. 잠시 즐거움을 맛볼 뿐이라고 양국충은 말했는데, 이 해 화청궁에서 양국충은 일족의 사람들을 모두 승진시켜 중요한 자리에 앉게 만들어 놓았다. 고 역사에게 양국충은 앞으로 자신이 취하는 독단과 전횡에 대해 오직 침묵의 자세를 고수하라고 말하고 싶었던 것인지도 몰랐다.

현종이 화청궁으로 행차하고 얼마 지나지 않아 양국충은 다시금 안녹산의 반역이 가까워 왔다는 뜻을 상주하면서,

"폐하, 시험삼아 안녹산을 불러들여 보면 어떠하시겠습니까? 안녹산은 아마도 입궐하지 않을 것입니다."

하고 말했다. 현종은 조정의 백관들과 이에 대해 의논을 했는데, 모두들 안녹산을 불러들이는 일에 찬성했다. 귀비는 안녹산이 양국충에 대한 경계심 때문에 입궐을 주저할 것이 아닌가 생각했다. 그러나 고역사의 생각은 달랐다.

"안녹산이 오지 않는 일이 있겠습니까? 안녹산은 폐하에게서 받을 것이 아직도 많이 있을 것이라 생각하고 있을 것입니다. 폐하께서 계시는 한 안녹산은 몇 번이고 장안으로 올 것입니다. 만약 이 재상이 생존해 있었다면, 그 경우엔 사정이 또 다릅니다. 어쩌면 안녹산이 입궐을 보류할지도 모르지요. 안녹산도 이 재상에게는 몹시 조심스러웠으니까요."

하고 말했다. 이 발언에서 고 역사는 은근히 안녹산이 양국충 따위는 안중에도 없다는 뜻을 풍기고 있었다.

천보 13재 정월, 안녹산이 입궐했다. 이 해에는 현종이 화청궁에서 해를 넘기고 있었으므로 안녹산은 현종을 알현하기 위해 곧장 장안에서 여산으로 향했다.

"신은 원래 호인胡人입니다. 오로지 폐하의 은총을 입어 오늘에 이르렀습니다. 그런 점이 재상 양국충의 미움을 사게 되었습니다. 그래서 신이 죽을 날도 멀지 않았구나 생각하고 있습니다."

그 자리에는 조정의 백관들이 배석하고 있었는데, 모두가 연민의 정을 가지고 변경의 무장이 비탄스러워하는 좀 과장된 몸짓을 바라보고 있었다. 귀비 역시 안녹산을 불쌍하게 생각했다. 실제로 안녹산은 비탄에 잠겨 있었으므로, 그 큰 볼을 따라 흘러내리는 눈물이 거짓 눈물이라고는 도저히 생각할 수 없었다.

안녹산은 현종에게서 후한 대접을 받고, 막대한 상을 받았다. 안녹산이 입궐할 때마다 현종은 무엇인가를 주었다. 안녹산의 얼굴을 보면, 현종은 무엇인가를 주지 않고서는 배기지 못했다. 안녹산은 그럴 때마다 오열하기도 하고, 그 자리에 엎드리며 거듭되는 은총에 감사하곤 했다.

현종은 안녹산에게 줄 만한 것이 없어지자, 동평장사同平章事* 벼슬을 더해 재상의 반열에 앉히려 했다. 양국충은 이에 반대하면서,

"안녹산은 군공이 있습니다만, 글을 읽고 쓸 줄을 모릅니다. 글을 모르는 인물을 재상의 반열에 올려놓는다면 이국 사람들이 얼마나 당나라를 우습게 알겠습니까?"

하고 말했다. 아닌 게 아니라 맞는 말이었다. 현종은 안녹산을 재상으로 올리려던 생각을 거두고, 그 대신에 좌복야左僕射*를 더하고, 그 자식의 하나에게 3품, 또 하나에게는 4품의 관직을 내려 주었다.

안녹산은 끝 모를 현종의 대접에 대해 그때마다 감읍하곤 했는데, 감읍하면서도 그는 그대로 자신의 입으로도 무엇인가를 요구했다. 그리고 그 말이 받아들여지면, 거대한 몸집을 흔들어 가며 감격의 눈물을 흘렸다. 결과를 놓고 볼 때, 현종은 그저 주기만 하고, 안녹산은 그저 받기만 하고 있는 꼴이었지만, 어느 누구의 눈에도 그것이 그다지 부자연스러운 것으로 비치지 않은 것은 이상한 일이었다. 안녹산의 경우, 모든 일은 아주 자연스럽게 운행되는 것으로 보였지, 억지스럽다거나 뻔뻔스럽게 비치지 않았다.

안녹산은 한구군목閑廐群牧을 겸하게 해 달라고 요구했다. 현종은 그 자리에서 안녹산을 한구농우군목등사閑廐隴右群牧等使를 제수했다. 그러자, 안녹산은 또 다시 이왕 한구농우군목등사까지 내려 주신 김에 군목총감群牧總監도 겸했으면 좋겠다고 아뢰었다. 그래서 안녹산은 그가 바라는 대로 총감까지도 겸할 수 있게 되었다. 안녹산은 그 자리에서 다시 아뢰어, 현재 그의 진영에 들어와 있는 길온吉溫을 무부武部*시랑侍郎으로 삼아 한구부사閑廐副使로 앉혔다. 안녹산의 이런 재빠른 처리 방식을 보면 가슴이 다 후련해지는 것 같았다. 길온은 이로써 공공연히 군마를 모으기도 하고, 사육할 수도 있게 되었다.

안녹산의 요구는 끝이란 것이 없었다. 안녹산은 다시 아뢰었다.

"신의 여러 장수들은 해奚, 거란契丹, 구성九姓*, 동라同羅* 등을 치면서 그 훈공이 대단했습니다. 아무쪼록 선례를 깨시어 파격적인 은상을 내리셨으면 합니다."

그래서 안녹산의 부하 전원에게 논공행상이 있었다. 장군 자리에 오른 자가 실로 5백여 명, 중부장中部將이 된 자는 2천여 명이나 되었다. 안녹산으로서는 부하 장수들을 위해 그야말로 대단한 선물을 준비한 셈이다.

안녹산이 얻어낼 수 있을 만한 것들을 모두 손에 넣고 나서 도성 장안을 물러난 것은 3월이었다. 안녹산이 장안을 떠날 때 현종은 자신이 입고 있던 의복을 벗어 주었다. 고 역사는 현종의 명으로, 장안성 동쪽에 있는 장락파長樂坡까지 배웅을 하고서 그곳에서 송별연을 벌였다. 안녹산에 대한 이런 은총의 배후에는 귀비의 조언이 강하게 작용하고 있었다는 것은 누구의 눈에나 분명했다.

장안에 머무르고 있는 동안, 안녹산은 그렇게 해도 좋을까 싶은 정도로 무방비, 무경계로 아무렇게나 처신을 하고 있었지만, 일단 장안을 떠나자마자 그의 태도가 돌변했다. 힘껏 달려 관문을 벗어나 배를 타고 강을 내려갔다. 뱃사공은 10리를 갈 때마다 바꾸고, 밤과 낮을 가리지 않고 달려, 매일 수십 리의 군과 현을 지나고도 안녹산은 배에서 내리려 하지 않았다. 말할 것도 없이 양국충이 풀어 놓은 자객의 추적에 대비한 조처였다.

안녹산이 임지인 범양范陽으로 돌아간 지 한 달쯤 지나자, 가서한哥舒翰 역시 자신의 부하 장수들을 위해 공을 논하면서 그 포상을 바라고 도성으로 왔다. 현종으로서는 안녹산이 요구하는 것을 들어 준 이상, 가서한의 요구를 들어주지 않을 도리가 없었다. 농우십장隴右十將 특진特進* 화발주도독火拔州都督* 연산군왕燕山郡王 화발귀인火拔歸仁*이라는 어마어마하게 긴 직함을 가진 인물이 표기대장군驃騎大將軍이 된 것을 비롯하여 숱한 변경의 무장들이 장군이라는 호를 가지게 되었다.

6월, 일식이 있었다. 귀비는 현종과 함께 궁전 회랑 한 모서리에서 이를 구경했다. 천하에 대단한 변고라도 일어날 것 같은 불안이 며칠째 귀비를 엄습했다.

이 해 여름, 검남유후劍南留後 이밀李密을 시켜 군사 7만을 이끌고 남조南詔를 치게 했다. 당나라로서는 오랜만에 벌인 남방 작전이었다. 그러나 작전은 모조리 결딴이 나고, 식량이 떨어진데다가 역병으로 고생을 했으며, 만족들의 추격이 워낙 매서워 이밀은 붙잡히고 7만의 대군이 몰살당하는 수모를 겪고 말았다. 양국충은 이런 패전 사실을 감추고서 계속하여 군사를 내보내 죽은 자가 결국 20만 명에 이르렀다.

하루는 고 역사에게 현종이 이렇게 말했다.

"짐은 이제 늙었소. 조정의 일은 이제 재상에게 맡겼고, 변경의 군사는 모두 여러 장수들에게 맡겨 놓았으니, 우려할 만한 일은 없겠지."

그러나 고 역사는 말했다. 현종이 늙은 것처럼 고 역사 역시 늙어 있었지만, 그 늙은 고 역사의 얼굴이 이때처럼 매섭게 번득이는 것을 귀비는 일찍이 본 일이 없었다. 고 역사는 현종의 얼굴에 똑바로 시선을 고정시킨 채, 잠시 주름투성이인 입 주변의 근육을 씰룩거리더니 이렇게 말했다.

"신은 이렇게 듣고 있습니다. 운남의 작전에서는 거듭거듭 병사들을 잃고 있습니다. 그리고 변경의 무장들은 군대를 거느리고 있는 그 세력이 매우 왕성하다고 합니다. 폐하는 어떻게 이들에게 제동을 거실 것입니까? 일단 화가 일어나는 날이면 수습할 도리가 없게 되지 않을까 고 역사는 두려워하고 있을 뿐입니다. 어찌 우려할 일이 없다고 말씀하실 수가 있습니까?"

"알았어."

현종은 오직 그 말뿐이었다. 귀비는 현종의 얼굴을 지켜보고 있었다. 개원 28년 부름을 받아 화청궁에 올 때로부터 14년의 세월이 흘렀다.

권력자는 이 해 70세가 되어 있었다. 호족 출신의 무장 안녹산을 접견하고 있을 때만 그의 얼굴에 희미하게 생기 같은 것이 맴돌았지만, 다른 때에는 깊이를 알 수 없는 물웅덩이가 지닌 흐릿한 것이 현종을 사로잡고 있었다. 지난날처럼 자객의 그림자에 겁을 먹는 밤은 없어졌지만, 귀비로서는 현종이 그만큼 둔감해져 있는 것으로 여겨졌다.

이해 가을, 문관, 무관들에게 다소의 이동이 있었다. 양국충의 미움을 사고 있는 진희열陳希烈은 정사에서 밀려나 태자대사太子大師가 되었다. 그리고 양국충의 파벌로 지목되고 있는 문부시랑文部侍郎* 위견소韋見素가 그 자리에 앉았다. 그리고 하동의 태수로서 본도대방사本道采訪使를 겸하고 있는 위척韋陟은 뇌물을 받은 혐의로 문초를 받고 계령桂嶺의 위尉*로 내려앉혔다. 양국충은 위척의 이름이 날리는 것을 시샘해서 내린 조처라는 말이 돌았다. 그리고 안녹산의 심복으로 지목되고 있는 무부*시랑 길온吉溫은 예양澧陽의 장사長史*로 강등되었다. 바야흐로 국내의 인사 모두는 전적으로 양국충의 뜻대로 맡겨져 있는 형국이었다.

지난해부터 올해에 걸쳐 수해와 가뭄이 뒤이어 일어나고 있었다. 도성인 장안 부근에도 끼니를 잇지 못하는 자들이 부지기수였다. 가을이 되자 오래도록 비가 계속 내렸다. 현종이 추수기를 앞둔 오랜 비에 우려를 나타내자, 고 역사도 말했다.

"폐하께서 권세를 재상에게 맡겨 놓으신 후로, 상벌이 공평하지 않게 되고, 음양은 그 정도正道를 잃었습니다. 이렇게 되고 보면, 고 역사로서도 어찌해야 할 것인지 알 수가 없습니다."

이에 대해 현종은 이때도,

"알고 있어."

라는 단 한 마디뿐이었다. 현종은 고 역사에 대해서도 아주 나약해져 있었다. 무슨 소리를 해도 나무라는 일이 없었다.

이해 2월, 뭇 신하들이 황제에게 존호를 바치자, 현종은 며칠 동안은 이 일을 놓고 매우 기뻐했는데, 개원천지대보성문신무증도효덕황제開元

天地大寶聖文神武證道孝德皇帝라는 존호에 어울리지 않게 귀비의 포동포동한 팔 안에 접어놓기라도 한 것처럼 조그맣게 안겨 있었다. 현종은 귀비에게 역시 매우 마음이 약해져서 무슨 일이든 하자는 대로 했다. 이제는 귀비도 자신이 생각하고 있는 것을 현종의 입을 통해 그의 명으로 내놓을 수 있게 되었다. 귀비의 권력은 나날이 커져 가고 있었다. 신하들은 현종 황제와 귀비가 권력자와 그 애비愛妃가 둘로 보이지 않고, 오직 하나의 것으로 보이기 시작했다. 그러나 귀비로서는 아직 무엇 하나 할 일은 한 것이 없었다. 귀비는 자신의 몸을 지키기 위해 해야 할 일들이 많이 있었다. 자신의 일족이라고는 하지만, 조금도 믿을 것이 없는 양국충이 현재 차지하고 있는 권세를 언젠가는 자신의 것으로 만들어 놓지 않고서는 마음을 놓을 수가 없었고, 태자 형亨도 그대로 방치해 둘 수는 없었다. 이런 일을 이루기 위해서는 어떻게 해서든지 안녹산과의 제휴도 단단하게 해 놓아야 했다.

귀비는 때로 현종의 할머니에 해당하는 무후武后 생각을 하며 밤을 지새우는 일도 있었다. 무후는 일족의 사람이라 하더라도 자신의 눈에 거치적거리는 자들은 모조리 주살하고 말았는데, 지금의 귀비로서는 그 기분을 알 수 없는 바도 아니었다. 그러나 양국충을 죽이기 위해서는 그의 손을 탄 모든 자들을 주살하지 않을 수가 없었다. 죽여야 할 남녀를 헤아리고 보니, 무후를 굳이 희대의 살육자라고 비난할 수도 없을 것 같았다. 귀비 역시 그와 같거나, 그를 웃도는 살육자가 되지 않으면 안 되었으니까 말이다. 그러던 어느 날 밤, 귀비는 헛것에 가위눌려 고역사의 이름을 불렀다. 이미 늙어서 무력한 환관이기는 했지만, 지난날 현종이 그랬던 것처럼 귀비 역시, 고 역사가 같은 관저에서 잠자고 있다는 것을 알고 나서야 비로소 안심하고 잠들 수가 있었다.

천보 14재 정월, 토번 소비왕蘇毗王의 아들 실낙라悉諾羅가 토번을 떠나 투항해 왔다. 전년부터 홍수와 가뭄이 계속되어 도성에까지 굶주리는 자가 많았고, 이에 더해 양국충에 의한 대옥사로 천하가 어수선해지는 등, 어둡고 지겨운 일들이 뒤를 잇고 있던 터에, 해가 바뀌자마자 일찌감치 실낙라의 투항 소식이 전해진 일은 오랜만에 당나라에 들려온 밝은 소식이었다. 현종도 신하들도, 이것을 보더라도 천보 14재는 평화롭고 좋은 해가 될 것이 아닌가 하고 생각했다.

2월, 안녹산의 부장副將 하천년何千年이 장안으로 들어왔다. 변경의 한인 장수 32명을 호족 출신의 장군으로 대체하는 일을 놓고, 그 허가를 얻기 위한 입궐이었다. 안녹산 자신이 호족 출신이었으므로, 그 부하로 한인 장수가 있는 일은 여러모로 명령체계가 껄끄러웠기 때문이다. '올해는 토번, 거란 등과의 대작전을 펼쳐 볼 생각이므로, 이참에 아주 한인 장수를 번장蕃將으로 바꾸어 작전을 효과적으로 하고 싶은데 어찌할까요?' 이렇게 하천년은 상주했다.

현종은 즉시 조정의 회의에 이 안건을 붙였다. 양국충, 위견소 등은 반대했다. 위견소는 이렇게 말했다.

"안녹산에게 딴 뜻이 있다는 것은 이미 오래 전부터 알려져 있는 바입니다. 이제 이런 요구를 하는 것을 보니, 그 반역이 가까이 다가온 것이라 생각됩니다."

이에 이어서 양국충 역시 이와 똑같은 자신의 생각을 이야기했다. 그러나 현종은 두 사람의 말에 귀를 기울이지 않았다. 현종은 다른 일이라면 무슨 일에든지 양국충의 말을 가납하고 있었지만, 안녹산에 관한 일이면, 언제나 그의 말에 따르지 않았다. 오직 이것만이 양국충에 대한 저항이기라도 한 것처럼, 그의 말을 받아들이지 않고 안녹산을 두둔했다. 그런 노권력자의 태도는 제삼자의 눈에, 오직 하나 남겨져 있는 자신의 보루를 지키려 하고 있는 것으로 비쳐졌다. 안녹산을 두둔한다기보다는 오히려 자신의 권리를 지키려 하고 있는 것으로 보였다. 그 집요함은 모든 성채를 잃고 만 패장이 오직 하나 남겨져 있는 성을 지키기 위해 필사적인 저항을 하고 있는 것과 비슷했다. 귀비는 그러한 현종을 감시자의 눈으로 지켜보고 있었다.

그 결과, 보구림輔璆琳이 사자가 되어 안녹산이 있는 곳으로 파견되었다. 겉으로는 진기한 과일을 안녹산에게 보내는 사자였지만, 그 진짜 목적은 안녹산의 동향을 정찰하는 데에 있었다. 구림이 도성을 떠나고 얼마 되지 않아, 농우 절도사 가서한이 입궐했는데, 가서한은 도성으로 오는 도중에 병을 얻어 그대로 장안에 머물러 있지 않을 수가 없게 되었다.

구림이 귀경한 것은 4월이었다.

"녹산은 충성을 다해 나라에 봉사하고 있습니다. 두 마음이 있을 까닭이 없습니다."

구림은 그렇게 상주했다. 같은 4월에 안녹산의 사자가 입궐해서 안녹산의 군대가 해와 거란을 쳐부수었다는 보고를 했다. 이런 보고는 매우 시의에 들어맞는 것이었으므로, 아무리 양국충이 안녹산에게 역심이 있다는 말을 아뢰어도 이를 흔적도 없이 씻어내 버리는 역할을 했다. 같은 달, 전에 투항해온 실낙라를 회의왕懷義王으로 삼고, 이충신李忠信이라는 한인 성명을 하사했다.

5월에 들어서자, 양국충은 안녹산의 반역상을 확실한 것으로 만들기로 방침을 세웠다. 스스로 현종에게 역심이 있다는 것을 호소해도 그 마음을 움직일 수 없었으므로, 양국충은 마침내 비상수단에 호소하기에 이르렀던 것이다. 경리警吏들에게 도성에 있는 녹산의 저택을 밤낮을 가리지 않고 포위시켰다. 그리고 녹산의 손님으로 와 있는 이초李超 등을 체포하여 어사대御史臺에 있는 감옥으로 보내 트집을 잡아 그를 죽였다.

이 사건이 있은 직후, 고 역사는 귀비의 관저를 찾아가 말했다.

"사태가 예사롭지 않게 되어 가고 있습니다. 양국충은 마침내 자신의 고집대로 녹산을 제거할 결심을 하기에 이르렀습니다. 정말이지, 이는 큰일입니다. 이제는 고 역사의 힘으로는 어떻게 해볼 도리가 없습니다."

고 역사의 얼굴은 창백해져 있었고, 그 어조에는 다급한 분위기가 담겨 있었다.

"그렇다면 어찌하면 좋을까요? 무슨 일이 되었든 지시를 따르겠습니다."

양귀비가 말했다. 고 역사의 얼굴이 파랬던 것처럼 귀비의 얼굴도 파랗게 질렸다.

"양 재상의 이번 처사는 이미 안녹산이 아는 바가 되어 있을 것으로 생각합니다. 도성에 있는 녹산의 사람이 틀림없이 사자를 범양으로 보냈을 것입니다. 이렇게 되면, 안녹산도 어떤 생각을 품게 될지 알 수가 없습니다. 아마도 지금쯤은 녹산의 근거지인 범양은 야단법석을 떨고 있을 겁니다. 군마는 울어 대고, 군사는 움직이기 시작했을 것입니다. 지금까지 누차에 걸쳐 녹산의 동정을 살피기 위한 사자를 보낸 일이 있지만, 한 사람 빠짐없이 녹산에게 두 마음이 없다는 것을 보고하고 있습니다. 그러나 이번에 파견되는 사자의 경우는 다를 것이 아닙니까? 아마도 범양의 땅에 한 발짝만 들여놓더라도, 누구나 변경이 조용하지 않다는 것을 인정하지 않을 수 없을 것으로 생각합니다. 이렇게 된 이상 폐하께 실정을 아뢰는 수밖에 없습니다."

고 역사가 말했다.

그날, 귀비는 현종에게 자신의 생일 축하연에 안녹산을 부르고 싶은데 그렇게 해주시겠느냐고 말했다. 현종은 이를 바로 승낙했다.

"오랜만에 잡호 녀석하고 술잔치를 벌여 볼까?"

현종이 말했다. 이제 현종으로서는 자신의 마음을 부드럽게 쓰다듬어 주는 인간이라면, 이 세상에 안녹산과 귀비 두 사람밖에는 없었다. 안녹산을 초대하고 싶다는 귀비의 소원이 거절될 까닭이 없었다.

사자는 범양으로 보내졌고, 40일 후에 그 사자가 돌아왔다.

"녹산은 병이 들었다고 해서 만날 수가 없었습니다. 입궐하라는 말도 병을 이유로 거절당했습니다. 범양은 병사와 말로 뒤덮여 있고, 범상치 않은 분위기가 감돌고 있습니다."

현종은 사자의 말을 듣자 불쾌하게 생각했다. 불쾌해진 것은 사태의 중대함 때문이 아니라, 녹산의 입궐을 기대하고 있었던 터라, 그 일이 틀어졌다는 것 때문이었다. 안녹산에게 설마 반역의 뜻이 있으리라고는 꿈에도 생각할 수 없었던 것이다. 귀비 역시 변경의 정세를 놓고 녹산과 역심을 연결시켜 생각할 수가 없었다.

사자가 귀경한 지 열흘 남짓해서 녹산의 부하 엄장嚴莊이 입궐해서 표를 올렸다. 표에는 양국충의 죄상 24개조를 들어 놓고 있었는데, 언사가 매우 거칠었다.

"잡호란 놈이 무얼 가지고 화를 내고 있는 거야?"

현종은 말하고 나서, 전에 좌천시킨 부하를 원상 복귀시키기로 하고, 그 뜻을 녹산에게 전하게 했다. 귀비도 역시 안녹산에게 마음속에 불편한 일이 있더라도, 그것은 양국충에 대한 것이지, 당나라에 적대하는 일이 벌어질 것으로는 생각할 수 없었다.

7월, 안녹산은 표를 올려 가까운 시일 내에 말 3천 마리를 바치고 싶다. 말 한 마리에 마졸 2명을 붙이고, 번장蕃將 22명이 이를 호송할 것인데, 대부대의 이동이 될 터이므로 미리 허가를 해주십사 하는 상주였다. 이에 대해 하남의 윤尹*인 달해순達奚珣이 표를 올렸다.

'변경으로부터의 병마의 이동은 매우 불온한 일입니다. 폐하께서는 마땅히 녹산에게 깨우쳐야할 것입니다. 거마車馬를 몰아오는 일은 마땅히 겨울 오기를 기다려 관이 스스로 이를 감당할 것이니 본군을 번거롭게 하지 말아야 합니다.'

마필 바치는 일은 겨울이 된 뒤로 미루기 바란다. 그 마필의 이동을 위해 이쪽으로부터 관병을 보낼 것이다. 그 쪽의 군대를 번거롭게 할 필요가 없다는 뜻이었다.

이 달해순의 상주를 보고 나서야 현종은 비로소 안녹산의 요구에 의심을 가지게 되었다. 현종의 얼굴은 묘하게 일그러지면서,

"잡호란 놈이! 잡호란 놈이! 잡호란 놈이…"

하고 똑같은 말만을 되풀이했다. 그러고 나서, 고 역사와 귀비에게 안녹산이 마필을 이동하려는 참뜻이 무엇이겠느냐고 물었다. 귀비는 잠자코 있었지만 고 역사는 이렇게 대답했다.

"심히 불온한 뜻이 있는 것으로 생각합니다. 무슨 까닭으로 이 시점에 말을 헌상할 이유가 있겠습니까? 기왕지사 말씀 올리겠습니다만, 얼마 전에 범양으로 다녀와서 녹산에게 두 마음이 없다는 것을 보고한 보구림輔璆琳이 녹산에게 뇌물을 받았다는 것이 이번에 탄로가 났습니다."

이 말을 듣고 현종은 안색이 변했다.

"무어라고? 구보림이 녹산한테서 뇌물을 받고 있었다고?"

그러고 나서, 다시

"잡호란 놈이, 잡호란 놈이…"를 되풀이하고 나서,

"풍신위馮神威를 사자로 보내라. 마필의 이동을 금하고, 따로 수조手詔*를 보내 녹산에게 고하라. 짐이 새로 경을 위해 하나의 탕을 지어 놓고, 10월 화청궁에서 경을 기다리겠다고…"

현종은 말했다.

사자 신위가 명을 받들어 범양에 갔다가 장안으로 돌아온 것은 9월 초였다. 신위는 상세하게 녹산과의 회견 상황을 아뢰었다.

"신, 20여 일을 들여 범양에 당도했습니다. 녹산은 걸상에 앉아 있었습니다만, 그 자세 그대로 고개도 숙이지 않은 채 말했습니다. '성인께서는 평안하신가?'라고 말입니다. 그리고 이렇게 말했습니다. '말을 헌납하지 않는 것도 괜찮소. 10월에 번듯하게 경사京師에 당도할 것이오!' 그리고서 신은 관사로 납치되어 그곳에 억류되었다가 두 번 다시 녹산을 만나 보지 못한 채, 돌려보내졌습니다."

이 신위의 상주를 접하고서야, 비로소 안녹산이 바야흐로 당나라를 향해 칼을 갈고 있다는 것이 누구에게나 분명해졌다. 이렇게 되자, 귀비도 안녹산의 반역의 뜻을 인정하지 않을 수 없었다. 그러나 분노는 안녹산에게 향해진 것이 아니라, 오로지 양국충에게로 쏠렸다. 게다가 아무리 역심을 품었기로서니 안녹산이 당나라 조정에 활을 겨눈다는 일은 생각할 수 없었다. 당나라 지배에서 벗어나겠다는 선언이라도 할 정도가 아닐까 생각했다. 현종도 같은 생각을 가지고 있었다. 그리고 이는 현종만의 생각이 아니라, 고 역사, 양국충을 비롯한 조정의 신하들 모두의 생각이기도 했다. 언젠가 변경에서 변고가 일어날 것이라는 일은 예상할 수 있었지만, 도성인 장안이 그 일 때문에 어떤 영향을 받게 될 것이라고는 생각하지 못했다. 어차피 문제는 몇 천리나 떨어져 있는 변경의 일이 아닌가?

8월, 백성들에게 이 해의 조세를 면제해 준다는 조칙이 내려졌다. 10월, 예년과 같이 현종은 화청궁으로 행차했다. 안녹산을 토벌하기 위한 작전이 가서한에 의해 세워지고, 이에 관한 회의가 되풀이하여 별궁에서 열렸다. 귀비는 안녹산 토벌군을 편성하기보다는 안녹산의 오해를 풀어 그 반역의 뜻을 번복하게 해야 할 것이라는 생각을 주장했다. 귀비가 그런 말을 하자, 현종, 그리고 조정의 신하들 여럿이 그럴싸하게 여겼다. 양국충만이 이에 반대했다.

# 제구장

11월 9일, 안녹산은 돌연히 범양에서 반군을 일으켰다. 안녹산은 변경 일대의 권력자로 있으면서, 은근히 딴 마음을 품고 있은 지 10년, 마침내 때가 무르익어 반기를 들기에 이른 것이다.

"밀지密旨가 내려왔다. 녹산으로 하여금 군사를 이끌고 장안으로 가서 양국충을 치라 하시니 제병諸兵 모두 군을 따르라!"

안녹산은 자신의 지배하에 있는 모든 군단과 동라同羅, 해奚, 거란契丹, 실위室韋* 같은 이민족 모든 부대에 출동 명령을 내렸다. 군사를 움직이는 이유를 현종으로부터 밀지가 있었기 때문이라고 했으며, 장안으로 가는 일은 양국충을 제거하기 위한 것이라고 했다. 이것이 당나라 조정을 쓰러뜨리기 위한 반란이라는 사실을 알고 있는 것은 녹산을 에워싸고 있는 몇 명의 부장들뿐이었다.

안녹산은 15만의 군사를 일으켰지만, 20만이라고 떠벌렸다. 범양 절도부사 가순賈循에게 범양을 지키게 하고, 평로절도부사平盧節度副使 여지회呂知誨에게 평로를 지키게 했으며, 별장 고수암高秀巖에게 대동大同을 지키게 하고서, 그 나머지 군단은 모두 밤을 새워 가며 범양을 떠나 일로 남쪽을 향했다.

다음날 먼동도 트기 전, 녹산은 군중에 영을 내렸다.

'이의를 내세워 군대를 선동하는 자는 참斬, 삼족에 미치리라.'*

'녹산, 철여鐵輿*를 타고 보병과 기병의 정예들이 천리에 먼지 연기를 피우며 북소리 요란하게 땅을 울리다. 그때에 나라 안은 오래도록 평안 했던지라 백성들은 누대에 걸쳐 전쟁을 알지 못해 갑작스럽게 범양의 군사가 일어났다는 소식에 원근 모두가 심히 떨더라.'

『자치통감資治通鑑』에 나오는 기록이다. 백거이白居易의 '장한가長恨歌' 에 '어양漁陽의 비고鼙鼓=마상에서 치는 북가 천지를 울리며 다가오더라.'고 한 대목은 바로 이때의 일이다.


화청궁의 현종에게 안녹산의 반란 소식이 전해진 것은 11월 15일의 일이었다. 처음에는 태원太原의 북경北京 부유수副留守로부터 안녹산의 대군이 태원을 통과했다는 보고가 들어왔고, 이어서 동수항성東受降城의 수장守將에게서도 녹산의 반란 소식이 보고되었다.

처음, 현종은 이를 믿지 않았지만, 두 번째로 동수항성의 사자가 오 자, 비로소 사태가 예사롭지 않다는 것을 깨달았다. 안녹산이 군사를 일으킨 지 이미 엿새가 지나 있었다.

조정의 회의는 그날 저녁때부터 열렸다. 현종은 말할 것도 없고 양국 충, 고 역사를 비롯한 중신들은 긴장한 표정으로 줄지어 왕궁으로 달려 왔다. 귀비 또한 그 회의 자리에 참석했다. 상당히 경사가 진 기다란 회 랑을 올라왔기 때문인지, 그곳에 들어오는 신하들은 모두가 숨을 헐떡거 리며, 참으로 나라의 큰 변고를 듣고 달려왔다는 듯이 한 마디의 인사도 없이 회의장에 마련되어 있는 자리에 앉았다.

현종은 곧바로 사태를 어찌 처리할 것인지를 물었다. 어느 누구도 금 방 입을 열지 못했다. 귀비는 도열해 있는 조정 신하들의 얼굴에 시선 을 보냈다. 모두가 망연하게 어찌할 바를 모른다는 표정이었다.

고 역사의 얼굴은 코와 눈만이 있는 것 같았다. 코가 우람하고 눈망 울이 크다는 점은 이전부터 이 노환관 얼굴의 특징을 이루어 놓고 있었 는데, 이제는 이 두 가지만을 남겨 놓고 나머지는 주름투성이가 되어 있었다. 고 역사는 분명 안녹산에게 뒤통수를 얻어맞은 형국이었다. 안녹산이 반역의 마음을 드러내기 이전이라면 몰라도 속내를 드러내고 만 이상 급속하게 일을 행동으로 옮기는 일은 없을 것이라는 견해를 남에게도 말하고, 자신도 그렇게 믿고 있었다. 더더구나 현종 황제가 생존해 있는 동안에는 적대 행동을 취하는 일이 없을 것이라는 것이 그 동안의 고 역사의 생각이었다. 그렇지만 안녹산은 그런 일에는 아랑곳하지 않고 군사를 일으키지 않았는가?

현종은 오히려 평소보다 생기가 있는 얼굴을 하고 있었다. 딱히 생기가 돌고 있는 것은 아니었지만, 흥분이 노권력자의 표정을 그렇게 보이게 만들어 놓고 있었다. 조정의 회의를 열어 여러 신하들의 의견을 듣는다는 일이 몇 년 만의 일인지 몰랐다. 현종은 안녹산 덕분에 오랜만에 자신의 의자에 앉게 된 것이다. 이 세상에서 누구보다도 믿고, 누구보다도 사랑하고, 누구에게보다도 많은 것을 주어 온 호족 출신의 거한에게서 꿈에도 생각지 못한 꼴을 당하고 만 것이다. 현종은 10여 년에 걸친 오랜 세월을 줄곧 속아만 왔다는 것을 이제는 깨닫지 않을 수 없었다. 귀비의 눈에 현종의 얼굴이 생기가 넘치게 보인 것은 처음 잠깐 동안이었을 뿐, 이윽고 그것은 이루 말할 수 없이 기묘한 방심의 표정으로 변했다. 분노도 슬픔도 없었다. 현종은 방심하고 있을 수밖에는 어찌하는 수가 없었던 것이다.

양국충은 현종의 옆에서 쉴 새 없이 손가락을 꺾어 가며 침착성 없이 여기저기에 냉혹한 눈길을 보내고 있었다. 얼핏 보기에도 초조해하고 있다는 것을 알 수 있었다. 이 젊은 재상은 안녹산의 역심을 재빨리 알아차리고 있었던 것이 사실이었지만, 이런 꼴로 자신의 앞에 나타날 줄은 생각지도 않았던 것이다. 안녹산이 대군을 이끌고 도성을 향해 쳐들어올 것이라는 상황을 한 번이라도 생각해 본 일이 있었을까? 세상에 그런 일이 있어도 좋단 말인가? 그러나 어느 누가 어떤 생각을 하든, 어양漁陽의 비고鼙鼓* 소리가 지축을 울리며 다가오고 있음은 사실이었다.

돌연, 귀비는 웃음소리를 내었다. 갑자기 자신으로서도 어찌할 수 없는 충동을 받았던 것이다. 안녹산이라는 인물을 잘못 보았구나 하는 느낌을 가진 것은 귀비 또한 예외가 아니었는데, 그런 일과는 따로 웃음이 치밀어 올라온 것이다. 자신을 지켜줄 성벽이 자신을 엄습할 무수한 칼날이 되어 움직이기 시작한 것이 아닌가? 한 자리의 모든 사람들의 눈이 순간 자신 쪽으로 향하는 것을 느꼈지만, 그래도 웃음을 멈출 수는 없었다. 자신은 지금 웃고 있다고 생각했다. 그렇게 생각하면서 웃었다. 아주 옛날, 이 여산의 중턱 왕궁에서 유왕幽王의 비, 포사褒姒가 웃은 것처럼 귀비도 웃었다. 현종에게 불려온 이래 처음으로 귀비는 마음 저 밑바닥으로부터 치밀어 오르는 웃음을 웃었던 것이다.

귀비가 문득 웃음을 그치는 순간, 귀비가 웃은 일을 나무라기라도 하듯 양국충은 얼굴을 험상궂게 찡그리더니 엄숙한 태도로 입을 열었다.

"신은 벌써 폐하께 이런 일이 있을 것이라고 아뢰어 오고 있었습니다. 그것도 한두 번이 아니었습니다."

양국충이 이렇게 말하자, 현종은 대답할 말이 없었다. 바로 그 말 그대로였으니까.

"그러나 지금 반란을 일으킨 자는 녹산 하나뿐입니다. 아마도 다른 장병은 당나라에 적대하기를 바라지 않고 있을 것으로 생각합니다. 열흘도 지나지 않아 승전보가 이곳 화청궁으로 도착할 것입니다."

양국충은 말했다. 이를 시작으로 갑자기 한 자리의 사람들은 입을 열기 시작했다. 모든 신하들은 한 마디씩 하지 않으면 안 되기라도 하는 것처럼, 모두가 짧은 말을 한두 마디씩 했다. 그 중 한 사람이 '이런 사태가 벌어지게 만든 책임은 죽은 이 재상에게 있다.'고 말했을 때만큼은 잊고 있었던 중요한 일을 생각해낸 것처럼 모두가 소란스러워졌다. 새삼스럽게 증오심을 퍼부으며, 죽은 이임보에게 채찍질을 했다. 분명 안녹산의 대군을 맞아서 싸울 군사가 도성에 없다는 사실에 대한 책임은 이임보가 져야할 몫이었다. 자신의 지위를 확고하게 하기 위해 변경 방위의 모든 권한을 한인 장수에게 주지 않고, 이민족 출신 무장에게 준 정책이 오늘날의 대변고를 부르고 만 원인이 되어 버렸다는 것은 틀림 없는 사실이었다.

현종이 먼저 자리에서 일어나고 다음으로 귀비가, 그리고 양국충과 고 역사가 자리를 뜨자, 뒤에 남은 신하들은 다시 원래의 조용한 표정 으로 되돌아가 오래도록 침묵하고 있었다. 화제는 없었다. 그저 성 안 에 머물러 있어야 한다는 것만은 모두가 알고 있었다.

그날, 곧바로 동경東京, 하동河東의 두 요지에 대한 방위 조처가 강구 되었다. 그곳으로 파견될 장군이 발표되었는데, 문제는 이를 따를 군사 가 없다는 것이었다. 적어도 수만 명씩의 병사를 필요로 했지만, 병사 를 위한 대비책이라는 것이 전혀 없었다. 민가의 남자들을 급모해서 이 를 충당하는 수밖에 없었다.

이튿날, 안서安西 절도사 봉상청封常淸이 입궐하여 곧장 화청궁으로 왔 다. 조정 백관들 눈에는 상청이 믿음직스럽게 보였다. 세련되지 못한 생김새에다 큰 몸집을 가진 무장이었는데, 그 세련되지 못한 점이나 대 범한 점까지도 더할 나위 없이 믿음직스러웠다. 상청은 현종을 배알하 자마자 큰 목소리로 아뢰었다. 어떤 사람도 지금까지 이처럼 큰 목소리 를 내는 인물을 본 일이 없었다.

"지금 태평 시절이 계속되고 있습니다. 그래서 사람들은 병란을 싫어 합니다. 일에는 순서라는 것이 있습니다. 세력에는 기변奇變이 있게 마 련입니다."

상청은 호통이라도 치듯이 말했다. 하고 있는 말뜻은 알듯 말듯 한 기묘한 것이었다.

"신으로 하여금 말을 달려 동경에 가게 해주십시오. 나라의 곳간을 열어 용맹한 자를 모으고, 강을 건너 며칠도 지나지 않아 잡호 놈의 목 을 따 겨드랑이에 끼고 도성으로 돌아와, 원하신다면 폐하의 안전에 굴 려서 보여 드리겠습니다."

이보다 더 믿음직스러울 수는 없을 정도로 든든한 말이었다. 그날로 상청은 범양평로范陽平盧 절도사를 제수 받았다.

그날 밤, 상청은 즉시 화청궁을 떠나 동경으로 향했다. 이 무렵부터 화청궁 내부는 수군거리기 시작했다. 쉴 새도 없이 회의가 열리고, 밤낮 없이 사자들이 사방팔방으로 뛰었다.

반란군의 동정도 매일매일 보고되어 왔지만, 사자가 올 때마다 그 보고의 진위를 놓고 말들이 많았다. 진실이라고는 생각할 수 없을 정도로 그 남하하는 속도가 빨랐던 것이다.

큰 소리를 치면서 범양평로 절도사 자리를 거머쥔 상청은 그가 말한 대로 동경으로 가자마자 군사를 모으고, 열흘도 채 안되어 6만 명을 얻고 나서, 하양교河陽橋를 끊어 버리고 수비를 단단히 굳혔다. 이 보고는 화청궁 내부에 갑자기 환한 빛을 비춘 기분이었다. 이제 얼마 지나지 않아 안녹산의 목이 상청의 손에 들려서 들어오는 것이 아닐까 하는 기대를 모든 사람이 하게 되었다.

현종이 허겁지겁 여산의 화청궁에서 철수하여 도성의 왕궁으로 돌아온 것은 11월 21일이었다. 안녹산의 반란 사실이 전해지고 나서 엿새 만의 일이었다. 당장에 안녹산의 연고자들은 모조리 목이 베어지기도 하고 죽음을 당하기도 했다. 안녹산의 아들 안경종安慶宗도 목이 베어졌다. 국가 비상사태에 대비해 지방 관리들의 이동이 발표되기도 하고, 요처 곳곳에 방어사가 두어졌다. 그리고 2~3일이 지나자, 동정군東征軍에 관한 조칙이 나오고, 현종의 5남 영왕榮王 완琬이 원수, 장군 고선지高仙芝가 부원수가 되어 모든 군사를 통솔하고 동으로 치고 나가게 되었다. 이 발표와 동시에 군사 11만 명이 모이게 되고, 이 새롭게 태어난 군사에게는 천무군天武軍이라는 이름이 주어졌다. 군사들은 열흘도 되지 않아 모였다. 하나도 남김없이 도성 장안 언저리의 자제였다.

12월 초 고선지는 5만 군사를 이끌고 장안을 출발했다. 장안과 동경

사이에 있는 섬주陝州에 주둔하기 위해서였다. 원수로 임명된 영왕 완은 원수라는 명목만 가지고 있을 뿐, 실제로는 장안에 머물러 있으면서 병마권은 전적으로 고선지에게 맡겨져 있었다. 고선지는 고구려 출신으로, 이역에서 벌어진 전투에서 혁혁한 무훈을 세운 무장이었다. 천산天山 너머에 있는 석국石國 원정 때는 패장의 오명을 썼지만, 그 밖의 헤아릴 수도 없는 무훈이 고선지로 하여금 대장군으로서의 품격을 갖추게 하고 있었다.

고선지가 장안을 떠난 것과 같은 무렵, 안녹산의 군대는 일찌감치 황하를 건너서 하남 땅으로 밀물같이 다가오고 있었다.

거의 믿을 수 없을 정도의 속도였다. 지나가는 길목의 성들은 모두 함락되었고, 맞서는 자들은 모두 베어졌다. 12월 8일에는 벌써 동경에 육박하고 있었다.

여산의 화청궁에서 큰소리를 치던 장군 봉상청은 동경 교외에서 안녹산의 군사를 맞아 싸웠다. 대규모의 부대가 맞부딪친 최초의 전투였다. 그러나 안녹산의 군대가 변경에 있으면서 실전에 익숙해 있었음에 비해, 봉상청이 이끄는 군대는 변변하게 훈련 한번 해본 일이 없는 오합지졸이었다. 승패는 금방 결판이 났다. 안녹산의 군사는 12월 13일에 동경에 입성했다. 동경을 지키고 있던 이징李憕, 노혁盧奕, 장청蔣清 등이 모두 전사했다. 이때가 안녹산이 반기를 든 후, 동경에 입성할 때까지 겨우 30일이 지난 시점이었다.

패잔병을 그러모아 동경을 벗어난 봉상청은 섬주까지 후퇴하여 여기서 고선지의 군사와 합류했다. 봉상청과 고선지는 섬주를 버리고 군대를 동관潼關까지 물렸다. 섬주에서는 안녹산의 군대를 막기가 힘들었지만, 천하의 험처라는 동관에서라면 침략군을 막아낼 수가 있을 것이라고 생각했던 것이다.

동경이 적의 수중에 떨어졌다는 사실은 온 장안을 떨게 만들었다. 안녹산군의 남하가 이다지도 신속하게 이루어질 것이라고는 아무도 생각하지 않고 있었고, 이처럼 간단하게 동경이 함락해 버릴 것이라고는 상상도 하지 못했었다.

봉상청이 안녹산의 군대를 막아내지 못하고 동경을 버린 다음, 섬주로 물러섰다는 보고가 들어왔을 때, 현종은 분노로 온몸을 부르르 떨었다. 아주 간단하게 안녹산의 수급을 따서, 이를 안고 개선해 자신의 앞에 굴려 보이겠다는 소리를 한 봉상청의 말이 아직도 귀에 쟁쟁하다. 그 말을 믿고 기대한 바가 컸던 만큼, 봉상청의 볼썽사나운 패전에는 참을 수가 없었던 것이다. 현종은 조정 회의에서

"봉상청에게 동경을 탈환하게 하라! 즉시 섬서陝西에서 나와 동경으로 향하라고 명을 내려라."

하고 말했다. 그런데 그 사자가 떠날까 말까할 무렵, 봉상청이 동경으로 향하기는커녕, 다시 동관으로 물러났다는 소식이 들어왔다. 게다가 봉상청 뿐만 아니라, 동정군 5만을 거느리고 있는 고선지까지도 싸우지도 않고 섬주를 버리고 동관으로 물러서 들어박혔다는 것이 아닌가?

이때의 현종의 진노는 한층 대단했다. 주위 사람들이 무슨 소리를 해도 들은 체도 하지 않았다. 현종으로서는 두 무장들이 비겁자 이외의 아무 것도 아닌 것으로 여겨졌다.

"두 사람에게 죽음을 내려라. 진중에서 그 목을 베어라!"

현종이 말했다. 양국충을 비롯한, 그 자리에 있던 신하들은 모두 한결같이 지금 같은 비상시에 우리는 하나의 장군, 하나의 병졸까지도 전투에 의하지 않고는 잃어서는 안 된다고 주장했다. 그러나 현종은 좀처럼 이런 말을 들으려 하지 않았다. 귀비는 이런 일에는 한 마디도 끼어들지 않았지만, 마음 같아서는 현종의 편을 들어주고 싶은 기분이었다. 현종은 몇 년 만에 권력자의 권위를 되찾아 놓고 있었다.

12월 20일, 봉상청과 고선지 두 장군은 동관에서 순순히 죽음을 받아들이고, 이를 대신해 하서농우河西隴右 절도사 가서한哥舒翰이 동관을

지키게 되었다. 가서한은 이해 처음으로 입궐했는데, 입궐 도중에 얻은 병 때문에 임지로 돌아가지 못하고 그대로 장안에 머물러 있다가 이번에 임명된 것이다.

가서한은 명을 받아 동관으로 가기에 앞서 현종을 배알했다.

"이번의 어명이 가서한으로서는 마지막 봉사입니다. 다년간에 걸친 은총에 대해 물러나기 앞서 마음속으로부터 감사드립니다."

하는 말은 별로 이렇다 할 것이 없었지만, 병 때문에 혀가 둔해져 있었으므로, 가서한의 입에서 나오는 말소리는 어딘지 음산했다. 출진을 위한 인사라기보다는 휴가를 청하는 것 같은 말투로 들렸다. 귀비는 2~3년 동안 가서한의 얼굴을 보지 못했었는데, 왕년에 용맹을 떨쳤던 변경의 무장이 아주 딴 사람처럼 무기력한 노인이 되어 있는 것을 보았다. 바야흐로 당나라로서는 동관이 마지막 보루였다. 동관이 무너지고 나면 적을 막아낼 수 있는 장소가 없었다. 그 동관 방위의 큰 임무를 띠고 가는 무장이 이처럼 무기력한데다, 반은 병자 같은 노인이라니 이래도 괜찮을 것인가 걱정하는 마음이 들었다.

"신은 오래도록 안녹산과는 사이가 좋지 않아 서로 목을 노리고 있었습니다. 신은 안녹산과 얼굴을 마주 대할 때마다 그 목을 탐내었습니다. 안녹산 역시 신의 목을 탐냈을 것으로 생각합니다. 그랬던 것이 이번에 서로 적으로서 전장에서 마주보게 되었습니다. 공공연히 서로가 목을 노리게 되었습니다. 신의 목이 몸통에서 떠나 안녹산의 자리 곁으로 나뒹굴 것인지…"

여기까지 말하고 나서, 가서한은 기침이 터져 나와 아무리 애를 써도 기침이 멎어 주지 않는 바람에 인사는 도중에서 중지되고 말았다. 한자리에 도열해 있던 사람들로서는 가서한의 인사가 매우 불길하게 여겨졌다. 가서한의 목이 안녹산의 곁으로 나뒹구는 영상이 눈앞에 아른거렸다.

이튿날, 가서한은 도성에 남아 있던 천무군 8만을 거느리고 떠났다.

고선지 휘하의 5만, 봉상청이 이끌고 있던 병사들, 그 모두가 가서한의 통솔 아래 들어갔다. 그 밖에도 동관에는 각지의 전선에서 피해온 많은 수의 패잔병이 몰려와 있었다. 그런 병사들을 다 합치고 보니, 동관에 거점을 둔 당군의 총세는 20만 6천, 한병漢兵, 호병胡兵들이 뒤섞인 군사들이었다.

가서한이 떠나고 나자, 도성 장안은 갑자기 조용한 분위기였다. 안녹산의 대군이 바로 코앞까지 밀려와 있다는 불안감은 컸지만, 그 불안함에도 어떤 기대가 깃들여 있었다. 마침내 가서한이 군사를 이끌고 나아간 이상, 가서한의 힘으로 나라를 위한 새로운 길이 열리지 않을까 하는 기대가 누구의 가슴에나 있었다.

양국충을 비롯한 백관의 조정 대신 모두가 얼굴만 마주쳤다 하면 가서한의 이름을 말하곤 했다. 아침부터 밤까지 가서한, 가서한이란 말을 입에 달고 있었다. 그런 가운데, 현종 황제만큼은 다소 다른 생각을 가지고 있었다. 현종은 가서한을 신뢰하지 않고 있었던 것은 아니지만, 어마어마한 체구의 안녹산 앞에, 병상에서 갓 일어난 늙은 무장을 대비해 놓고 보자니, 도저히 가서한에게 승산이 있어 보이지가 않았다. 그리고 또, 안녹산이 반기를 든 이래로, 자신도 알 수 없을 정도로 그의 내부에서 무엇인가가 달라지는 것을 느끼고 있었다. 오랜 세월 동안 꾸벅꾸벅 졸기만 하던 사자가 문득 적의 공격을 받고 일어섰을 때처럼, 모든 면으로 생기가 돋는 것처럼 보였다. 양귀비의 눈으로도 현종의 그런 변화를 확실하게 읽을 수 있었다. 매일 밤, 자신의 팔 안에서 맥없이 자기만 하던 늙은 고양이가 갑자기 젊은 범으로 변한 것 같은 느낌이었다. 어느 날 밤, 범은 이렇게 말했다.

"태자 형亨한테 국정을 맡기고, 나는 군사를 이끌고 친정親征을 나가고 싶은데 어떻게 생각하오?"

양귀비로서는 그 자리에서 대답을 할 수 없는 문제였다.

"기왕이면 가서한한테 군대를 맡기기보다는, 나 자신이 전선으로 나가 군사를 독려해야 할 것이 아닌가?"

귀비는 현종의 얼굴을 빤히 들여다보고 있었다. 지금 내 앞에 있는 것은 확실히 하나의 살아 있는 인간이라고 생각했다. 자신에게 덤벼드는 자를 제 손으로 치려하고 있지 않은가? 나라의 위급을 자신의 힘으로 타개하기 위해 자진해서 힘든 자리에 임하려 하고 있는 것이다.

귀비는 조용한 감동이 온 몸에 가득차오는 것을 느꼈다. 개원 28년서기 740년의 10월 이래로 이 15년 동안에 여러 가지 형태로, 한 여인으로 현종을 접해 왔지만, 한 번도 지금과 같은 기분으로 현종을 바라본 일은 없었다. 언제나 자신의 앞에 있는 것은 하나의 절대 권력자였다. 요 몇 해 동안 무기력해지기도 하고, 노쇠가 눈에 뜨이기 시작하곤 있었지만, 그래도 그가 바라는 것은 어떤 일이든지 할 수 있는 인간이었다. 그러나 지금은 달라져 있었다. 현종을 그 거대한 권좌에서 끌어 내리려하는 자가 나왔기 때문이다. 바야흐로 권력의 자리는 크게 요동치고 있었다. 현종이 아무리 원하더라도, 어찌해 볼 도리가 없는 것이 이제는 현종의 주위에 충만해 있는 것이다.

"잡호란 놈이!"

현종은 하루에 몇 번씩이나 되풀이하는 이 말을 이 밤에도 다시 뇌까렸다.

"잡호 놈의 모가지를 짐은 짐의 칼로 쌍동 잘라 버리고 싶은 거야. 그것은 가서한이 할 일이 아니라 짐이 해야 할 일이지."

이 현종의 말 역시 귀비는 감동을 가지고 듣고 있었다. 귀비는 언젠가 안녹산이 호족의 춤을 추는 것을 본 일이 있었다. 걷는 일만 가지고도 힘들 것 같은 안녹산의 거구가 그때만큼은 하나의 팽이처럼 거의 믿을 수 없는 속도로 돌기 시작했던 것이다. 그렇게 선회하는 거대한 팽이에 한 자루의 날카로운 검을 찌르는 일은 분명 현종이 해야 할 일이었다. 안녹산은 서서히 선회하는 속도를 늦추어 나가다가 마침내 털썩하고 쓰러지고 말 것이다. 쓰러진 안녹산의 가슴팍에서 흐늘거리는 고

기의 벽에 칼을 꽂는 것이다. 안녹산의 몸에서는 끝도 없이 계속해서 피가 뿜어 나올 것이다.

"폐하의 친정을 귀비 역시 소망합니다."

귀비는 말했다.

그 이튿날, 귀비는 많은 사람들의 방문을 받았다. 맨 먼저 온 것은 고역사였다. 고 역사는 안녹산이 반란을 일으킨 이후로 그 존재가 아주 희미해져 있었다. 환관이라는 존재가 가지고 있는 약점이 국가가 위급하게 되자 유감없이 드러나고만 꼴이었다. 고 역사는 표기대장군이라는 최고의 자리에 앉아 있었지만, 군사를 다루는 일에 대해서는 아무런 견식도 갖고 있지 않았다. 작전회의 석상에 앉아 있기는 했지만 발언을 할 처지도 아니었고, 설혹 발언을 한다고 해 보았자 아무도 이 늙은 환관의 쭈그렁 얼굴에서 나오는 말은 들은 척도 하지 않을 터였다. 게다가 애초에 반란이라느니 전투니 하는 그런 살벌한 일은 질색인 데다가 이에 대해서는 아는 바가 하나도 없었다. 그저 질색이라고 하기보다는 아예 생리적으로 받아들일 수가 없었다. 음모라든지 책모 쪽이 그에게는 어울렸다. 고 역사는 매일 현종의 곁에서 그를 모시고 있었지만, 완전히 생기가 가셔 버리고, 그 존재는 매우 엷은 것으로 변해 있었다.

"폐하는 정사를 태자께 맡기시고, 친정親征을 하실 것 같습니다. 이, 이것만큼은 누가 뭐라고 하든 못 하시도록 말리셔야 합니다. 대당 제국의 황제가 잡호와 싸우기 위해 나가신다는 것은 도저히 생각도 할 수 없는 일입니다. 싸움터에 나아가 적을 친다거나 당한다거나 하는 일은 아랫것들이 벌이는 일입니다. 화살도 날아올 것이고, 고래고래 지르는 소리도 들려올 것입니다. 그런 소란스러운 곳에 나가시겠다니 허, 참! 이건 어떤 악귀에게 쓰인 것이 아닐까요? 생각만 해도… 어이구 떨려라!"

고 역사는 몸을 부르르 떨고는 다시 한 번

"어이구 떨려라! 어이구 떨려라!"

하고 말했다. 마음 밑바닥으로부터 전투에 대한 공포가 이 늙은 환관을 휘어잡고 있는 것 같았다.

"어찌되었든, 하루바삐 세상이 조용해져야 합니다. 인간이 사는 세상은 평화롭고 조용해야 합니다. 설사 싸움이 벌어진다고 하더라도 그건 먼 곳에서 벌어져야 합니다. 어쩌다가 이처럼 도성 가까운 곳에서…"

"폐하의 친정은 저도 권했답니다."

귀비가 말하자,

"아이고, 어쩌다 또 그런 일을…. 아, 이제 이렇게 되고 보면, 대지는 갈라지고 황하의 물은 거꾸로 흐르게 될 것입니다. 아! 이런 일이 벌어지다니…"

고 역사는 양팔을 하늘 높이 치켜들고는, 그런 자세로 그야말로 기가 막히다는 표정으로 허겁지겁 귀비의 관저를 나갔다. 아무 곳에도 갈 만한 곳이 없었으므로 하늘로라도 올라갈 생각이었는지 몰랐다.

양국충이 왔다. 그는 당당한 기품을 풍기고 있었다. 방으로 들어오더니 선 채로,

"귀비님, 폐하의 친정만큼은 못 하시도록 하셔야 합니다."

그렇게만 말했다.

"어째서지요?"

귀비가 말하자

"태자님이 감국監國*이 되신다는 것은 예삿일이 아닙니다. 감국으로 어명을 내리시고 보면, 자연스러운 추세로 가까운 장래에 제위를 물려드리게 됩니다. 곤란합니다. 제지해 주십시오."

양국충은 그 말만을 하고 나서 바로 방을 나갔다. 양국충이 온 것은 귀비에게 현종의 친정을 제지시켜 달라는 말을 하기 위한 것이 아니라, 귀비가 그것을 현종에게 권한 일을 질책하기 위한 것임에 틀림없었다. 양국충이 화를 내고 있다는 것은 척 보기만 해도 분명히 알 수 있었다. 아마도 이전부터 양씨 일족의 전횡을 못마땅하게 생각하고 있었을 것

이 틀림없는 태자 형을 감국으로 삼는다는 일은, 양씨 일족에게는 바람직한 일이 아니었다. 그런 사리를 헤아리지 않고 현종의 친정에 찬성한 귀비를 나무라기 위해 양국충이 왔던 것이다.

그러나 귀비는 귀비대로 양국충에게 화를 내고 있었다. 지금 이 나라가 이런 사태를 맞게 된 것은 직접적으로는 양국충의 책임이라고 해도 좋았다. 양국충이 안녹산을 자극해서 그를 반란의 봉화를 치켜들 수밖에 없는 입장에 서게 만든 것이 아닌가? 그 바람에 귀비가 은근히 벼르고 있던 계획이 송두리째 뒤집히고 만 것이다.

저녁 가까이 되어 귀비의 두 자매가 왔다. 세 명의 자매 중 진秦 국부인은 1년 전에 저 세상으로 갔다. 괵虢 국부인은 자그마한 몸을 꼼지락거리면서,

"귀비님, 평생의 소원이 있어 지금 이렇게 왔습니다."

하고 말했다.

"무엇입니까?"

귀비가 말하자,

"만약에 태자께서 제위에 오르시는 일이 벌어지면, 우리는 그날로 죽은 목숨입니다. 귀비님 이외의 양씨 가문의 사람들은 모두가 목숨을 잃고 말 것입니다. 지금까지 태자님에게 갖가지 심술을 부려 온 터이니까 이제는 그 앙갚음을 받게 될 것입니다. 앙갚음을 받는 것은 어쩔 수 없다 하더라도, 모처럼 귀비님 덕분에 이처럼 즐겁고, 사치스럽고, 이처럼 하고 싶은 일을 다해오고 있지 않았습니까? 이것을 좀 더 계속하고 싶습니다. 우리는 귀비님 덕분에 지금 즐거운 꿈을 꾸고 있습니다. 꿈입니다. 참으로 아름다운 꿈입니다. 지체가 낮은 집안에 태어난 자들이 귀비님 덕분에 이처럼 아름다운 옷을 두르고, 이처럼 어전에 들락거리고, 이처럼 아무런 부족함도 없이 잘 살고 있습니다. 이것이 꿈이 아니고 무엇이겠습니까? 우리는 불가사의한 별의 운행 덕분에 아무런 공도 없이 과분한 꿈을 꾸고 있는 것이지요. 모처럼 지금 보고 있는 즐거운

꿈을 좀 더 이대로 계속 꾸었으면 합니다."

괵 국부인이 말했다. 이 국부인은 언제나 꾸밈없이 있는 그대로를 응석기가 섞인 말로 하는 것이 무기였다. 괵 국부인의 말에 휘말리다 보면 누구나 무저항으로 그 그물에 걸려들게 마련이었다. 아랫사람에게는 무뚝뚝했지만 윗사람에게는 상냥했다. 지난날 현종에게 치근덕거리다가 귀비를 노하게 만들 정도로 거짓말쟁이인데다가 음란함과 갖가지 악덕이 그 아름다운 얼굴 뒤에 감추어져 있었다. 그리고 무서울 정도로 영악했다. 양국충과의 사이에서도 이런저런 소문이 있었다.

귀비는 잠자코 있었다. 지금까지 모든 것을 알고 있으면서도, 자신은 이 아름답고 자그마한 언니에게 꽤 이용당해 왔었지 하고 생각했다. 잠시 뒤, 귀비는 입을 열었다.

"꿈이라면 깰 때가 있겠지요?"

귀비는 심술궂게 말했다. 그러자 괵 국부인은 반짝하고 눈빛을 빛냈다.

"그렇습니다. 꿈에는 끝이 있습니다. 자연스럽게 그 끝장이 올 때까지 이 꿈을 계속 보고 싶습니다."

"그게 언제입니까?"

"적군이 도성으로 들어오는 때입니다."

어느 누구도 결코 입 밖에 내서는 안 될 소리를 괵 국부인은 불쑥 입에서 내뱉었다. 그러나 그것은 누구나가 '그런 날이 오지 말란 법도 없어.' 하고 마음속 어딘가에 품고 있는 것이었다.

"그런 날이 오지 않으면 다행이고, 만약에 온다면 양씨 일족의 꿈은 그때 가서 깰 것으로 생각합니다. 그 이외의 경우에는 결코 깨고 싶지 않습니다. 나라의 내분 때문에 그 희생이 되는 것은 싫습니다. 어차피 목숨을 끊어야 하는 것이라면, 순국을 하는 편을 취하고 싶습니다."

괵 국부인은 진지한 얼굴로 말하고 나서, 다시 원래의 표정으로 돌아가서,

"더 많이, 더 많이, 즐거운 술잔치를 벌이며 놀고 싶습니다. 어차피 꿈을 꾸고 있는 것이라면, 모두가 꿈속에서 이루어진 일이라면, 좀 더, 좀 더 즐거운…"

문득 말을 끊었다. 괵 국부인의 얼굴에서는 눈물이 하염없이 흐르고 있었다. 눈물을 흘릴 정도의 연기쯤, 괵 국부인으로서는 아무 것도 아니겠지만, 이번만큼은 귀비로서도 괵 국부인의 눈물이 꼭 그런 것만은 아니라고 생각했다. 그녀가 스스로 말한 것처럼 불가사의한 별의 운행 때문에, 옥으로 지어진 전당에 오르게 된 여인의, 여느 사람들로서는 이해할 수 없는 슬픔 같은 것이 있을 것이 틀림없었다. 귀비는 잘 이해할 수 있었다.

해가 바뀌어 천보 15재서기 756년. 정월에 들어 안녹산은 스스로 대연大燕 황제라 칭하고, 연호를 성무聖武라고 개원한다고 발표했다. 그리고 자신에게 항복한 달해순達奚珣을 시중侍中*으로 삼고, 장통유張通儒를 중서령中書令*으로, 그리고 고상高尙, 엄장嚴莊 등을 중서시령中書侍令으로 삼았다.

이 소식은 곧장 장안 도성으로 전해졌다. 이를 듣고서 현종 황제는 격노했다. 오랜 세월 믿고 은총을 베풀어 온 잡호가 황제를 자칭하고 나라 이름, 연호까지 바꾼다고 천하에 발표를 하다니…. 지금까지는 자신에게 반항해서 군사를 일으킨 안녹산에 대해 심한 분노를 느끼고 있었지만, 이는 어디까지나 반란군의 주장에 대한 분노였다. 그러나 이제는 전혀 다른 차원의 것이 되고 말았다. 안녹산은 반란군의 지휘자가 아니라, 황제를 자칭하며 자신을 대신하려는 대항자였다. 귀비의 분노 역시 황제와 같았다. 자신의 양자가 되고 싶다는 소리를 뻔뻔스럽게 말했던 안녹산이 영악한 것인지, 어리석은 것인지 가름을 할 수 없는 얼굴이 갑자기 이 세상의 더할 수 없는 악랄한 존재로 여겨졌다.

당나라 대신 모두가 바야흐로 그 정체를 드러내고만 안녹산에 대해 참을 수 없는 분노를 느끼고 있는 가운데, 환관 고 역사만큼은 조금 달랐다. 안녹산이 대연 황제라고 칭하게 되었다는 소식을 들은 날, 고 역사는 귀비의 관저로 와서,

"비께서도 들으셨습니까? 잡호란 놈이 마침내 황제가 되었다는군요. 황제라는 것은 누가 명해서 될 수 있는 것이 아닙니다. 나라를 세우기에 족한 영토를 가지고, 그 영토를 지키기에 흡족한 군세를 지니고, 자신이 그 땅과 사람을 거느릴 만한 힘을 갖추지 않으면 안 됩니다. 잡호란 놈은 마침내 그것을 갖게 된 것입니다."

하고 말했다. 늙은 환관은 평소보다도 침착하고 생기가 있어 보였다.

"지금까지 폐하는 반란군을 진압하기 위해 우리의 군대를 파견해서 이와 싸우게 하셨는데, 유감스럽게도 이를 진압하지 못하신 겁니다. 그러나 이제부터는 사정이 아주 달라지고 맙니다. 나라와 나라의 싸움이니까요. 여기서 패하는 날이면, 당이라고 하는 나라는 없어져 버리고, 이 너른 당나라는 모조리 몽땅 대연이라는 나라의 것이 되고 맙니다."

잔혹스러운 말이었다. 고 역사는 어떤 기분을 가지고 있는지, 이런 이야기를 하는 것이 즐겁기라도 하다는 듯이 귀비에게 씹어 먹이듯 말을 했다.

"그런 무도한 일이 있어도 되는 것일까요? 하늘은 그런 일을 용서하지 않을 겁니다."

귀비가 말하자, 고 역사는 말소리를 낮추어서,

"비님, 들어 보십시오. 이 당나라만 해도 그렇게 해서 생긴 것이 아니겠습니까? 나라라는 것은 언제나 그런 식으로 세워지는 것입니다."

"도대체 그렇다면, 이 나라는 어떻게 되어 가는 것일까요?"

"나라의 힘이 강하면 대연을 멸망시키고 나라가 존속됩니다. 나라의 힘이 약하면 나라가 망해서 대연이라는 나라가 대신 들어서겠지요. 그러나 나라가 강성한지 약한지는 아무도 알지 못합니다. 단순히 강한 병력을 가지고 있는 것만으로는 나라가 강하다고 말할 수 없습니다. 나라

가 강한지 약한지는 백성이 나라와 어찌 맺어져 있는가로 결정됩니다. 이것만큼은 폐하나, 비님이나, 이 할아범으로서도 알 수 없는 일입니다. 폐하는 말하자면, 천제님의 명으로 당나라 황제로서 이 국토를 맡고 계셨습니다. 그리고 천제님 대신에 천하에 정사를 베풀어 오셨습니다. 그 정사가 올바른 것이었는지 어떤지, 그것을 알 수 있는 때가 이제 다가오고 있습니다. 말할 것도 없이, 폐하도 인간의 하나이므로 잘못된 영을 내리신 일도 있을 것이고, 시답지 않은 인간을 중용하신 일도 있으실 것입니다. 나라의 대사를 잊어버리고 여색에 빠져 계신 일도 있으셨겠지요. 그러나 그런 것은 아무 것도 아닙니다. 고 역사 같은 자를 지금까지 총애해 주신 일도 과연 천제님의 마음에 드는 일이었는지 어떤지, 아무튼 이 또한 대단한 일은 아닙니다. 황하의 물이 모든 것을 자신 속으로 받아들이면서 흐르고 있지 않습니까? 정사라는 것은 그것과 같은 것입니다. 요는 큰 힘으로 흐르고 있느냐 않느냐 입니다. 폐하의 정사가 훌륭하신 것이었는지 어떤지는 평상시에는 알 도리가 없습니다. 여태까지 알지 못한 채로 왔습니다. 그러나 그것을 확실하게 알 수 있는 때가 닥쳐오려 하고 있습니다. 폐하의 정사가 올바른 것이었으면 잡호 놈이 세워 놓은 나라를 멸망시킬 수 있을 것입니다. 만약 그 반대였다면, 폐하께서나, 비님께서나 각오를 하시지 않으면 안 될 것입니다."

고 역사는 말했다. 잠자코 있다가는 끝도 없이 지껄일 것 같은 태세였다.

"그렇다고 하지만…"

귀비가 말을 하자,

"만약 폐하의 정사가 올바른 것이었다면, 백성은 폐하를 지지할 것입니다. 절개를 지키기 위한 충신은 도처에서 일어날 것이고, 나라의 고난을 돕기 위해 달려올 것이 분명합니다. 만약 폐하의 정사가 올바른 것이 아니었다면, 단 한 명도 죽음으로 나라를 지키려는 선비가 나타나지 않을 것입니다. 아무튼 그런 때가 다가왔습니다."

그렇게 할 말을 다하고 나서, 갑자기 탈진해 버린 듯 상심한 표정이 되었다. 남자도 여자도 아닌 한 늙은 환관의 말투에는 나라의 큰일을 당해 국토와 권력자한테까지도 거리를 둔 냉정한 태도가 있었다. 음모나 책모가 모두 소용없게 되어 버린 사태에 직면한 마당에, 고 역사는 참말을 쏟아 놓을 수밖에는 별다른 도리가 없었던 것이다.

해가 바뀌고 나서도 한동안 전선에는 이렇다 할 움직임이 없었다. 한나라의 운명을 짊어지고 동관을 지키고 있는 가서한도 도무지 군대를 움직이려 하지 않았고, 안녹산 역시 동경에 진을 친 채, 그곳으로부터 군사를 내보내지 않았다.

1월 말쯤 되어, 안녹산이 병들어 있다는 보고가 들어왔다. 다리가 부어올라 몸을 놀릴 수가 없게 되었고, 시력도 매우 나빠져 있다는 것이었다. 이는 매우 확실한 정보였고, 적의 지휘자가 병들어 있다는 것이므로, 이쪽에서는 반격으로 나갈 절호의 기회였다. 장안에서는 매일 회의가 열리고, 회의가 끝나고 나면 곧장 몇 명의 사자가 동관으로 향했다. 가서한에게 진격을 명하는 사자였다. 그러나 가서한에게서는 아무런 답이 오지 않았다. 알고 보니 가서한 역시 병이 들어 있었다. 이쪽은 반신불수에다가 귀가 전혀 들리지 않게 되어 있다는 것이었다.

2월이 되자, 밝은 소식이 차례차례 들어왔다. 안녹산을 치기 위해 각지에서 무인들이 군사를 일으키고 있다는 것인데, 승전보도 있고 패배를 알리는 보고도 있었다. 고 역사가 한 말투를 적용시켜 본다면, 절개를 지켜 국난을 구하기 위한 선비가 전국 도처에서 일어났다는 것이다.

이런 기운을 조성해 놓은 것은 항산군恒山郡의 태수 안고경顔杲卿이었다. 안녹산이 군사를 이끌고 남하를 시작할 무렵, 하북河北의 여러 성들은 싸우지도 않고 적에게 항복하고 말았지만, 안고경만은 홀로 대항을 해서 성을 적에게 내주지 않았다. 그리고 적장 하천년何千年을 무찌르며 조趙, 광평廣平, 청하淸河, 경성景城 등 부근의 14개의 성을 되찾았다.

이 보고는 해가 바뀌면서 곧 당의 조정에 전달되었는데, 이 첩보가 장안에 도달할 무렵, 안고경은 적의 대군의 포위를 받아 마침내 붙잡혀서 안녹산 앞으로 끌려 나가 처형되고 말았다. 이 비보는 2월 중순경 장안에 도착했다.

이 비보에 이어, 2월부터 3월에 걸쳐 몇몇 승전보도 들어왔다. 동평군東平郡 태수 오왕지吳王祇는 녹산의 장수 사원동謝元同, 진류陳留와 싸워 이를 쳐부수었다. 그리고 이광필李光弼, 곽자의郭子儀는 정형井陘에서 사사명史思明과 싸워 대승을 거두었다. 안진경顔眞卿은 위군魏郡으로 진출했다. 장순張巡은 녹산의 장수 영호조令狐潮, 옹구雍丘와 싸워 이를 격퇴했다.

동관에 있는 가서한은 여전히 군대를 움직이지 않았다. 1월 말에는 녹산의 아들 안경서安慶緒가 동관에 공격을 걸어 왔던 일이 유일한 전투였고 그 뒤로는 양군이 모두 평정을 유지하고 있었다.

이해의 봄은 어수선하게 닥쳐왔다. 4월 들어 밝은 소식은 북해군北海軍 태수 하란진명賀蘭進明이 군사를 이끌고 평원을 자신의 제압 하에 둔 일이었다. 한때 당장에 안녹산이 장안으로 쳐들어올 것으로 생각해서 장안의 시민들은 도성을 벗어나 지방으로 피란했지만, 봄볕이 장안의 거리에 쏟아지기 시작하자, 시민들은 다시 도성으로 돌아오기 시작했다. 이제는 안녹산이 나라를 세우고 말았으므로 동경에 자리를 잡고 장안까지는 쳐들어오지 않을 것이라는 그럴싸한 소문이 나돌았다. 그 중에는 현종과 안녹산 사이에 화의가 성립되어 각기 군사를 움직이지 않게 되었다는 소문까지 나돌았다.

4월이 되자, 당나라에서는 매일같이 회의가 열렸다. 지방에서는 도처에서 의군이 일어나 안녹산의 군사에 저항하고 있건만, 주력인 동관의 군사가 꼼짝도 하지 않으므로, 지방의 의군을 압살시키는 결과가 되고 있었다. 하루바삐 동관에서 공격해 나가야 한다고 주장하는 사람도 있었고, 이에 반대하는 자중파도 있었다.

자중파는 '안녹산이 언제까지나 대군을 동경에 머물러 있게 할 수 없으므로, 곧 북쪽으로 돌아갈 것이 틀림없다. 이쪽에서 군대를 움직이지 않더라도 저절로 승리는 우리 것이 될 것'이라는 생각에 입각해 있었다.

현종 황제는 공격을 주장하고, 양국충은 자중파를 지지했다. 회의는 매일매일 열렸지만, 어느 쪽으로도 결론이 나지 않았다. 지방에서 패전 소식이 들어오면 주전파가 씨근덕거리고, 동관으로 공격을 명령하는 사자가 보내졌다. 그러나 그 사자가 동관에 가 닿을까 말까하는 사이 안녹산의 부대가 이동한다는 소식이 들어오면, 자중파가 득세를 해서 공격명령을 취소하는 사자가 다시 동관으로 보내졌다.

고 역사는 회의석상에서 한 마디의 말도 하지 않았다. 설혹 말을 하더라도 아무도 귀를 기울이는 자가 없다는 것을 알고 있었으니까. 언젠가 현종은 회의석상에서 고 역사에게 의견을 물은 일이 있었다. 4월 끝 무렵이었다.

"소신은 전투에 대해서는 아무 것도 아는 것이 없습니다. 양군의 주력이 마주 싸우는 경우, 힘이 센 쪽이 승리를 거두겠지만, 어느 쪽의 힘이 센지 알지를 못합니다. 이길지도 모르고 질지도 모릅니다. 전투라는 것은 꼭 이길 수 있다고 생각할 때 하는 것이 좋겠지요."

고 역사는 무거운 말투로 말했다. 자중파인 신하들은 고 역사가 자신들의 입장에 서있는 것으로 생각했지만, 고 역사가 다음에 한 말은 달랐다.

"지금 이쪽에서 전단을 여는 것은 아마도 가장 시원찮은 방책이 될지도 모르지만, 역시 가서한에게 공격명령을 내려야 하는 것이 아니겠습니까? 질지도 모르지만 이길지도 모릅니다. 나라의 안위를 이런 일에 거는 일은 어리석은 일이기는 하지만, 이렇게 된 마당에 어쩔 도리가 없는 것이 아니겠습니까?"

이번에는 아무도 말을 하지 않았다. 주전파 사람들은 자신들의 편을 드는 발언이라는 것은 알고 있었지만, 그의 말에는 석연치 않은 것이 있었다.

고 역사는 계속해서 말했다.

"안녹산의 대군은 식량을 얻기 쉬운 지방으로 곧 이동해 가게 되겠지요. 그렇게 되고 나면 이미 늦습니다. 안녹산이 이동을 개시하기 전에 전단을 열지 않으면 안 됩니다. 안녹산의 대군이 도성인 장안을 위협했을 때, 당나라가 이를 쫓아내기 위해 군사를 움직이지 않았다고 하면, 황제는 그 수치를 후세에 남겨놓는 꼴이 되겠지요. 나라는 잠시 난을 면할 수 있을지 모르지만, 뜻있는 백성들은 모두 황제로부터 떨어져 나가고 말 것입니다. 안녹산이 변경으로 철수해 버리기 전에 나라의 존망을 걸고라도 일전을 시도해 보아야 할 것으로 신은 생각하고 있습니다."

모두가 조용했다. 늙은 환관의 입에서 나온 말에는 곧바로 이를 받아서 반발하기는 어려운 대목이 있었다. 그렇다고 해서 간단히 찬성할 수 있는 것도 아니었다. 결론적으로 볼 때, 매우 고 역사답지 않은 의견이었다. 전에는 현종의 친정에 반대하는 의견을 내놓은 일이 있었는데, 이번에는 그 반대였다. 고 역사는 온 나라가 긴장하고 있을 수밖에 없는 이런 상황에서 피로해 있기도 했고, 지겨운 마음도 있었다.

5월 들어서도 매일 당나라 조정에서는 작전회의가 열리고 있었다. 하루바삐 동관의 주력을 움직여 동경을 공격해야 한다는 주전파도, 반대로 안녹산이 식량 사정 때문에 군사를 움직여야 하는 것은 틀림없는 일이므로, 그때를 기다렸다가 행동해야 한다는 자중파도, 매일 같은 논리를 내세워 가며 서로 양보하지 않았다. 승산의 유무와 상관없이 당나라 조정의 체면을 걸고 진군해야 한다는 고 역사의 주장은 결국 아무도 거들떠보지 않게 되었다.

5월 말경에 상주하는 자가 있었다.

'조정의 정예군 20만 6천이 모두 가서한의 수중에 있습니다. 만약 가서한이 반역하여 깃발을 들어 서쪽을 가리키게 되면 당나라의 운명은 어찌되겠습니까?'

이것은 아무도 꿈에서도 생각하지 못한 일이었다. 그 자리에 있던 모든 사람들의 안색을 변하게 할 만한 위력을 가지고 있는 말이었다. 대군을 거느리고 동관에 들어박힌 채 꼼짝도 하지 않는 가서한의 태도는 의심스럽다면 참으로 의심스러운 바가 있었다. 안녹산과 마찬가지로 호족 출신 무장이라는 점을 생각해 볼 때, 가서한이 절대로 반기를 들지 말라는 보장도 없었고, 또 가서한이 안녹산과 내통하지 말란 법도 없지 않은가?

이런 생각까지 튀어나오고 보면, 이제는 주전론이고 자중론이고가 없었다. 내 편까지도 믿을 수 없는 분위기였다. 양국충의 주장으로 만일의 사태에 대비해 감목監牧, 오방五坊, 금원禁苑의 병사 3천을 모아서 이들에게 군사훈련을 시키기로 하고, 이복덕李福德을 그 장수로 삼았다. 그리고 시정의 자제 가운데서 1만의 병사를 모아서 파상灞上에 주둔시켜 두건운杜乾運이 거느리게 했다. 이 모두가 안녹산의 군대에 대하는 방비라기보다는 가서한의 군사에 대한 방비였다.

장안에서 벌어진 이러한 의심암귀疑心暗鬼적인 조처는 이윽고 동관의 가서한이 알게 되었던지, 가서한에게서 파상의 군사를 동관의 지휘 하에 두게 해 달라는 상주가 있었다. 즉각 문제를 해결하기 위해 두건운이 동관으로 가게 되었는데, 가서한이 이를 베어 죽여 버리고 말았다.

이 사건은 당나라 중신들을 부들부들 떨게 만들었다. 사자는 차례차례로 동관으로 보내졌다. 모두가 가서한에게 진군 명령을 전달하는 사자들이었다. 이에 대해 가서한으로부터의 상주문을 가진 사자가 왔다.

'녹산은 오래도록 군사를 부리는 법을 익힌 끝에, 이제 반역을 하였습니다. 어찌 그들에게 방책이 없겠습니까? 만약 이쪽에서 나가면 그들이 도모한 술수에 빠지기 십상입니다. 역적들은 멀리서 왔으므로, 그들의 이利는 속전速戰에 있습니다. 관군은 험한 지형을 의지해 이를 막고 있습니다. 아군의 이利는 지키는 데에 있습니다. 바야흐로 역적들은 잔학해서 무리를 잃고, 군세는 날로 쇠약해져 내란을 일으킬 지경입니다.

따라서 이를 이용하면 싸우지 않고 승리를 얻을 것입니다. 요는 공을 이루는 데에 있는 것입니다. 어찌 신속하기를 꾀하겠습니까? 게다가 여러 도道에서의 징병이 아직 충분히 모이지 않았습니다. 청컨대 잠시 더 기다려 주시기 바랍니다.'

사정은 가서한이 아뢰고 있는 것과 같은 것인지도 모르고, 아니면 따로 도모하는 일이 있어 변명을 하는 것인지도 알 수 없었다. 조정에서는 가서한의 진의가 어디에 있느냐는 것을 가지고 논의를 거듭했다. 그리고 최후에, 진군을 명하는 성지聖旨를 받든 사자가 동관으로 보내지게 되었다. 이번 사자는 양국충이 내린 명령이 아니라, 성지를 전해온 것이므로 가서한으로서는 그 명령을 따르지 않을 수가 없게 되었다.

가서한에게 이끌린 20만 6천의 군사는 동관을 나섰다. 6월 10일의 일이었다. 그리고 영보현靈寶縣의 서쪽 벌에서 녹산 휘하의 최건우崔乾祐의 부대와 맞부딪쳤다. 양진영으로서는 첫 번째 대규모 전투였고, 각각의 흥패를 건 결전이었다.

가서한의 군대가 대패를 해서 뭉그러지고 말았다는 보고는 개전 후 얼마 지나지 않아서 도성으로 전해져 왔다. 그러나 조정에서는 아무도 이 패전보를 믿지 않았다. 그처럼 맥없이 지는 일이 있을 수 있을까 하고 생각했던 것이다. 20만 여의 대군이 회전 하루 만에 뭉그러졌다는 것은 현종 황제로서도, 양국충으로서도 그대로 믿을 수 없었던 것이다.

현종 황제는 패전을 보고하는 사자를 보지도 않고서, 11일 이른 아침 이복덕으로 하여금 감목의 군사를 거느리고 동관으로 가게 했다. 이복덕의 부대가 떠난 다음의 장안에는 심상치 않은 고요가 깔려 있었다. 이날, 해가 지고서도 30리 밖의 진수鎭戍 성에서 올리는 평안화平安火를 볼 수가 없었다. 평안화라는 것은 매일 초저녁에 각 초소에서 올리는 봉화를 가리키는 말인데, 관할 지구에 이상이 없다는 것을 알리는 역할을 하고 있었고, 이런 초소는 먼 지역에서 도성으로부터 30리 간격으로 배치되어 있었다. 그 평안화가 보이지 않는다는 것은 초소의 수비병이

화를 당해서 봉화를 올릴 인원이 없다는 것을 뜻하고 있었다. 이제야 조정에서는 비로소 사태의 위급함을 알게 되었다. 동관의 수비가 뭉그러졌다면, 동관에서 장안까지 사이에는 적의 대군을 막아낼 방비도, 장소도 없었다.

양국충은 즉시 조정에 백관을 모아 놓고 패전보를 믿을 수밖에 없음을 알리고 나서, 나라의 위급을 어찌 수습할 것인지를 의논했다. 아무도 대답하는 자가 없었다.

"신, 녹산의 반역을 이미 10년이나 아뢰었건만, 주상께서 이를 믿지 않으셨으니, 오늘의 사태는 재상의 과오가 아닙니다."

양국충은 그 말만을 하고는 분연히 조정 회의를 끝냈다. 이런 회의는 아무 짝에도 소용없다는 것은 알고 있었다. 그 자리에 있던 신하들도 자리에서 얼른 일어났다. 그들 역시 일이 이 지경이 되고 보니 자기 자신을 위해 해야 할 일이 잔뜩 있었던 것이다.

이 무렵부터 도성 장안의 9가街 12구衢에서 일어나는 소요 소리가 왕궁으로까지 들려오기 시작했다. 거리에 등불이 걸려 있는 것도 아닌데, 마치 불이라도 난 것처럼 밤하늘은 벌겋고, 바람도 불지 않아 이상스러울 만큼 무더웠다. 거리에서는 모든 백성들이 남자나 여자나, 이 밤이 이 세상의 끝이기라도 되는 것처럼, 거리의 이곳저곳을 돌아다니며 소란을 피우고 도망치는 등, 날뛰고 있었다.

양귀비는 관저에서 겁에 질려 소란을 떠는 시녀들을 진정시키고 있었다. 고 역사는 조정회의가 끝난 다음 줄곧 왕궁과 귀비의 관저 사이를 오가고 있었다. 몇 번째인가 만에 귀비의 관저에 얼굴을 내민 고 역사는, 현종 황제는 양국충과 한 국부인, 괵 국부인 등의 권유로 양씨 일족의 고향인 촉蜀에 가기로 한 것 같다고 고했다. 촉은 양씨 일족의 고향임에는 틀림없었지만, 귀비로서는 미지의 땅이었다. 그곳에서 태어나기는 했지만, 의식이 생긴 다음 자라난 곳은 그곳이 아니었다. 따라서 촉으로 가게 될 것 같다는 소리를 듣고서도, 그것 때문에 안도의 마음이 생기는 것도 아니었다.

다음날인 12일, 궁에 들어온 자는 열 한둘을 셀 정도에 지나지 않았다. 현종 황제는 근정루謹政樓로 가더니 군사를 이끌고 친정을 하겠다는 조칙을 내렸다. 양귀비도 이 말을 듣고서 한때는 이것이 참말인가 하고 생각했지만, 곧 들어온 고 역사의 입을 통해 그것은 단순한 구실에 지나지 않았고, 당나라 조정은 촉으로 옮아가기로 했다는 말을 들었다. 현종 황제의 친정親征 조칙은 백성의 혼란을 막기 위한 궁여지책이었다. 하지만, 이를 듣는 자들은 모두 이를 믿지 않았다. 군대다운 군대도 없는 마당에 친정 같은 일이 있을 수가 있을까 하고 생각했기 때문이다.

혼란 중에 발표가 있었다. 경조京兆의 윤尹 위방진魏方進이 어사대부御史大夫가 되어 치돈사置頓使를 겸하고, 경조의 소윤小尹 최광원崔光遠이 경조의 윤이 되어 서경西京의 유수留守로 충당되었다. 그리고 장군 변영성邊令誠이 궁성의 경비를 관장하게 되었다. 이날, 현종 황제는 흥경궁에서 대명궁으로 자리를 옮겨, 그곳에서 정무를 보게 되었다.

어수선한 하루도 저물어 밤이 되었다. 현종 황제의 장안으로부터의 탈출은 양국충의 지휘 아래 비밀리에 준비되었다. 용무장군龍武將軍 진현례陳玄禮는 명을 받아 남몰래 군사를 정비해서 9백여 마리의 말을 끌어내었는데, 남들이 눈치채지 못했다.

6월 13일 미명, 양귀비는 고역사가 왔다는 말을 듣고 침대에서 내려섰다. 고 역사는 방 입구에 서있었는데, 귀비의 얼굴을 보자,

"안녕히 주무셨습니까?"

하고 물었다.

"잘 잤습니다."

귀비는 대답했다. 실제로는 귀비는 이 2~3일 동안 깊은 잠을 잘 수가 없었다. 잠이 들려 하면, 금방 꿈을 꾸고는 그 꿈이 풍기고 있는 슬픈 느낌 때문에 눈이 떠지곤 했다. 잠이 깨고 나면, 그 꿈의 내용에 대해서는 잊어버리고 말았지만, 언제나 꿈이 지니고 있는 슬픔만이 남았다.

"촉나라로 모시고 갈 시간이 왔습니다. 떠나기까지 한 식경 가량 남아 있습니다. 식사를 하시고 나서 준비를 하십시오."

고 역사는 말했다.

"폐하께서는 촉으로 향하는 행차가 얼마나 마음 내키지 않으시겠습니까? 흉중을 헤아려 보자니 이 가슴은 찢어질 것 같습니다."

귀비는 도성을 버리고 머나먼 땅으로 도망을 가는 늙은 권력자가 그저 애처롭게 느껴졌다. 괵 국부인이 '모든 것은 꿈이다. 자신들은 긴 꿈을 꾸고 있었던 것'이라고 말했는데, 이제 생각해 보니 자신이 현재의 화청궁, 당시의 온천궁으로 불려온 개원 28년 이래의 일은 모두가 꿈이라고 하는 도리밖에 없었다. 처음으로 현종을 배알한 것은 22세 때의 일이었고, 지금은 38세이므로 16년에 걸친 긴 꿈이었다.

현종을 따라 촉으로 향하는 것은 재상 양국충, 위견소韋見素, 위방진魏方進, 그리고 친왕, 비, 공주, 황손들, 그 밖에는 용무장군 진현례가 근위병을 이끌고 호위를 담당함으로 해서 일행은 3천 명이 넘는 대부대가 된다는 것이었다. 양씨 일족의 사람들이 함께 가는 것은 물론이지만, 괵 국부인과 양국충의 아내 배유裵柔 두 사람은 선발대로서 이미 지난밤에 도성을 떠났다는 것이었다. 괵 국부인다운 약삭빠른 민첩성이었다.

"그런데 양 재상은 어떤 기분일까요?"

귀비는 말했다. 이 나라에 이런 비운을 불러들인 직접적인 책임이 있는 것은 양국충이라는 것은 만인이 다 아는 사실이었다.

"별다른 기분을 가질 여유도 지금의 양 재상에게는 없을 겁니다. 촉나라로의 행차를 비밀리에 진행시키는 일만으로도 벅차지만, 폐하가 계시지 않게 된 도성의 방비, 각 지방 절도사에게 취할 연락과 지령, 그 밖의 온갖 정무를 모조리 몽땅 혼자서 처리하고 있습니다. 이를 도와줄 사람은 한 명도 없습니다. 그 점 역시 매우 훌륭하십니다. 다른 사람이었다면 그렇게 할 수가 없습니다. 새벽에 폐하의 가마가 서문을 나갑니다만, 과연 그때까지 정무를 다 처리할 수 있을 것인지…"

고 역사는 말했다. 이제 오직 혼자 남아서 도성 철수를 위한 뒷설거지를 하기 위해 분투하고 있는 양국충이 일을 모두 처리하고 나서, 일행의 출발에 맞추어 올 수 있을 것인지 어떤지를 고 역사는 냉정하게 제삼자의 입장에서 바라보고 있었다.

바쁘게 된 것은 양국충만이 아니었다. 귀비의 입에서 돌연히 도성 철수 발표를 하자, 귀비 관저의 시녀와 환관들은 평소의 다소곳한 태도를 잊어버리고, 울고불고, 이리저리 뛰어다니면서 각각 피신을 준비하느라 극도의 혼란에 빠지고 말았다.

촉나라로 향하는 자들이 모두 연수문延愁門 앞 광장에 모여든 것은, 밤의 어둠이 짙게 내리깔린 다음의 일이었다. 황족이라 하더라도 왕궁 밖에 살고 있는 자들은 모두 버리고 가기로 했다. 현종은 말을 타고 귀비는 가마를 탔다. 이윽고 가지각색의 복장을 한 집단은 금원禁苑의 서문이기도 한 연수문을 나섰다. 가마에 탄 사람, 말을 탄 사람, 걷는 사람, 시녀도 있고 환관도 있으며, 무장한 병사들도 있었다. 일행이 왕궁을 벗어날 무렵부터 부슬부슬 비가 뿌리기 시작했다.

도성을 벗어난 현종 황제 일행이 위수渭水 강가에 당도한 것은 겨우 동녘 하늘이 희끄무레해지기 시작했을 무렵이었으므로, 물론 도성에는 아직 하루의 소요가 시작되기 전이었다. 왕궁 안에 갇혀 있는 궁인들 말고는 현종 황제가 도성을 빠져 나간 사실을 알고 있는 자가 없었다.

일행은 위수의 가교를 건너 강의 맞은편 함양咸陽으로 나갔다. 양국충은 부하에게 명해 가교를 불태우려 했지만, 현종은 자신들의 뒤를 쫓아 도성에서 올 사람들이 있을지 모른다며 다리를 불태우지 못하게 하고서, 고 역사에게 한낮까지 그곳에 있다가 다리를 파괴한 다음에 다시 합류하라고 했다.

현종은 환관 왕낙경王洛卿을 앞세워 군현의 관리들에게 부서를 떠나지 않게 다독이라고 명했다. 그러나 왕낙경은 다시는 돌아오지 않았다. 현령과 더불어 어디론가 도망치고 만 것이다.

함양의 망현역望賢驛에 이르렀을 때는 해가 높이 떠올라 있었다. 이곳에서 관리들을 집합시켰지만, 한 사람도 응하는 자가 없었다. 대선료大膳寮에서 음식을 내오기로 되어 있었지만, 아직 도착하지 않았으므로, 양국충은 어딘가에 가서 호떡을 사 가지고 와서, 이를 현종에게 바쳤다. 잠시 후 부락의 백성이 현미 식사를 바치자, 일행은 모두들 다투듯이 이를 손으로 움켜쥐어 먹었다. 대선료의 식사는 그 다음에 도착했다.

첫 번째 식사가 이런 형편이었으므로, 문제는 앞으로 필요한 식량을 어떻게 마련할 것인가였다. 현종은 가는 도중, 차례차례로 병사를 부근의 촌락으로 보내 식량을 구해 오게 했지만, 음식물은 거의 구해지지 않았다.

마침 이 무렵, 도성에서는 일대 혼란이 벌어지고 있었다. 이날에도 입궐하는 자가 있었다. 그들이 궁정 문으로 가자, 항상 그래 왔던 것처럼 삼위三衛*는 장대를 세우고 엄연한 자세를 취했지만, 일단 문을 열자, 그 순간 내부에서 궁 사람들이 쏟아져 나왔다. 모두가 우왕좌왕 미친 듯이 황제가 왕궁을 빠져 나갔다는 소리를 외치고 다녔지만, 그 행방에 대해서는 아는 자가 없었다. 이 왕궁에서 벌어진 소요는 금방 도성의 동서 양쪽 거리 110방坊으로 퍼져 나갔다. 이날까지의 거리의 소란은 병란을 피하려 하는 사람들에 의해 일어났던 것이지만, 이날 새로 시작된 혼란은 전혀 별개의 것이었다. 가난한 백성들은 앞 다투어 왕궁 안으로 들어가 금은재화를 털어 갔다. 노새를 타고 궁전으로 들어가는 자도 있었고, 좌장대영고左藏大盈庫를 뒤지는 자도 있었다. 왕궁의 한 귀퉁이에서는 불이 났다. 이윽고 도성 이곳저곳에 자리해 있던 왕공들의 저택도 똑같은 운명에 처했다. 장안 거리의 미증유의 혼란 속을 사람들은 집을 버리고 교외의 산속으로 피해 가려 했다. 거리거리에서는 각각 제 갈 길로 향하는 사람들이 서로 부딪치며, 뒤섞이며, 소용돌이를 만들었다.

이날, 현종 일행은 비가 조금씩 뿌리는 대평원을 따라 서쪽으로 향했다. 여인네들이 섞여 있는 이 집단의 발걸음은 느릴 수밖에 없었다. 사방으로 끝도 없이 누런색으로 뜬 벌판이 낮게 물결치며 퍼져 가고 있는 중에 한대漢代의 능묘가 점점이 있을 뿐, 그 말고는 아무 것도 눈에 뜨이는 것은 없었다.

일행은 한밤중에 금성金城에 도착했다. 경성의 서쪽으로 40~50리 지점인데, 새벽 일찍부터 밤늦도록 걸어서 이 정도밖에는 나아가지 못했던 것이다. 안녹산의 군대가 밀려온 것으로 생각했던지, 현령은 도망쳤고, 현민 역시 하나도 남김없이 집을 빠져 나가 버렸다. 여기서 한번 따라 오는 종자들을 점검해 보았는데, 내시감內侍監 원사예袁思藝의 모습이 보이지 않았다. 그러나 아무도 그에 대해 한 마디도 하지 않았다.

금성역은 등불도 없어 어두웠다. 어둠 속에서 사람들은 귀천의 구별도 없이 누워서 잠들었다. 새벽녘 동관에서 피해온 가서한의 부장 왕사례王思禮가 일행에 합류했다. 왕사례의 입을 통해 비로소 가서한이 적에게 붙잡혔다는 것을 알게 되었다. 현종은 그 자리에서 왕사례를 하서농우 절도사로 임명하고 진鎭으로 향했다. 흩어진 병사들을 수습하고 난 후, 동쪽으로 쳐 나갈 기회를 기다리기로 했다.

이튿날, 비는 멎었지만, 한 그루의 나무도 없는 평원의 더위는 매우 극성스러웠다. 전날 본 것과 똑같은 평원을 일행은 배고픔과 더위로 고통을 받아 가면서 나아갔다. 물도 없었다. 도중에 길은 감숙甘肅으로 가는 길과 사천四川으로 가는 길, 두 가닥으로 갈라졌다. 그 분기점을 지날 무렵부터 진현례가 거느리고 있는 근위대에는 불온한 기운이 감돌기 시작했다. 병졸들은 대열에서 벗어나 각각 제멋대로 행동하기 시작했다. 취락이 보이면 그곳으로 난입해서 그들이 먹을 음식물만을 뒤졌다.

저녁때, 마외역馬嵬驛에 이르렀다. 이곳에서도 현령은 도망을 치고 현민이 어디론지 가버린 상태였다. 병사들은 피곤과 배고픔으로 사나워져 있었다. 병사들뿐만 아니라, 지휘자인 진현례까지도 아무에게나 닥치는 대로 노성을 발하고 있었다. 진현례의 뜻이라면서 환관 이보국李補國이 나라의 화를 불러들인 책임자로서, 양국충을 주살할 것을 태자 형亨에 게 와서 제의했다. 젊은 환관의 얼굴은 낙조에 물이 들어 피를 뒤집어 쓴 듯이 보였다.

태자와 이보국은 역 앞 광장 한 귀퉁이에 마주 서있었다. 그때, 광장 으로 막 들어오려던 양국충의 말을 20여 명의 토번 사나이들이 가로막 았다. 토번인들은 모두 토번에서 장안으로 파견되어 온 사자들이었다. 우연히 현종의 장안 철수 때 마주치는 바람에, 함께 이곳에 왔었는데, 그들은 음식물을 구할 수 없다는 것을 양국충에게 호소하려 했던 것이 다. 토번인들은 제각기 음식물을 지급해 달라고 소리치고 있었다. 이를 바라보고 있던 진현례의 부하 하나가,

"국충이 오랑캐들과 음모를 꾸미고 있다."

고 큰 소리로 외쳤다. 그 외침 소리는 두세 번 되풀이되었다. 광장에 진치고 있던 병사들은 일제히 노성과 함께 일어섰다. 그때, 어디에서 날아온 것인지 한 대의 화살이 양국충의 말안장에 부딪치더니 땅으로 떨어졌다. 양국충은 말에서 구르듯이 내리더니 서문을 향해 뛰었다. 병 사들은 일제히 그를 쫓아갔다. 삽시간에 병사들은 피에 굶주린 승냥이 처럼 칼을 빼어 들고 날뛰었다.

서문에서 다시 모습을 드러낸 병사들은 창끝에 양국충의 목을 꿰어 가 지고 있었다. 양국충의 목은 역문 밖에 내걸렸다. 양국충의 아들인 호부 시랑戶部侍郎 훤喧, 한 국부인 등이 차례로 재난을 당해 목숨을 잃었다.

어사대부 위방진魏方進이 광장에 나타나

"너희들은 어째서 재상을 죽였느냐?"

하고 호통을 쳤다. 그러나 다음 순간, 위방진은 몇 명인가의 병사에 게 습격을 당했고, 병사들이 흩어진 다음에는 땅바닥 위에 시체가 되어 나뒹굴고 있었다. 이 소란을 전해 듣고 귀견소韋見素가 달려왔지만, 한 마디도 하지 못하는 사이에 난동을 부리는 병사들의 습격을 받아 머리

에서 피를 쏟았고, 피는 지면에 흘러내렸다. 이쪽은 누군가가 "위 상공을 죽이지 말라!"고 소리치는 바람에 간신히 죽음만은 면할 수 있었다. 피에 굶주린 병사들은 역 건물을 에워쌌다.

역의 관사 안에 있던 현종은 소란스러운 소리를 듣고 관사에서 나와 병사들의 마음을 쓰다듬어 주려 했으나, 소요는 가라앉을 기미가 보이지 않았다. 진현례는 현종 황제 앞으로 나오더니, 이제는 아무런 힘도 갖지 못한 권력자에게 말했다.

"국충은 이미 주살됐습니다. 도적의 뿌리가 아직도 관사 안에 있습니다. 원컨대, 폐하! 정情을 버리시고 법을 바르게 세워주십시오!"

도적의 뿌리라는 말이 누구를 가리키고 있는 것인지를 현종 황제는 확실히 알고 있었다. 양씨 일문의 주된 인물들은 귀비 말고는 이미 모두가 병사들의 칼날에 희생되어 있었다.

현종 황제는 관사 안으로 들어가서 망연히 서있었다. 경조부京兆府의 사록司錄 위악韋諤이 현종 앞으로 다가와서,

"이제는 병사들의 노여움을 가라앉히는 방법이 따로 없습니다. 위험은 폐하의 신상에까지 미칠 형편에 놓여 있습니다. 폐하! 어서 결심을 해주십시오."

하고 말했다.

"귀비는 언제나 궁전 안에서 살았다. 국충의 일족이라고는 하지만, 국충하고는 아무런 상관도 없어!"

현종은 말했다. 그리고 곁에 서있는 고 역사 쪽으로 얼굴을 돌렸다.

고 역사는 잠자코 있었다. 고 역사가 지금 무엇을 생각하고 있는지는 그 얼굴만 보고서는 알 수 없었다. 고 역사의 깊은 주름살에 뒤덮인 얼굴은 평소의 그것과 조금도 달라 보이지 않았다.

고 역사는 이윽고, 그 얼굴을 조금 들어 올려 아무도 지금까지 들어본 일이 없는 것 같은 기묘한 목소리를 입에서 내놓았다. 우는 소리인지, 웃는 소리인지도 알 수 없었다. 한 마디 한 마디를 기다랗게 끌면서

노래하듯이 말했다. 그러나 역시 하나하나 뜻이 있는 말이었다.

"귀비님께는 참으로 아무런 죄가 없으십니다. 죄가 있다는 소리를 누가 할 수 있겠습니까? 그러나 장수들은 이미 양 재상을 죽였습니다. 귀비님께서 그대로 곁에 계시다가는 폐하까지도 안전하시지 못할 것으로 생각됩니다. 아무쪼록 폐하, 깊이 생각해 주십시오. 지금 해야 할 일은 군사들의 마음을 가라앉히는 일입니다. 군사들이 조용하면, 바로 나라도 편안한 법입니다."

고 역사는 권력과 관련된 발언을 하는 자신의 입장을 오랜만에 되찾아 놓고 있었다. 지금까지는 고 역사도 어떤 경우에나, 결국은 자신을 지키기 위해 냉정히 처신하고 있었다. 자신을 지키는 일이 나라의 이해와 일치하는 경우도 있었고, 상반되는 경우도 있었다. 고 역사는 지금 냉정했다. 현종을 옆에서 지켜야 했고, 이제 가공할 권력의 소유자로서 앞에 우뚝 서있는 진현례의 의지 역시 무시할 수는 없었다.

"그대의 손으로 불당 앞으로 데리고 나가 그렇게 하라! 칼을 쓰지 말고 그렇게 하라!"

잠시 후, 현종은 말했다. 고 역사는 그 말을 듣자, 바로 양귀비가 있는 관사 안쪽으로 들어갔다. 귀비는 어둑어둑한 방의 창가에 의자를 놓고 거기에 앉아 있었다.

"최후의 시간이 왔습니다."

고 역사가 이렇게 말하자, 순간, 귀비는 낯빛이 변했다. 그러나

"양씨 일가의 사람들이 진현례에 의해 주살 당했다는 말을 지금 들었습니다. 진현례는 청렴한 분으로 알려진 무인이고, 평소 폐하에게 간언을 하되 그릇된 말을 한 일이 없습니다. 누구보다도 귀비가 잘 알고 있습니다."

귀비는 말했다.

"비님께는 죄가 없습니다."

고 역사가 말하자,

"폐하의 나라를 이 꼴로 만들어 놓은 것은 양 재상입니다. 양 재상은 내가 있었기 때문에 그렇게 행동할 수 있었습니다. 어찌 비인 내게 죄가 없다고 할 수 있겠습니까?"

귀비는 의자에서 일어섰다. 지금의 귀비에게는 권력자에 대한 사랑만이 있었다. 고 역사는 작은 불당이 있는 뜰로 나갔다. 고 역사의 손에는 귀비의 목에 걸 천 조각이 쥐어져 있었다. 고 역사는 건물 옆 대추나무 아래 서서, 저물어 가고 있는 하늘로 시선을 보내며 귀비가 걸어오는 것을 기다리고 있었다. 이윽고, 고 역사는 귀비의 등 뒤로 돌았다. 늙은 환관은 자신에게 과해진 역할을 다른 어떤 사람이 하는 것보다도 냉정하게 해내었다. 자신의 팔에 온 몸의 체중을 맡겨 놓고 있는, 이 세상의 것으로는 여겨지지 않을 만큼 사치스러운 여체가 다시는 소생하는 일이 없도록, 고 역사는 몇 번이고 공을 들여 천 조각을 쥐어짰다. 귀비는 안녹산이 반역을 일으키는 바람에 무후나 태평 공주가 되는 일이 없이 순국하는 꼴로, 그 38년의 생애를 마치게 되었던 것이다.

고 역사는 자기가 숨을 끊어 놓은 귀비의 시체를 가마에 싣고, 그것을 역 앞의 뜰로 운반했다. 진현례는 가마에서 귀비의 시체를 살펴보고는

"좋습니다."

하고 말했다. 그리고 투구를 벗고 갑옷을 풀더니, 죄를 받기를 기다렸다. 현종은 진현례를 벌하지 않고, 군사들을 달래라고 명했다. 군사들은 흥분에서 깨어나 역 앞 뜰에서 차차로 물러났다. 귀비의 유해는 고 역사의 손으로 역으로부터 그리 멀지 않은 벌판의 한 후미진 곳에 묻어졌다. 낮은 언덕자락 밑, 촉으로 향하는 길에서 조금 들어간 곳이었다.

괵 국부인, 그 아들 배휘裴徽, 국충의 아내 배유裴柔, 그의 어린 아들 희晞 등은 먼저 진창陳倉에 도착해 있었는데, 그곳에 양국충이 죽었다는 소식이 들어가자마자 현령이 뒤를 쫓게 되었다. 괵 국부인은 대밭으로 들어가, 자신 이외의 사람들이 자진하는 것을 도와주고 나서 마지막으로 자살을 꾀했지만, 결국 죽지를 못하고 붙잡혀서 옥으로 보내졌다.

"조정의 사람이냐? 반란군의 병사냐?"

괵 국부인은 괴로운 숨을 토해 내며 물었다.

"양쪽 모두다!"

옥졸은 대답했다. 국부인은 목구멍에 피가 막혀서 죽었다. 오래 즐거웠던 꿈은 끝나고 말았다.

현종은 촉으로 향하는 도중, 태자 형亨에게 남아서 백성들을 위무하라고 하고, 태자 및 그와 함께 남을 군사들과 작별한 후, 자신은 대산관大散關을 거쳐 출렁다리를 건넌 다음, 검각劍閣을 지나, 한 달여 만에 촉의 수도 금제성金堤城=成都에 도착했다.

현종이 촉에 머물러 있는 1년여 동안에 하늘은 다시 당나라 편을 들어 기쁜 소식이 차례차례 촉의 행궁에 들려 왔다. 영무靈武에서 올린 태자 형亨의 즉위, 장군 곽자의郭子儀의 활약, 위구르로부터의 원조, 안녹산의 갑작스러운 죽음, 그리고 장안과 동경의 회복이 그것이었다.

현종이 다시 도성 장안을 바라보고 촉의 행궁을 떠난 것은 지덕至德 2년서기 757년 11월의 일이다. 귀비가 잠들어 있는 마외역을 지나갈 때의 현종을 백거이白居易는 이렇게 읊고 있다.

> 그러다가 천하정세 일변하여
> 천자는 장안으로 돌아오게 되었는데,
> 이곳에 이르니 발이 자꾸만 머뭇거려 나아갈 수가 없구나.
> 마외馬嵬 저 언덕 아래 뻘흙 속에 묻혀
> 임금의 옥안도 보지 못한 채 헛되이 죽어 간 곳.
> 임금과 신하들 모두 뒤돌아보며 눈물로 옷을 적셨네.
> 그리고는 동쪽 도성 문을 바라보며 말 가는 대로 궁으로 돌아갔네.
> 옛 궁성에 돌아와 보니 연못과 동산은 예전 그대로인데,
> 태액太液=禁苑의 연못이름의 부용꽃, 미앙未央=궁전이름의 실버들.
> 부용은 얼굴 같고, 버들은 눈썹 같구나.

현종은 도성으로 환궁하자마자 칙사를 보내 귀비를 제사지내게 하고, 그 후, 개장하려 했지만, 반대하는 자들이 있어 그만두었다. 그러나 일설로는, 현종은 남 몰래 환관에게 명해 귀비의 유해를 다른 장소로 옮겼다고 전해진다. 귀비의 유해를 싸고 있던 옷도, 그 육체도 모두 사위어 버렸지만, 가슴 위에 오독하니 놓여 있던 비단 주머니만이 남아 있었다고 한다. 참으로 현종의 눈에는 태액 연못의 부용꽃은 귀비의 얼굴 같았고, 미앙궁의 실버들은 귀비의 눈썹으로 비쳐졌을 것임에 틀림이 없었다.

매비梅妃의 소식에 대해서도 설화가 남겨져 있다. 현종이 도성으로 돌아와 꿈속에서 매비와 이야기를 했는데, 그녀의 호소대로 태액 연못의 매화나무 뿌리를 파헤쳐 보니, 매비의 시체가 있었다. 시체는 칼에 의한 상처가 나 있었고, 비단보에 싸여 술통에 든 채, 지하 석 자 되는 곳에 묻혀 있었다고 하지만, 이는 후세에 만들어낸 설화일 것으로 생각된다. 설화를 지어낸 사람은 매비를 비극의 여성으로서 귀비와 대비시키고 싶었던 모양이다.

안녹산은 동경에서 눈이 먼데다가, 악성 종양이 생겨 성질이 거칠어지고, 궁중에 깊이 들어박혀 중신들조차도 그 얼굴을 보는 일은 드물었다. 애첩 단段씨가 아들을 낳자, 이를 태자 경서慶緖와 자리를 바꾸어 주려다가 경서의 원한을 사게 되었고, 마침내 그 칼을 맞아 쓰러지고 말았다. 나라 이름을 대연이라고 한 지, 겨우 1년 만의 일이었다. 『신당서新唐書*』에는 안녹산의 최후의 모습을 다음과 같이 전하고 있다.

— 이날 밤, 엄장嚴莊과 경서가 함께 병사를 데리고 문 밖에 섰다. 돼지 같은 아들이 장막 밑으로 들어가 큰 칼을 휘둘러 녹산의 배를 베었다. 녹산이 베개머리맡의 칼을 잡기는 했지만, 휘두르지는 못했다. 기둥에 매달리며 말하기를 '집안 도적이로구나.' 창자가 갑자기 터지고, 마침내 자리 위에 쓰러져 죽었다. 나이는 50여.

『자치통감資治通鑑』에는 창자에서 흘러나온 피가 여러 말이라고 기록

되어 있다. 아무튼 호족으로 태어나 입신해서 당나라를 뒤집어엎으려한 일세의 반항아 안녹산의 최후로서는 싱거운 것이었다.

『당서唐書』에는 고 역사의 만년에 대한 기록이 있다. 고 역사는 현종과 더불어 촉에서 도성으로 귀환했지만, 상원 원년서기 760년 무주巫州로 유배되었다가 후에 용서를 받았지만, 귀경길에 죽었다. 고 역사를 형으로 모셨다는 숙종肅宗=태자 亨 시대의 일인데, 그의 죽음은 78세로 승하한 현종의 몰년보다 2년이 일렀다. 그리고 고 역사가 유배지 무주에서 돌아왔을 때는 이미 숙종도 세상을 떠나, 다음의 대종代宗의 시대가 되어 있었다는 설도 있다. 어느 것이 맞는 것인지는 알 수 없지만….

# [주]

* 백거이(白居易 772~846) : 자는 낙천(樂天) 호는 향산(香山). 중당(中唐) 시절의 대시인. 山西省 太原 사람. 덕종(德宗) 정원(貞元) 16년(800) 진사에 급제해서 관리의 길을 걷다가 한때 죄를 얻어 좌천된 일이 있었으나, 형부상서(지금의 법무장관)까지 올라갔다가 물러났다. 술과 거문고와 시를 삼우(三友)라고 부르며 만년을 유유자적하는 삶을 살았다. 그의 시는 그의 생시부터 중국뿐 아니라 조선과 일본에서도 대단한 인기를 얻으면서, 우리와 일본 문화에 큰 영향을 끼쳤다.

* 장한가(長恨歌) : 헌종(憲宗)의 원화(元和) 원년(806), 작자가 35세이던 해의 작품. 현종(玄宗)과 양귀비의 정사를 노래한 7언 840자의 로맨틱한 장시.

* 전(鈿)과 보요(步搖) : 전은 비녀. 보요는 장식 비녀. 걸음을 걸을 때마다 한들한들 흔들리는 데서 붙여진 이름.

* 예상우의(霓裳羽衣)의 곡 : '예상'은 무지개처럼 아름다운 옷자락이라는 뜻으로 선녀의 의상을 가리키는데, 당나라 악곡의 이름. 원래 서역으로부터 전해온 바라문의 음악으로서 선녀의 자태를 묘사한 무곡. 가사는 없어져서 전해 오지 못했다. 『당서(唐書)』와 『태진외전(太眞外傳=송나라 樂史의 저술로서, 양귀비의 고사를 쓴 소설)』에 이 곡이 현종의 작품이라고 기록되어 있다. '장한가'에는 '경파(警破)하도다 예상우의의 곡'이라고 나와 있다.

* 방향(方響) : 길이 9치, 폭 2치의 쇠, 혹은 구리판을 각각 8장씩 2단의

걸개에 달아 놓고 치는 악기.

* 박판(拍板) : 넓적한 판 2장 내지 10여 장을 겹쳐 가죽 끈으로 그 한쪽 끝을 연해 놓아, 손에 들고 흔들어 치면서 음악의 박자를 잡는 악기.

* 토번(吐藩) : 7세기 초에서 14세기 중기까지의 티베트에 대한 중국인의 호칭.

* 두보(杜甫 712~770) : 河南省 鞏縣에서 났다. 초당(初唐)의 시인 두심언(杜審言)의 손자로서 성당(盛唐) 시절의 대시인. 어려서는 가난에 시달리며 여기저기를 방랑했다. 천보(天寶) 10년(751), 『삼대예부(三大禮賦)』를 바쳐 현종 황제의 인정을 받았으나, 안녹산의 난으로 다시금 어려운 처지에 놓이게 되었다. 그 후로도 영화와 쇠락이 거듭되는 삶을 살며 각지를 떠돌면서 수많은 뛰어난 시문을 남겨 놓았다.

* 추억하노라 : 두보의 시 '억석이수(憶昔二首)' 중 1수의 전반. 광덕(廣德) 2년(764)의 작품. '옛날을 추억하노라 그 옛날을, 개원(開元)의 전성 시절에는 / 조그만 마을이라도 만호의 집이 있었고 / 농토에는 쌀이 잘 영글어 하얀 기름을 흘리는 듯 / 공사(公私)의 쌀 곳간마다 식량이 그득했었지. / 중국 온 땅의 길거리에는 도적이란 것이 없었고 / 먼 나들이를 하면서도 굳이 길일을 점칠 일도 없었지. 제나라나 노나라에서 비단 실은 수레는 줄줄이 몰려들고 / 남자들은 밭갈이, 여자들은 누에치는 일에 때를 놓치는 일이 없었다. / 궁중에서는 천자의 어전에서 운문(雲門=黃帝의 음악이라고 전해온 고대 무악의 이름)의 풍악 소리 울리고 / 천하의 친구들은 모두 애틋했지. / 백여 해가 지나는 사이 재해도 없었고 / 叔孫通(漢나라 때 박사로서 고조의 명을 받들어, 예악을 제정했다)의 예악과 蕭何(역시 한나라 3걸의 하나로, 고조의 명을 받아 율령을 제정했다.)의 법률에 비견할 만한 예약과 법률이 시행되어, 이 세상은 참으로 평화로웠다'는 뜻.

* 휘(諱) : 죽은 사람의 생전의 실명. 사람이 죽으면 흔히 시(諡)를 부를 뿐 생전의 이름을 부르는 일을 꺼렸다.

* 시경(詩經) : 5경의 하나. 중국에서 가장 오래된 시집으로서 의식용(小

雅, 大雅), 제전용(頌)도 있으나, 그 반 이상은 민요풍이다. 원래 왕이 각
지의 가요 3천여 편을 수집하게 했는데, 그 중에서 공자가 305편을 골라
유교의 경전으로 삼았다고 한다.

* 채빈(采蘋) : 『시경』 '소남(召南)' 중의 시 제목. '于以采蘋 南澗之濱 于
以采藻 于彼行潦(이로써 빈을 딴다 남간의 바닷가에서, 이로써 조를 딴
다 저 행료에서)'로 첫머리가 시작된다. 여기서 蘋이나 藻는 모두 바닷
말, 南澗은 남쪽 골짜기, 行潦는 물웅덩이. 제사상에 올리기 위해 청순한
처녀가 물풀을 따는 것이다.

* 돌궐(突厥) : 터키 종족. 6세기 중엽부터 그 씨족 중 하나인 아사나씨(阿
史那氏)의 발흥으로 역사상에 나타나, 전후 2세기 가까이 몽골, 중앙아
시아에 대제국을 세웠다.

* 남조(南詔) : 당나라 때, 지금의 윈난성에 세워진 티베트 버마족의 왕국.

* 은청광록대부(銀靑光祿大夫) : 은으로 된 인감과 푸른 綬(줄끈)은 광록대
부가 몸에 지니는 것인데, 광록대부는 궁중의 고문관.

* 절도사(節度使) : 당·송 시절, 군정과 행정을 담당하던 지방 장관.

* 자사(刺史) : 주(州)의 장관.

* 정기(旌旗) : 모든 기의 총칭.

* 호선녀(胡旋女) : 백낙천의 '호선녀' 중의 싯구. '몸을 잘 놀리며 춤추는
만족(蠻族)의 여인이 있다. / 그 여인의 마음은 거문고 소리를 따라 움직
이고, 손은 북 소리에 맞추어 움직이네. / 한 소리 거문고와 북소리에 양
소매를 치켜들고 춤을 춘다. / 그 빠른 몸놀림은 바람에 날리는 눈이 펄
럭이는 것 같고, 가을날의 쑥이 공중을 나는 것 같네. / 그 여인은 왼쪽
으로 오른쪽으로 몸을 틀며 지칠 줄을 모르더라.'는 뜻.

* 채방사(採訪使) : 현종이 주(州)와 현(縣)의 관리들의 선악을 살펴보기
위해 전국 15도에 보낸 관직 이름.

* 중서 문하 : 중서(中書)는 당·송 시절 중요한 정무, 조칙, 민정을 관장
하던 중앙 관청이고, 문하(門下)는 진(晉)나라 때 시작되었다가 원나라
때 폐지된 관청 이름. 중서성(中書省), 상서성(尙書省)과 아울러 국정의

중심적인 기관.

* 해(奚) : 만주 요하 상류에 있던 몽골 민족. 후한 말에 융성해졌는데, 삼국시대 모용(慕容), 우문(宇文), 탁발(拓拔)의 3씨가 나타나, 탁발 씨는 나라를 세워 위(魏=北魏)라 했다. 후에 한(漢) 민족과 동화했다.

* '꽃이 피고…' : 백낙천의 '모란방(牡丹芳)' 중의 싯구. '(모란꽃이) 피고 지고 하는 20일 동안은 온 성내 사람들이 모두 미치기라도 한 사람으로 여겨질 정도다'라는 뜻.

* '만마천거(萬馬千車)…' : 서응(徐凝)의 '모란' 중의 싯구.

* '황금 꽃심…' : 백낙천의 '모란방(牡丹芳)' 중의 싯구. '홍옥 같은 꽃송이 속에 황금빛 꽃술이 흐드러졌네. 그 천 조각의 붉은 꽃송이는 아지랑이처럼 빛나고, 수많은 가지마다 붉은 등불이 황황하게 빛나는 것 같구나'라는 뜻.

* 좌위중랑장(左衛中郎將) : 궁전을 지키는 군대의 장군의 다음 관위.

* 전중소감(殿中少監) : 전중성(殿中省=천자의 가마, 의복, 거마 등의 政令을 관장)의 차관 격.

* 부마도위(駙馬都尉) : 천자의 부마(副馬)를 관장하는 직명.

* 감찰어사(監察御史) : 수나라 때부터 있던 관직으로서 관리들의 행위, 농사, 부역 등을 감찰하고, 지방 정치를 살피기 위해 순찰한다.

* 탁지낭중(度支郎中) : 회계ㆍ재무를 관장하는 장관.

* 어사중승(御史中丞) : 관리들을 감찰하여 그 비위를 바로잡는 직책의 차관.

* 경조부법조(京兆府法曹) : 지금의 陝西省 長安 이동, 華縣에 이르기까지의 장안 이하의 12현 사법관.

* 장작소장(將作少匠) : 건축ㆍ토목의 정령을 관장하는 벼슬. 대장(大匠)의 아래 지위.

* 병부원외랑(兵部員外郎) : 병부(군대, 병마 등을 관장하는)의 낭(郎=차관)의 정원 외로 마련해 놓은 관직명.

* 경략사(經略史) : 당나라 초기, 변경 주(州)에 차려 놓아 병사를 관장하

던 관직.

* 호부시랑(戸部侍郎) : 나라 안의 집들과 조세를 관장하던 관직. 시랑은 장관인 시중(侍中) 아래.

* 여지(荔枝) : 용안(龍顔=상록교목으로 둥근 열매가 매달린다.) 비슷한 열매가 달리는 남해 지방의 식물.

* 국부인(國夫人) : 제후(諸侯)의 어머니, 혹은 고관의 아내로서 특별한 훈공이 있는 자에게 주는 봉호.

* 괵 국부인은 주군의 은총을 받아… : 장고(張祜 792~852)의 시. '괵 국부인은 황제의 은총을 받아 / 동틀 녘에 말을 타고 궁정 문을 들어섰다. / 그녀는 연지와 분을 발랐다가는 오히려 타고난 아름다운 얼굴을 망친다며 전혀 사용하지 않고 / 그저 아름다운 눈썹에 붓질만 슬쩍 한 채 황제 앞으로 나아가'라는 뜻.

* 작자는 두보라고도… : 『당시선(唐詩選)』에는 이 시가 장고의 작품으로 실려 있으나, 송나라 악사(樂史)의 『태진외전(太眞外傳)』에서는 이 시를 두보의 작품이라고 인용하고 있다. 사람마다 설이 달라 확실한 것은 알 수 없다.

* '딸을 낳았다고…' : 진홍(陳鴻)의 『장한가전(長恨歌傳)』에, 당시의 가락에 이렇게 전하고 있다. '딸을 낳았다고 슬퍼하지 마라. 아들을 낳았다고 기뻐하지 마라.' 그리고 '아들은 후(侯)로 봉해지고, 딸은 비(妃)가 된다. 보라 딸은 오히려 문 위의 설주가 되는 것을'이라고 했다. '사람들의 마음 부러워하기를 이와 같이 하더라.'라고 기록되어 있다.

* 전거(鈿車) : 금과 청패(靑貝)로 장식한 수레.

* 이상은(李商隱 812~858) : 자는 의산(義山), 호는 옥계자(玉溪子). 河南省 沁陽縣 사람. 두보의 전통을 잇는 인물로 치이며, 만당(晚唐) 으뜸가는 시인.

* '저녁해는…' : 이상은의 『낙유원(樂遊原)』 중의 싯구.

* 상서성(尙書省) : 문하(門下), 중서성(中書省)과 더불어 국정을 관장하는 관청.

* 표기대장군(驃騎大將軍) : 장군의 명칭.

* 홍려경(鴻臚卿) : 외국에 간한 사무, 속국의 조공, 외국으로부터 온 사자 등을 처리하는 관청의 장관.

* 시어사(侍御史) : 궁전 안의 시중드는 일(귀인을 보필)을 관장하는 관리.

* '북두성 일곱 별이…' : 『가서가(哥舒歌)』(작자는 西鄙人, 즉 서쪽 촌구석 사람이라고만 되어있어 불명) 중의 한 절. '북두칠성이 하늘 높이 반짝이고 있다. / 가서 장군이 밤마다 칼을 차고 북쪽을 노려보고 있다. / 그 덕분에 오늘에 이르기까지, 말을 방목하고자 침입의 기회를 노리고 있는 오랑캐들도 / 가히 臨洮(오늘날의 甘肅省 岷縣)의 땅을 넘어올 엄두도 못 낸다.'는 뜻.

* 도호부(都護府) : 군대로 변경을 다스리는 관청.

* 장려(瘴癘) : 중국 남쪽의 강이나 호소에서 나오는 독기 때문에 걸리는 질병.

* 자치통감(資治通鑑) : 역사 책. 294권. 송나라 사마광(司馬光)이 씀. 주(周)나라 위열왕(威烈王)부터 5대 후주(後周)의 세종(世宗)까지의 1,362년간을 편년체로 편술한 것.

* '3월 삼짇날…' : 두보의 '여인행(麗人行)'의 한 대목. '3월 삼짇날 날씨는 화창하고 / 장안 곡강(曲江)변에는 많은 미녀들이 노닐고 있다. / 그 자태는 곱고, 기품 있고, 아리땁고, 타고난 미모 / 살갗은 비단결처럼 촉촉하고, 살이 너무 많지도 너무 마르지도 않아. / 금실로 공작을, 은실로 기린을 수놓은/ 하늘거리는 의상은 늦봄의 햇빛에 환하게 빛나네. / 머리 위에 있는 저것은 무엇인가 / 비취 깃 머리장식이 이마 가에 드리우고 / 몸 뒤에 있는 저것은 무엇인가 / 허리띠에 묵직하게 달린 진주가 그 자태에 한껏 어울리네.'라는 뜻.

* 동평장사(同平章事) : 同中書門下平章事의 준말. 당송 시절, 재상의 실권을 쥔 관리. 상서(尙書), 중서(中書), 문하(門下) 3성(省)의 장관을 재상으로 삼았는데, 언제나 전임으로 하지 않고, 다른 관직에 있는 자에게 겸임시켰다.

* 좌복야(左僕射) : 재상의 자리인데, 천자를 도와 천하의 정치를 의논하는
  일을 관장한 관직.
* 무부(武部) : 당나라 천보 11년, 병부(兵部)를 고쳐 무부로 함.
* 구성(九姓) : 당나라 때 회흘(回紇)의 9개의 성.
* 동라(同羅) : 종족 이름. 칙륵(勅勒=육조 말부터 당나라 초기에 걸쳐 중
  국 북서쪽 靑海 부근에서 살고 있었던 터키의 일족) 여러 부족 중 하나.
* 특진(特進) : 제후, 왕공, 장군 중에서 공적이 있는 자에게 내리던 직으
  로서 삼공(大尉, 司徒, 司空) 아래.
* 도독(都督) : 한 지방의 군사를 관장하는 벼슬.
* 화발귀인(火拔歸仁) : 사람 이름.
* 문부시랑(文部侍郎) : 문부는 당나라 천보(天寶) 11년 이부(吏部=관리의
  선임, 승진과 서훈, 징계 등을 관장하는 중앙 관서)를 고쳐 놓은 것. 시
  랑은 앞에 나옴.
* 위(尉) : 경찰관 혹은 군사에 관계된 관직.
* 장사(長史) : 자사(刺史=앞에 나옴)의 부관.
* 윤(尹) : 장관.
* 수조(手詔) : 천자 자신이 쓴 조칙.
* 작연(灼然) : 빛이 발하는 형상. 환한 광경.
* 실위(室韋) : 거란의 북쪽, 몽골의 동쪽 경계, 黑龍江省의 북쪽 경계 일
  대에 살던 종족.
* 참(斬), 삼족에 미치리라 : 부모 형제 처자까지 베이리라.
* 철여(鐵轝) : 무장한 수레.
* 누세(累世) : 대대로.
* 비고(鼙鼓) : 군대의 행진용 북.
* 감국(監國) : 군주가 없을 때, 황태자가 국사를 대행하는 일.
* 시중(侍中) : 문하성(門下省)의 장관.
* 중서령(中書令) : 중서성(中書省)의 장관.
* 삼위(三衛) : 당나라 금위군(禁衛軍)의 친위(親衛), 훈위(勳衛), 익위(翊衛).

* 내시감(內侍監) : 궁중에서 일하는 관직.

* 회흘(回紇) : 서역 터키계 부족의 이름. 남북조 때부터 원나라 때까지 번영했다.

* 하늘이 돌고 땅이 굴러 : '천하의 정세는 일변해서, 천자는 그 말머리를 도읍으로 향하게 되었다. / 이 곳 마외역(馬嵬驛)에 다다르자, 발길을 멈춘 채 떠날 줄을 모른다. / 마외의 둑가, 뻘흙 속 / 그곳에는 지난날의 옥처럼 아름다운(양귀비의) 얼굴은 보이지 않고, 오직 죽음을 맞이한 곳만이 헛되이 눈에 비칠 뿐이다. / 천자도 가신들도 서로 눈길 마주치며, 모두가 눈물로 옷깃을 적셔 / 동쪽 도성의 문을 바라보고, 말이 나아가는 대로 돌아갔다. / 궁중으로 돌아와 보니 연못도 뜰도 다 예전 그대로이구나. / 태액지의 연꽃도, 미앙궁의 버들도… / 연꽃은 (양귀비의)얼굴 같고, 버들은 (양귀비의)눈썹 같구나.'라는 뜻.

* 신당서(新唐書) : 역사서. 225권. 『구당서(舊唐書)』(劉昫가 편찬한 것)를 개정한 것으로서, 10본기(本紀), 13지(志), 4표(表), 124열전(列傳)으로 이루어져 있다. 기, 지, 표는 구양수(歐陽修), 열전은 송기(宋祁)가 찬함.

## 양귀비전

**초판 인쇄일** 2011년 5월 9일
**초판 발행일** 2011년 5월 16일

**지은이** 이노우애 야스시
**옮긴이** 김유동
**펴낸이** 최두환
**펴낸곳** 도서출판 **시와 진실**
**출판등록** 1997. 6. 11. 제 2-2389호
**주 소** 서울시 동작구 상도 1동 557
　　　　 Tel. 02) 813-8371
　　　　 Fax. 02) 813-8377
E-mail: ambros@hanafos.com

**정 가** 13,000원
ISBN 978-89-90890-34-4　03830